밀차 장편소설

그녀가 공작저로 가야 했던 사정

그녀가 공작저로 가야 했던 사정 3

1판 1쇄 발행 2017년 2월 28일
1판 15쇄 발행 2023년 4월 26일

지은이 밀차
발행인 신현호
편집장 예숙영
책임편집 이혜영
편집디자인 한방울
영업 김민원
물류 이순우 박찬수

펴낸곳 ㈜디앤씨미디어
출판등록 2002년 5월 1일 제117-90-51792호
주소 서울시 구로구 디지털로 26길 111 JnK디지털타워 503호
대표전화 (02)333-2513 팩스 (02)333-2514
전자우편 dncbooks@dncmedia.co.kr
디앤씨북스 블로그 http://blog.naver.com/dncbooks

ISBN 979-11-7033-928-1 04810
ISBN 979-11-7033-774-4 (SET)

밀차 장편소설

그녀가 공작저로 가야 했던 사정

3

차례

19장

지금 (下)

지금 (下)

한동안 아무것도 떠오르지 않았다. 레리아나는 아담을, 그리고 노아를 한 번씩 응시하다가 무의식중에 불쑥 말을 꺼냈다.

"먼저 지혈을-"

레리아나는 허벅지에 감아 두었던 천을 풀어 노아의 팔 위를 묶었다. 그러고는 아담을 향해 말했다.

"테일러 경, 나가서 치료사들을 좀 불러 주세요."

아담이 고개를 끄덕였다. 그는 뚫려 있는 천장을 올려다보다 훌쩍 뛰어 올라갔다.

분주히 천을 두르고 매듭을 묶는데 손등으로 눈물이 툭툭 떨어져 내렸다. 시야가 뿌옇게 변해서 손등으로 대충 눈물을 훔쳐 냈다.

"울지 마. 못생겨지니까."

노아가 장난스럽게 말하자 눈을 매섭게 뜬 레리아나가 이마로 가슴을 세게 박았다.

"그런 말이 나와요, 지금?"

낮게 웃은 노아는 레리아나의 등을 쓰다듬었다.

"난 괜찮아."

"안 괜찮아요."

"괜찮아."

"안 괜찮아. ……흑."

불시에 울음소리가 터져 나왔다. 노아는 흙과 피로 범벅이 된 자신의 한쪽 손을 물끄러미 바라보다 제 코트에 닦아 냈다.

"만져도 돼?"

턱이 떨리는 바람에 입을 열기가 쉽지 않았다.

"……아뇨."

겨우 입을 뗀 레리아나가 고개를 저으며 말했다. 그에 노아가 웃으며 레리아나의 얼굴을 닦았다.

"울지 마. 당신이 울면 어떻게 해야 할지 모르겠어."

알잖아. 노아가 고개를 모로 기울였다.

"나 때문이에요."

"뭐가."

"……다. 오늘 테러부터, 당신이 다친 것까지 다."

"아니야."

"내가 살아나서. 예정된 미래를 바꾸고…… 그래서, 원래 이렇게 되면 안 되는 건데."

"레리아나."

노아가 혼란스러워하는 레리아나의 팔을 붙잡았다.

"원래 오늘은, 이런 일이 일어나지 않았어야 했어요."

"……."

"내 영혼은 다른 세계에서 왔어요. 이곳은…… 내가 책 속에서 본 세계고."

"레리아나, 무슨 말을 하는지 모르겠어."

노아는 그녀를 진정시키기 위해 레리아나의 이름을 재차 불렀다. 그러나 그녀는 무작정 생각나는 대로 다 내뱉기 시작했다.

죽었다가 다시 깨어나 보니 다른 세계였다. 언젠가 한 책에서 보았던 세계. 죽음이 예정되어 있단 것을 깨닫곤 살기 위해서 노아에게 계약을 청했다. 그래서 알고 있었던 것이다. 그가 숨기고 싶어했던 비밀이나, 미래에 일어날 일들을.

"……그래서 그때 쓰러졌던 거예요."

영혼이 정착하는 것에 문제가 생겨서, 라고 쓰러졌던 이유에 대해서까지 이야기하자 노아가 입을 다물었다.

허황된 이야기다. 그러나 축복이나 신력이 먹히지 않았던 것, 그저 어린 귀족 영애일 뿐이던 그녀가 어떤 정보원도 없이 알고 있었던 것들. 그녀의 말이 사실이라면…… 그 모든 것에 대한 설명이 가능했다.

두서없이 얘기를 꺼내던 레리아나가 말을 멈췄다.

쓰러진 자신을 이전에 히이카가 도와주었다. 그 순간 히이카가 남기고 간 방울이 섬광처럼 스쳐 지나갔다. 혹시 몰라 긴 목걸이에 매달아 계속 가지고 다녔었다. 레리아나는 가슴 안에서 방울을 꺼내 들었다.

"그건."

노아가 방울을 발견하자 미간을 찌푸렸다.

방울을 쥐고 뒤를 돌아본 레리아나가 몸을 일으켜, 땅에 떨어진 노아의 왼팔을 안아 들었다. 그러고는 다시 다급하게 노아에게 뛰어갔다.

"쓰지 마."

노아의 단호한 거부는 레리아나의 귓가를 스치지도 못했다. 어떻게 쓰는 거지? 그냥 갖다 대면 되는 건가? 머릿속이 엉킨 실처럼 복잡했다. 뭐든 해 보려고 방울을 대는데, 노아가 방울을 쥔 손을 잡아 막았다.

"레리아나, 그만."

"놔요."

"신력으로는 불가능해."

떨어진 팔은 신관이라도 붙일 수 없다던 나오미의 말이 떠올랐다. 하지만 레리아나는 고개를 저었다.

"이건 대신관 성하께서 주신 거예요."

"알아. 그러니 그냥 될지 안 될지 모를 일에 쓰게 둘 수는 없어."

"모르는 거잖아요."

"안 돼."

"노아."

"그만."

"좀!"

아무리 흔들어도 노아는 붙잡은 손을 놓지 않았다. 처음에는 기가 찼다. 왜 시도조차 못하게 하는지. 온갖 방법을 다 사용해도 모자랄 상황에! 그리 생각하니 울컥 화가 치밀어 올랐다. 레리아나가 얼굴을 일그러트리며 눈을 마주했다.

"해 보지도 않았으면서!"

노아가 거칠게 숨을 몰아쉬는 레리아나를 물끄러미 바라보았다. 그 무던한 황금색 눈동자에 레리아나가 다시 소리를 높였다.

"그냥 한번 시도만 해 봐도-!"

"성하께서 당신에게 이걸 준 이유가 있겠지."

"……?"

노아가 말을 끊자 레리아나가 미간을 좁혔다. 그는 방울을 보는 순간 직감적으로 알아챘다. 히이카는 그녀가 다시 쓰러질 상황에 대비해 신력을 남기고 갔다는 것을.

"나한테는 팔을 잃는 것보다 두려운 게 있어."

노아가 차분하게 말을 이었다.

"……눈을 감은 당신이 그대로 깨어나지 못하는 것."

그는 레리아나가 산 듯, 죽은 듯 눈을 감고 있던 열흘을 기억했다. 무력함과 절망감에 짓눌려서 마치 서서히 질식하는 것 같았다.

"그러니까 지금 여기서 쓰게 둘 순 없어."

언젠가 그녀에게 무슨 일이 생겼을 때를 위해 남겨 두고 싶다. 노아가 그렇게 말하고 벽에 머리를 기대 눈을 감았다. 지속된 출혈로 몸을 가누기가 쉽지 않았다.

레리아나는 그런 그를 가만히 바라보았다. 그러고는 눈을 한 번 깜빡인 후에 나직이 그의 이름을 불렀다.

"노아."

"……응."

가늘게 눈을 뜬 노아가 다정하게 대답했다.

"나는 지금, 이 순간만 생각하기로 했어요."

의아한 얼굴의 노아를 보며 레리아나는 울 듯 얼굴을 찡그렸다.

"당신도 그랬으면 좋겠어."

그녀가 조용히 다가가 입술을 포갰다. 그리고 나직이 말했다.

"사랑해요."

노아가 느릿하게 눈을 감았다 떴다. 그는 순간 지금이 현실인지를 가늠했다. 부상으로 인한 쇼크와 출혈로 머릿속 한구석이 마비된 듯 둔하게 움직였다. 다시 현실감이 들었을 때는 레리아나가 상체를 떨어트리며 멀어지던 때였다.

입술에 닿았던 체온이 삽시간에 사라지기 시작하자 잡아야겠다는 생각만이 머릿속을 가득 메웠다. 노아가 이를 악물며 오른손을 뗐다. 그러고는 레리아나의 등을 안아 자신에게로 끌어당겼다.

거칠게 입이 맞춰지자 레리아나는 노아의 상처 위에 방울을 댔다. 축복을 받았을 때처럼 따스한 온기가 퍼져 나갔다.

딸랑.

평소엔 울리지 않던 방울이 처음이자 마지막 소리를 낸 후 금이 갔다. 신력으로 만들어져 형상화된 방울은 힘을 다 소진하자, 손안에서 산산이 부서져 사라져 갔다.

레리아나는 텅 빈 손으로 가볍게 주먹을 쥐었다. 방울은 아무런 흔적도 남기지 않고 사라져 있었다.

그녀는 천천히 눈을 떴다. 그리고 두 팔이 제 몸을 감싸 안는 걸 느끼며 다시 눈을 감았다.

* * *

수로는 고요했다. 구멍이 난 천장에서는 놀이 지고 있었다. 주홍

빛이 수로 안으로 내려앉고 눈앞에 작은 먼지 알갱이들이 한가로이 유영하는 것이 보였다.

테일러 경은 잘 오시고 계신가. 노아의 왼쪽 손을 계속 만지작거리던 레리아나가 문득 아담을 떠올리며 몸을 일으켰다. 누군가 오는지 살피고 싶었으나, 뒤에서 움직이지 못하게 끌어안고 있는 두 팔이 그녀를 막았다.

"불편해요."

레리아나가 품에서 팔을 꿈틀거렸다. 그러자 노아가 다시 몸을 추슬러 안았다.

"추워."

"괜찮아요. 여기로는 바람이 안 불어서 그런지 그렇게 춥지 않은데."

"내가."

멈칫한 레리아나가 눈을 가늘게 떴다.

"아아…… 공작님께서 추우셨구나."

"피가 모자라거든."

노아가 덤덤하게 말했다.

치사하게 그런 식으로 말하고. 노아의 인간 난로가 된 레리아나는 못마땅하게 눈을 내려뜨고 고개를 주억거렸다.

노아는 웃으며 코트를 벗어 레리아나에게 덮어 준 후, 다시 등 뒤에서 몸을 감싸 안았다. 레리아나는 한 팔이 떨어져 나간 코트를 바라보며 입을 꾹 다물었다.

이에 노아는 코트의 왼쪽이 보이지 않게 레리아나 몸 옆에 두르고는 말했다.

"누가 이렇게 헐벗고 다니랬어?"

헐벗다니. 누가 들으면 알몸으로 돌아다닌 줄 알겠네. 레리아나는 얇은 원피스만 입고 있는 제 차림을 내려다보며 심드렁하게 답했다.

"이 세계 사람들은 너무 껴입고 다녀요. 전에 살던 세계에서는 다들 이런 차림으로 다녔는데."

"당신도 이제 이곳 사람이잖아-"

노아가 가슴 밑으로 흘러내린 코트를 쇄골까지 끌어 올렸다.

"-껴입고 다녀."

레리아나는 노아의 손길을 바라보다가 의아하다는 듯 말했다.

"이상하네요."

"뭐가?"

"다른 세계에서 왔다는 이야기. 너무 허황된 얘기라서 안 믿을 것 같았는데."

노아가 레리아나의 눈을 바라보다가 이내 짧게 답했다.

"믿어."

* * *

"프릴이 잔뜩 달린 드레스에 패드까지 다 입고서는 거추장스러워서 빨리 움직일 수가 없잖아요. 오다가 통로에 꼈을걸요."

통로는 이만한데. 레리아나가 두 손을 통로 크기만큼 벌리며 말했다. 특히 그 버슬 패드 때문에 엉덩이 부분이 꼈을지도 모른다. 그 급박한 상황에서 엉덩이가 끼는 바람에 움직이지 못할 것을 상상하니, 생각만으로도 절망이 엄습해 오는 것 같았다.

구두나 코르셋이나 패드나 이것저것 모두, 예쁘긴 해도 불편하다며 불평하는 것을 가만히 듣고 있던 노아는 레리아나의 목에서 얼굴을 떨어트리고 나직이 말했다.

"그러니까 다음에는 오지 마."

레리아나는 고개를 숙였다.

"……생각해 보고요."

"레리아나."

"네, 다음에는 좀 생각해 볼게요."

레리아나가 건성으로 대답했다. 말을 들으려 하지 않는 모습에 노아가 한숨을 내쉬었다.

목에 그의 숨결이 닿자, 레리아나가 등을 꼿꼿하게 세우더니 조심스레 말했다.

"그런데……. 저기, 좀 떨어져서 말씀하시면 안 될까요?"

노아가 눈동자만 올려 레리아나를 보며 물었다.

"간지러워?"

"으, 네."

얼굴을 옆으로 뺀 레리아나가 어깨를 움츠렸다.

"흐응-"

노아가 웃음기 어린 눈을 휘며 콧소리를 냈다. 레리아나가 움찔하며 상체를 떨어트렸다.

"하지 마요."

"아무것도 안 했는데."

"할 거잖아요."

"응."

"하지 마요. 진짜- 으꺅!"

불안한 낌새에 레리아나가 벗어나려 하자, 노아가 두 팔로 몸을 붙들고는 목덜미를 아프지 않게 물었다.

"히익! 잠깐만!! 잠깐마안-!!"

한동안 울부짖는 듯한 웃음소리와 비명이 서라운드로 수로를 울렸다. 온갖 발버둥을 다 치고 나서야 겨우 벗어난 레리아나가 목을 잡고는 가쁘게 숨을 몰아쉬었다.

"헉, 헉, 헉."

몸과 마음이 더럽혀진 기분이었다.

'이런 느낌, 벌써 두 번째…….'

레리아나는 맨 처음 노아와 한 침대에서 깨어났던 그날을 떠올리며 울상으로 상기된 얼굴을 식혔다. 노아는 쓰러지듯 앉은 레리아나를 다시 앞으로 데려와 안았다.

"이제 진짜 하지 마요."

끌려간 레리아나가 제법 진지하게 으름장을 놓자, 알았다고 대답한 그는 레리아나의 정수리에 턱을 올렸다.

그리고 레리아나와 노아의 뒤에서 가만히 엎드려 있던 기사, 프레스턴은 난감한 기색으로 눈동자를 떨었다.

'일어날 수가 없다.'

그는 폭탄의 충격으로 기절했다가 레리아나가 비명을 지를 때 겨우 깨어날 수 있었다. 처음 눈을 뜬 후 등으로 밀려드는 고통에 신음성을 내려 했으나, 곧 상사와 그 예비 부인의 알콩달콩한 연애 방송 생중계석에 자리하고 있다는 것을 알아챘다.

그는 목구멍까지 나왔던 신음을 가까스로 다시 삼킬 수밖에 없었다.

사생활이 너무 깨끗해서 여자 혐오증이라는 둥, 게이라는 둥, 별 소문이 다 돌았던 공작님도 결국 저렇게 되는구나, 라고 멍하니 생각하던 프레스턴은 조용히 숨을 내쉬었다. 피가 모자라 눈앞이 가물거렸다.

'정말 좋아하시나 보네.'

레리아나와 노아의 조곤조곤한 말소리를 듣고 있자니 자꾸 눈이 감겼다. 이대로 눈을 감으면 죽게 될까. 마지막으로 어머니 얼굴 한번 보고 싶다. 온갖 생각이 떠돌아다녔다.

'날 잊고 계신 걸까.'

그때 선뜩한 황금색 눈동자가 프레스턴을 향했다. 움찔한 그가 노아와 눈을 마주쳤다.

신임 기사 생활 2년. 이는 눈칫밥만 2년을 먹었다는 뜻과 진배없었다. 그는 저를 돌아본 노아를 향해 결연한 얼굴로 고개를 한 번 끄덕였다.

'조용히 하겠습니다.'

그는 까마득한 상사의 연애 생활을 방해할 생각이 없었다. 그러나 고마워하리라는 예상과는 달리 노아는 고개를 저었다.

'뭐지?!'

무슨 뜻이지. 지금 당장 일어나서 핑크빛 연애 생활에 훼방 놓으라는 뜻은 분명 아니었다. 그는 유심히 노아의 눈빛을 읽어 냈다. 지난 수년간의 눈칫밥 경험으로 미루어 볼 때, 저 적대감과 경멸이 가득한 눈빛의 뜻은 그것이다.

제 손으로 코라도 막고 죽으라고.

그는 당황한 채 눈빛 대화를 계속 시도했다.

'지금 당장 죽으라고요? 아니시죠? 제가 착각한 거죠?'

그러나 노아는 만족스러운 미소로 그의 희망을 박살 냈다. 고개를 끄덕이며 네가 생각하는 그 뜻이 맞다, 는 신호를 보낸 노아가 다시 레리아나 쪽으로 고개를 돌렸다.

'쓰러진 사이에 무슨 일이 있었던 거지.'

프레스턴은 손발이 차가워지는 것을 느끼기 시작했다.

그로서는 폭탄이 터질 무렵의 기억이 전혀 없었다. 그가 끝을 내지 못한 남자가 폭탄을 터트렸단 사실도, 그로 인해 노아가 팔을 잃을 뻔했다는 사실도, 이를 고치기 위해 대신관의 신력을 써야 했다는 사실도.

어쨌건 이대로는 살아나도 지옥이다. 프레스턴은 노아를 부르려 입을 뗐다.

"공……."

프레스턴의 부름이 채 끝나기도 전에 노아가 선수를 쳐서 벌떡 일어섰다. 따라 일어난 레리아나가 주위를 둘러보았다.

"무슨 소리 들리지 않았어요?"

"아담이 오고 있는 것 같군."

때마침 이쪽으로 오는 이들의 발소리가 들려오고 있었다.

노아가 서늘한 미소를 지으며 다시 프레스턴을 스치듯 흘겨보았다. 노아의 눈과 표정은 빨리 혀라도 깨물고 죽어 버리라 말하고 있었다. 프레스턴은 가혹한 현실을 피해 죽은 척하며 눈을 감았다.

* * *

건국제는 이틀 만에 중지되었다. 테러로 인해 경기장을 포함한 3

개의 건물이 파괴되었고 수백 명의 사상자와 부상자를 낳았다. 왕성 내에서 일어난, 전례 없는 테러 사건은 철저한 진상 조사를 진행하겠다는 시아트리히의 연설을 끝으로 마무리되었다.

이 사건에 대한 평민들과 귀족들과의 반응은 판이하게 갈렸다. 사상자가 많은 평민들은 살아남았다는 안도감과 사랑하는 사람들을 잃은 슬픔으로 가득 차 있었다. 몰려든 사람들 사이에서 간간이 울음소리가 들려왔다.

반면 귀족들은 건국제가 불미스러운 일로 끝났다는 것에 대해 아쉽다는 목소리가 컸다. 당시 건국제에 참여했던 이들 대부분이 무투회를 보기 위해 경기장에 있었고, 경비가 삼엄한 귀빈석을 중심으로 앉았던 귀족들은 부상자 몇몇만이 나왔을 뿐이었다.

그들이 치러야 했던 대가는 이렇듯 경미했고, 득은 컸다. 시아트리히를 질책할 건수를 잡았기 때문이다.

구귀족들의 원성 어린 목소리가 커지기 시작하자, 레리아나가 걱정스러운 눈길로 시아트리히를 바라보았다. 노아는 레리아나의 손을 잡고 고개를 저었다.

둘은 연설이 끝나자마자 바로 저택으로 돌아갔다. 공작저의 고용인들은 왕성 내 테러 소식을 듣고 안절부절못하며 그들을 기다리고 있었다. 마차가 저택 안으로 들어서자, 기사들과 고용인들이 우르르 앞으로 몰려나왔다.

아담과 노아가 먼저 내렸고 레리아나가 에스코트를 받으며 나왔다. 고용인들은 그들을 보며 잠시 말을 잃었다. 겉으로 보기엔 일단 무사해 보였으나, 그들이 걸친 너덜너덜한 옷가지는 그동안 무슨 일을 겪었는지 어느 정도 짐작이 가게 했다.

"주인님, 영애. 괜찮으십니까?"

걱정스러운 기색을 비친 기디언이 앞으로 다가와 물었다. 괜찮다고 말하며 고개를 젓는 둘을 바라보던 기디언은 목욕물을 준비하라는 명을 내려 시중인들을 움직였다.

"주군."

기사들의 부름에 손을 들어 답한 노아가 레리아나의 손을 잡고 안으로 들어서려 했다. 그때 기디언이 제 앞을 지나는 레리아나를 보고 무심코 입을 열었다.

"영애, 목에……."

"네?"

그녀가 제 목에 손을 올리며 되물었다.

"왜요?"

뭐 묻었나? 레리아나가 기디언을 빤히 바라보는데, 그녀를 사이에 두고 기디언과 마주 보고 서 있던 노아가 기디언에게 눈짓을 보냈다. 그는 손가락을 입에 대며 조용히 하라는 신호를 보였다.

"목에…… 흙이 묻어 있어서요."

눈치 빠른 기디언이 곧 아무것도 아니라는 듯 무해한 미소를 지으며 허리를 숙였다.

"잠시만 기다리십시오. 곧 목욕물을 준비해 드리겠습니다."

기디언이 조용하지만 빠른 걸음으로 먼저 자리를 떠나며 고용인들을 물렸다. 그들 모두가 레리아나의 목 부근을 스치듯 보고 물러났다.

"뭐지?"

문 안으로 들어서던 레리아나가 제 손을 잡은 노아의 팔을 쭉쭉 잡아당겼다.

"뭐 묻었어요?"

"먼지야."

빙긋 미소를 지은 노아가 어깨를 으쓱였다.

'……수상한데.'

레리아나는 눈을 가늘게 떴으나, 곧 노아의 인도에 따라 방으로 돌아갔다. 그리고 레리아나가 목에 난 키스 마크를 보고 자지러지게 비명을 지른 것은 목욕을 마치고 얼마 지나지 않은 때였다.

* * *

목욕을 마친 노아의 방에서 보고를 마친 아담이 비명 소리를 듣고 고개를 돌렸다. 그가 무슨 일인지 가 보려는데 노아가 손을 들어 막았다.

그는 어리둥절해하는 아담에게 따라오지 말라고 한 후, 레리아나의 방으로 향했다. 그녀 방에서 나온 헤일리와 에코가 노아에게 고개를 숙이고 종종걸음으로 떠났다.

똑똑.

"레리아나."

그가 방문을 노크하며 레리아나를 불렀다. 그러나 방의 주인은 묵묵부답이었다. 잠시 시간을 둔 노아가 레리아나를 부르며 문을 열자 눈앞으로 베개가 날아왔다. 노아는 얼굴을 옆으로 기울여 피했고, 레리아나가 목을 부여잡은 채 씩씩거리며 섰다.

"이……! 이!"

부들부들 떠는 레리아나에게 성큼성큼 다가간 노아가 그녀의 손을 잡아 앞으로 끌어당겼다.

"왜 그래?"

이런 상황을 만든 주범은 아무것도 모르는 척 제법 뻔뻔하게 물었다.

"이게 뭐예요!"

눈을 부릅뜬 레리아나가 목을 보였다. 노아는 하얀 목덜미에 제가 남긴 자국을 보고는 만족스러운 미소를 지었다. 누구에게든 잘 보이는 곳에 남은 것이 특히 마음에 들었다.

"예쁘네."

노아가 목을 쓸며 천연덕스럽게 말했다. 체온이 닿자 화들짝 놀란 레리아나가 후다닥 뒤로 물러났다.

"만지지 마세요, 성추행범!"

"성추행범이라니."

작게 한숨을 쉰 노아가 침대에 걸터앉았다.

"알았어."

레리아나가 으르렁거리는 듯 눈을 마주하자, 노아가 고개를 기울이며 웃어 보였다.

"이제 잘 안 보이는 곳에 할 테니까."

"노아!"

거울을 본 레리아나는 제 목의 자국을 보고 그야말로 기절하는 줄 알았다. 어찌나 놀랐는지 몸을 닦던 수건이 바닥으로 흐늘거리며 떨어졌다. 그다음에는 목을 가리고 저도 모르게 비명을 질렀다. 머리를 말려 주던 헤일리와 에코가 어떻게 생각했는지, 얼굴을 붉히고 저희들끼리 싱글싱글 웃음을 지었다. 수치심이 마치 해일과 같았다.

노아는 길길이 날뛰는 레리아나에게 이리 오라고 어르며 왼팔을 뻗었다.

"싫어요."

바짝 경계한 레리아나가 뒷걸음질 치는데, 갑작스레 그가 신음하며 슬쩍 미간을 찌푸렸다.

"노아?"

레리아나가 그 낌새를 눈치채고 얼굴을 굳혔다.

"……장난치지 마세요."

그러나 노아가 말없이 왼팔을 잡고 고개를 숙였다.

"노아……."

레리아나가 당황한 표정으로 다가갔다. 설마…… 무슨 문제라도 있는 걸까. 불쑥, 심장이 불안하게 뛰기 시작했다.

"괜찮아요? 혹시, 아파요? 주치의를 부를-"

레리아나가 조심스레 물으며 다가가자, 노아가 확 팔을 끌어 잡아당겼다. 그는 레리아나를 안고 침대 위로 쓰러졌다.

"아파."

그가 전혀 아프지 않다는 투로 아프다 말하며 레리아나를 제 위에 눕혔다.

"노아."

"응."

인상을 찌푸린 레리아나는 노아의 위에 올라탄 채로 그의 왼쪽 팔을 잡아당기며 으르렁거리듯 말했다.

"이런 걸로 속이지 마세요."

그녀의 진지한 눈매를 가만히 보던 노아가 레리아나를 품으로 끌어안았다.

"알았어. 내가 잘못했어."

노아가 레리아나의 등을 쓰다듬으며 나직이 말했다. 두근거리는 심장 소리를 들은 레리아나가 어쩔 수 없다는 듯 한숨을 내쉬었다.

"……자국이 사라질 때까지 접근 금지예요."

으음, 목을 울리며 잠시 눈을 감았던 노아가 슬며시 눈을 뜨며 말했다.

"나한테서 벗어날 수 있으면."

당장 몸을 비틀어 벗어나려 했지만 역시 무리였다. 힘만 무지막지 세 가지고. 레리아나가 끙 앓는 소리를 냈고, 노아는 그녀를 꼭 끌어안고 귓가에서 낮게 웃었다.

레리아나가 간지러움에 한쪽 눈을 찡그렸다. 노아는 제 귀를 비비는 레리아나를 보더니 말했다.

"당신 때문이야."

"갑자기 뭐가요?"

"이렇게 민감하니까 괴롭히고 싶어지잖아."

놀리듯 말한 노아가 그녀의 귓가에 입을 맞췄다.

거짓말! 평소에도 그냥 괴롭혔으면서! 아무 이유 없이! 비명을 삼킨 레리아나가 오만상을 찌푸리며 노아를 밀어냈다.

"제발 저리 좀 떨어져 줄래요."

"오늘은 안 돼."

"진짜—"

노아가 레리아나의 허리를 받치고 몸을 굴렸다.
"읏!"
시야가 빙글 돌았다.
"노아."
한순간에 몸이 뒤집혀 노아 아래에 깔린 레리아나가 투덜거리려다가 이내 말을 멈추었다. 지그시 응시하는 황금색 눈동자에 그녀는 멍청한 표정으로 입을 벌렸다.
"아-"
서서히 얼굴이 다가와 코끝이 맞닿았다. 눈을 감은 노아가 숨을 깊이 들이마셨다. 갓 목욕을 마치고 나온 후의 살 냄새가 달콤하게 풍겼다.
레리아나가 딱딱하게 굳은 얼굴로 눈동자를 이리저리 굴렸다.
"노아."
코끝에 노아가 짧게 입을 맞추고 답했다.
"응."
"그…… 배고프지 않아요? 저녁, 안 먹어요?"
"응."
얼굴을 내린 노아가 바짝 긴장해서 앙다문 입술에 입을 맞췄다.
왜 안 먹어, 왜. 방정맞게 심장이 덜컥거렸다. 레리아나가 입을 다물고 노아의 시선을 애써 피했다. 연녹색 눈동자가 사방으로 굴러다녔다.
"저는, 저는, 배가 좀 고픈데."
"이따 방으로 가져오라고 하지."
"지금……!"

절박하게 말한 레리아나가 내려가는 노아의 얼굴을 두 손으로 잡았다. 그리고 필사적으로 그를 제 얼굴 위로 끌어 올렸다. 노아가 한숨을 내쉬며 눈을 감았다.

"지금!"

레리아나가 단호하게 말하니 노아가 고개를 끄덕이며 몸을 일으켰다. 그러자 레리아나가 전광석화 같은 속도로 일어났다.

"여기 있어. 가져올 테니까."

노아가 일어난 레리아나를 다시 침대에 앉혔다.

"오늘은 힘들었을 테니까 봐주지."

"그것참, 고맙네요."

다리를 모아 앉은 레리아나가 미간을 찡그리며 무릎에 얼굴을 반쯤 묻었다. 부끄러워서 얼굴을 마주하기가 힘들었다. 손가락으로 레리아나의 미간을 꾹꾹 눌러 편 노아가 귓가에 흘러내린 머리카락을 넘겨 주었다.

"난 인내심이 강한 편이라고 생각했는데."

그는 레리아나의 눈꺼풀에 입을 맞추고는 웃으며 말했다.

"다음에는 참을 수 있을지 모르겠어."

* * *

다음 날 아침, 식사를 마치고 서재로 들어선 레리아나가 노아의 뒤로 다가갔다. 그는 책상 앞에 앉아 서신을 읽고 있었다.

"뭐예요?"

노아는 그녀가 잘 볼 수 있도록 서신을 옆으로 움직였다. 그녀는 글을 읽으며 미간을 찌푸렸다.

"정말 하는 거예요?"

"지방 귀족들 때문일 거야. 전쟁 이후로는 지방 귀족들이 수도의 귀족들에게 연을 댈 수 있을 만한 큰 연회가 별로 없었으니까."

노아는 떨떠름한 내색을 감추지 않고 답했다.

"전하께서 건국제의 마무리라도 어떻게든 완벽하게 지어야겠다고 생각하셨겠군요."

건국제와 왕성 내 보안을 빌미로 건수를 잡힌 시아트리히로서는, 귀족들의 시선을 돌리고 원성을 잠재우기 위해 어쩔 수 없이 무도회를 연다는 선택을 한 것이리라.

"맞아."

흐음, 고개를 끄덕인 레리아나가 의자의 팔걸이에 걸터앉아 팔짱을 꼈다. 노아가 그런 그녀의 허리에 팔을 둘러 앞으로 끌어당겼다.

"이제 화 풀렸어?"

"아뇨, 아직 접근 금지예요."

손을 풀어낸 그녀는 서신에 슬쩍 눈짓을 하며 물었다.

"우리도 가요?"

"가야지."

노아가 어쩔 수 없다는 듯 어깨를 으쓱였다.

그가 든 서신에는 건국제 무도회가 예정대로 열리게 되었고, 이에 참여를 바란다는 글이 적혀 있었다.

20장

건국제 무도회

건국제 무도회

“날짜는요?”

“원래 예정했던 대로 사흘 뒤.”

노아는 ‘장소는 바뀌겠지만.’이라고 나직이 덧붙였다. 시아트리히만 아니었어도 참석하지 않았을 무도회다. 그러나 자신이 불참했다는 이유만으로 시아트리히가 얼마나 많은 구설수에 오르게 될지, 노아는 너무나 잘 알고 있었다.

그때 마침 레리아나의 눈에 마차에서 짐을 내리는 로이드의 모습이 창문 너머로 보였다.

“제 짐인가 봐요.”

사서가 주었던 검은 신녀에 대한 책을 맥밀런가에 놓고 왔었다. 어젯밤에 짐을 놓고 왔으니 가져다 달라고 부탁했었는데, 이른 아침부터 다녀온 모양이었다.

레리아나가 일어서자 노아가 붙잡아 당겼다. 그녀가 엉겁결에 책상에 걸터앉아 그를 마주 보았다.

"아직 얘기 안 끝났어."

"무슨 얘기요?"

"무도회가 끝난 직후에 우린 몰시아로 떠날 거야."

"몰시아요?"

이름만 들어 보았던 나라를 그가 입에 올리자, 레리아나가 어리둥절한 표정으로 되물었다. 이에 노아는 책상 위에 올려놓았던 지도의 한 부분을 가리켰다.

"여기."

"여긴 왜요?"

"성하께서 몰시아로 가실 테니까."

노아는 손가락을 내려 오비브 디안이라고 쓰여 있는 부분을 톡톡 두드리면서 말을 이었다.

"얼마 전 오비브 디안에서 떠나셨다는 소식을 들었어. 다음 연설 예정지는 아마 신 토에야 공국이었겠지만, 며칠 전에 갑자기 내란이 터졌으니 그 옆에 있는 사막을 거쳐서 몰시아로 가시게 될 거야."

"잠시만요, 그런데 그걸 어떻게 알았어요?"

가만히 고개를 끄덕이며 듣고 있던 레리아나가 불쑥 물었다. 히이카의 연설 일정은 각국의 정상들만 아는 상태였고, 이마저도 제 나라에 언제 도착하는지, 그리고 언제 연설을 진행하는지 정도에 국한돼 있었다. 즉, 체이머스를 떠난 후의 대신관 일정에 대해서는 그도 알지 못해야 했다.

노아는 어떻게 말할지 잠깐 망설이다,

"그냥 알아."

라며 어깨를 으쓱였다.

어떻게 알았든 간에 합법적인 방법은 아니리라는 강한 확신이 들었다. 그걸 아는 것만으로도 큰 문제가 될 수 있는 사안이었다. 눈을 가늘게 뜬 레리아나는 노아를 빤히 바라보다 고개를 기울였다.

"이제는…… 도대체 당신이 어디까지 할 수 있나 궁금해지네요."

"뭐든지."

오만하게 말한 노아가 다리를 꼬았다.

'아, 그러시구나.'

어쩐지 아니꼽다. 그렇게 생각하며 레리아나가 성의 없이 고개를 끄덕거렸다.

그때 노아가 낮게 말했다.

"당신이 또 쓰러지면 왕국 내에서는 치료 가능한 사람이 없어."

"아."

그랬지. 현실이 잠깐 달콤해지니, 모든 게 잘 풀릴 것 같은 이상한 고양감에 혼자 빠져 있었나 보다.

노아가 덤덤하게 말했다.

"혹시 모르니 알아 둔 거야."

준비성이 철저하다고 해야 할지. 레리아나는 한숨을 내쉬었다.

방금까지만 해도 자신만만해하던 남자는 갑작스레 걱정스러워서 견딜 수 없다는 얼굴을 하고 있었다. 자신이 얼마나 바보 같은 얼굴을 하고 있는지 알까. 레리아나는 자신을 위해 아무렇지 않게 큰일을 저지르는 남자의 목을 끌어안았다.

노아가 가만히 눈을 감고 귓불에 입을 맞췄다. 이에 웃음소리를 낸 레리아나가 조용히 말했다.

"……애먼 짓 시도하지 마세요."

노아가 짧게 혀를 찼다.

* * *

"성하께서 연설이 다 끝난 후, 신성국으로 돌아가서 치료법을 알아봐 주겠다고 하셨어요."

노아가 다행이네, 라고 답하자 레리아나는 그의 왼손을 잡아 손끝을 만지작거렸다.

팔이 붙은 후 몇 번이고 확인해 보라는 레리아나의 재촉에, 흔들고 움직이고 검을 잡는 등 이런저런 행위들을 모두 마친 노아는 왼팔을 움직이는 데 어떤 아픔도 이상도 없다고 전했다.

그럼에도 레리아나는 혹시나 하는 마음에 걱정스러워 팔이 잘 붙어 있나 계속 확인하게 됐다.

손끝을 간질이는 손길을 느끼던 노아가 덥석 손을 잡아채 깍지를 꼈다.

"그에 관해서 좀 묻고 싶은 게 있는데."

"네?"

"저번에 말했지. 당신의 영혼이 다른 세계에서 왔다고."

레리아나가 고개를 끄덕였다.

"그리고 그 과정에서 문제가 있었던 것 같다고."

"네."

"그렇다면 왜 문제가 생겼는지, 혹시 짚이는 구석이 있는지 전부 다 알아야겠어."

"으음."

그때는 횡설수설 간략하게 이야기했으니. 레리아나가 어떻게 얘기해야 할지 망설였다. 그때 노아가 조심스레 물었다.

"그 전 세계에서는?"

"네?"

"그 전 세계에서의 죽음과 관련이 있는가 싶어서."

"일단 죽기 직전 상황에 대해 제가 기억하는 건 별로 없어요. 누군가에게 밀려서 떨어진 것 같은데, 잘 기억이 안 나서. 그렇지만 아닐 거예요. 성하께서도 그렇게 말씀하시진 않았고. 그보다는……."

"그보다?"

"원래, 그러니까 제 영혼이 들어오기 전, 레리아나 맥밀런의 과거와 관련이 있다고 생각하고 있어요."

레리아나는 그동안 자신이 알아낸 것에 대해 풀어놓았다.

원래 프렌치 브룩스에게 죽어야 했지만, 이전 세계에서 우연히 보게 된 책 덕분에 살아남았다. 그렇게 죽음의 위협에서 벗어난 줄 알았으나 다시 쓰러지고 말았고, 이는 영혼이 몸을 거부하는 현상에서 비롯된 것이라 했다. 대신관의 말에 따르면 몸에서는 사술의 흔적이 보이고, 그 때문에 이런저런 정황을 조사해 보았다. 그 결과, 원래의 레리아나가 검은 신녀와 만났다는 건 확실해 보인다는 사실까지.

"그럼 그 검은 신녀는? 그녀를 만나면 고칠 수 있는 건가?"

"자살했어요. 아마 마마와 관련된 일 때문일 것 같은데."

소로소를 떠올린 노아가 미간을 찌푸렸다. 별문제가 없다면 그녀가 낳은 왕자는 곧 태자가 될 것이다. 이를 위하여 입막음으로 자살을 위장해 검은 신녀를 죽였으리라.

"그래서 일단은, 검은 신녀가 할 수 있는 일에 대해 알아봤어요."

레리아나가 왕실 도서관의 사서에게 이에 관한 책을 받았다고 이야기하자, 노아가 슬쩍 미묘한 표정을 지었다. 혹시나 책잡히게 될까 걱정스러운 모양이었다. 그녀는 사서가 아무에게도 말하지 않겠다, 약속한 것을 강조하고 말을 이었다.

"성하의 말씀에 따르면 영혼은 계속 다른 몸으로 순환하다가 언젠가 소멸하고, 그 소멸된 영혼이 담겨 있던 몸에 다른 영혼을 옮기는 것이 여신의 역할이라는 거예요."

그리고 그 영혼을 옮기는 역할에 손을 대기 시작한 것이 이전 구교의 신녀들이었다. 신교는 이에 반발하여 신녀들이 신의 권위를 위협한다는 빌미로 세력을 모아 일어섰다. 신녀가 모든 실권을 잡고 있었던 구교의 체제에 반목했다는 것이 저자의 의견이었지만, 중요한 것은 어쨌건 간에 그녀들이 영혼을 다뤘다는 게 의심할 여지없는 진실이라는 것이었다.

으음, 길게 목을 울린 노아는 손가락으로 무릎을 두드렸다. 레리아나가 말한 바가 모두 사실이라면 지금 당장 짚이는 점은 하나뿐이었다.

"그럼 그녀가 검은 신녀를 만났던 이유가 영혼 때문인가? 어째서 그런 것에 관심을 가졌는지는 모르겠지만 말이야."

그녀가 검은 신녀를 만났다면 이유는 그것 외에 설명할 수 있는 게 없었다.

"그럼 만약, 당신 이전의 영혼이 아직 소멸되지 않고 어딘가에 살아 있다면-"

노아가 고개를 들어 눈을 맞췄다.

"-그렇다면, 그녀의 영혼이 아직 세계에 존재한다는 것이 근본

적인 원인이 될 수 있을까?"

"글쎄요. 이번에 얻은 책에 그런 것까지는 쓰여 있지 않아서요."

레리아나가 고개를 기울이며 말했다.

"그래서, 성하께서 돌아오시기 전에 꼭 가 보고 싶은 곳이 있었어요."

노아가 히이카에 대한 이야기를 꺼내지 않았다면 아마 그녀 혼자 먼저 찾아가 보았을 것이다.

"어딜?"

노아의 물음에 레리아나가 차분히 입을 열었다.

"구교와 검은 신녀에 대해 썼던 그 저자, 그가 말년에 신녀의 힘을 이어받은 어린아이를 입양했어요. 그 아이가 책에 쓰인 만큼 신력이 높다면……."

구교는 아주 오래전에 망했고 책도 아주 오래전에 쓰인 것이었다. 일반적인 상황이라면 입양된 아이도 벌써 흙이 되어 사라졌을 테지만…… 레리아나는 히이카를 떠올렸다. 이 세계에서 신력이 강한 자들은 그만큼 오랜 수명을 가졌다.

"그럼, 아직 살아 있을 수도 있어요."

* * *

"키스 마크였다니까."

휘튼은 입이 방정이었다. 별일이 없는 한 늘 조용한 공작저 내에서, 그의 입놀림은 아주 독보적이었다. 그것은 그 자신 외에 휘튼을 아는 모든 이들이 알고 있었다. 지금 그의 앞에서 어제부터 다섯 번쯤 키스 마크라는 단어를 듣고 있는 앤슬리도 마찬가지였다.

휘튼의 과장된 몸짓과 어조와 활짝 핀 얼굴에서 그가 현재 지나치게 들떠 있는 상태임을 확인한 앤슬리는 한숨을 내쉬었다. 업무와 관련되면 철저하게 함구해야 하는 그림자라는 직업의 반작용 때문인지, 휘튼은 업무 외의 일에 대해서는 입이 과하게 싸지는 것 같았다.

"분명, 하셨어."

앤슬리는 귀를 막고 싶었다. 어제 레리아나와 노아가 돌아온 이후부터, 휘튼은 둘이 거사를 치른 게 틀림없다며 온 저택 내에 소문을 내고 있었다. 그들이 귀환할 때 자리에 없었던 이들 모두가 예비 주인 부부 사이에 어떤 일이 있었는지를 알 수 있을 정도였다.

그런 휘튼이 예상치 못한 것은 노아가 레리아나와 함께 연무장을 지나고 있다는 사실이었다. 그들은 사서가 건넨 책을 확인하기 위해 함께 레리아나의 방으로 향하는 중이었다.

"진짜라니까. 내기할래?"

앤슬리가 싫다며 고개를 저었다.

연무장 너머에 서 있던 레리아나는 당장 달려가서 휘튼의 입을 막아 버리고 싶었다. 그리고 휘튼의 말을 표정 없이 듣고 있던 노아는 두리번거리며 무언가를 살폈다. 그러다 레리아나를 근처 벤치에 앉히고 구두를 하나 벗겼다.

"노아?"

뭘 하려고 이러는 거지? 레리아나가 미간을 찡그렸다.

"당신이 내 왼팔을 자꾸 걱정하는 것 같아서."

대수롭지 않다는 듯 말한 노아는 왼손으로 구두를 들고 그대로 휘튼의 뒤통수를 향해 날렸다. 엄청난 속도로 날아간 구두 굽이 휘튼의 뒤통수에 꽂혔다.

퍼억-!

"무슨……!"

레리아나가 놀라 입을 벌렸다. 그리고 쉴 새 없이 조잘대던 휘튼은 뒤통수의 충격에 잠시 멈칫했다. 그러나 별것 아니라 여겼는지 다시 말을 잇기 시작했다. 이 광경을 모두 지켜보고 있던 앤슬리가 놀라서 뒤를 보라고 눈짓했다.

그러자 휘튼이 얼빠진 얼굴로 뒤를 돌아보았다. 그의 움직임과 함께 뒤통수에 꽂혔던 구두가 툭 빠져 바닥으로 굴러떨어졌다.

"아, 주군?"

노아가 웃으며 구두를 가리키고는 검지를 까딱였다. 휘튼이 시선을 내려 구두를 주워 들었다. '왜 영애의 구두가 여기 있지?' 딱 이렇게 말하는 얼굴이었다.

'단지 그것뿐?'

레리아나는 구두를 들고 첫눈 맞은 개처럼 밝게 뛰어오는 휘튼을 안타까운 눈으로 바라보았다.

"주군! 영애!"

꼬리가 살랑거리는 환상이 보였다. 그녀는 앤슬리와 휘튼의 인사를 받아 주곤 나직이 말했다.

"경…… 머리에서 피가 나는데요."

계속 그것이 신경 쓰였다. 휘튼이 그제야 제 뒤통수를 만졌다. 손에 묻은 홍건한 피를 보던 그가 어리둥절한 눈으로 고개를 갸웃거렸다.

"아, 그러네요. 어쩐지 따끔하다 싶었는데."

둔하다. 기사가 이렇게 둔해도 되는 건가. 레리아나는 휘튼이 눈치를 도대체 어디에 팔아먹은 건지 의문스러웠다.

"괜찮으신가요? 출혈량이 꽤 많아 보이는……."

그녀가 구두를 다시 신고 걱정스레 말하는데, 순간 휘튼이 휘청거리기 시작했다.

"아?"

휘튼이 얼빠진 소리를 내자, 앤슬리가 쏜살같이 다가와 그를 부축했다.

"주지의-!"

사색이 된 레리아나가 소리를 질렀다.

휘튼은 그대로 고꾸라졌고, 앤슬리는 자신이 의무실로 데려가겠다며 휘튼을 가볍게 업었다.

그리고 노아는 저러다 또 벌떡 일어날 거라며 레리아나를 안심시키고는 방으로 향했다.

* * *

앙상한 가지에 찬 바람이 불었다. 나무들이 절그럭거리는 소리를 내며 흔들리자, 노아가 건물 안으로 걸음을 빨리했다. 레리아나는 나무를 보고 있던 시선을 그에게로 돌렸다. 검은 머리칼이 살랑였다.

건물 안으로 들어서서 아무도 없는 복도 앞에 선 레리아나는 망설이며 입을 열었다.

"노아."

"응."

"그……."

"그?"

"이상하다고 생각하지 않아요? 다른 세계에서 왔다든가, 이 세계를 책으로 봤다든가."

누구에게도 이야기하지 않았던 이유는 당연히 그들이 믿지 않으리라 생각해서. 그리고 제 자신도 문득문득 제 머릿속 망상이 아닐까 생각될 정도로 현실과는 동떨어진 얘기니까.

그러나 노아는 너무 쉽게 받아들였다. 생각해 보면 좀 더 혼란스러워하고 부인하는 게 정상적인 반응이 아닐까. 레리아나가 말끝을 흐리자, 복도를 걷던 노아가 문득 고개를 돌렸다.

긴장한 기색의 레리아나가 대답을 기다리고 있었다. 언제나 제 의견에 스스럼없고 당차던 그녀가 제 앞에서 약한 모습을 보이는 것에 노아는 언뜻 만족스러운 미소를 보였다.

그는 레리아나의 고백을 그 자신도 믿을 수 없을 만큼 담담하게 받아들였다는 것을 알고 있었다. 하지만 그 외에는 그녀의 상태에 대해 마땅히 설명할 방법이 없기도 했거니와…….

"그냥 다 믿고 싶어."

노아가 나지막이 말했다.

"네?"

"당신이 하는 말들."

책에서 이 세계를 보았다거나, 영혼이라거나, 그런 믿기 힘든 이야기뿐만 아니라. 자신을 사랑한다거나 하는 애정 섞인 말들, 전부를.

"그러니까 이제 나한테 전부 말해도 돼. 당장 내일 세상이 멸망한다고 해도 다 믿을 테니까."

노아가 무심하게 말한데 반해, '네.'라고 답한 레리아나는 무슨 첫 고백이라도 들은 것처럼 눈을 맞추지 못하고 입만 꾹 다물었다. 무조건적인 신뢰는 내심 가지고 있던 불안과 의심을 모두 씻어 내리는 것처럼 편안하고 달콤했다.

그때 레리아나의 방문을 열며 노아가 문득 입을 열었다.

"이건 정말 쓸데없는 질문인데."

"뭔데요?"

"전 세계에서 당신이 읽었다는 책 말이야, 제목이 뭐였어?"

"아, 그게."

레리아나가 뜸을 들이다 대답했다.

"베아트리스…… 베아트리스요."

노아가 베아트리스, 라는 제목을 읊조리며 눈을 내리깔았다.

* * *

건국제 무도회는 수도 외곽에 있는 별궁에서 열리게 되었다. 아름다움으로는 정평이 나 있는 곳이어서 장소 선정에 관한 한 특별한 불만은 터져 나오지 않았다.

그리고 무도회에 참여하기 위해 별궁으로 향하는 마차 안에서 비비안은 긴장한 기색을 감추지 못했다.

"비비안, 괜찮아?"

저스틴은 제 동생의 긴장한 얼굴을 보며 미간을 찡그렸다. 비비안은 내내 이런 식이었다. 그토록 좋아했던 노아에게 약혼녀가 생긴 것 때문인가, 아니면 시아트리히와의 결혼을 앞둔 불안인가, 여러 번 물어보았으나 대답은 한결같이 '그런 것이 아니다, 괜찮다.'뿐이었다.

"네……."

이번에도 이전과 다를 바 없는 대답이 들려왔다. 저스틴이 그녀를 다시 한 번 부르려는데, 비비안 옆에 바짝 붙어 앉은 베아트리스가 그녀의 손등에 제 손을 포갰다.

비비안이 떨리는 손을 강하게 쥐었다.

* * *

"닉, 아직이에요?"

"아직이에요. 참, 자기는 왜 이렇게 급해. 혹시 화장실?"

"아니……."

"참아요."

"아니, 그런 게……."

"젊으니까 참아요."

이 정도도 못 참으면 나중에 기저귀 없이 한 걸음도 못 떼게 될 거라며, 닉이 저주인지 예언인지를 쏟아 냈다.

'기저귀?!'

기저귀라는 단어에 잠시 충격에 빠져 있던 레리아나가 곧 난처한 표정을 지으며 눈을 떴다.

"그런 게 아니라, 무도회에 늦어서 그래요."

"알았어요, 알았어. 눈 뜨지 말라니까. 여기만 하고 립만 마무리하면 돼요."

앓는 소리를 낸 레리아나가 다시 눈을 감았다.

눈가를 두드리는 오늘의 닉은 그야말로 전쟁터에 나선 전사처럼 기세등등했다. 스펀지로 구타를 당하는 느낌이었다. 이 모든 건 닉에게 대수롭지 않게 내뱉었던 말이 시작이었다.

“예쁘다는 말, 안 해요. 노아는.”

그 말이 닉의 하늘 같은 자존심을 긁은 모양이었다. 닉은 오늘 예쁘다는 말을 듣지 못하면 공작님이고 뭐고, 당장에 헤어지라며 어깨를 잡고 짤짤 흔들어 댔다.

생명의 위협을 느낀 레리아나는 알겠다고 고개를 끄덕였다. 그리고 지금은 닉에게 그러한 말을 꺼낸 걸 후회하는 중이었고.

닉이 이제 다 됐다며, 립스틱을 드는데 노크 소리와 함께 문이 열렸다.

“아직입니까?”

“하! 오셨군요!”

문을 연 노아가 왠지 적대적인 닉의 모습에 어리둥절해하며 안으로 들어섰다. 닉은 새초롬한 표정으로 쿵쿵거리며 그에게로 다가갔다. 가만히 앉아 있는 레리아나의 귓전에 노아와 닉이 작게 무언가 대화를 나누는 듯한 소리가 들려왔다.

‘노아?’

무슨 얘기를 하는 거지. 많이 늦었나. 이런저런 생각들을 떠올리는데, 다시 문이 열렸다 닫히는 소리가 들렸다. 레리아나는 슬쩍 눈을 뜨려고 하다가 누군가가 다가오는 소리가 들리자 황급히 눈을 감았다.

제 앞까지 다가온 이는 의자의 양 팔걸이에 몸을 지탱하고 몸을 숙였다. 그러곤 그녀의 얼굴을 가만히 바라보는 것이 느껴졌다.

곧 입술에 매끄러운 질감의 립스틱이 발렸다. 입술 라인을 따라 움직이던 립스틱이 멈추고 엄지가 입술을 쓸었다. 손가락이 입술을 계속 매만지자 레리아나가 입꼬리를 올리며 눈을 살짝 떴다.

"망치는 거 아니죠?"

노아가 마주 웃었다.

"글쎄."

"경험 있어요?"

"아니."

"……?"

"한 번도 없어."

재미있다는 듯 웃던 레리아나가 다분히 진실이라는 그의 표정에 몸을 굳혔다.

뭐? 방금까지 내 입술에 발랐잖아. 레리아나가 살짝 눈동자를 떨며 되물었다.

"……정말요?"

"응. 이것도 처음 만져 보는데."

노아가 립스틱을 마치 현대 시대로 떨어진 네안데르탈인 같은 눈빛으로 바라보자, 레리아나가 황급히 몸을 돌렸다.

"닉-!!"

그러나 방 안에는 아무도 남아 있지 않았다. 방금 문을 열고 나간 것이 닉이었던 모양이다. 이런 초보자보다도 못한 사람에게 날 버려두고 어딜 간 거야! 이 남자, 립스틱이 마치 외계 문명의 아티팩트라도 되는 양 보고 있었다고!

"닉은요? 어디 갔어요?"

노아가 당장이라도 닉을 찾아 뛰쳐나가려는 레리아나의 얼굴을 돌려 턱을 들었다. 그러곤 다시 립스틱을 바르며 말했다.

"잘랐어."

그가 어깨를 으쓱 들어 올렸다.

잘 바르고 있는 건가. 레리아나가 미간을 찌푸렸다.

"왜요."

"나랑 헤어지라고 했다면서."

둘이 오래 속닥거린다 싶더니만, 그런 얘기를 하고 있었던 모양이다. 레리아나가 눈을 가늘게 떴다.

"예쁘다는 소릴 못 들으면요."

"으음."

목을 울린 노아가 곤란하다는 듯 미간을 찌푸렸다.

이 남자가. 빈말이라도 하라고. 레리아나가 못마땅하다는 듯 눈썹을 일그러트렸다.

"오늘 내가 예쁘지 않은 이유는 당신이 화장을 못해서예요."

"그럴 리가."

노아가 피식 웃으니 레리아나가 눈을 매섭게 떴다. 그러자 노아가 짧게 입을 맞췄다.

"예뻐."

"고맙네요."

전혀 고맙지 않다는 투로 말한 레리아나가 눈을 가늘게 떴다.

"예뻐서 눈을 못 떼겠어."

엎드려 절 받기지. 레리아나가 입을 삐죽이자 노아가 웃으며 다시 입을 맞추려 했다.

하지만 레리아나가 손으로 입을 막았다.

"이제 가요. 늦었잖아요."

손안에서 노아의 불만스러운 한숨이 흩어졌다. 레리아나가 웃음을 터트렸다.

"잠깐."

노아가 방을 나서는 레리아나를 불렀다. 그가 드레스 허리춤에 맨 리본을 다시 묶었다. 천이 부드러워서 매듭이 잘 풀리는 것 같다고 말한 레리아나가 그를 따라 마차로 향했다.

속도를 낸 마차가 별궁 앞으로 도착하기까지는 그리 오랜 시간이 걸리지 않았다. 레리아나는 에스코트를 받아 내리곤 별궁을 응시하며 입을 벌렸다. 별궁은 이국적인 느낌이 드는 곳이었다. 노아는 십여 년 전 태풍의 영향으로 이전의 별궁이 무너지자, 동대륙 연합에서 지어 준 곳이라고 전했다.

"동대륙 연합이요?"

고개를 끄덕인 노아가 무도회장으로 향하며 별궁 한쪽을 가리켰다. 동대륙 연합은 동대륙으로 가는 중립 지역 길목의 게이트를 별궁에 설치했다 한다.

"저 게이트를 타면 몰시아까지 하루면 갈 수 있어."

하루, 조용히 읊조린 레리아나가 고개를 끄덕였다.

* * *

특유의 윈나이트식 미소를 지은 채 무시하듯 무시하지 않는 사교계 화법을 구사하는 노아를 대단하다는 양 응시하며, 레리아나는 엉거주춤 서 있었다.

가끔 그녀에게로 질문을 돌리는 귀족들 때문에 미소는 박제한 것처럼 얼굴에 걸고 있었으나, 속은 타들어 갔다.

'자꾸 흘러내린다…….'

드레스에 이런 리본을 단 이가 누군지는 모르겠지만, 이런 천으로 만든 기저귀를 1년 동안 차는 형벌을 내려야 마땅했다. 계속 흘러내리는 기저귀를 한 1년간 추켜올려 봐야, 옷은 일단 편해야 한다는 것을 깨달을 것이다.

"어디가 안 좋으십니까?"

그때 한 영식이 엉거주춤하게 서 있던 레리아나 곁으로 다가와 조용히 물었다.

"리본…… 아니, 괜찮습니다."

리본이 불편해 죽겠다는 본심이 불쑥 튀어나오려는 것을 막은 레리아나가 빙긋 미소를 지었다.

"공작님은 바빠 보이시는데, 잠깐 쉬는 건 어떠십니까?"

나와 함께, 라고 생략한 말이 들리는 듯했다.

레리아나가 귀찮은 듯 고개를 돌렸다. 괜찮으니 신경 쓰지 말라고 거절하려는데, 어느새 다가온 노아가 레리아나의 허리를 감싸 안았다.

"무슨 일이지?"

차분하고 친절한 어투였지만, 그를 쏘아보는 눈빛이 서늘했다. 영식이 찔끔한 얼굴로 말했다.

"영애께서 몸이 좋지 않으신 것 같아서 말입니다."

영식이 '이제 괜찮아 보이시는 것 같군요.'라고 말하며 멀어졌다. 노아와 얘기하던 귀족들이 그들을 보며 놀랍고 흥미진진하다는 눈빛으로 수군거렸다.

가볍게 파리를 쫓아낸 노아가 레리아나에게 조용히 속삭였다.

"왜 그래?"

"리본이…… 저 휴게실 좀 다녀올게요."

노아가 알았다며 고개를 끄덕였고, 레리아나가 황급히 걸음을 옮겼다.

* * *

무도회를 찾은 이들이 많아 휴게실은 모두 선객이 있었다. 몇몇 휴게실을 돌아다니던 레리아나 앞을 한 인영이 가로막았다.

"맥밀런 영애."

레리아나가 흘러내리는 리본을 잡으며 그녀에게 인사했다.

"샤말 영애."

비비안이 왔던가. 요즘 통 모습을 보이지 않았던 터라 오늘 그녀가 왔으리라고는 생각지 못했다. 레리아나가 그녀를 스쳐 지나치려고 하는데, 비비안이 걸음을 옮겨 다시 그녀 앞을 막아섰다.

"휴게실을 찾으시나 봐요? 제가 잡은 방을 같이 쓰시겠어요?"

"아뇨, 불편하실 텐데 다른 방을 찾겠습니다."

또 무슨 짓을 하려고. 불신이 가득한 눈초리로 그녀를 바라본 레리아나가 딱 잘라 거절했다.

"지금 빈방을 찾기 힘드실 거예요. 전 괜찮으니 괘념치 마세요."

비비안이 레리아나의 팔을 끌어안듯 잡아 발을 옮겼다. 작게 한숨을 내뱉은 레리아나가 그녀를 따랐다.

레리아나는 먼저 방 안을 살폈다. 친구들을 잔뜩 불러 놓고 유치한 장난질을 치려고 한다면 바로 나올 생각이었다. 그러나 예상외로 방은 조용했고, 비비안도 별다른 낌새는 보이지 않았다.

“리본이 자꾸 흘러내리시나 보군요. 이걸 쓰세요.”

비비안이 핀을 꺼내 레리아나에게 건넸다. 은빛 핀을 바라보며 레리아나는 잠시간 미동 없이 서 있었다.

“받으세요.”

그러자 비비안이 핀을 내밀며 한 번 더 재촉했다. 그녀에게 감사를 표한 레리아나가 핀으로 리본을 고정하기 시작했다.

‘이상해.’

레리아나는 떨떠름함을 감추지 못했다. 그러는 동안 비비안은 한쪽에서 차를 준비하고 있었다.

레리아나가 리본을 다 고정시키자, 비비안이 티테이블에 그녀를 앉혔다.

“차 한잔하고 가세요.”

레리아나 앞에 둔 찻잔을 가리킨 비비안이 웃으며 고개를 기울였다. 무표정한 레리아나가 관찰하듯 바라보자 비비안은 곧 차를 한 모금 머금었다.

레리아나가 잔의 주둥이 부분을 손가락으로 쓸었다. 비비안이 손가락의 움직임에 따라 눈동자를 굴렸다. 곧 레리아나가 잔을 들어 입가에 가져다 대자, 비비안은 긴장한 기색을 숨기지 못하고 그녀의 입을 응시했다.

* * *

찻잔이 입술 앞을 맴돌았다.

"향이 좋네요."

"그렇죠."

비비안이 바짝 마른 입술을 축였다. 그때 레리아나가 문득 입을 열었다.

"샤말 영애께서 제게 왜 이렇게 살갑게 대해 주시는지, 생각해 봤어요."

왜 마시지 않는 거지. 비비안은 제 손가락을 세게 쥐었다. 그러고는 태연자약하게 입을 열었다.

"제가 무슨 꿍꿍이라도 가지고 있다는 듯이 말씀하시네요."

레리아나가 미소 지었다.

"샤말 영애. 궁금한 게 있는데, 혹 여쭤 봐도 될까요?"

"제게요?"

"네."

"물어보세요."

"신전에서 말이에요."

"신전이요?"

비비안이 입술을 꾹 다물었다.

"그때는 왜 그렇게 가셨을까. 궁금했는데."

"아아, 그때는, 갑자기 몸이 좋지 않아서-"

"아뇨."

레리아나가 고개를 저었다.

"제가 지금 드리고 싶은 질문은 그게 아니에요."

"……?"

"제가 궁금한 건 말이에요, 영애."

눈을 내리깐 레리아나가 귀 뒤로 머리를 넘겼다. 그러고는 속삭이듯 나직이 말을 이었다.

"그, 결정석-"

레리아나가 얼굴을 들어 비비안과 눈을 맞췄다.

"-샤말 영애죠?"

미동 없이 레리아나와 마주 본 비비안이 무심코 침을 삼켰다. 내려앉은 침묵이 소름끼칠 정도로 고요했다.

레리아나가 손에 든 컵을 탁자 위에 내려놓았다.

탁.

내려놓는 소리가 아주 시끄러운 소음처럼 귓전을 울렸다.

"……갑자기 무슨 소리를 하시는지 도통 알 수가 없는데요. 제대로 설명해 주시겠어요? 맥밀런 영애……."

그런가요. 레리아나는 듣는 둥 마는 둥하며 고개를 주억거리더니 찻잔을 휘휘 흔들었다.

"이 차에는 뭐가 들었는지 알고 싶네요."

비비안이 이를 악물었다.

"뭐가 들었느냐고요? 당연히-"

"이번에는 독인가요?"

비비안은 당장 소리를 지르고 싶었다. 어떻게 안 거지? 내가 뭘 실수한 거야?

"……맥밀런 영애. 무슨 생각이신지 모르겠지만, 영애도 보셨듯이 차는 저도 마셨어요."

레리아나가 입꼬리를 올렸다.

"그러시겠죠."

"맥밀런 영애, 제가 영애께 보인 호의를 이런 무례로 답하시는 겁니까?"

비비안의 말을 흘려들으며 레리아나가 슬쩍 시선을 내렸다. 탁자 밑으로 내린 비비안의 손놀림은 불안한 기색을 여실히 드러내고 있었다.

"샤말 영애."

이를 확인한 레리아나가 단호한 어조로 말을 끊었다.

"굳이 이런 실랑이를 할 필요가 있을까요? 제게 주신 차를 검사해 보면 싫어도 알게 되겠지요."

무표정한 얼굴로 쏘아붙인 레리아나가 찻잔을 들고 일어섰다. 비비안이 뒤늦게 그녀를 따라 일어섰다.

"잠깐, 지금 어디를 가시는 거예요! 잠깐!"

"제가 이 일로 샤말 영애의 명예를 더럽히게 된다면, 후에 공식적으로 사과를 드리겠습니다."

레리아나는 빠른 걸음으로 발을 옮겼다.

* * *

결정석을 준 이는 분명 노아와 관련된 인물이리라 추정했다. 당시만 해도 제게 위협이 되는 인물은 노아 외에는 없었다.

내 비밀을 알다니 죽여야겠군, 하고 노아가 저를 죽이려 달려든 게 아니라면, 죽은 전 약혼자가 살아 돌아온 것이 아니라면, 누가 자신을 그런 수고를 들여 죽이려고 한단 말인가.

그렇다면 노아와 관련해 자신을 죽이려 하는 인물이 누굴까? 그리고 그 결정석을 보낸 인물은 토벌전 참가자 중 하나일까?

비비안은 왜 먼저 돌아갔지? 그리고 왜 성혼을 앞당겼을까?

반은 그저 감이었다. 비비안이 결정석을 보낸 게 아닐까, 라는 의심은 머릿속으로 끼워 맞춘 추론일 뿐이었으니까.

그러나 평정을 잃고 창백해진 비비안의 표정은 이미 모든 것을 자백하는 것처럼 보였다. 레리아나는 이제 확신하고 있었다. 자신을 죽이려 한 인물은 비비안이라고.

레리아나가 문고리를 잡았다. 비명처럼 소리를 내지른 비비안이 레리아나를 막으려고 했다.

일단 증거를 확보했으니 근위 기사를 부를 생각이었다. 문고리를 내리고 문을 잡아당기는 때였다. 센 충격이 찻잔을 내리쳤다.

툭.

카펫으로 찻잔이 엎어져 둔탁한 소음을 냈다.

"이게 무슨 짓-"

떨어진 찻잔을 보며 혀를 찬 레리아나가 고개를 돌렸다. 이게 무슨 짓이냐고- 뒷말을 이으려던 레리아나는 스쳐 지나간 푸른 안광에 머릿속이 새하얗게 물드는 것을 느꼈다. 아연한 기색이 된 채 문고리에서 손이 떨어져 내렸다.

제 앞에서 연한 하늘색으로 빛나는 눈동자는 결연한 기색을 띠고 있었다.

"베아트리스?"

비비안을 바라보고 있던 베아트리스가 고개를 돌려 레리아나와 마주 보며 섰다.

"레리아나."

서로의 눈이 마주친 그 순간, 레리아나는 관자놀이를 세게 치는 듯한 두통에 미간을 찌푸렸다. 갑작스러운 고통이 밀려왔다.

'두통이…….'

시계탑에서 쓰러지기 직전, 마치 경고등처럼 엄습했던 두통과 같았다. 레리아나는 무심코 관자놀이로 가려던 손을 꾹 쥐었다. 두통이 이어졌으나 당황할 새가 없었다. 제 앞에 그녀가 서 있었다.

베아트리스 트란쳇.

익숙한 이름이 입안에서 맴돌았다. 이 순간을 얼마나 기다렸던가. 눈꺼풀이 천천히 감기며 연녹색 눈동자를 숨겼다가 다시 드러냈다. 입술이 지그시 맞닿았다.

……아니. 정말 기다렸던가?

"왜 여기에."

'베아트리스, 네가 왜 여기에 있지?'라는 생각이 드는 것보다 입이 열리는 것이 빨랐다.

꿀을 바른 듯 윤기 나는 금발, 커다랗고 푸른 눈. 연분홍으로 물든 작은 입술은 레리아나의 물음에도 열리지 않았다. 레리아나는 그 침묵에 문득 의아한 기색을 느꼈다. 아름답고 온화하던 베아트리스는 마치 다른 사람이 된 것처럼 낯선 표정을 짓고 있었다.

"왜 연락도–"

레리아나가 재차 질문하며 베아트리스 앞으로 다가갔다. 그러자 그녀는 레리아나가 서 있던 문 앞으로 바짝 다가가 문을 가로막았다.

베아트리스가 뒤로 손을 돌려 손잡이의 잠금 쇠를 건드리는 소리가 들렸다. 이에 찬물을 끼얹은 것처럼 정신이 번쩍 들었다.

"지금…… 뭐 하는 거야?"

한 발짝 물러난 레리아나가 미간을 찌푸렸다. 방문이 잠겼다. 자신을 고립된 상태로 만들려는 의도가 노골적으로 느껴졌다. 이 세계로 온 이후로, 원치 않게 줄곧 발달해 온 '위험을 감지하는 감각'이 경고음을 울렸다.

레리아나는 떨어진 찻잔을 슬쩍 바라보았다. 우연? 그런 것이 아니다. 예감이 좋지 않았다. 레리아나가 나직이 입을 열었다.

"내게 뭘 하려는지 말해, 베아트리스."

* * *

무도회장의 문이 열리자 노아의 눈동자가 움직였다. 그러나 문을 열고 들어선 여자는 그가 기다리는 이가 아니었다. 다시 눈을 돌린 노아는 후작의 말을 흘려들으며 고개를 끄덕였다. 언뜻 대화에 집중하는 듯 보였으나, 실상 신경은 모두 레리아나가 언제 돌아올까에 맞춰져 있었다.

노아는 들고 있던 와인을 다 마신 후, 시종에게 잔을 넘겼다. 그 너머로 방금 레리아나에게 치근덕거리려던 영식이 제 시선을 피해 움직이는 모습이 보였다. 불현듯 짜증이 치밀어 올랐다. 데려오는 것이 아니었는데. 그는 제 불찰에 혀를 찼다.

잠깐 시야에서 벗어났다고 이렇게 초조할 줄 알았더라면…… 아름답게 치장한 채로 눈을 감고 의자에 앉아 있는 모습을 본 순간, 무슨 소릴 듣든 간에 저택에 가둬 두고 꼼짝도 못하게 했을 텐데.

당시 노아는 닉에게 양해를 구해 그를 밖으로 내보냈다. 닉이 그녀에게 손을 대게 두고 싶지 않았다.

그는 '욕심'이나 '질투'란 단어를 다시 배우는 것 같았다. 무도회장에 도착한 순간부터 계속 그녀를 따라다니는 시선이 불쾌했다. 레리아나가 쉽게 제 시야에서 벗어난 것도, 그리고 좀처럼 돌아오지 않는 것도.

"……실례."

결국 직접 레리아나를 찾으러 가기로 결심한 것은 그리 오랜 시간이 지나지 않은 후였다.

* * *

"내게 뭘 하려는지 말해, 베아트리스."

베아트리스는 저를 경계하는 눈빛으로 바라보는 레리아나를 응시했다. 나직한 목소리와 정면을 바라보는 눈동자엔 힘이 들어가 있었다.

겉보기에 레리아나는 그날 이후로 변한 것이 없었다. 구불구불한 긴 갈색 머리카락, 연녹색 눈동자와 갸름한 얼굴, 가냘프지만 볼륨 있는 몸.

그러나 '진짜' 레리아나 맥밀런은 저런 식으로 말하지 않는다. 낯

설고 어색한 감정이 배 속 깊은 곳에서부터 치받아 올랐다.

"……되도록 만나고 싶지 않았는데."

베아트리스가 들릴 듯 말 듯 조용히 말했다. 레리아나는 눈썹을 꿈틀거렸다.

"나는, 우리가 친구라고 생각했어."

친구라는 단어에 베아트리스가 시선을 내렸다.

"그랬지. 5달 전까지는."

레리아나는 허를 찔린 얼굴로 잠시 말을 잃은 채 서 있었다. 어떻게 알고 있느냐고 묻는 것처럼. 영혼이 바뀌고 현재 레리아나가 된 것이 바로 5개월 전이었으니까.

그러나 베아트리스는 레리아나가 무언으로 묻는 것에 친절하게 답할 생각이 없었다. 그보다 중요한 일이 아직 남아 있었다.

'지금 처리해야 해.'

굳이 건국제 무도회를 택한 것엔 이유가 있다. 왕실에서 주최하는 무도회는 모든 조건을 만족하는 최적의 장소였으니까.

레리아나 맥밀런이 참여할 것, 사람이 많아 혼잡할 것, 무기를 든 개인 호위가 따라붙지 않을 것.

그저 하급 귀족일 뿐인 레리아나 맥밀런의 처리를 이렇게 어렵게 돌아가야 했던 이유는, 다 그녀에게 붙은 개인 호위 때문이었다.

그녀가 노아의 약혼녀가 된 후, 호위가 계속 그녀를 지키고 있었다. 출중한 실력의 기사 때문에 따로 고용했던 용병들은 실패를 거듭했다. 그래서 마지막 조건이 매우 중요했다.

건국제 무도회라면 호위가 붙지 않을 것이다. 왕이 있는 곳에서는 무기 소지가 금지되기에 개인 호위가 따라붙을 수 없었다. 오늘

이대로 레리아나를 놓친다면 또 언제 기회가 올지 알 수 없는 일.

"앉히세요."

베아트리스가 레리아나 어깨 너머로 고갯짓을 하며 말했다. 이에 레리아나가 문고리로 뛰어나갔다. 어차피 문은 안에서 잠겨 있으니, 문고리를 돌려 밖으로 나가면 바로 도움을 청할 수 있을 것이다.

"읏!"

그러나 앞까지 뻗은 팔은 끝내 문고리에 닿지 못했다. 베아트리스가 레리아나의 손목을 잡아챘기 때문이다.

"비비안!"

베아트리스가 외치자 비비안이 화들짝 놀라 주위를 두리번거렸다.

레리아나가 손목을 비틀어 빼내려는데, 쨍그랑 소리와 함께 시야가 흔들렸다. 화병으로 레리아나의 머리를 내리친 비비안이 연신 숨을 들이켰다 내쉬고 있었다.

"앉히세요."

주저앉은 레리아나의 손목을 비비안에게 넘긴 베아트리스가 말했다.

"지금부터 예정대로 진행할 거예요."

베아트리스는 비비안에게 시선을 돌렸다.

"샤말 영애, 꺼내세요."

몽롱한 상태의 레리아나가 눈을 슬쩍 돌리자, 비비안은 새파랗게 질린 얼굴로 어쩔 줄 모르고 서 있었다.

"영애."

잠시 망설이던 비비안이 이내 커튼 뒤에서 짐을 당겨 빼냈다. 그러곤 안에서 밧줄을 꺼내 레리아나에게 다가갔다.

레리아나는 흐릿한 시야로 비비안과 베아트리스를 바라보았다. 이렇게까지 하는 건가. 날 죽이려고?

“샤말 영애, 이런 짓을 하고도 괜찮으리라 생각하시는 건 아니겠죠? 왕비가 된다 해도 이런 일을 완전히 무마시킬 수는 없을 거예요.”

레리아나의 나지막한 직언에 비비안은 입술을 깨물었다.

“처음부터 그냥 네가 없었다면, 일이 이렇게까지는 되지 않았을 거야!”

비비안이 억울하다는 것처럼 억눌린 말을 쏟아 냈다.

“그게 무슨 억지-”

레리아나의 말이 끝나기도 전에 비비안이 손을 묶으려 했다. 그러자 레리아나는 어지러운 와중에도 손 사이에 살짝 틈을 벌리고 주먹을 맞닿게 해 내밀었다.

비비안이 그녀의 손목에 밧줄을 묶었다. 그러고는 의자에 앉혀 몸과 발목도 밧줄로 단단히 고정시켰다.

그동안 베아트리스는 짐에서 무언가를 꺼내 방에 뿌리기 시작했다. 레리아나는 의자에 앉아 베아트리스를 가만히 노려보았다.

혼란스럽다.

프렌치와 랭스턴이 자신을 죽이려 한 이유는 간단하다.

돈, 안위.

비비안 샤말이 이러는 이유는 노아인가? 베아트리스를 따르는 것을 보면 그녀와 모종의 관계가 있을 수도 있다.

그렇다면, 베아트리스는?

“대체 나한테 왜 이러는 거야?”

발 주위로 미끈한 액체가 뿌려졌다.

"갑자기 내 앞에 나타나서……."

코끝으로 와 닿은 것은 기름 냄새였다.

"왜?"

왜 갑자기 날 죽이려 하는 건데? 레리아나가 물었다. 하지만 입을 꾹 다문 베아트리스는 성냥을 그을 뿐이었다. 그녀가 고개를 들자 금발이 어깨 앞으로 쏟아졌다.

"……잘 가."

성냥을 바닥으로 떨어트린 베아트리스가 재차 뒤를 돌아보는 비비안의 손목을 잡아끌고 방문을 닫았다.

* * *

"꺄악!"

노아가 세 번째로 연 휴게실의 주인은 맨슨 자작 부인이었다. 그녀는 치마를 걷고 스타킹을 잡아당겨 올리다 반사적으로 소리를 내질렀다. 노아는 대수롭지 않게 방을 훑어보곤 레리아나가 없다는 것을 확인한 후에 말했다.

"실례."

노아가 고개를 까딱이고 다시 문을 닫으려 했다. 하나 그녀가 황급히 노아를 불렀다.

"공작님!"

"……?"

문을 닫으려던 노아가 슬쩍 미간을 찌푸렸다.

"레이디의 은밀한 곳에 함부로 들어오시고선, 그리 매정하게 가버리실 건가요?"

노아 그 자신으로서도 휴게실 문을 벌컥벌컥 열고 다니는 지금의 행동이 상당히 무례하다는 것은 알고 있는 바였다.

"제가 무례를 범했습니다."

그러나 그는 짧게 내뱉곤 더 이상 그녀의 말은 들을 가치가 없다는 것처럼 방문을 다시 닫으려 했다. 그러자 어느새 다가온 맨슨 자작 부인이 노아의 손을 잡았다.

"이런 걸 원하신 게 아니고요?"

그 유혹적 손놀림에 노아가 작게 혀를 찼다. 레이디가 홀로 자리 잡은 휴게실 문을 여는 것은 성적 함의를 느낄 여지가 충분했다. 노아는 전적으로 자신의 잘못임을 알고 있었으나, 레리아나가 어디에 있는지, 무슨 상황에 처했는지 모르는 지금. 이런 곳에서 별것 아닌 실랑이로 시간을 지체할 순 없었다.

어떻게 할지 결론은 빠르게 내려졌다. 그는 곧장 문을 발로 찼다. 우지끈, 소리와 함께 떡갈나무로 만들어진 두꺼운 나무문에 커다란 구멍이 파였다. 자작 부인이 소리 없이 입을 크게 벌렸다.

"이제 은밀한 곳은 아니게 되었군요, 맨슨 자작 부인. 그러니 이만 '조용하게' 무도회장으로 돌아가시는 건 어떻겠습니까?"

그가 웃으며 말했다. 그러나 어조는 칼날처럼 날카로웠고, 미미하게 살기까지 담겨 있었다. 자작 부인이 벌벌 떨면서 고개를 끄덕였다.

네 번째, 다섯 번째 방문을 닫은 후였다. 노아는 그를 지나치는 시종의 팔을 잡아채 물었다.

"혹시 맥밀런 영애를 본 적 있나?"

시종은 노아가 은연중에 보이는 초조한 기색에 놀라 눈을 크게 떴다. 노아는 혹시 그녀의 얼굴을 알지 못해서 그러나 싶어 간단한 인상착의를 함께 말했다. 그러나 시종은 지나치는 사람들이 너무 많아서 잘 모르겠다며 난처한 표정을 지었다.

"가 보게."

시종을 놓아 준 노아가 턱을 쓸었다. 고작 리본을 추스르는 데 이렇게 오랜 시간이 걸릴 리가 없다. 그의 직감이 무언가 잘못되고 있다는 것을 상기시키기 시작했다.

노아는 수많은 방으로 통하는 복도를 돌아보았다. 휴게실로 배정된 방들은 이 층에만 있는 것이 아니다. 그가 눈을 내리깔았다.

* * *

작은 성냥불이 발목까지 오는 크기가 될 때까지는 1분도 채 걸리지 않았다.

'뜨거워.'

얼굴을 덮치듯 다가온 열기에 레리아나는 제가 앉은 의자를 발로 쭉쭉 밀었다. 독약을 먹이고 그냥 홀연히 떠날 생각은 아니었던 모양이다. 하긴, 그랬다가 방을 나서는 모습을 들키기라도 한다면 범인으로 낙인찍히는 것은 시간문제일 터였다.

하지만 화재가 일어난다면 기사들이 귀족들을 피신시킬 테고, 혼잡한 상황에선 시선과 신경이 분산되어 이 방을 오간 사람이 누군지, 범인을 특정 지을 수 없을 것이다.

불길은 베아트리스가 얼기설기 뿌려 놓은 기름의 길을 따라 움직였다.

"후-"

길게 숨을 내뱉은 레리아나가 손목을 모았다. 벌려 놓았던 손목 사이의 틈만큼 밧줄이 늘어졌다.

"비비안이 손을 묶어 다행이지."

간단한 눈속임이었다. 새파랗게 질려 우왕좌왕하는 바람에 눈치채지 못했으리라. 비비안이 생각보다 독하게 자라지 않은 것을 누구에게 고마워해야 할지 고민하며, 레리아나는 밧줄 사이에 틈을 만들고는 손을 우악스럽게 빼냈다.

"아!"

거친 밧줄에 손등이 쓸려 피가 맺혔다.

"이게 무슨 꼴이야."

레리아나는 손등에 난 핏방울을 빨고 서둘러 문으로 달려갔다. 문고리는 쉽게 돌아갔다.

그러나, 문은 열리지 않았다.

"이게 무슨……."

몇 번 앞뒤로 문을 움직였다. 하지만 떡갈나무로 만들어진 두꺼운 문은 조금 앞으로 밀려 나가다 멈춰 서기만을 반복했다.

설마. 설마. 설마…….

안 좋은 예감에 모골이 송연해졌다. 레리아나가 이를 악물고 어깨로 문을 들이받았다. 두꺼운 나무문은 열릴 생각을 하지 않고 둔탁한 소음만이 힘없이 울려 퍼졌다.

안에서 문을 열지 못하도록 문고리 사이에 무언가를 대 놓은 것이 분명했다. 예상치 못했다. 그저 당연히 묶어만 두고 떠났으리라 여겼다.

레리아나가 거칠게 문을 두드렸다.

"여기요! 사람 있어요!"

등 뒤에서 뜨거운 열기가 선뜩하게 몸을 감쌌다.

맙소사. 이런 곳에서.

"사람 살려요!"

방음이 너무 잘되기 때문인지, 아니면 이곳으로 아무도 지나치지 않는 것인지. 필사적인 외침에도 답은 없었다.

도저히 안 되겠다고 생각한 레리아나는 차라리 커튼을 뜯어 불길을 잡으려 했다. 그러나 어느새 책장까지 덮친 불길은 한순간 크게 타올랐다. 그리고 어찌할 수 없을 정도의 큰불로 번지기 시작했다.

커튼이 손 아래로 떨어져 내렸다. 텅 빈 머릿속에는 화장대 앞에서 제 입술을 쓸던 남자의 얼굴만이 어른거렸다.

* * *

"걱정 말게. 그 정도 이해할 아량은 있으니."

시아트리히는 눈에 띄게 안도하는 샤말 후작의 얼굴을 흘끔 쳐다보고 샴페인을 들었다. 샤말 후작은 비비안의 몸이 지금까지 안 좋았고, 그래서 각종 행사에 얼굴을 내밀지 못했다며 비비안 대신 변명을 늘어놓는 참이었다.

그는 그렇게 말하면서도 연신 무도회장 문을 힐긋거렸다. 잠시 자리를 비우겠다며 떠난 비비안이 좀처럼 돌아올 기미를 보이지 앉자 몸이 달은 모양이다.

흐응, 목을 울린 시아트리히가 고개를 돌리니, 저스틴이 후작에게 잡혀 난처한 얼굴로 웃고 있는 모습이 보였다. 시아트리히가 불편해 죽겠다는 얼굴의 저스틴을 비웃는데, 나오미가 다가와 시아트리히와 샤말 후작에게 인사를 건넸다.

샤말 후작이 고개를 끄덕이며 그녀의 인사를 받자 나오미가 시아트리히에게 바짝 다가서며 속삭였다.

"전하, 문제가 생겼습니다."

시아트리히는 샤말 후작에게 양해를 구하곤 그녀와 함께 한적한 곳으로 물러났다.

"문제라니?"

"성안 곳곳에서 화재가 일어나고 있다고 합니다."

시아트리히가 아연한 기색으로 이마를 쓸었다. 무리하게 연 무도회에서 사고라니, 좋지 않다. 서둘러 마음을 추스른 그가 신경 쓰이는 점을 짚었다.

"곳곳에서?"

나오미가 고개를 끄덕였다.

"누군가 인위적으로 낸 화재로 여겨집니다."

인상을 찌푸린 시아트리히가 혀를 찼다.

"상황은 얼마나 심각하지?"

"불을 끄던 고용인이 화상을 입었지만, 아직 큰 피해는 없습니다."

"회장에 있는 사람들을 밖으로 피신시키게. 그리고……."

나오미가 고개를 끄덕이자 그가 말을 이었다.

"휴게실로 근위 기사들을 보내. 되는 대로 전부 탈출할 수 있도록."

*　*　*

아담은 나무 위에 앉아 달을 바라보았다. 그는 무도회가 끝날 때까지 별궁 근처에서 대기하라는 명을 받고 괜찮은 곳에 자리를 잡은 참이었다. 레리아나가 챙겨 주었던 사탕 하나를 입에 물어 혀로 굴렸다. 달콤한 과일 맛이 입안 가득 퍼졌다.

혀가 얼얼해질 정도의 단맛을 느끼던 그가 문득 몸을 굳혔다. 그리고는 별궁 쪽으로 시선을 돌렸다. 예민한 후각에 탄내가 감돌기 시작했다. 그리고 그 냄새는 별궁에서부터 시작되고 있었다.

화재? 그가 의아해하는데 누군가가 그에게로 다가오는 인기척이 느껴졌다.

"아담."

아담이 제 주군의 목소리에 얼굴을 내렸다.

"레리아나가 보이질 않는군."

레리아나라는 이름이 들리자 아담이 나무에서 내려섰다.

"검을-"

아담이 그의 말에 바로 허리춤에 매어 두었던 검을 던졌다. 테러 사건 이후, 불의의 사고에 대비하기 위해 노아는 어딜 가나 자신의 검을 꼭 챙기게 되었다.

노아가 검을 들고 간단히 상황을 설명했다. 무도회 참여 중 레리아나가 매무새를 추스르기 위해 잠시 자리를 비운다는 말을 남기고 떠났으나, 그 이후로 무슨 일이 생긴 것 같다. 그리고 그녀를 찾던 노아가 별궁을 떠난 것은 곳곳에서 일어나고 있는 화재 때문이었다.

"따라와. 벽을 부술 테니."

화재까지 일어난 지금, 그 수많은 휴게실의 문을 열면서 헤집고 다닐 시간이 없었다. 차라리 벽을 뚫고 일직선으로 바로 이동할 계획이었다. 다른 이가 들었다면 경악을 했을 말에도, 아담은 무표정하게 고개만 끄덕일 뿐이었다.

* * *

금세 매캐한 연기가 자욱해졌다. 기침을 하던 레리아나가 품에서 손수건을 꺼냈다. 화재 시 가장 주의해야 할 것은 불이 아니다. 그 이전에 숨을 쉬다가 연기를 들이마시면 일산화탄소에 중독돼 죽을 수도 있다.

레리아나는 가장 먼저 화병의 물을 손수건에 적셔 코와 입을 막고 허리를 숙였다. 문 옆에는 후원 쪽으로 향하는 창이 달려 있다. 창밖을 흘끔 내려다본 레리아나는 우선 적신 손수건을 마스크처럼 동여맸다. 그러고는 커튼과 밧줄을 단단히 묶어서 기다랗게 이었다.

현재 층에서 바닥까지는 약 4층 높이. 일단 그냥 뛰어내리는 것은 무리였다. 게다가 창문 중간에 틀이 있어 몸집이 작은 편인 레리아나로서도 밖으로 나가기 힘들었다. 레리아나는 창밖을 바라보다가 이내 쓰러져 있던 의자를 들었다.

"읏차!"

의자를 휘두르자 챙그랑- 소리와 함께 유리가 산산이 부서져 떨어져 내렸다. 그녀는 의자로 중간에 가로막힌 창틀까지 전부 부순 후, 이마에 흐르는 땀을 닦았다.

"후- 베아트리스."

허리를 편 레리아나는 천을 맬 곳이 있을지 이리저리 살피다 문고리로 다가갔다.

"무슨 일 때문인지는 몰라도."

레리아나는 문고리에 길게 이은 천을 꽁꽁 동여맨 다음, 창 아래로 줄을 내렸다.

"무사히 나가기만 하면."

건물 중간에서 커튼 끝의 노란 술이 달랑거렸다. 레리아나가 입에 두르고 있던 손수건을 거칠게 풀어 내던졌다.

"가만 안 둔다."

줄을 잡아당기며 단단하게 매여 있다는 것을 확인한 레리아나가 이를 악물었다. 이불이라도 있었다면 좋았겠지만, 그녀가 사용할 수 있는 것은 커튼 두 장과 짧은 밧줄뿐이었다.

일단 줄이 끝나는 지점까지 내려가 볼 생각이었다. 그대로 아래에 뛰어내릴 수 있는 높이라면 좋았겠으나, 그만큼 줄이 길어 보이진 않았다.

'우선 최대한 내려가고 영화에서처럼 날렵하게 몸을 날려 중간층 창문 안으로 뛰어 들어간다거나……. 근데, 할 수 있을까.'

으음. 눈을 감고 짧게 고민하던 레리아나가 넘실거리는 화마의 열기에 옆으로 걸음을 옮겼다. 그러고는 곧장 줄에 매달리기 시작했다.

'여기서 죽나, 거기서 죽나.'

* * *

저스틴이 근위 기사들을 모아 층마다 몇 명씩 파견했다. 그들은 방문을 열고 귀족들에게 상황을 설명해 대피시키기 시작했다. 별궁이기 때문에 손이 많이 모자라 구출은 더디게 이루어지고 있었다. 설상가상으로 소파에 누워 자고 있던 몇몇은 방으로 새어 든 연기에 중독돼 정신을 잃은 상태였다.

기절한 듯 쓰러진 귀족의 어깨를 흔들던 근위 기사가 퍽, 소리에 고개를 들었다. 방의 한쪽 벽이 갈라지더니 그 안에서 붉은 눈의 남자가 무표정한 얼굴로 나타났다. 그의 싸늘한 표정과는 달리, 어울리지 않게 입에 물고 있는 사탕으로 한쪽 볼이 볼록하게 튀어나와 있었다.

"……??"

전혀 예상치 못했던 상황에 기사가 멍청한 얼굴로 입을 벌렸다. 그러고는 이내 품에 안은 귀족을 내려놓았다. 깜짝 손님으로 나타난 남자가 손에 쥔 것은 분명 검이었다.

방화범? 암살자?

붉은 눈의 남자가 뚜벅뚜벅 앞으로 걸어 나왔다. 기사가 검을 맨 허리춤으로 손을 옮겼다. 긴장으로 등줄기가 뻣뻣해졌다. 그가 점점 다가오자 기사가 예민하게 신경을 곤두세웠다.

기사가 검을 뽑으려는데 남자, 아담이 그의 옆을 태연히 스쳐 지나갔다.

"……??"

어리벙벙해진 기사의 시야에 아담이 뚫고 다닌 방의 벽들이 잡혔다. 아연해진 그가 다시 아담에게로 고개를 돌렸다. 아담이 저를 빤히 바라보는 기사를 마주 응시하면서, 다른 방으로 이어진 벽을 두부 자르듯 검으로 매끄럽게 잘라 냈다.

기사가 흠칫 몸을 떨었다.

"……??"

계속 이렇게 방을 돌아다니는 건가? 아니, 도대체 누구지? 왜 저러는 거지? 저런 식으로 어디에 가는 거지? 기사는 계속 의문스러웠다.

한편, 아담은 기사가 왜 저렇게 자신을 애타게 쳐다보고 있는지 의아했다. 빨리 레리아나를 찾아 움직여야 하는데, 다른 이도 아니고 근위 기사가 자신을 저렇게 보고 있으니 줄곧 신경이 쓰였다.

얼굴을 기울이며 사탕을 반대편 볼로 굴린 그는 짧게 고민하다가 주머니에서 사탕 하나를 꺼내 기사 앞에 적선하듯 내던졌다.

기사의 시선이 제 앞으로 굴러 온 사탕으로 향했다. 그러자 고개를 끄덕인 아담이 다시 맞은편 벽으로 발을 옮겼다.

"……?!"

기사는 혼란스러웠다. 뭐지. 왜 저렇게 거지 동냥질에 선심 쓰듯이…….

그가 문득 든 생각에 신음성을 냈다. 설마, 사탕이 부러워서 쳐다봤다고 생각했나. 황망하게 눈을 굴리던 기사는 제 앞에 떨어진 사탕을 주울까 말까 잠시 고민했다.

*　*　*

벽이 바닥으로 기우뚱거리며 쓰러졌다. 노아는 얼굴로 훅 끼쳐 오는 열기와 연기에 입을 막고 고개를 돌렸다. 그가 지나친 곳들 중에서 불이 제일 크게 번져 있는 곳이었다.

방으로 들어선 노아가 발을 옮기자, 구두 밑창에서 깨진 화병 조각이 밟혔다. 지난 방들과는 다르게 엉망진창이 되어 있는 모양새였다. 이를 휘 둘러보는 그때, 노아의 시야에 문고리에서 창틀로 이어진 커튼이 보였다. 근처 바닥에는 젖은 손수건이 아무렇게나 내던져진 채였다.

그 손수건에 놓인 종달새 자수를 본 순간, 노아가 무심코 입을 열었다.

"……레리아나?"

그가 쏜살같이 창틀로 뛰어갔다. 풍성한 갈색 머리칼을 이리저리 휘날리며 레리아나가 줄을 잡고 대롱대롱 매달려 있었다. 매섭게 부는 겨울바람에 드레스 자락이 펄럭였다.

안도한 노아가 레리아나를 부르며 줄을 잡아당기려는 순간이었다.

"레-"

"이얍-!"

레리아나가 기합 소리를 내며 아래층 창문으로 뛰어 들어가기 위해 줄을 놓았다.

"무슨……!"

그녀의 갑작스러운 행동에 노아가 서둘러 창밖으로 뛰어내렸다. 빠르게 몸을 날린 노아는 레리아나를 잡아 안았다.

레리아나는 자신을 안은 팔에 놀라 고개를 들었다. 레리아나를 놓치지 않도록 허리를 단단하게 받친 노아가 검을 벽에 박았다. 벽에 박힌 검이 지지직 소리를 내며 아래로 움직였다.

검은 그렇게 레리아나와 노아를 지탱하며 일 미터가량을 더 내려간 후에야 겨우 멈춰 섰다. 바닥이 급속도로 가까워지는 것을 보고 있던 레리아나가 그제야 작게 한숨을 내쉬었다.

"레리아나."

선뜩한 말투에 레리아나가 어깨를 움찔했다.

"……네?"

노아가 짐짓 다정한 목소리로 말했다.

"바깥세상, 잘 봐 둬."

"……갑자기, 그게 무슨 소리예요?"

"마지막이거든."

"마지막?"

"응, 이제 저택에서 못 나올 테니까."

레리아나가 미묘하게 표정을 일그러트리며 고개를 들었다.

"……왜죠."

노아는 이제 허튼짓할 생각 말고 가만히 기다리라고 웃으며 말했다. 그 웃는 모습과 다정한 말투에서 어쩐지 오한이 느껴졌다.

"……아니, 불이 나서—"

노아가 한숨을 내쉬었다.

"위험한 짓 하지 말고 그냥 기다려."

그가 저를 올려다보는 레리아나와 눈을 맞췄다.

"무슨 일이 있든, 구하러 올 테니까."

순간 멈칫한 레리아나가 눈을 깜빡였다.

"대답."

"……네."

레리아나가 조그맣게 대답하자, 노아가 소리를 높였다.

"아담!"

노아의 외침에 맞은편 방에 있던 아담이 곧 모습을 드러냈다. 그가 밖으로 상체를 내밀어 팔을 뻗었다.

노아가 레리아나를 건넸고, 아담이 레리아나를 받아 테라스에 세웠다. 그 뒤로 노아가 훌쩍 올라와 검을 챙겼다.

그때 뒤에서 쿵, 소리가 나며 샹들리에가 바닥으로 쓰러졌다. 유리가 튀지 않게 레리아나를 품 안에 안고 등을 돌린 노아가 나직이 말했다.

"우선, 여기서 나가지."

궁 밖으로 나오자마자 마른 바람이 불어와 거무튀튀한 재가 휘날렸다. 레리아나가 코와 입을 막고 고개를 돌렸다. 별궁의 불은 걷잡을 수 없이 커져 가고 있었다.

레리아나는 가만히 선 노아를 향해 고개를 돌렸다. 한곳으로 시선을 고정한 노아가 미간을 찌푸렸다. 레리아나도 노아의 시선을 따라갔다. 시선 끝에선 몰시아로 갈 수 있는 게이트가 불타고 있었다.

레리아나는 맞잡고 있는 노아의 손에 무심코 힘이 들어가는 것을 느꼈다.

"노아."

"응?"

아파요, 라고 말하는 대신 레리아나가 깍지 낀 손을 털털 흔들었다. 노아가 손의 힘을 풀었다.

그는 이내 태연한 표정으로 레리아나를 등을 안았다. 그러고는 저쪽으로 가자며, 레리아나를 쭉쭉 밀어 사람들 사이로 움직였다.

제 약혼녀를 떠밀며 움직이는 공작에게 귀족들이 고개를 돌렸다. 이를 틈타서라도 그와 말 한마디 나누려던 그들은 노아의 가면처럼 싸늘하게 굳은 표정을 보곤 머뭇거리며 선불리 다가가지 못했다. 언제나 미소를 띠며 사람들을 대하던 공작에게서 알 수 없는 위압감이 느껴졌다.

노아는 머뭇거리는 귀족들 사이를 헤쳐 지나갔다. 불은 누가 지른 거지. 여러 곳에서 다발적으로 화재가 일어난 정황으로 보아 실수로 일어난 사고는 아니었다. 게다가 레리아나도 화재에 휘말릴 뻔했다.

이 모든 상황에 치밀어 오르는 분노를 갈무리하기가 힘들었다. 그때 걸음이 빠르다며 팔을 잡는 레리아나의 손길이 느껴졌다. 그러자 노아가 속도를 늦췄다.

히이카 데민트를 만날 수 없다면, 어떻게든 다른 방법을 찾을 것이다.

* * *

등을 떠밀던 노아가 걸음을 멈췄다. 물이 나오지 않는 분수대 앞에 선 레리아나가 슬쩍 불에 탄 게이트를 바라보았다.

몰시아로 갈 게이트가 파괴된 일도 일이지만. 그보다 노아에게 말할 것이 있었다. 결정석을 누가 주었던 것인지, 그리고 베아트리스에 대해서도…….

그동안 노아에게 일부러 베아트리스 이야기를 꺼내지 않았다. 그 얘기까지는 할 필요가 없다고 열심히 합리화했지만, 사실은 그냥 제 마음에 타르처럼 들러붙은 거리낌 때문이었다.

'그래도…….'

헛소리로 치부할 이야기를 전부 믿어 주었는데, 지금에 와서 숨기고 싶진 않았다. 레리아나는 노아의 손을 풀고 그와 마주 보았다.

"저-"

그가 레리아나가 입을 열려는데, 누군가 멀리서 노아를 부르며 달려왔다.

"공작님!"

헐레벌떡 달려온 기사가 숨을 몰아쉬고는 헉헉거리며 말을 이었다.

"빨리, 이쪽으로 와 주셔야겠습니다."

"무슨 일이지?"

기사가 땀을 닦으며 말했다.

"괴한들이 무언가를 찾아 별궁 내를 돌아다니고 있다는 제보가 들어왔습니다."

"괴한?"

"괴한?"

"……?"

레리아나와 노아, 아담. 셋의 시선이 기사에게로 돌아갔다. 세 명의 시선이 갑자기 자신에게로 향하자 기사가 찔끔하며 입을 다물었다.

"괴한이라고?"

노아가 되묻자 기사가 '아, 예.'라고 대답하며 고개를 끄덕였다. 괴한들의 등장으로 시아트리히에 대한 호위가 두터워지면서 안 그래도 모자란 인력이 차출되다 보니, 화재 진압에 고전을 거듭하고 있는 듯했다.

"별궁 안에서 무언가를 찾는 것처럼 보였다고 하는데, 목적은 확정 지을 수 없고 금세 종적을 감추었다고 합니다. 대피를 돕다 우연히 목격한 근위 기사가 말하길, 괴한은 붉은 눈동자에 검정색 날을 가진 검을 들고 있었고, 벽을 손쉽게 부수면서 돌아다니는 실력자라고 합니다."

벽을 마치 두부 썰 듯했다면서 목격자의 비유를 그대로 옮긴 기사가 괴한의 인상착의를 덧붙였다.

붉은 눈에, 검은 칼날, 실력자.

레리아나의 시선이 무심코 아담에게로 돌아갔다. 아담이 어느새 검을 등 뒤로 숨기고는 반대편으로 고개를 돌렸다.

"다른 목격자의 말에 따르면 그에게는 한 명의 동료가 더 있다고 합니다. 얼굴은 확인하지 못했지만, 검은 머리에 키가 큰 사내였다고 진술했습니다. 또한 그도 벽을 부수는 실력자로, 무언가를 찾는 듯 두리번거리다 떠났다고 합니다."

검은 머리의 실력자…….

또 익숙한 인상착의에 대한 설명이 들려오자 레리아나가 노아를 지그시 바라보았다. 노아는 마치 '왜 그래? 무슨 일이야?'라고 묻는 듯 뻔뻔한 표정으로 레리아나에게 빙긋 웃어 보였다.

그러나 곧 기사에게로 시선을 돌리자마자 들릴 듯 말 듯 짧게 혀를 찼다.

"서둘러 주십시오."

기사가 재촉했다. 그러나 노아는 기사의 바람처럼 서두르지 않았다.

"공작님?"

레리아나의 마른 입술을 바라보던 노아가 기사의 목소리에 고개를 돌렸다. 기사가 어서 가자는 듯 노아를 뚫어지게 응시했다.

결국 그가 레리아나의 손을 꽉 잡았다가 놓으면서 발걸음을 어렵사리 움직였다. 어찌 되었건 간에 자신이 자초한 일이었다. 노아가 뒤를 돌아 레리아나에게 한번 눈짓을 주었다. 여기서 얌전히 기다리라는 것처럼.

레리아나가 가 보라는 듯 손을 내저었다. 그러자 노아가 기사를 향해 말했다.

"바로 전하께 가지. 위험하실지도 모르니."

'위험?'

그 위험한 괴한이 전하께 가려고 하는 것 같은데. 레리아나는 언뜻 떠오른 의문을 머릿속으로 갈무리했다. 그러고는 조용히 아담을 불러 말했다.

"테일러 경. 그 괴한-"

아담은 마치 질문을 들은 것처럼 고개를 저었다.

"아니에요?"

그가 고개를 또 한 번 저었다.

"맞는 것도 아닌 것도 아니란 거예요?"

그제야 아담이 수긍하듯 고개를 끄덕였다.

"맞군요."

레리아나가 눈을 가늘게 뜨자, 아담은 마치 자신은 모르는 일인 것처럼 무표정한 얼굴로 정면을 보며 서 있었다.

이 남자들이 괴한이다. 어쩐지 검을 들고 있다 했다. 그녀는 노아를 떠올리며 한숨을 내뱉었다. 왕이 있는 장소에서 허락 없이 검을 드는 게 얼마나 큰 죄가 될지 제일 잘 아는 사람이.

그나마 얼굴을 들키지 않아 다행이었다. 공작과 그의 기사가 불이 난 별궁에서 검을 들고 벽을 부수며 돌아다녔다는 이야기가 돈다면……. 상상만 해도 지하 감옥의 습기 찬 돌벽의 서늘함이 느껴졌다. 삐끗하는 순간, 자신도 그곳에 함께 들어가 있겠지.

레리아나는 일단 노아가 일을 수습한 후에 비비안이든, 베아트리스든 말을 꺼내야겠다며 고개를 절레절레 저었다.

그때 갑자기 아담이 오른손을 들어 레리아나의 앞머리를 쓸어 올렸다. 이마가 드러났다.

"테일러 경?"

왼쪽 이마와 머리선이 닿는 곳에서부터 피가 턱 라인을 타고 말라붙어 있었다. 아담이 왼손으로 상처 부근을 짚었다.

"아-"

레리아나가 눈썹을 찌푸리며 짧게 신음성을 내자, 아담이 황급히 손을 뗐다.

"아, 괜찮아요. 그냥 좀 따끔해서."

아담이 당황한 것을 본 레리아나가 두 손을 좌우로 흔들었다. 그는 상처를 보다 주위를 두리번거렸다. 그러곤 레리아나를 별궁의 한적한 정원 뒤로 데려가 낮은 벤치에 앉혔다. 아담은 레리아나 앞에 한쪽 무릎을 꿇고 앉아 소매로 그녀의 이마에 고인 피를 닦아 주었다.

"……아프십니까."

레리아나가 눈을 움찔거리자 아담이 조용히 물었다.

"조금……."

쓰라려요, 라는 말을 삼키며 레리아나가 어색하게 웃었다. 아담이 미간을 찌푸리고선 상처 주위의 마른 피를 닦아 내다 이내 레리아나의 바싹 마른 입술을 스쳤다. 레리아나가 무심코 혀를 내밀어 입술을 축였다.

"불난 곳에 있어서 그런가 봐요."

아담이 천천히 눈을 깜빡였다.

"물을……."

나직이 말한 아담이 일어섰다.

"경, 전 괜찮–"

그가 고개를 저었다.

"금방 다녀오겠습니다."

아담이 그녀를 막듯이 단호히 말하고는 서둘러 떠났다. 엉거주춤 일어서던 레리아나가 입을 벌렸다.

'테일러 경이…….'

레리아나가 두 손으로 입을 가렸다.

'엄청 많이 말했어.'

며칠 동안 겨우 한 마디 듣는 게 전부였는데, 오늘은 일주일 분량을 한꺼번에 들은 것 같다.

'와.'

레리아나가 들뜬 얼굴로 다리를 모아 앉았다. 괜히 횡재한 기분이었다. 노아가 오면 화재 사건 말고도 말해 줘야 할 만한 게 생겼다고 생각하는데, 시야 끝으로 금발 머리카락이 휘날렸다.

'베아트리스?'

다리를 내린 레리아나가 허리를 곧추세웠다. 베아트리스는 어디론가 서둘러 걸음을 옮기고 있었다. 이를 유심히 응시하던 레리아나가 베아트리스를 따라 일어섰다. 그녀는 바로 베아트리스가 사라진 곳을 향해 달려 나갔다.

베아트리스는 후원을 돌아 사람들 사이로 파고들었다. 그러고는 나무가 울창한 숲으로 들어갔다. 두리번거리던 레리아나가 언뜻 스친 긴 금발을 쫓아 움직였다.

콰직.

그때 별궁을 받치던 기둥 중 하나가 쓰러졌다. 불똥이 튀자 불구경을 하고 있던 귀족들이 소리를 지르며 옆으로 피했다. 레리아나는 몰려드는 사람들을 피해 멀리 움직이면서 다시 베아트리스를 쫓아 숲으로 들어섰다.

그리고 우뚝 멈춰 선 베아트리스를 발견했다. 그 맞은편에, 한 남자가 서 있었다.

* * *

레리아나는 차마 움직이지 못하고 가만히 멈춰 섰다. 빨리 베아트리스를 잡아야 하는데, 생각만큼 쉽사리 걸음이 떨어지지 않았다. 베아트리스와 마주 본 이의 심상치 않은 분위기 때문이었다. 둘은 서로에게서 시선을 떼기 어렵다는 듯 눈을 맞추고 있었다.

'노아…….'

왜 저렇게 보는 거지? 심장이 불안하게 뛰었다.

'괜찮아.'

괜찮다 곱씹은 레리아나가 마음을 다잡았다.

그때 베아트리스가 이상하다는 듯 제 가슴 위에 손을 짚었다. 레리아나가 노아를 부르기 위해 입을 벌렸다. 그 순간 베아트리스는 노아에게 서서히 다가가 그의 가슴에 제 손을 올렸다. 평소라면 손을 가볍게 쳐 냈을 노아는 그저 가만히 베아트리스의 행동을 바라보고 있을 뿐이었다.

레리아나가 입을 다물었다.

'뭐지.'

'뭔가 느껴지는 걸까.'

'맺어져야 하는 상대라서?'

문득 존데인에게 하나를 묻지 않았다는 것을 깨달았다. 어머니가 사랑하던 남자가 살아 돌아오는 꿈을 꾼다던 아버지에게.

어머니에게 그 남자가 돌아온다면, 그러면 어떻게 하실 거냐고.

레리아나가 눈을 깜빡였다. 서로에게 눈을 뗄 수 없다는 듯 바라보고 있는 두 사람 옆에서, 자신은 마치 이 무대의 조연처럼 느껴졌다.

'아니, 맞구나.'

저 둘의 이야기에서 자신은 그저 엑스트라일 뿐이지 않던가.

* * *

별궁 앞에서 기사들의 보고를 받으며 걷던 저스틴은 목련과 뱀 문양을 보고 탄식을 터트렸다. 뒤늦게 도착한 블레이크 공작의 마차였다.

'타이밍도 참…….'

마차에서 블레이크 공작이 내리고 있었다. 그가 빙긋 미소를 짓더니 저스틴에게 눈인사를 건넸다. 저스틴이 허리를 숙여 그의 인사를 받았다. 그때 붉은 머리칼이 블레이크 공작 옆으로 지나치고 있었다.

"비비안?"

저스틴이 비비안에게로 뛰어갔다. 비비안이 크게 놀란 기색으로 몸을 돌렸다.

"대체 어디에 있었던-"

소리를 높이려던 저스틴이 그슬린 비비안의 드레스 자락을 보고 말을 줄였다. 그가 비비안의 손목을 잡아 끌어당겼다.

"다쳤어? 봐 봐."

비비안이 뒤로 물러섰다.

"괜찮아요."

"괜찮긴, 옷이 그슬렸잖아."

"괜찮다니까요!"

그녀가 소리를 높이자 놀란 것은 저스틴보다 비비안 자신이었다. 지레 놀란 표정을 지은 비비안이 저스틴의 시선을 피해 얼굴을 돌렸다. 그러고는 새파래진 얼굴로 두 손을 모으며 말했다.

"신경 쓰지 않으셔도 돼요, 오라버니. 이제 다 끝났으니까."

"……뭐라고?"

영문을 모를 말이었다. 끝났다니, 뭐가 끝났단 말인가. 저스틴이 연유를 묻기도 전에 비비안이 말을 막듯 빠르게 말했다.

"오라버니, 저 피곤해요."

비비안은 정말 피곤한 듯 파리한 얼굴이었다. 입을 꾹 다문 저스틴이 손목을 쥔 손에서 천천히 힘을 뺐다. 그러자 비비안이 서둘러 자리를 떠났다.

그녀의 뒷모습을 보며 저스틴은 머리를 쓸어 넘겼다. 어머니가 돌아가신 후, 가족 모두가 오냐오냐하며 키웠던 귀염둥이 막내딸이었다. 그 때문인지 늘 기분에 따라 변덕스러워지곤 하던 동생이었지만, 요즘은 정말 이상하다 생각될 정도로 훨씬 예민하고 신경질적이 되었다.

저스틴은 한숨을 내뱉었다. 한눈팔 시간이 없었다. 무도회장에는 레리아나도 보이지 않았다. 사람이 많아 보지 못했을 수도 있지만, 일단은 제 일을 마치면 알 수 있게 되리라.

다시 별궁 안으로 발을 옮기려던 저스틴은 언뜻 눈에 띈 것에 얼굴을 내렸다. 바닥에 무언가가 떨어져 있었다. 비비안이 떠난 자리로 다가가 저스틴이 허리를 굽혔다. 손에 들린 것은 작은 약병이었다.

병 안에서 투명한 액체가 찰랑였다.

* * *

발끝에 작은 돌이 채였다. 돌은 얼마 굴러가다 곧 멈추었다. 이를 가만히 지켜보던 레리아나가 이마를 쓸었다. 손이 상처를 스쳐 쓰라린 아픔이 밀려들자, 멍해졌던 정신이 돌아오는 것 같았다.

'내가 지금 뭐 하는 거지?'

의심, 불신, 질투, 체념.

그 수많은 부정적 감정들이 교차했다.

'……질색이야.'

입을 꾹 다문 레리아나는 고개를 들었다.

의심이든 불신이든 질투든 체념이든.

'전부 질색이야.'

그리고 걸음을 옮겼다. 한두 걸음씩 차츰 움직이던 속도가 점점 빨라졌다. 눈앞에서 노아가 고개를 돌렸다. 그가 자신을 향해 다가오는 레리아나를 바라보았다.

그녀가 팔을 뻗었다.

21장

믿음

믿음

가만히 잔소리를 들어 주던 노아가 떠나자, 시아트리히는 관자놀이를 짚었다. 별궁 뒤쪽에 있는 작은 숲속에 친 간이 천막 안은 화로에서 나오는 열만이 미미하게 감돌고 있었다.

테러, 화재, 검을 들고 설친 노아까지.

"바람 잘 날이 없어."

인상착의만 듣고도 괴한들이 노아와 아담이란 것을 알아챘지만, 시아트리히는 호위를 강화하는 것에 군말 없이 동의했다. 그 괴한 중에 한 명이 제 동생이며, 여자에 눈이 멀어서 그랬다고는 말할 수 없지 않은가.

지팡이로 화로를 툭툭 두드리며 시아트리히가 혀를 찼다. 그때 천막의 문을 열고 나오미가 들어섰다.

"전하."

"나오미. 불은?"

"전소 중입니다. 그보다……."

나오미가 잠시 머뭇거리다가 이내 입을 열었다.

"블레이크 공작님께서 도착하셨습니다."

"블레이크 공작? 지금? 이 타이밍에?"

시아트리히가 눈썹을 일그러트리는데 누군가의 목소리가 그들 사이로 끼어들었다.

"예, 지금 이 타이밍에 도착했습니다."

둔탁한 억양의 목소리였다. 그 목소리의 주인공인 중년 남자는 나오미의 뒤를 따라 천막 안으로 들어왔다.

"따뜻하군요."

그가 화로를 보며 제 옷깃을 다듬었다. 그러고는 정중하게 허리를 굽혀 인사했다.

"여신의 손길 하에서 무탈하셨습니까, 전하. 애런 블레이크 공작, 인사드립니다."

고개를 끄덕여 인사를 받은 시아트리히가 지팡이를 짚으며 자리에 앉았다. 애런이 그 앞으로 다가가며 말했다.

"거참, 화재라니. 큰일이더군요."

"이렇게 늦은 걸 보면 불이 났다는 소식은 들었을 텐데, 왜 굳이 꾸역꾸역 온 건가."

"아아, 오는 길에 별궁에 화재가 일어났다는 이야기는 들었습니다만. 그러니 더 걱정이 되어서 말입니다."

"걱정? 설마 내 걱정이라도 했단 건 아니겠지?"

"당연히 전하의 걱정은 늘 품고 있습니다."

"쯧. 그래, 누굴 걱정해서 그러나."

"제 수양딸이 무도회에 참가했거든요."
"수양딸?"
"예."
애런이 고개를 끄덕였다.

* * *

노아는 눈앞의 여자를 지그시 응시하고 있었다. 그의 착각이 아니었다. 가슴에 손이 닿자 더 선명하게 느껴졌다.
베아트리스가 얼굴을 들어 눈을 맞추며 말했다.
"왜 공작님을 보면 심장이 뛰죠?"
노아가 입을 열려 하는데 자신 쪽으로 향하는 인기척이 느껴졌다.
'레리아나?'
노아가 팔을 뻗은 레리아나를 잡으려 했지만, 레리아나의 몸이 옆으로 스쳐 지나갔다. 레리아나는 그대로 베아트리스의 손목을 붙잡았다. 베아트리스가 놀란 얼굴로 레리아나를 바라보았다.
"불은 마음껏 질렀니?"
레리아나가 그녀의 이름을 불렀다.
"베아트리스."
'베아트리스'란 이름에 반응한 노아가 그녀 쪽을 향해 얼굴을 돌렸다. 잠시 당황한 듯 보였던 베아트리스가 노아를 한번 힐끔거리고는 이내 태연하게 말했다.
"……무슨 소리야? 불이라니."
"그새 잊었어? 내가 살아 있어서 아쉽단 얼굴을 하고 있는데."

그러자 베아트리스가 처연한 표정을 하고서는 작게 읊조렸다.

"무슨 소리 하는지 모르겠어. 왜 그런 거짓말을 하는 거야?"

참 나. 뻔뻔스러운 말투에 레리아나가 이를 악물었다.

"거짓말?"

그때 인상을 찌푸린 노아가 끼어들었다. 그러고는 레리아나의 손에서 베아트리스의 손을 건네받았다. 이에 레리아나가 입술을 깨무는데, 낮게 깔린 목소리가 귓속을 파고들었다.

"이렇게 손에 기름 냄새를 풍기면서."

"……?!"

베아트리스의 손이 가슴에 닿자 확실히 느껴졌다. 분명한 기름 냄새였다. 사색이 된 베아트리스가 황급히 손을 비틀어 빼냈다.

"이건, 방금 램프를 쏟는 바람에……."

"레리아나, 이리 와."

그녀의 말은 듣고 싶지 않다는 듯 무시한 노아가 레리아나를 향해 말했다. 레리아나가 주춤주춤 다가가자 노아가 그녀를 품으로 안아 시야를 가렸다.

창백해진 베아트리스가 한 걸음 뒤로 물러났다.

"……무슨."

노아가 손을 뻗었다. 불을 지르고 레리아나를 죽이려고 한 여자. 노아의 손가락이 베아트리스의 목에 닿을 듯 다가갔다.

"무슨 짓을……!"

새파랗게 질린 베아트리스가 고개를 저었다. 지독한 살기로 막다른 길에 선 것처럼 느껴졌다. 손끝이 닿지도 않았는데 숨이 턱턱 막혀 왔다. 그 순간이었다.

"아, 윈나이트 공작. 아직 있었-"

기사들과 함께 길을 나서던 애런 블레이크가 셋을 번갈아 보고는 어리둥절한 투로 물었다.

"무슨 일인가? 내 딸과는 벌써 인사를 한 건가?"

딸? 노아가 짧게 혀를 차고는 애런에게로 시선을 돌렸다. 그제야 베아트리스가 숨을 몰아쉬었다.

노아의 품에서 벗어난 레리아나가 애런 블레이크 공작을 확인했다. 새파랗게 질린 딸이 목이라도 졸렸던 것처럼 숨을 들이켜자, 심상찮음을 느낀 애런이 베아트리스에게 무슨 일이 있었느냐고 묻기 시작했다.

목을 감싸 쥔 베아트리스가 입을 열었다.

"윈나이트 공-"

일이 커질 수 있음을 직감한 순간, 레리아나가 갑작스럽게 베아트리스에게로 다가갔다. 그러고는 베아트리스를 품으로 껴안았다.

"오랜만에 만나서 반가웠어, 베아트리스."

레리아나는 베아트리스의 귓가에 대고 조그맣게 속삭였다.

"무슨 말을 하려고? 증거는 있어?"

노아가 그녀를 죽이려 했다 해도 증인은 자신뿐이다. 베아트리스가 불을 질렀다는 증거를 자신이 가지고 있지 않듯, 그녀도 입증할 수 없는 일에 대해 선불리 입을 열지는 못하리라.

"……네가 살아 있어서 정말 아쉬워."

얼굴을 굳힌 채 그렇게 속삭인 베아트리스가 몸을 떼어 내려 했다. 그러자 레리아나가 등을 꼭 붙들었다.

"웃어, 얼굴이 굳었잖아. 베아트리스."

가볍게 미소를 띤 레리아나가 그녀의 몸을 슬쩍 밀쳐 냈다. 뒤로 밀려난 베아트리스는 레리아나를 가만히 응시하며 말했다.

"그럼, 다음에 봐. 레리아나."

"그래. 다음에."

눈썹을 들어 올린 레리아나가 고개를 까딱이며 답했다.

뒤에서 노아가 불편한 낌새를 보이자, 베아트리스는 애런에게 그냥 불이 나서 놀란 것뿐이었다고 말하고는 어서 돌아가자며 살가운 웃음을 지었다. 애런은 꺼림칙해했으나 이내 수긍하곤 노아와 레리아나에게 작별 인사를 건넸다. 애런의 뒤를 따르는 베아트리스가 뒤를 돌아보았다가 이내 다시 몸을 돌려 걸음을 옮겼다.

* * *

안도감인지, 허탈감인지. 갑자기 몸에 힘이 쭉 빠진 것처럼 휘청거렸다.

"레리아나."

기울어지는 레리아나를 안은 노아가 그녀의 이름을 불렀다. 그러자 몸을 돌린 레리아나가 노아의 가슴에 이마를 기댔다.

"잠깐만, 이렇게 있을게요."

한숨을 내쉰 노아가 걱정스러운 듯 등을 쓸었다.

"괜찮아?"

한동안 답이 없던 레리아나는 나직이 입을 열었다.

"사실은, 얘기 안 한 거 있는데."

"응."

"들어 줘요."

"응."

"책 제목, '베아트리스'라고 했었죠."

노아가 저쪽으로 가서 앉자며 제안했지만, 레리아나가 고개를 저었다.

"베아트리스에 관한 이야기예요."

레리아나가 이야기를 시작했다. 책의 주인공인 베아트리스에 대해서. 그리고 베아트리스와 옥새로 엮였을 노아와, 서로가 사랑에 빠진다는 이야기까지.

노아는 가만히 들으며 고개를 끄덕였다.

"왜 그건 말하지 않았지?"

"……."

"응?"

"뭔가-"

레리아나가 잠깐 입을 다물었다가 다시 말을 이었다.

"뭔가 느꼈어요? 아까 둘이……."

그런 것 같았는데. 금세 꺼질 것처럼 목소리가 잦아들었다.

"음."

대답을 미룬 노아가 목을 울리자, 레리아나가 눈을 감았다. 그가 손으로 입을 가리고 잠시 고민하더니 갑자기 짧은 물음을 던졌다.

"질투?"

감겨 있던 눈이 번쩍 뜨였다. 고개를 숙이고 있던 레리아나가 눈에 띄게 어깨를 들썩이며 한 걸음 물러났다.

"아뇨."

노아가 한 걸음 다가섰다.
“맞을걸.”
“아닐걸요.”
“맞을 텐데.”
“아닐 텐데.”
레리아나가 고개를 돌리고 계속 뒷걸음을 치자 노아가 그대로 계속 따라왔다.
“맞아.”
“아니야.”
“아니야?”
노아가 고개를 기울이며 되물으니 레리아나가 다시 바꿔 말했다.
“아니에요.”
반말도 괜찮은데? 노아가 중얼거리며 성큼성큼 다가왔다. 계속 아니라고 부정하며 뒤로 물러나던 레리아나가 나무에 등을 부딪쳤다. 그러자 노아가 미소 지으며 레리아나를 팔 안에 가두었다.
“미안해, 레리아나.”
그가 고개를 숙여 레리아나의 정수리에 입을 맞추곤 말을 이었다.
“불안하게 해서.”
“전혀 미안한 표정이 아닌데요.”
레리아나가 불만스러운 투로 말하자 노아가 작게 웃음을 터트렸다.
“좋아서.”
노아가 고개를 숙이고 있는 레리아나에게 자기 좀 보라며 어르고 달래서 얼굴을 들어 올렸다.
“사랑해.”

갑작스런 사랑 고백에 얼굴이 홧홧해진 레리아나가 다시 시선을 돌렸다.

"베아트리스인가 뭔가 하는 여자한테는, 확인하고 싶은 게 있었어."

"확인이요?"

노아가 고개를 끄덕였다.

"언뜻 기름 냄새가 났거든."

아담처럼 후각이 예민한 편은 아니어서 확신하기 힘들었다. 그저 스쳐 지나가는 여자에게서 기름 냄새가 나는 것이 이상해 시선을 두었더니, 그녀도 자신과 눈을 맞춰 왔다.

"……그리고 그 위화감."

왠지 베아트리스에게서 위화감이 들었다. 야시장에서 부딪쳤던 첫 만남부터. 그것은 그녀도 느끼고 있었던 듯했다. 그래서 이를 제대로 확인하고 싶어 베아트리스의 손을 내치지 않았다. 그녀가 책의 주인공 베아트리스였고, 그녀 때문에 레리아나가 불안해할 것을 알았다면 놔두지 않았으리라.

"위화감?"

문득 레리아나가 되물었다.

"응."

사랑이 아니라? 하고 묻는 듯한 얼굴에 노아가 다시 웃었다. 다른 여자를 마음에 둘지도 모른다 여겼다니, 그 귀여운 생각이 좋았다. 그가 레리아나의 손을 들어 올려서 제 가슴에 올렸다. 빠르게 뛰는 심장 고동이 손을 타고 올라왔다.

"내 심장이 이렇게 뛰는 건 당신뿐이야."

목소리가 귓가에 달콤하게 녹아드는 것 같다. 레리아나가 얼굴을 물들인 채 부끄러워하자, 노아가 웃으며 입을 맞추려 했다.

하지만 레리아나가 잽싸게 얼굴을 피했다. 몇 번의 입맞춤 시도가 계속 실패로 돌아가니 노아는 자꾸 피하는 레리아나의 몸통을 잡아다 안아 들었다. 그러고는 어디론가 향하기 시작했다.

레리아나가 어딜 가느냐고 묻자 그가 말했다.

"형님께 가려고."

"왜요?"

"오늘을 국경일로 만들 생각이거든."

노아가 '질투받은 날이니까. 이런 날은 매년 기념해야지.'라고 능청스레 말했다.

"와, 진짜."

이런 건수는 놓치질 않아. 레리아나가 눈을 매섭게 떴다.

"그만 놀려요, 이 악마야."

이제 당신이 싫어지려 한다는 레리아나의 말에 노아가 항복 의사를 표했다.

"알았어."

노아가 웃으며 레리아나를 놓치지 않도록 꽉 잡았다.

"이젠 날 싫어한다고 해도 어쩔 수 없어."

죽을 만큼 싫어해도 못 도망가니까. 그가 어깨를 으쓱였다. 레리아나가 농담이라도 들은 것처럼 '아- 그러세요.' 하며 웃었다. 노아는 굳이 그녀의 태연한 생각을 정정해 주지 않았다. 어차피 차차 알게 될 테니.

* * *

별궁의 화재는 거의 전소되고 있었다. 기사들이 분주하게 움직이는 별궁 앞을 지나자, 레리아나를 안고 당당히 걸음을 옮기는 노아에게로 힐끔거리는 시선이 향했다. 그리고 레리아나를 찾아 숲으로 향했던 아담이 그들을 발견하곤 조용히 뒤를 따랐다.

노아는 베아트리스와 비비안이 오늘 레리아나에게 했던 일들에 대해 들으며 고개를 끄덕였다. 그러다 이마를 다쳤다는 소리에 노아가 황급히 레리아나의 머리카락을 들어 상처를 확인했다.

레리아나는 갑자기 등골을 스치는 서늘한 기운에 깜짝 놀라 눈을 크게 떴다. 그러자 노아가 살기를 갈무리하고 태연한 얼굴로 말했다.

"그런데 그 여자가 왜 당신을 죽이려고 하는 거지?"

사실 그런 건 별로 관심 없고, 당장 베아트리스를 잡아다 목을 베야겠다고 생각하는 듯한 얼굴이었다. 애런 블레이크와 주위에 선 기사들만 아니었어도 이미 실행에 옮겼으리라.

"……글쎄요."

어색하게 답한 레리아나는 눈을 굴리다 말했다.

"다만 걸리는 건, 베아트리스는 내가 5개월 전과 다른 영혼이라는 걸 알고 있는 것 같았어요."

"어떻게?"

레리아나가 고개를 저었다. 아마 검은 신녀와 관련된 일일지도 모르지만, 이를 확인시켜 줄 검은 신녀는 죽었고 베아트리스는 입을 다물었다. 죽지 않고 살아 있어서 아쉽다는 목소리가 머릿속에

붕붕 떠다녔다.

'……왜일까.'

* * *

레리아나는 침대 위에 앉아 있었다. 손에 든 것은 찻잔이었다. 찻물 위에서 연녹색 눈동자가 눈꺼풀에 가렸다 나타났다. 프렌치 브룩스는 찻잔을 들고 왔던 쟁반을 협탁 위에 올려 두고 있었다. 그와 눈을 마주친 레리아나가 어색한 미소를 지어 보였다.

그녀는 멍하니 지난날을 떠올렸다. 브룩스 가문에서 청혼이 들어와 어영부영 약혼을 했다. 브룩스라는 이름이 집안에도 도움이 될 뿐 아니라, 이성으로서도 그는 꽤 괜찮은 남자였다.

결혼한 지 얼마나 됐더라. 보름? 한 달? 프렌치 브룩스는 차를 어서 마시라며 조그맣게 재촉했다. 그를 빤히 바라보던 레리아나가 찻잔을 입에 댔다.

베아트리스의 웃음소리가 들려왔다.

"……영애!"

"흐읍!"

손을 휘젓자 입안으로 물방울이 튀었다. 레리아나가 켁켁거리며 몸을 일으켜 앉았다. 첨벙거리는 물소리가 귀를 두드렸다. 정신없이 얼굴을 돌리는데, 눈앞에서 헤일리가 걱정스런 얼굴로 손을 거두고 있었다. 황급히 주위를 돌아보니 욕실이었다.

숨을 몰아쉰 레리아나는 눈을 깜빡이다 쪼글쪼글해진 손을 보고 한숨을 내쉬었다. 욕실에서 잠이 들었던 모양이다.

"피곤하셨나 봐요."

헤일리가 나직이 말하곤 수건으로 레리아나의 몸을 감쌌다.

"조금……."

방으로 나온 레리아나는 몸을 말리고 침대에 쓰러지듯 누웠다. 이마에 남은 상처를 걱정하는 헤일리와 에코에겐 괜찮다 말하며 그녀들을 물렸다.

그때 노크 소리가 들려왔다. 들어오라 말하자 주치의와 함께 노아가 방으로 들어섰다.

"꿰맬 정도까지는 아니라 다행입니다."

상처를 봐준 주치의가 약을 꺼내자 노아가 자연스럽게 이를 받아 들었다.

"나가 보게."

주치의가 인사를 하고 방을 나서니 노아가 레리아나 앞에 앉아 상처에 약을 바르기 시작했다. 쓰라림에 무심코 눈살이 찌푸려졌다.

"아파?"

그가 손가락을 떼고 묻자 레리아나가 고개를 저었다. 이마에 약을 다 바른 후, 손을 닦은 노아가 빨리 자라고 말하며 일어섰다. 그를 빤히 올려다보던 레리아나가 노아의 옷자락을 잡았다.

"……?"

왜 그러느냐는 표정의 노아가 다시 자리에 앉았다.

"나쁜 꿈을 꿔서."

그는 잠시 고민하다 레리아나 옆에 자리를 잡았다.

"이리 와."

그가 제 옆자리를 툭툭 두드리자 레리아나가 네 손발로 움직여 다가가 누웠다.

"무슨 꿈?"

딱히 말하고 싶지는 않다. 레리아나가 그저 고개를 저었다. 노아는 흠, 하며 목을 울리더니 마치 '과연 내일 비가 올까.' 하고 말하는 것처럼 대수롭지 않게 말했다.

"내일 마탑으로 가서 몰시아와 이어진 게이트를 열라고 할까."

갑자기 그게 무슨 헛소리란 말인가. 레리아나가 못마땅하게 답했다.

"반역이에요."

마법사들은 모두 왕실 소속으로 왕의 명령하에서만 움직인다. 거기다 타국으로 가는 게이트를 함부로 열 수도 없거니와, 어찌 열었다 쳐도 국제적 문제로 번질 것이다. 그러나 노아는 어깨를 으쓱이며 말했다.

"그런 건 오늘도 했잖아."

그랬지. 레리아나가 앓는 소리를 내며 작은 베개를 끌어안았다.

'정말, 안 들켜서 다행이지.'

레리아나가 몸을 비틀어 노아의 옆구리에 머리를 기댔다.

"으음-"

눈을 감고 미간을 찌푸린 채 목을 길게 울리니, 노아가 웃으며 왜 그러느냐고 물어 왔다.

"사이좋게 세인트 벨에 갇힐 것 같아서요."

"난 안 갇힐 텐데?"

"왜요?"

"왕족이라. 왕성에 따로 왕족을 가두는 감옥이 있거든."

말이 감옥이지, 외지고 낡은 별채나 다름없는 곳이었다.

"그럼 나는요."

"세인트 벨."

"와—"

이런 데서 신분제의 불합리함을 느껴야 하다니. 레리아나가 미간을 찌푸리며 몸을 일으키자, 낮게 웃은 노아가 허리를 안아 끌어당겼다.

"신성국으로 가면 돼. 거긴 중립국이니까."

"성하께서 싫어하실 것 같은데요."

레리아나가 눈을 가늘게 떴다. 노아를 보자마자 길길이 날뛸 히이카의 모습이 눈앞에 선했다.

"당신이 있으면 싫어도 마지못해 받아 주실걸."

싫어 죽겠다는 얼굴을 하고서 어쩔 수 없이 자신을 받아 줄 대신관을 떠올리며 노아가 빙긋 웃었다.

"그러니까 걱정 말고 자."

노아가 가슴께까지 이불을 끌어 올리며 말했다.

"어떻게든 할 테니까."

그가 싱긋 웃자 레리아나가 한숨을 푹 쉬었다. 이런 노아를 볼 때면 제 걱정을 할 때가 아닌 것 같다. 어느 순간 말도 안 되는 일을 확 저지를 것 같은 눈이었다.

'정말 마탑에 가는 건 아니겠지?'

불신에 가득 찬 눈으로 바라보자 노아는 빨리 자라는 듯 가슴께를 두드렸다.

"마탑에는 가지 마요."

"알았어."

"세인트 벨은 싫어."

"알았어."

레리아나는 눈에 피로를 그득 담고서 한참을 잠들지 못했다.

"……베아트리스는."

다른 사람의 영혼이란 걸 어떻게 알고 있었을까. 어쩌면, 알고 있기 때문에 그런 걸까? 자신이 이전의 레리아나가 아니기 때문에 그러는 걸지도 모른다는 생각에 혼란스러웠다. 문득 레리아나가 노아에게로 고개를 돌리니 그가 얼굴을 굳힌 채 생각에 잠겨 있었다. 레리아나는 노아의 손을 만지작거리며 말을 돌렸다.

"……아니, 제가 본 책이 왜 '베아트리스'였을까, 해서요."

히이카의 말에 따르면 '베아트리스'라는 책은 여신이 베아트리스의 영혼에 대해 기록한 것일 거다. 그때 노아가 심드렁하게 답했다.

"날 만나려고."

참 나. 레리아나가 졸린 눈을 꿈뻑이면서 그를 바라보았다.

"아니, 그게 아니라……."

"그만 생각하고 자."

노아가 레리아나의 얼굴에서 머리카락을 치우며 가볍게 타박했다. 그가 손바닥으로 눈을 감기자 레리아나가 웃었다. 그렇게 스르르 잠에 빠질 무렵, 문득 두통이 느껴졌다.

* * *

교도소장실은 그 악명 자자한 세인트 벨이란 이름 아래에서도 아늑하고 깔끔했다. 안내에 따라 손님용 의자에 앉은 휘튼은 옆으로 돌아가려는 의자를 발로 지탱했다. 옆에서 파도 소리가 들려왔다. 그가 정면에 달린 창문 너머로 고개를 돌렸다.

"파도가 거세군요."

"여긴 매일 그렇죠. 잠잠할 때가 없어요."

그러니 철옹성이 될 수 있다고 말하며 교도소장의 비서가 차를 건넸다. 휘튼은 창밖으로 바다 물결이 부서지는 것을 바라보다가 고개를 끄덕였다. 그가 차를 마시는 동안 일을 마친 교도소장이 들어왔다.

"휘튼 경이십니까?"

"예. 윈나이트 가문 소속 기사, 윌론 휘튼입니다."

휘튼이 일어나 그에게 악수를 청했다. 교도소장이 만족스런 미소를 지으며 악수를 받았다.

"반갑습니다, 휘튼 경. 세인트 벨의 소장인 체이스 험프리입니다. 윈나이트 공작님께 미리 연락은 받았습니다. 이쪽으로 오시죠."

체이스가 소장실의 문을 열고 휘튼을 안내했다. 둘씩 짝을 지어 가던 교도관들이 소장을 향해 고개를 숙였다. 그는 눈짓으로 인사를 받으며 긴 복도를 지났다.

"제가 여기 교도소장이 되기도 전부터 있었던 여자입니다."

죄수실로 가는 문을 지키던 교도관이 체이스의 얼굴을 확인한 후에 문고리를 잡았다. 철컹거리며 거대한 문이 열렸다.

"전쟁 이후 대대적으로 이루어진 서류 정비가 아직 끝나지 않는 바람에 확실히는 모르겠지만, 어림잡기로…… 70년쯤은 세인트 벨에 있었던 것 같은데……."

한 감방의 문 앞에서 체이스가 갑작스레 몸을 돌렸다. 휘튼이 그를 내려다보자 체이스는 손가락을 관자놀이 옆에서 빙글빙글 돌렸다.

"그래서인지 좀 미쳤어요. 하는 말 중 태반이 헛소리죠. 만나셔도 말이 통할지 모르겠습니다."

체이스가 문을 열자 회색의 깔끔한 방 안엔 책상 앞에 앉은 여자가 있었다. 공작의 연락 때문인지 신경을 쓴 것이 역력해 보였다. 체이스에게 눈짓을 보내니 그가 들어가 보라며 고개를 끄덕였다. 휘튼이 뚜벅뚜벅 걸어가 그녀 앞에 앉았다.

"당신이 이오사 벤?"

그녀는 두 손에 무언가를 꽉 쥐고서 고개를 푹 숙인 채였다.

"……나는 호밀 빵이 아주 싫어."

그녀가 손에 꽉 쥐고 있던 카드를 뒤집었다. 그곳엔 카드라고 하기에도 민망한, 손으로 직접 그린 그림이 그려져 있었다.

"이오사?"

"질기고 딱딱하다고. 부드러운 밀 빵을 본 지 너무 오래됐어."

"당신이 검은 신녀, 이오사 벤 맞지?"

레리아나가 가지고 있던 책의 저자, 월터 벤이 말년에 입양한 여자아이. 검은 신녀의 신력을 이어받았다는 그녀를 찾기 위해 노아는 휘튼에게 명을 내렸다. 휘튼은 그 저자가 살던 지방까지 내려가 이오사 벤이라는 이름을 캐냈고, 그녀가 이미 세인트 벨에 갇힌 지 오래라는 것을 알아냈다.

"간식은 일주일에 한 번이야. 지난주에 나온 타르트는 너무 질었어."

이오사는 그의 말에 영 집중을 하지 못했다. 그녀를 가만히 바라보던 휘튼이 책상을 한 번 쿵 내려쳤다. 그녀가 흠칫하며 고개를 들었다.

"이오사."

휘튼이 그녀의 이름을 다시 한 번 불렀다. 지그시 눈을 마주치던 이오사의 눈에 한순간 이채가 돌았다.

"저 위, 높으신 분의 기사 양반이군."

그리 말한 이오사는 갑자기 카드를 능숙하게 섞더니 몇 장을 책상 위에 올려 두고 차례차례 뒤집기 시작했다.

"카드가 안 좋네. 술 취한 아비한테 맞고 살다가 집을 나왔고, 그 후로 줄곧 남의 그늘에서 살았어."

휘튼이 무언가 말하려는 듯 입을 달싹였다. 그러나 이오사는 그의 과거를 차근차근 짚어 나갔다. 그녀는 마치 모든 걸 알고 있는 것처럼 휘튼의 과거사를 완벽하게 주절거렸다. 휘튼이 체이스를 바라보자 그가 자신도 몰랐다는 듯 고개를 저었다.

"지금은 매의 발가락이나 핥으며 사는군."

카드를 다시 섞어 뒤집은 이오사가 말했다.

"흠, 근래에 몸을 다쳤겠어. 위쪽. 머리. 아, 뒤통수. 뒤통수에 구멍이 있겠어."

"……?!"

경악한 휘튼이 구두 굽에 찍혔던 제 뒤통수를 만졌다. 노아가 뒤통수에 통렬하게 날린 헤드샷의 상처는 아직 낫는 중이었다.

'이 여자, 진짜다.'

이오사가 다시 카드를 섞어 뒤집었다.

"보자, 미래는."

그러다 한 카드를 들고 눈을 크게 떴다.

"아니, 이 카드는……!"

"……?"

"이 카드, 이건 파멸을 뜻해."

이오사가 카드를 휘튼 앞으로 밀었다. 휘튼이 낫을 든 사신 비슷한 게 그려진 카드를 들었다.

"파멸……?"

"빨래를 널면 비가 오고, 새 신발을 신으면 진흙탕을 밟고, 장롱에 부딪히면 새끼발가락이고, 뒤로 넘어지면 코가 깨질 거야. 기사 양반한테서 이런 암울하고 먹구름 낀 미래가 보여."

"그런……."

휘튼의 말이 막혔다. 좀스럽고 구질구질했다. 결코 그가 바라던 희망찬 미래상은 아니었다. 파멸. 휘튼의 머릿속에 온갖 생각이 오갔다. 이오사가 그때를 틈타 말했다.

"희망찬 미래를 갖고 싶어?"

휘튼이 저도 모르게 고개를 한 번 끄덕였다. 이오사가 씨익 이를 드러내며 웃었다.

"그럼, 덕을 쌓아야 해."

"덕이라면-"

이오사가 상체를 쭉 내밀어 휘튼에게 다가갔다. 그녀의 움직임에 따라 수갑과 족쇄가 절그럭거렸다. 이오사는 엄지와 검지를 모아 둥글게 말았다.

"일단 이게 많이 필요해."

그녀가 둥글게 만 손가락을 눈앞에서 휘휘 흔들었다. 명백히 돈을 내놓으라는 손짓이었다. 이미 그녀에게 현혹되어 눈이 흐릿해진 휘튼은 제 품을 뒤졌다. 여비를 챙긴 두둑한 지갑이 잡혔다. 어찌나 두둑했던지 홀렸던 정신이 잠깐 돌아오려고 했다. 그것을 민감하게 눈치챈 이오사가 말했다.

"두둑할수록 좋아."

그녀는 희망찬 미래를 위해 덕을 많이 쌓아야 한다는 말을 덧붙였다. 휘튼이 지갑을 바치려고 팔을 꿈틀거렸다. 그때 뒤에 서 있던 교도소장이 이를 보다 못해 휘튼의 어깨 위에 슬며시 손을 올렸다.

"휘튼 경?"

'……!!'

그제야 휘튼이 찬물을 뒤집어쓴 듯 정신을 차렸다.

'이럴 수가.'

그는 지갑을 다시 주머니에 단단히 집어넣었다. 홀린 듯 돈을 갖다 바칠 뻔했다.

'이오사 벤. 무서운 여자…….'

세인트 벨에 갇힐 만한, 어마어마하고 무시무시한 능력이었다. 휘튼의 코 묻은 돈을 빼앗는 데 실패한 이오사가 입술을 삐죽였다.

휘튼의 여비를 지켜 준 체이스는 이 남자 괜찮을까, 걱정하며 그를 응시했다.

"이오사, 물어볼 것이 있어."

"호밀 빵은 너무 딱딱하다고. 이빨이 흔들거려. 보여?"

휘튼의 코앞까지 얼굴을 들이민 이오사가 입술을 들어 올려 제 앞니를 드러냈다.

"이오사."

"와아아악-!!"

그때 갑자기 이오사가 머리를 흔들며 소리를 내질렀다. 뒤에서 보고 있던 교도소장이 몸을 물리며 놀란 기미를 보이자, 그녀가 배를 쥐고 깔깔깔 웃기 시작했다.

"이오사."

그러나 휘튼은 표정 변화 없이 그대로 그녀의 이름을 재차 불렀다.

흐음, 콧소리를 낸 그녀가 가늠하듯 그를 바라보며 입술을 모아 쭉 내밀었다. 놀려 먹기 쉬운 남자라고 생각했는데. 카드 모서리를 만지작거리며 이오사가 고개를 기울였다.

"뭐가 궁금한데? 대가는 제대로 치를 텐가?"

22장

검은 신녀

검은 신녀

아침, 기디언은 노아의 방이 비었음을 깨닫고 레리아나의 방에 노크를 했다. 안에서 조용히 들어오라는 주인의 목소리가 낮게 들렸다. 노아는 레리아나의 머리끝까지 이불을 덮었다.

"앤슬리 경이 오셨습니다."

노아가 몸을 일으키자 기디언이 앤슬리에게 눈짓했다. 그녀가 문을 닫고 앞으로 나섰다.

노아는 앤슬리가 쓴 베아트리스에 대한 보고서를 훑었다. 베아트리스는 레리아나의 어머니인 케이티가 있었던 고아원에서 생활하다 레리아나와 인연을 맺었고, 신전에서 운영하는 재단의 장학금을 받아 국제 피아트 신학교로 유학했지만, 어느 날 종적을 감추었다. 그리고 얼마 후, 신전에서 고아들을 가르치며 독실한 신자인 애런 블레이크에게 접근, 그의 수양딸이 된다.

"주의 깊게 살피고."

노아가 보고서를 건네며 말을 이었다.

"호위가 떨어지는 즉시, 처리하도록."

"예."

고개를 끄덕이며 대답한 앤슬리가 방을 나섰다.

다시 적막해진 방 안에서 노아가 이불을 들춰냈다. 레리아나는 피곤했는지 그 후로 한 번도 깨지 않고 깊은 잠에 빠져 있었다. 곤히 잠든 숨소리가 들려왔다.

'피곤했을 만도 하지.'

노아는 커튼과 밧줄을 얼기설기 이어서 뛰어내린 레리아나를 떠올리며 작게 한숨을 내뱉었다. 잘못해서 다치기라도 하면 어쩌려고.

그는 그녀의 귓불에서 팔을 지나 손끝까지 그려 보듯 조심스레 만졌다. 한 손으로 쥐고도 남는 얇은 팔목이나, 자그마한 손이나, 기다란 손가락, 잘 손질된 분홍색 손톱. 그에겐 그녀의 모든 곳이 작고 약해서 살짝만 쥐어도 부서질 것 같았다.

노아는 레리아나의 손을 들고 제 입에 묻었다. 진하게 풍기는 향유 냄새 속에서 부드러운 살 내음을 맡다가 손바닥과 손목에 연달아 입을 맞췄다. 좀처럼 잠들지 못할 정도로 초조한 것은 왜 자신인지.

어떻게든, 모든 것을 할 테니.

'사라지지 말고.'

'어디론가 떠나지도 말고.'

레리아나가 서서히 눈을 뜨기 시작했다. 그녀는 졸음기 가득한 눈을 깜빡이다 갈라진 목소리로 말했다.

"……노아?"

노아가 미소 지으며 입을 맞췄다.

계속 자신의 옆에 있어 주기를.

* * *

노아는 시아트리히의 집무실 앞에 섰다. 비밀 통로를 통하지 않고 그를 찾은 것은 간만이었다. 시종장이 문을 두드리고 윈나이트 공작님이 도착했다는 말을 전했다.

"부르셨습니까, 전하."

노아가 집무실로 들어서자 시아트리히가 시종장을 물렸다. 나오미의 인사를 받으며 노아가 말했다.

"먼저 찾아뵈려고 했습니다."

"일단 앉아."

시아트리히가 소파로 그를 이끌었다.

"아침부터 블레이크 공작이 날 찾더군."

시아트리히가 '짚이는 것이 있겠지?'라는 표정으로 그를 바라보았다. 노아가 한숨을 내쉬었다.

"제 수양딸이 네 심기를 거스른 것 같다고 하더군."

"……."

"자식욕이 강한 치야. 역린을 건드리려 하지 마."

애런 블레이크가 독실한 신자가 된 것은 두 딸이 전염병으로 사망한 이후부터였다. 그리고 베아트리스는 신에게 의지하며 마음을 달래 왔던 그가 새로 맞은 수양딸이었다.

"지금 같은 때는 더욱더."

현재 시아트리히의 입지는 날로 좁아지고 있었다. 또한 고테베르크에서 다이아몬드 광산을 둘러싼 영지 분쟁이 발발하기 직전이었다. 애런의 영지는 바로 그 국경을 맞대고 있었고, 그가 한동안 영지에서 벗어나지 않았던 것도 바로 그 때문이었다. 물리적 분쟁이 일어날 시 그의 영지는 군사적 요충지가 된다.

"알겠지? 노아."

지금 애런 블레이크가 완전히 등을 돌린다면 왕으로서도, 왕국으로서도 잃을 것이 너무 많다. 그로서는 애런의 비위를 맞출 수밖에 없었고, 애런 자신도 이를 잘 알고 있었다.

노아가 눈을 내리깔았다.

"그녀가 별궁에 불을 질렀습니다."

"뭐-?"

시아트리히가 되묻는데 노아가 가만히 입을 다물었다.

"네가 이런 식으로 밝힌다는 건, 증거가 없다는 거군."

"……."

"증거를 찾아와. 그 후에 이야기하지."

"비비안 샤말과 함께였습니다."

"……?"

시아트리히는 제 동생을 보며 눈썹을 씰룩였다.

"너."

"예."

노아가 찻잔을 내려놓으면서 답했다. 그 태연한 모습에 시아트리히가 흐응, 콧소리를 내곤 관자놀이를 짚어 머리를 괴었다.

무표정한 노아는 얼핏 보면 여느 때와 다른 점이 없어 보였으나,

지난 수년간, 지금처럼 동생이 화나 보였던 때가 있었던가. 없던가.

"그녀들을 처리할 생각입니다."

실없는 생각에 빠졌던 시아트리히가 일축했다.

"헛소리."

눈을 내리깐 노아가 손가락을 꿈틀거렸다.

"그녀는 왕비가 될 거야. 증거 없이 심증만으로 잡아넣을 수도 없고, 잡아 죽이라고 네게 넘길 수도 없다."

시아트리히는 떨떠름한 표정으로 혀를 찼다.

"공은 공, 사는 사. 너도 알고 있겠지?"

일국의 왕비에 대한 처사는 한없이 공적인 부분이다. 별궁의 화재로 발표는 조금 더뎌졌지만 성혼식 날짜도 잡혀 있었다.

"크렌시아에서 게이트를 개방할 수 있게 연락해 주십시오."

"갑자기 그건 또 무슨 소리야?"

"대신관 성하께서 그곳에 계십니다."

대신관 일행은 이제 몰시아를 떠나 다음 예정지인 크렌시아로 가게 될 것이다. 노아에게 일단 급하게 처리해야 할 일은 그녀들을 처벌하는 것보다, 대신관을 만나는 일이었다. 시아트리히는 노아의 설명을 듣고서는 어이가 없다는 듯 말했다.

"네 말대로라면 지금 제 나라에 대신관이 기거 중인데, 지금 타국의 게이트를 쉽게 허락할 리가……."

"아니면, 지금 당장 비비안 샤말과 베아트리스 블레이크를 죽이겠습니다."

노아가 태연하게 말했다.

"……?"

"……?!"

나오미가 서류를 떨어트렸고, 말문이 막힌 시아트리히가 입을 뻐끔거렸다.

"그 후, 레리아나와 함께 신성국으로 갈 생각입니다. 뒤처리를 말끔히 할 시간은 없을 테니, 샤말 가문과 블레이크 가문에서 제 뒤를 쫓기 위해 조사하다 보면 제가 형님과 물밑에서 손을 잡고 있었다는 사실도 밝혀지겠죠."

노아가 다리를 꼬았다.

"감당하기 힘드실 겁니다."

시아트리히는 정신이 혼미해졌다.

"나오미, 아무래도 나한테 노인성 난청이나 치매가 온 것 같은데."

"아쉽지만 청력은 정상이시고, 정신도 멀쩡하십니다. 전하."

나오미가 오만상을 찌푸리며 자기도 믿고 싶지 않다는 듯 답했다.

별궁에서 검을 들었을 때 약간 정신이 나간 게 분명하니 검사를 받아 보라고 권했어야 했다. 내 말을 안 들어준다면 퍼도 퍼도 끝이 없을 거대한 똥을 주고 떠나겠다, 선언하는 동생은 아주 느긋한 표정이었다.

"노아."

그가 할 말을 알고 있다는 듯 노아가 빙긋 웃었다.

"상관 안 합니다."

"하십시오, 좀!"

둘 사이로 나오미가 끼어들었다. 그녀가 이렇게 단호하게 나서서 끼어드는 것은 처음이었다. 시아트리히가 고개를 저으며 나오미를 물렸다. 그러자 노아가 재차 입을 열었다.

"몰시아에 압력을 가해 주신다면, 분쟁 발생 시 고테베르크 전을 진두지휘하겠습니다. 비비안 샤말과 베아트리스 블레이크 건에 대해서는 증거를 찾아 합법적으로 처리할 것이고……."

노아는 고테베르크 국경 분쟁과 비비안 샤말 건에 이어, 테러와 별궁 화재로 인해 구귀족들이 잡은 주도권을 다시 왕실로 가져오겠다는 등의 몇 가지 패를 더 꺼내 들었다.

이에 시아트리히가 한숨을 내쉬며 소파의 손잡이를 툭툭 두드렸다. 체이머스 왕국은 손꼽히는 강대국이었다. 시아트리히가 강압적으로 나온다면 그들이 싫다고 하여도 어쩔 수 없이 받아 줄 수밖에 없으리라.

"……그래도 일주일은 걸릴 거야."

"감사합니다."

노아가 짧게 인사를 건네고 바로 일어섰다. 그 매몰찬 뒷모습에 시아트리히가 눈살을 찌푸렸다.

'……귀염성 없기는. 어릴 때는 귀염성이 없기는 했어도 이렇게 막무가내로 굴지는 않았는데.'

사랑인가. 괜히 감상에 빠지던 시아트리히가 지팡이를 두 손으로 잡고 그 위에 턱을 괴었다.

"노아."

시아트리히가 돌아서는 그를 향해 물었다.

"레리아나 양 때문인가."

"……예."

"괜찮은 거냐?"

"괜찮게 만들 겁니다."

그가 덤덤하게 대답한 후 방을 나섰다.

"노아는 감사해야 해. 나같이 관대한 형이 어디 있나. 그렇지, 나오미?"

나오미가 서류를 주워 담으며 답했다.

"팽 당하셨더군요."

"……?"

"연인과 가족 사이에서 저울질당하다 팽 당하셨습니다."

"왜 그런 식으로 얘기하는 거지? 그렇게 내게 상처를 주고 싶나?"

"오해십니다, 전하."

시아트리히가 고개를 절레절레 저었다.

"그대는 나같이 관대한 왕을 모시는 걸 다행으로 알아야 해."

"……."

"나오미?"

"……예에."

나오미가 겨우겨우 쥐어 짜내듯 대답했다. 시아트리히가 떨떠름한 투로 말했다.

"목소리가 왜 그래."

"……."

"……?"

시아트리히가 그녀 쪽으로 고개를 돌리니 나오미가 회중시계를 보며 재빠르게 말했다.

"대신을 만날 시간이십니다."

"아직 한 시간이나 남았는데."

"착각이십니다."

시아트리히가 제 시계를 보여 주려고 품을 뒤지자, 어서 가자며 나오미가 휙 나가 버렸다. 시아트리히가 마지못해 일어섰다.

* * *

이오사 벤이 손을 움직일 때마다 음식이 빠른 속도로 사라져 갔다. 공작저의 주방장은 쉴 새 없이 사라지는 음식들을 멍하니 응시하다가 기디언을 바라보았다. 그는 고개를 끄덕여 더 가져오는 게 좋겠다는 뜻을 보였다. 주방장이 결연하게 주먹을 쥐며 안으로 들어섰다. 오랜만에 승부욕을 들끓게 하는 손님이었다.

주방 한편에 서 있던 로이드가 기디언에게 넌지시 물었다.

"저 걸신들린 여자는 대체 누굽니까?"

"주인님의 손님일세."

"손님이요?"

로이드가 펄쩍 뛰자 기디언이 나직이 당부했다.

"입단속 잘하게."

"예. 알겠습니다."

이오사가 식사를 마친 것은 주방장이 재료를 더 사 와야겠다며 짐마차를 끌고 나가려던 참이었다. 기디언은 배를 두드리는 이오사를 데리고 서재로 향했다. 그녀는 저택 내부를 이리저리 두리번거리면서 그의 뒤를 따랐다.

서재 안에는 노아가 책상 앞에 앉아 있었고, 그 옆에 휘튼과 아담이 나란히 서 있었다.

"여기로."

노아가 이오사에게 고갯짓을 했다. 이오사가 손톱을 물어뜯으며 그의 맞은편 의자에 앉았다. 그녀는 저를 냉담한 눈길로 응시하는 노아를 이리저리 훑어보다 말했다.

"네가 매군. 저 호구의 뒤통수에 구멍을 뚫어 버린."

이오사가 고개로 휘튼을 가리켰다. 아담이 '네가 그 호구인가?'라는 얼굴로 휘튼을 지그시 바라보았지만, 그는 애써 태연을 가장했다. 노아는 아랑곳하지 않고 그녀에게 말했다.

"묻는 것에 제대로 대답하면 세인트 벨에서 꺼내 주지."

"흐음."

"영혼이 몸을 거부하는 상태에서 벗어나려면 어떻게 해야 하지?"

이오사가 벽으로 다가가 기하학 무늬가 촘촘히 새겨진 벽지를 쓰다듬었다.

"여기가 좋아."

"검은 신녀와 관계된 일인가?"

"여기서 살게 해 줄 텐가? 부드럽고 따뜻한 밀 빵이 좋아."

노아가 눈을 가늘게 떴다. 그가 아담과 휘튼에게 눈짓하자 그들이 이오사의 팔을 잡아 노아 앞으로 끌었다. 이오사가 불안한 눈으로 손톱을 물었다.

"지금부터 내 말에 집중하도록 해."

노아는 속삭이듯 얘기했다. 한쪽 눈을 찡그린 이오사가 물고 있던 손톱을 빼냈다.

"여자 문제군."

표정을 굳힌 노아가 입을 다물자, 그녀가 끅끅끅 숨넘어가는 웃음소리를 터트렸다.

"여자가 둘이 보여. 흠-"

그녀가 손톱을 잘근잘근 씹으며 노아의 코앞까지 얼굴을 들이밀었다.

"금발이 네 인연이군."

금발이란 소리에 노아가 미간을 찌푸리며 불쾌한 기색을 여실히 드러냈다. 그것이 마음에 들었는지 이오사가 흐뭇하게 웃었다.

"조언 하나 해 주지. 갈색 머리는 죽여. 그래야 네가 금발 머리랑 행복하게 살겠어."

"……그래?"

노아가 가늠하듯 팔짱을 끼고 고개를 기울여 그녀를 바라보았다. 레리아나만 아니었더라면 저런 말을 나불대는 여자를 가만히 두고 보진 않았을 텐데. 참 아쉬운 일이라고 생각하며 노아가 고개를 바로 들었다.

그러자 이오사가 낄낄대며 의자 등받이에 몸을 파묻었다.

"네 여자에 대해 묻고 싶은 게 있다면 말이야."

이오사가 책상을 쿡쿡 찌르듯 두드렸다.

"데려와. 내 앞으로."

* * *

레리아나는 이오사 벤이라 불리는 여자를 살폈다. 바짝 말라 나뭇가지 같은 팔이 책상 위를 분주히 오가면서 책상 위의 이것저것을 만지고 쓰다듬고 있었다. 그러던 이오사가 문득 킁킁, 냄새를 맡으며 말했다.

"아, 네게서 익숙한 냄새가 나."

"냄새?"

"너도 옮겨진 거야. 영혼이-"

상체를 쭉 내민 그녀가 손을 들었다. 흔들림 없는 연녹색 눈동자가 그녀의 손끝을 응시했다. 이오사의 검지 끝이 레리아나의 가슴께를 향해 빠르게 움직였다.

"-그 몸으로."

순간적으로 반응한 노아가 레리아나의 의자를 뒤로 당겼고, 아담이 팔을 들어 레리아나 앞을 막고 휘튼이 이오사의 손목을 붙잡았다.

"공주님 곁에 기사가 셋이나 붙어 있네."

뭐가 그리 우스운지 이오사가 낄낄거리며 웃어 젖혔다.

레리아나가 일단 아담과 휘튼에게 밖으로 나가 달라 말했다. 그들이 노아를 바라보자, 그가 고개를 끄덕였다. 아담과 휘튼이 나가는 것을 바라보던 레리아나의 눈이 다시 이오사를 향했다.

"내 영혼을 이 세계로 옮긴 것은 여신인가?"

"여신? 그년은 그냥 질 나쁜 극작가야."

이오사가 심통 난 아이처럼 말하며 연필꽂이에서 만년필을 뽑아 들었다.

"……으음."

천벌받을 것 같은데. 레리아나가 옆으로 눈동자를 굴리며 신음했다.

"쓰고 싶은 대로 각본을 쓰고, 영혼에 육신이라는 배역을 줘서 그 극본을 재현하게 하는 거라고. 제가 보고 싶은 장면을 보기 위해서."

이오사가 만년필로 책상 위를 득득 긁으며 말을 이었다.

"그러다 극이 끝나지도 않았는데 영혼의 수명이 다해 소멸해 버리면, 새로운 영혼에게 그 배역을 주기 위해서 돌아다니는 거라고. 아버지는 신녀들이 사람들을 돕고 싶어서 그랬다고 철석같이 믿었던 모양이지만, 신녀들은 그냥 제멋대로 구는 극작가에게 엿을 먹이고 싶었던 거야. 영혼을 이리저리 바꿔서 극을 엉망진창으로 만들고 싶었던 것뿐이지."

"그럼, 내 영혼이 몸을 거부한다는 건 어떻게 된 거지?"

"배역을 잘못 받은 거야. 50년 전이던가? 세인트 벨에 잡혀 온 녀석 중에 딱 너 같은 남자가 있었어. 제 몸이 아니라고 혼란스러워하며 울고 있더군. 단번에 알아차렸지. 신녀가 한 짓일 거라고."

검은 신녀가 한 짓은 맞는 거군. 확신한 레리아나가 고개를 끄덕였다. 노아가 고개를 기울이며 물었다.

"그래서, 치료법은 알고 있나?"

"치료법? 그런 게 어디 있어. 병도 아닌데. 난 아무것도 몰라."

레리아나가 입을 열었다.

"당신 말은, 지금 내가 원래 들어가 있어야 할 몸이 아니라 다른 몸에 들어와 있어서 그렇단 거지? 그럼 원래 몸으로 되돌린다거나, 그런 건 할 수 있어?"

몸이 잘못되었기 때문이라면 다시 몸을 돌리는 방법은 어떨까.

"나보고 하라고? 내 머리가 좀 컸을 때는 신교 일당들 때문에 신녀들은 이미 뿔뿔이 흩어져 있었어. 내게 뭔가를 가르쳐 줄 사람은 이미 아무도 없는 상태였다고. 영혼을 옮기는 법 따위 알 게 뭔가."

혀를 찬 노아가 레리아나의 팔을 잡았다.

"일어나지. 괜히 시간만 버렸어."

"노아, 잠깐-"

그때 이오사가 물었다.

"기억이 없지?"

"……?"

"그 남자도 그랬거든."

이오사가 만년필을 빙글빙글 돌리다 책상에 떨어트렸다. 레리아나가 만년필을 주워 건네니, 손을 뻗은 이오사가 말을 이었다.

"내가 기억은 찾게 해 줄 수 있어. 그 정도야 하지."

"기억을?"

레리아나가 되묻자 이오사가 다른 곳을 보면서 아주 작게 덧붙였다.

"……야매지만."

'야매?'

레리아나가 눈을 가늘게 떴다. 이오사가 한참 깔깔 웃더니 덧붙였다.

"누가 그랬는지, 왜 그랬는지는 알 수 있겠지. 어때? 이 정도면 구미가 당겨?"

* * *

용병들 사이에서는 으레 '빌어먹을 토끼'라고 불리는, 블랙 래빗 잡화점은 외진 곳에 자리하고 있었다.

우락부락한 용병이 문을 열고 가게 문을 나서자, 어울리지 않게 아담한 종이 딸랑였다. 저스틴이 몸을 돌리며 용병을 피해 문 안으로 들어섰다. 가게 안의 온기를 느끼며 저스틴은 주위를 두리번거렸다. 카운터 밑에서 허리를 숙인 채 무언가를 찾던 주인장이 인기척을 느끼곤 무심하게 인사말을 건넸다.

"어서 옵쇼."

"빌어먹을 토끼는 여전한데."

익숙한 목소리에 주인장이 갑작스레 몸을 들어 올렸다.

"……어?"

저스틴이 서글서글하게 웃으며 그에게 손을 흔들었다.

"저스틴, 이게 몇 년 만이지? 그간 왜 안 보였어?"

"여행 좀 다녀왔지. 주인장은 변한 게 없어."

저스틴이 그의 반질반질한 대머리를 가리키자 주인장이 제 머리를 멋쩍게 쓸었다.

"뭘 써도 자라질 않아. 이제 포기했지."

"내가 벨리아 공국에 갔을 때 괜찮은 약을 알아봤는데, 다음에 가져다줄게."

주인장이 눈을 빛냈다. 저스틴이 카운터에 팔꿈치를 올렸다.

"오늘은 좀 알아봐 줄 게 있는데."

"뭘?"

"이거. 혹시 알고 있어?"

저스틴이 품에서 약병을 꺼내 올렸다. 주인장이 약병을 들고 이리저리 살피다 밑바닥을 확인해 보더니 놀란 눈으로 물었다.

"어, 이거, 어디서 난 거야? 왜 이걸 자네가 가지고 있어?"

"왜 내가 가지고 있냐니, 뭔지 알아? 보기만 해도 알 수 있어?"

주인장이 약병을 카운터에 올렸다.

"그야, 내가 팔았으니까."

"……뭐?"

"흠."

곤란한 표정을 짓던 주인장이 병을 빙글 돌려서 병 밑바닥 가운데에 움푹 파여 들어간 곳을 가리켰다.

"이 밑에 표시가 있지. 봐."

그의 말대로 병 밑은 J 모양으로 홈이 파여 있었다. 자세히 보지 않으면 눈치채지 못할 만큼 작은 크기였다.

"주인장, 그런 표시도 해 놔?"

"그럴 리가. 제이크 랭스턴 놈 표시지."

"제이크 랭스턴?"

"그래, 그 돈만 밝히는 머저리 귀족 사생아."

주인장이 그의 눈물 점을 떠올리며 팔짱을 꼈다.

"공작의 약혼녀를 납치했다가 세인트 벨로 가 버렸다지. 암암리에 들리는 소문으로는 죽었다는 이야기도 돌아. 가족들도 세인트 벨로 갔다는 이야기만 들었지, 얼굴 한번 보여 주지 않았다더군. 꽤 된 일이지. 그것도."

"잠깐, 약혼녀라니? 레리아나?"

"응, 그 윈나이트 공작의 약혼자라고 기사도 크게 났었던, 그 여자."

"제이크 랭스턴은 뭐 하는 놈이지?"

"귀족 사생아야. 창녀한테서 태어나 뒷골목에서 용병 노릇을 좀 했다가, 15살이 되자마자 제 어머니를 끌고 영지로 가서 저도 자식이라 생짜를 부렸다지. 뭐, 어떻게 했는지 랭스턴가에서 그를 받아들여 줬던 모양이야."

"그런데 용병 일을 계속했다고?"

"랭스턴 가문 가세가 꾸준히 기울고 있었거든. 워낙 돈을 밝히는 녀석이라, 그 정도 재산으로는 만족스럽지 않았던 거겠지."

의뢰가 더러우면 더러울수록, 한 번에 큰돈을 만질 수 있으니까. 주인장이 유리병을 카운터 위에서 데굴데굴 굴리며 말했다. 잠시 고민에 빠져 있던 저스틴이 다시 입을 열었다.

"용병 일을 했다면 의뢰를 받은 건가?"

"그래. 아마, 납치도."

저스틴이 초조한 기색으로 되물었다.

"혹시 그 의뢰인, 누군지 알아?"

"봤지. 여자였어. 후드를 쓰고 나타났는데, 여기 질 나쁜 녀석들이 한둘인가? 한번 후드가 벗겨졌지. 엄청 예쁜 여자였어."

비비안. 작게 읊조린 저스틴이 주먹을 쥐었다.

"……붉은 머리의?"

주인장이 의아하다는 투로 말했다.

"아니, 금발. 금발이었지. 그런 예쁜 금발은 생전 처음이었어."

* * *

'괜찮을까.'

레리아나는 망설였다. 기억을 되찾는 것에 대한 두려움이 아니라…….

"마음을 편하게 먹고."

이오사가 손목을 이리저리 흔들며 손을 풀기 시작했다. 순전히 이오사 벤에 대한 불신으로 인한 망설임이었다. 레리아나는 의자에 가만히 앉아서 그녀가 하는 양을 바라보았다. 이오사가 손을 맞잡고 스트레칭하듯 손목을 빙글빙글 움직였다. 뭔가 불안하다.

레리아나가 은근슬쩍 발을 뒤로 밀었다. 의자가 뒤로 밀리면서 이오사에게서 조금 멀어지자, 그녀가 고개를 저었다.

"별거 아니야."

별거인 것 같은데. 방금 야매라고 하지 않았던가. 불길한 상상으로 떨고 있는데 노아가 달래듯 레리아나의 손을 잡았다. 이오사는 어느새 성큼 앞으로 다가와 있었다.

"어금니 꽉 물어."

"어금니?"

불시에 이마로 철썩, 하는 충격이 다가왔다.

"아!"

이오사의 매서운 손바닥에 이마를 맞은 레리아나가 머리를 뒤로 넘기며 외마디 비명을 질렀다.

"어때, 뭔가 훅 와?"

"……?!"

뭔가 훅 오긴 왔다. 그러니까, 손바닥이. 제 이마로.

레리아나는 화끈거리는 제 이마를 쥐었다. 그러고는 불신과 억울함이 가득한 표정으로 이오사를 바라보았고, 이오사는 노아에게 멱살이 잡힌 채로 '이게 아닌데, 왜 안 되지?' 등을 중얼거렸다.

"다시 한 번–"

"미쳤나?"

이오사가 다시 한 번만 해 보겠다며 손바닥을 쥐었다 폈다 하자, 빙긋 웃은 노아가 멱살을 잡은 채 으르렁거렸다. 그 사이에서 어느새 쓰러진 레리아나가 의자에 파묻힌 채 고른 숨을 내쉬었다.

* * *

'너는 참 생각이 많은 아이구나.'

어렸을 적에는 이런 평가가 자신에 대한 칭찬이라 여겼다. 그것이 아니란 것은 머리가 크고 나서야 알게 되었다.

굽은 어깨와 잘 떨어지지 않는 입. 누군가의 의지를 바라는 손과 수동적 몸짓. 그것은 소심하고 내성적인 레리아나 맥밀런을 듣기 좋게 포장한 말이었다.

입술의 거스러미를 뜯은 그녀는 페이지를 넘겼다.

책은 좋다. 책 속에서는 다른 사람이 될 수 있으니까. 동경하는 주인공이.

책을 덮은 레리아나 맥밀런은 거울에 비친 제 모습과 책을 번갈아 보았다. 활발하고 능동적이고 자신감 넘치는 주인공의 일러스트가 손안의 책 표지를 장식하고 있었다.

주인공.

레리아나 맥밀런은 나직이 그 단어를 읊조렸다. 그녀는 문득 자신이 제 인생의 주인공이 아니라는 걸 느꼈다. 그것은 무척이나 슬프고, 화가 나는 일이었다. 레리아나 맥밀런은 버릇처럼 손톱으로 책등을 가볍게 긁었다.

* * *

수도에 위치한 블레이크 저택 내에는 특이하게도 예배당이 크게 자리하고 있었다. 신실한 애런의 특별 주문이었다. 베아트리스는 그 예배당 안에 앉아 성서를 넘겼다. 성서에 적힌 깨알 같은 글씨들은 어느 한 글자도 눈에 들어오지 않았다.

'노아, 윈나이트.'

그녀는 자신의 목을 조르려 했던 그 남자를 떠올리며 초조한 기색으로 입술을 깨물었다.

그때 예배당 안으로 누군가 걸어 들어오는 소리가 들렸다. 베아트리스는 성서를 무릎 위에 올려 두고 조각상 두 개를 바라보았다. 애런 블레이크의 두 딸을 기리는 조각상은 서로 마주 본 채로 기도하는 모습이었다. 발소리를 가만히 듣고 있던 베아트리스가 조각상 앞에서 손을 모았다.

예배당 안으로 들어선 애런의 얼굴에 미소가 어렸다. 늘 자신의 딸들을 위해 기도하는 베아트리스가 사랑스러웠다. 이런 여린 아이에게 손을 대려 하다니. 애런은 윈나이트 공작을 떠올렸다. 그는 사사건건 늘 자신을 방해했다.

"베스, 네 말대로 마차를 준비했다."

"감사드려요. 아버지."

베아트리스는 성서의 표지를 매만졌다. 그리고 버릇처럼, 손톱으로 책등을 가볍게 긁었다.

* * *

"어디 나무에라도 매달아 놔."

집사 로이드는 얼굴 가득 떠오른 의문을 감추지 못했다. 제 주인이 나무에 매달아 두라 명하며 넘긴 것은 얼마 전까지 식당에서 걸신들린 듯이 먹고 있었던 그 여자였다. 이오사의 신병을 일단 인수받은 로이드는 노아를 한번 빤히 응시했다. 그러나 그는 가타부타 설명도 확인도 덧붙이지 않고 서재의 문을 닫아 버렸다.

로이드는 도대체 뭘 했기에 이러느냐는 표정으로 이오사에게 고개를 돌렸다.

“집사 양반의 미래가 보여. 파멸이군.”

“……파멸?”

로이드가 진지한 어투로 되묻자, 이오사가 대어를 낚은 어부처럼 만족스런 얼굴로 낄낄거렸다. 그녀를 유심히 바라보던 로이드는 일단 이오사를 끌고 밖으로 나섰다.

미친 여자인가? 왜 데려오신 거지? 고개를 갸웃거린 로이드가 재개 걸음을 놀렸다. 아담이 자주 찾는 계수나무에 묶어 버려야겠다고 생각하면서.

로이드에게 이오사를 넘기고 서재로 들어온 노아는 잠든 레리아나의 손을 잡았다. 그때 앤슬리가 들어와 그의 귀에 속삭였다.

“타깃이 저택을 나섰습니다.”

노아가 돌아섰다.

“따라나서.”

＊ ＊ ＊

시계 침 움직이는 소리가 방 안을 가득 메웠다. 책장을 넘기던 노아가 잡고 있던 레리아나의 손에서 미세한 움직임을 느끼곤 고개를 들었다. 그는 번쩍 눈을 뜬 레리아나를 보며 그녀의 이름을 불렀다.

"레리아나?"

제 이름을 부르는 소리에 레리아나가 눈동자를 돌렸다. 검은 머리칼에 황금색 눈동자를 가진 수려한 남자가 걱정스레 제 볼을 쓸고 있었다. 초침 소리가 분주하게 귀를 두드렸다. 이곳이 현실임을 인식하는 데는 한동안의 시간이 걸렸다.

"……이오사."

문득 레리아나가 노아에게 물었다.

"이오사 벤은요?"

* * *

"네놈한테 붙은 원한이 한둘이 아니구만."

아담은 계수나무 가지에 매달려서 저를 내려다보는 이오사와 눈을 마주쳤다. 로이드는 두꺼운 밧줄을 가져와 이오사의 허리에 칭칭 동여매더니, 애벌레처럼 그녀를 계수나무 가지에 매달아 버렸다.

"네 미래도 파멸이야."

계수나무 기둥에 등을 기대고 있던 아담이 상체를 앞으로 움직였다. 아까부터 저 살짝 맛이 간 여자는 자꾸 뭐라 뭐라 조잘거리거나 소리를 지르며 머리를 흔들다가 다시 조용해졌다가를 반복했다.

이오사가 한쪽 눈을 찡그리며 아담의 눈을 빤히 바라보았다. 그러고는 이내 선뜩한 어조로 입을 열었다.

"붉은 눈- 너도 네가 죽인 놈들처럼 죽게 될 거라고."

이오사가 자지러지듯 낄낄낄 웃어 댔다. 이를 가만히 듣고 있던 아담이 눈을 한 번 느릿하게 깜빡였다. 귀찮았다. 뭐라고 말하는데 들을 마음이 없어 한쪽 귀로 전부 빠져나갔다.

이오사는 저놈은 왜 저렇게 무반응인가 고민하며 다시 호구를 잡기 위한 미끼를 놓으려 했다.

그러나 아담은 이오사가 다시 입을 열기 시작하자 품에서 단검을 하나 꺼냈다. 그러고는 가지에 묶인 밧줄을 잘라 버리려고 손을 들어 올렸다.

"야!"

낌새를 눈치챈 이오사가 너 그러면 가만 안 둘 거라며 버둥거렸다. 이렇게 떨어지면 어디로 떨어지든 골절이었다. 하지만 아담은 아랑곳없이 높게 든 손을 아래로 빠르게 내리기 시작했다.

"야-! 하지 마!! 아아아아악-!!"

이오사가 소리를 지르며 눈을 질끈 감는데, 아래로 떨어지던 아담의 손이 멈췄다. 거칠게 숨을 몰아쉰 이오사가 고개를 들었다. 예쁘장한 연녹색 눈동자가 자신을 빤히 올려다보고 있었다. 잠깐 살았다고 생각한 이오사가 이내 낄낄거렸다.

레리아나가 입을 열었다.

"다시 해 줘."

"뭘?"

"모른 척하지 마. 중요한 건 제대로 보지도 못했는데 그냥 깨어나졌어."

"내 신력으로는 거기까지밖에 못 보나 보지."

"고작?"

"고작이라니. 그 정도도 감지덕지면서."

이오사의 말을 흘려들으며, 레리아나가 그녀에게로 바짝 다가갔다.

"더 봐야 해."

이대로는 어떤 결론도 내릴 수 없다. 결국 중요한 것은 하나도 보지 못했으니까. 알게 된 것은 이전의 레리아나 맥밀런이 제 삶에 염증을 느끼고 있었다는 것뿐. 그 외에는 가족들과 함께 지내거나, 슬슬 다른 영식들과 교류하며 약혼을 준비하는 기억들밖에 없었다.

이오사는 그녀의 눈동자를 빤히 응시하다가 툭 내뱉듯 말했다.

"안 돼."

"……?"

"신력이 바닥났어."

바닥? 고개를 삐딱하게 기울인 레리아나가 불신이 가득한 눈으로 그녀를 응시했다.

"왜 그런 눈으로 봐."

이오사가 투덜거렸다.

"내가 히이카 데민트야? 대신관이야? 그놈처럼 신력이 그냥 막 푸면 푸는 대로 나오는 줄 알아?"

"그놈?"

레리아나가 팔짱을 끼며 되물었다.

"왜, 아니꼬워?"

놀리듯 고개를 쭉 뺀 이오사가 킬킬거렸다.

이러니저러니 해도 제 할아버지 되는 사람인데. 레리아나가 못마땅하게 이오사를 올려다보자, 이를 눈치챈 아담이 칼을 들었다.

"야! 그만해! 그만하라고!"

이오사가 다시 얼굴을 들어 아담에게 꽥꽥 소리를 질렀다. 한참 밧줄을 자르네, 마네. 신력이 있네, 없네. 그놈이네, 아니네. 실랑이를 이어 갔지만, 결국 지금은 신력이 남아 있지 않다는 대답으로 일단락되었다.

"이래서 신력 쪼가리도 없어 본 것들은……."

마치 잘못된 것이 레리아나 쪽인 것처럼 이오사가 고개를 절레절레 저었다.

"……저택에 좀 더 머무르려는 수작은 아니고?"

그때 뒤에서 지켜보던 노아가 나직이 말하며 나섰다. 이오사가 낄낄거렸다.

"그럼 어쩔 텐가. 다른 신녀를 찾을 거야? 어디서?"

이오사가 살짝 정신은 나갔지만 본인이 이용할 만한 것들에 대해 냄새는 잘 맡았다. 그들은 세인트 벨에 있는 자신을 꺼낼 만큼 선택지가 없는 상황인 거다. 자신은 그저 이 상황을 마음껏 즐기기만 하면 되었다.

"굳이 그럴 필요 있나. 여기 하나 있는데."

이오사가 눈썹을 움찔거리자 어느새 다가온 노아가 빙긋 웃었다.

"신력이든 뭐든, 최대한 빨리 준비하도록 해, 이오사 벤. 내가 얼마나 기다릴 수 있을지 잘 모르겠거든."

이오사가 한쪽 눈을 찡그렸다. 저놈은 위험하다. 세인트 벨에 오는 구제불능 녀석들 중에서도 저런 눈을 한 놈들은 독방에 갇히는 흉악범들이었다. 칫, 혀를 찬 이오사가 몸을 뒤틀었다.

"하여간 지금은 정말 안 돼."

노아는 의미심장한 눈으로 그녀를 한 번 스치듯 눈길을 주더니, 레리아나의 등을 살짝 밀며 몸을 돌렸다.

이오사는 떠나는 그들을 향해 몸을 앞뒤로 흔들면서 고래고래 소리를 질렀다.

"이봐! 매! 저녁밥은 줄 거지? 어?! 호밀 빵은 안 돼! 듣고 있지? 호밀 빵은 안 돼!!"

* * *

"기억한 것은 그것뿐인가?"

"네."

호수에 손을 담그며 레리아나가 짧게 답했다. 그녀가 검은 신녀와 만난 부분을 조금이라도 볼 수 있었다면 좋았을 텐데. 레리아나는 작게 한숨을 쉬며 호수에 넣은 손을 이리저리 흔들었다. 그 움직임에 화려한 무늬의 관상용 물고기들이 사방으로 흩어졌다.

지금까지는 그녀의 기억을 마치 영화를 보듯 피상적으로 보았으나, 이오사가 보여 준 것들은 달랐다. 생각과 기분마저 마치 진짜 레리아나 맥밀런이 된 것처럼 생생하게 느껴졌다. 그 우울감이 아직도 이상하게 마음 한편에 남아 있었다.

'……찝찝해.'

레리아나가 언뜻 미간을 구기자 이를 가만히 보고 있던 노아가 손목을 잡아 올려 팔을 끌었다.

"남의 기억에 매몰될 필요 없어."

"……네?"

그가 허리를 감싸 안고 물이 뚝뚝 떨어지는 손을 제 옷에 닦았다.
“잠깐만, 옷 젖어요.”
당황한 레리아나가 손을 빼려고 하자, 노아가 그녀의 양팔을 잡고 강제로 제 허리에 감았다. 그러고는 정수리에 턱을 올렸다.
“기분 전환이나 하러 갈까?”
갑자기 왜 이러실까. 레리아나가 끙 앓는 소리를 내다가 물었다.
“내 기분이 어떤지 얼굴에 다 보여요?”
“응.”
“그런가.”
레리아나가 노아의 품에 얼굴을 묻고 가만히 두근거리는 심장 소리를 들었다. 어딘지 모를 불편함으로 울렁이던 마음속이 한결 가라앉았다.
“눈치가 빠른 편이기도 하고.”
나직이 말한 노아가 어깨를 으쓱이다, 무언가 고민하며 고개를 기울였다.
“보석? 옷? 구두?”
“뭐가요?”
“어디부터 부르면 좋을지.”
“으음-”
그중 하나가 아니라 어디부터구나.
‘이래서 태생부터 다이아 수저인 남자는…….’
영혼 속부터 소시민인 자신과의 갭을 느끼는데, 문득 레리아나가 눈을 가늘게 떴다.
“그런데 왜 불러요? 안 가고?”

전에는 직접 가지 않았던가. 레리아나가 묻자 노아가 의문스럽다는 투로 말했다.

"말하지 않았던가? 이제 바깥 구경 못 한다고."

"……그거 진심이었어요?"

당연히 장난이거나, 심통이 나서 그런 줄 알았지. 레리아나가 당황한 채 물으니 노아가 즐겁게 대답했다.

"응."

"진짜? 진짜로?"

"진짜."

레리아나가 진짜냐며 몇 번 더 되물었고, 노아가 몇 번이고 진짜라며 대답했다.

"거짓말."

잠깐 어안이 벙벙해져 입을 벌리고 있던 레리아나가 믿을 수 없다는 듯 가혹한 현실을 부정했다. 그러자 눈을 내리깐 노아가 낮게 웃었다.

'진짜인가? 진짜 감금 생활인가?'

레리아나가 정말인지 장난인지, 혼란스러워하던 그때였다.

"주군."

앤슬리의 목소리가 들려왔다. 노아가 돌아보니 앤슬리가 레리아나에게 짧게 묵례했다.

"영애."

"앤슬리 경."

그 둘이 인사를 나눈 후, 노아가 앤슬리를 데리고 한쪽으로 비켜섰다.

"타깃이 지정 지점으로 향하고 있다고 합니다."

노아가 고개를 끄덕였다. 눈을 맞춘 앤슬리가 조용히 그의 의사를 물었다.

"어떻게 할까요?"

그들 사이에서 잠시간 적막이 머물렀다. 팔짱을 낀 노아는 좀처럼 입을 열지 못했다. 왠지 꺼림칙한 감각이 혀끝에 감돌았다.

"……?"

앤슬리가 고민하는 노아 앞에서 의문스러운 표정으로 서 있었다. 평소 결정에 망설임이 없었던 주군이다 보니, 좀처럼 명을 내리지 않는 그가 생소해 보였다.

"……."

입을 다문 노아는 팔짱을 낀 채 손가락으로 팔을 두어 번 두드렸다. 증거를 가지고 움직이겠다고 한 시아트리히와의 거래도 있고. 요즘 더 기세등등해진 애런 블레이크도 걸린다. 좀 더 이성적으로 생각해야 한다.

그런데…….

"금발이 네 인연이군."

"갈색 머리를 죽여."

이오사 벤이 한 말이 마음에 걸렸다. 여신의 안배든 뭐든, 그런 꺼림칙한 것이 제게 남아 있고, 이오사가 그것을 보고 입에 올린 것이 마음에 들지 않았다.

하지만 그는 지금 제 인연이 누구인지 확실하게 알고 있었다. 노아는 다시 호수에 손을 담그는 레리아나에게로 고개를 돌렸다. 레리아나는 다시 호수에 손을 넣고 팔을 휘적거리고 있었다.

"저러다 감기 걸리려고……."

낮게 읊조린 그가 이내 앤슬리를 향해 말했다.

"예정대로 해."

* * *

온실 안은 꽃으로 가득했다. 꽃향기를 맡고 있던 애런은 온실 안 벤치에 앉아 찻잔을 들었다. 그의 시선 끝에 아름다운 소녀가 금발을 휘날리며 서 있었다. 화단 가운데 선 베아트리스는 애런에게 옅은 미소를 지으며 머리를 넘겼다.

'아직, 인가.'

실패한 걸까. 머리를 넘기던 그녀는 문득 떨리는 손을 맞잡았다.

'……또.'

입술을 깨문 베아트리스가 손을 감추기 위해 꽃 사이로 허리를 굽혔다. 애런에게는 이 이상 증세를 설명하기 힘들다. 그녀는 물을 주는 척하며 떨림이 진정되길 기다렸다.

그때 온실 문이 거칠게 열렸다.

"주인님!"

집사의 커다란 목소리에 베아트리스가 고개를 들었다. 그제야 베아트리스를 발견한 집사는 난처한 기색으로 애런에게 다가갔다.

"마, 마차가 습격당했습니다."

순간 애런이 얼굴을 굳혔다. 잠시 후 진중한 표정으로 집사를 돌려 보낸 애런이 자신을 향해 다가오는 베아트리스에게 조용히 말했다.

"……네 말이 맞구나."

"아버지."

베아트리스가 천천히 고개를 들어 그의 눈동자를 바라보았다. 애런의 눈동자 속에서 새파란 분노가 넘실거리는 것이 보이자, 안도와 성취감으로 가슴이 두근거렸다.

'됐어.'

결국, 자신은 위기를 기회로 바꾸었다. 비극을 희극으로 바꾼 제 운명처럼.

미소 지은 표정을 숨기기 위해 베아트리스가 애런의 허리를 감싸 안았다. 안쓰럽게 떨리는 그녀의 손을 느낀 애런은 목구멍까지 차오른 화를 애써 삼킬 수밖에 없었다. 대신 그는 주먹을 바짝 그러쥐었다.

"윈나이트 공작은 선을 넘었어."

23장

레리아나 맥밀런

레리아나 맥밀런

저녁 시간이 다가오자 노아는 주방장에게 딱딱한 호밀 빵을 잔뜩 준비하라고 지시했다. 정말 '딱딱한 호밀 빵'이 맞느냐며, 주방장이 두 번이나 되물었지만 그의 대답은 한결같았다. 왜 저러는지 아냐는 표정으로 주방장이 자신을 바라보자 레리아나가 어색하게 웃었다.

노아가 최대한 딱딱하게 하라며 재차 당부하니, 주방장이 도통 영문을 모르겠다는 표정을 지으며 주방으로 들어갔다.

"누구 주려고요?"

"누구겠어?"

노아가 웃으며 아직 빨간 기가 남은 레리아나의 이마를 문질렀다. 이마가 밀리자 눈살을 찌푸린 그녀가 흐음, 하며 말을 줄였다. 딱딱한 호밀 빵을 받은 이오사의 성난 목소리가 여기까지 들려오는 것 같다.

그렇게 누군가에게는 불행했을 저녁 시간을 보내고 후식을 기다리는데, 앤슬리가 노아의 뒤쪽으로 다가왔다. 노아가 그녀와 눈짓을 주고받더니 일어나서 자리를 옮겼다.

"실패했습니다."

앤슬리는 마차에 탄 금발의 여성이 베아트리스가 아니었다고 전하며 난처한 기색을 보였다.

노아가 혀를 찼다.

'일부러 그랬군.'

자신은 베아트리스가 별궁에 불을 지른 것도, 레리아나를 죽이려 하는 것도 모두 알고 있다. 그러니 베아트리스는 그가 자신을 노릴 것이라고 어느 정도 예상하고 있었으리라.

실책이다.

"노아?"

자신을 부르는 목소리에 노아가 앤슬리를 물렸다.

"응."

레리아나가 앤슬리의 인사를 받고는 그 앞으로 다가갔다.

"무슨 일 있어요?"

"조금, 귀찮아질 것 같아서."

"뭐가요?"

"신경 쓸 일 아니야."

노아가 눈을 휘며 웃었다. 수상한 낌새에 레리아나가 미간을 찌푸렸다.

* * *

다음 날, 노아는 읽던 쪽지를 벽난로에 넣어 태워 버리고 치안대 집무실을 떠났다. 이제는 쓰이지 않는 왕성의 술 창고 안에서 부스럭거리던 시아트리히가 허리를 폈다. 겹겹이 쌓인 오크 통 사이로 검은 머리칼이 보였다.

"오랜만이지?"

노아가 주위를 두리번거렸다. 오래된 오크 통 냄새가 코끝을 맴돌았다. 노아가 주위를 둘러보다가 입을 열었다.

"왜 여기로 부르셨습니까."

"술이 당겨서 말이다."

시아트리히가 웃으며 오크 통에서 술을 따랐다.

"왜 불렀는지는 안 궁금하고?"

"압니다."

"알겠지."

시아트리히가 고개를 끄덕였다.

"블레이크 공작의 마차가 습격당했어."

시아트리히는 노아의 대답을 기다리지 않고 말을 이었다.

"마차 내에서 부러진 칼날 조각을 발견했다는군."

시아트리히에게 찾아온 애런 블레이크는 그렇게 운을 띄우며, 자신은 노아를 의심하고 있다고 밝혔다. 특징적인 검의 조각이라면 역추적해서 범인을 알아내기에는 충분한 증거가 되리라. 물론 시아트리히가 이 정보를 노아에게 흘리리라는 것은 애런 블레이크도 예상하지 못했을 테지만.

시아트리히는 노아가 어느 정도 대비를 해 두는 게 좋겠다는 뜻을 담아 정보를 전했다.

"거짓입니다."

그러나 노아는 딱 잘라 일축했고, 시아트리히가 눈썹을 들어 올렸다.

"그럴 수도 있겠지."

"진짜 칼날을 발견했다면, 절 바로 재판장으로 소환했을 테죠."

시아트리히가 턱을 괴고 한숨을 내쉬었다.

"어쨌든 네 짓은 맞다는 거구나."

노아는 무언으로 답했다. 시아트리히가 혀를 차며 술을 들이켰다.

"여긴 네가 아직 12살 때 처음 왔었나."

"예."

슬쩍 웃은 노아가 고개를 기울였다. 이 술 창고는 12살 때 블랙아웃이 올 정도로 술을 먹은 이후, 선왕이 출입을 금한 곳이었다. 시아트리히는 좋은 형이자, 악우이기도 했다. 노아가 미성년자 때 벌인 못된 일들 중 태반은 시아트리히가 선동한 일이었다.

시아트리히가 술잔을 흔들었다.

"지금 내가 네게 해 줄 수 있는 일은 거의 없어. 알고 있지?"

"예, 알고 있습니다."

"네가 나와의 약속을 어기고, 정도를 넘었다는 것도."

"……."

노아가 입을 다물었다. 시아트리히가 눈을 맞추자 그가 빙긋 웃었다.

"됐다. 일단 머리 좀 식혀."

시아트리히가 손을 내저었다.

* * *

레리아나는 지끈거리는 관자놀이를 매만지며 테이블 위에 늘어졌다.

'……아파.'

이러면 쓰러질 때까지 얼마나 남은 거지. 두통이 있다고 노아에게 말하는 게 좋을까. 멍하니 시계를 보며 이런저런 생각을 떠올리던 레리아나가 문득 허리를 곧추세우곤 방을 나섰다.

"이오사."

이오사는 아직 계수나무에 매달려 있었다. 그녀는 지금의 상태보다 더 화가 난 것이 있는지, 레리아나를 향해 소리를 질렀다.

"호밀 빵은 싫다고 했잖아! 귀 먹었어? 어?!"

"음-"

그걸 몰라서 그런 건 아니고. 레리아나가 시선을 피했다. 이오사가 진저리 치는 것을 들어 주는 듯 마는 듯 하던 레리아나는 고개를 들었다.

"테일러 경."

가지 위에서 아담이 그녀를 내려다보며 고갯짓으로 인사했다. 레리아나는 그에게 이오사를 내려 달라 부탁했다. 아담이 고개를 끄덕이더니 무심하게 단검을 휘둘렀다.

"으, 으아아아악!"

레리아나가 떨어지는 이오사를 보며 입을 가렸다.

'……아프겠다.'

이오사가 울상을 지으며 아담에게 욕지거리를 내뱉었다. 레리아나가 그 앞에 쪼그려 앉았다.

"오늘은 보여 줄 수 있어?"

엉덩이를 쓸던 이오사가 한쪽 눈을 찡그렸다.

"글쎄. 하루 지난다고 채워지는, 그런 게 아니라서."

"오늘은 꼭 밀 빵으로 준비하게 할 테니. 고기는 어때? 스테이크는?"

레리아나가 싱글싱글 웃으며 회유하자 이오사가 몇 번 입맛을 다시더니 고개를 홱 돌렸다.

"……정말 다 채워지진 않았어. 컨디션이 좋지 않아서."

"그럼 못 해?"

그럼 어쩔 수 없고, 라고 말한 레리아나가 미련 없이 자리를 뜨려 했다. 그러자 이오사가 잽싸게 말을 이었다.

"그리 오래는 못 볼 거야."

레리아나는 이오사를 데리고 제 방으로 들어섰다. 레리아나가 의자에 앉자, 이오사가 다시 손목을 흔들어 대기 시작했다. 레리아나의 동공이 살짝 흔들렸다.

"꼭 그런 식으로 해야 되나?"

"이렇게밖에 못 해."

이오사가 손목을 풀며 결연하게 답했다. 레리아나가 눈썹을 치켜들었다.

"거짓말."

"싫으면 말든가."

레리아나 앞에 선 이오사가 낄낄거렸다.

'말고 싶다.'

레리아나가 웃으며 이를 악물었다. 그녀가 수긍하는 낌새를 보이자, 이마로 손바닥이 날아옴과 함께 철썩-! 하는 소리가 들렸다.

* * *

"약혼이 무산됐어? 왜?"

카페 테라스에 앉은 베아트리스 트란쳇이 의아한 목소리로 되물었다. 그녀의 목소리가 오늘따라 어찌나 듣기 싫은지. 눈을 피한 레리아나 맥밀런은 광장으로 시선을 돌렸다.

"……그냥. 나도 잘은 몰라."

조그맣게 나온 목소리에 베아트리스 트란쳇이 고개를 끄덕였다. 그녀가 위로하는 목소리가 들렸다.

실은 잘 알고 있었다. 그들이 하는 이야기를 들었으니까. 얌전하고 조용하고 돈도 많으니 집에 두자며, 재미가 없으면 정부를 불러도 말 한마디 못할 것 같으니 얼마나 좋으냐며 웃기도 했다.

그녀의 위로를 가만히 듣고 있던 레리아나 맥밀런이 문득 입을 열었다.

"고아원, 늦지 않았어? 애들이 기다릴 텐데."

"맞다, 늦었어. 그럼 나 먼저 가 볼게."

고아원에서 아이들을 가르치는 베아트리스 트란쳇이 먼저 자리를 떴다. 베아트리스라면 괜찮았을까. 가만히 생각에 빠져 있던 레리아나 맥밀런도 일어서려는 참이었다.

"불쌍한 영혼이로구나."

낯선 이의 목소리가 귓가를 파고들었다.

"너는, 네 남자에게 죽겠어. 그게 네 운명이야."

노래하는 카나리아처럼 맑고 아름다운 목소리였다. 레리아나 맥밀런이 고개를 돌렸다. 갈색 눈동자 주위로 세 면의 흰자위가 보이는 삼백안의 여자가 테라스 바로 너머에 서 있었다. 새초롬한 얼굴로 후드를 올리던 그녀는 레리아나 맥밀런과 눈이 마주치자 새빨간 입술을 휘며 웃었다.

"네 운명, 내가 구제해 주랴?"

* * *

"주인님께서는 왕성으로 등청하셨습니다."

"주인님께서는 아직 돌아오지 않으셨습니다."

"주인님께서는 이미……."

"주인님께서는 벌써……."

레리아나는 제 앞에 난처한 기색으로 선 기디언을 빤히 바라보았다.

"며칠째죠?"

"으음-"

기디언이 차마 말을 못하고 입을 다물었다. 레리아나가 미간을 찌푸리며 고개를 숙였다. 벌써 삼 일째였다. 노아는 제 앞에 코빼기도 보이지 않았다. 그날, 앤슬리에게 보고를 받은 이후로 내내 그래 왔다. 앤슬리에게 물어도 그저 곤란한 표정만 지으며 대답하지 않았고, 저택 밖으로도 나가지도 못해 소식을 들을 곳이 없는 레리아나는 답답하기만 할 뿐이었다.

'이제 곧 실마리도 잡힐 텐데.'

레리아나 맥밀런이 검은 신녀와 만나기 직전까지 기억해 냈다. 그런데 왜 갑자기. 이런저런 생각을 떠올리며 초조해하던 레리아나가 기디언과 지그시 눈을 마주치다 불시에 말했다.

"바람?"

"절대! 그건 절대 아닙니다, 영애!"

기디언이 하늘이 무너져도 그럴 리가 없다면서 두 손을 저었다.

"……이건, 주인님께 말씀드리지 마십시오."

고개를 끄덕인 레리아나가 귀를 갖다 대자, 기디언이 작게 속삭였다.

"사실…… 새벽이라도 꼭 영애의 얼굴을 보고 가십니다."

아, 신음성을 낸 레리아나가 눈을 굴렸다.

'……침 흘렸으면 어떻게 하지.'

아니면 뭔가 잠꼬대를 했다거나 하면……. 잠깐 고민하던 레리아나는 기디언의 기대하는 눈초리를 받곤 고개를 모로 기울였다. 그러고는 무척 부끄럽고 기쁜 것처럼 작게 웃었다.

"……어머, 그런."

기디언이 흐뭇하게 미소 지었다. 레리아나가 부끄러운 척하는 모습 그대로 입을 꾹 다물었다.

'무슨 일이 있는 게 분명한데…….'

* * *

노아가 돌아온 시각은 이미 12시를 지나 있었다. 저택으로 돌아온 노아가 제 방 문고리를 돌렸을 때, 그는 잠시 멈칫하며 그 자리에 설 수밖에 없었다.

"오셨어요."

침대에 다리를 모아 앉아 있던 레리아나가 노아를 발견하고 일어섰다. 노아가 문을 닫고 안으로 들어섰다.

"왜 아직도 안 자고?"

노아가 슬쩍 미간을 찌푸렸다.

글쎄요. 레리아나가 흘리듯 말하며 노아에게로 바짝 다가갔다. 그에 맞춰 노아가 자연스럽게 옆으로 한 걸음 멀어졌다.

"무슨 일이에요?"

"무슨 일?"

노아가 빙긋 웃으며 코트를 벗었다. 그는 코트를 의자 등받이에 거는 걸 가만히 따라가는 연녹색 눈을 슬쩍 바라보았다.

"여기 계속 있을 거야?"

"네."

단호하게 대답한 레리아나가 그 앞으로 성큼 다가섰다. 왼쪽 소매의 커프스를 풀던 노아가 '영애께서 다시 관음증이 도지셨나.' 하고 말하며 고개를 기울였다.

저렇게 넘기려 하는군. 언뜻 보면 전혀 켕기는 것이 없는 듯 자연스러운 모습이었다.

"네."

당황하거나 화를 낼 것이라는 노아의 예상과는 달리 태연자약한 대답이었다. 오른쪽 소매의 커프스를 잡은 노아가 의아한 기색을 보였다. 턱을 들고 생글생글 웃은 레리아나가 노아의 타이를 풀어냈다.

"그러니 제대로 보여 주는 건 어떠신가요, 공작님."

노아가 고개를 내렸다. 깃이 열리고 긴 목선이 드러났다. 레리아나가 목에 손을 올렸다. 빠르게 뛰는 맥박을 느끼던 손가락이 목을 지나쳐 가슴으로 내려갔다. 노아가 살짝 놀란 기미를 보였다.

"예전에는—"

그를 빤히 바라보던 레리아나가 그의 가슴을 밀며 바짝 다가갔다.

"—당신이 당황하는 모습을 보고 싶기도 했는데."

그녀가 처음 이 저택에 왔던 날을 떠올리며 느릿하게 말했다.

"……?"

레리아나가 계속 다가가자 노아가 그대로 물러났다.

"너무 거만하게 굴기에."

작게 웃은 레리아나가 쭉 밀며 그를 침대에 앉혔다. 그러고는 노아의 다리 위로 올라타 앉았다.

노아가 제 가슴에 얹은 손을 잡고 손바닥에 입을 맞췄다. 감겼던 눈꺼풀이 들리며 나타난 황금색 눈이 둥글게 휘어졌다.

"유혹하는 건가?"

눈을 한번 깜빡인 레리아나가 그의 귓가로 다가가 나직이 속삭였다.

"무슨 일, 있죠?"

"……."

그가 못마땅한 기색으로 말을 줄였다.

"무슨 일인데요."

"후-"

노아가 한숨을 내쉬며 고개를 돌리니 레리아나가 그의 깃을 잡아 자신을 보도록 잡아당겼다.

"노아."

노아가 저를 보는 연녹색 눈동자를 빤히 응시했다. 레리아나가 입을 슬쩍 벌리자 노아가 눈을 내리깔며 고개를 기울였다. 그의 입술이 다가왔다. 그때를 노려 레리아나가 입술을 깨물었다.

아그작.

"……."

"……."

노아가 눈을 가늘게 떴다. 레리아나가 그를 매섭게 노려보며 입술을 잘근잘근 깨물었다.

"레-"

그가 레리아나를 부르려고 하자, 그녀가 입술을 한 번 더 세게 물었다. 딴소리 말고 빨리 말하라는 듯.

눈을 질끈 감은 노아의 미간이 좁아졌다.

"……."

그녀는 자신이 무슨 짓을 할 수 있는지 상상도 못하리라. 그렇지 않다면 이런 위험한 짓은 하지 않았겠지. 레리아나가 눈을 매섭게 뜨고 입술을 우물거리는 모습을 보니, 당장 사냥감을 잡아 누르고 싶은 욕구에 팔의 근육이 불거졌다.

노아가 숨을 내뱉었다. 그녀는 자신을 조종하는 데 천부적인 재능이 있는지도 모른다. 그가 체념하듯 양손으로 항복 의사를 보이자, 레리아나가 완전히 입을 떼어 냈다.

노아가 이를 틈타 얼굴을 가까이 대니 레리아나가 재빨리 손바닥으로 입을 막았다. 그가 불만스러운 표정으로 입이 막힌 채 말했다.

"애런 블레이크 공작의 영지가 고테베르크에 맞닿아 있어."

"아-"

레리아나가 손을 떼어 냈다.

"그 광산?"

노아가 고개를 끄덕이며 말을 이었다.

"지금 고테베르크 측 국경 근처에서 전투태세를 갖추고 있다더군."

"그런데요?"

레리아나가 빨리 본론을 얘기하라며 재촉했다.

"조금……. 귀찮은 일이 생겨서."

"얼버무리지 말고 말해요."

그가 잠시 침묵하자 레리아나가 으르렁거리며 재촉했다. 그러자 노아가 눈을 맞추며 싱긋 웃었다.

"블레이크가의 마차를 덮쳤어."

"……네?"

노아가 레리아나의 앞머리를 쓸어 올려 아물고 있는 상처를 확인하곤 나직이 말했다.

"위험 요소를 줄이고 싶었거든."

레리아나가 맥이 빠진 듯 어깨를 축 늘어트렸다. 그렇게 넘어갈 리가 없다고 예상했었어야 했는데. 레리아나는 고개를 주억거리며 그의 이야기를 들었다.

노아는 침착하게 자신이 부주의했다는 것, 그리고 자신을 노릴 것이라 예상한 베아트리스가 미리 선수를 쳐서 다른 대역을 세우고 미끼를 던졌다는 것을 이야기했다. 그리고 부러진 칼날이 남겨져 있었다는 거짓 증거를 대면서 그를 천천히 압박하려 한다는 것도.

"애런이 날 원한다더군."

전투에서 노아가 전두지휘를 맡으라는 제안이었다. 전쟁통이니 사람을 풀어 칼침이라도 놓아 보겠다는 심보인지는 몰라도, 노아로서는 그저 보복성 인사든 꿍꿍이가 있는 제안이든, 크게 문제된다 생각지 않았다.

다만 그의 걸림돌이 되는 것은 시기였다.

게이트부터, 비비안과 베아트리스까지. 마무리된 것은 하나도 없는 이 상황에 레리아나 곁에서 떨어져야 한다. 노아는 제안을 단칼에 거절했으나, 시아트리히는 노아가 애런의 제안을 받아들이길 원했다. 애런이 귀족들을 선동하기 시작했던 것이다. 이를 막기 위해 그는 며칠간 숨 돌릴 틈이 없었다.

"……고테베르크."

고개를 숙인 레리아나가 고심하듯 미간을 찌푸렸다.

고테베르크 국경 분쟁.

대륙의 패자였던 제국이 망하자, 이는 체이머스와 고테베르크로 분리된다. 그 두 국가는 긴 강을 두고 국경을 나누었고, 그 사이에 성지라 불리며 천 년 동안 사람들이 발을 들이지 않는 지역이 있었다. 두 국가 원수는 신에 대한 존경의 의미로 성지를 중립 구역으로 놔두었는데, 국경을 넘어 도망치던 한 밀수꾼이 성지로 발을 들였다가 광산을 발견하게 되면서부터 문제가 불거지기 시작했다.

"……그런데 그 광산. 매장량이 거의 떨어진 걸로 알고 있는데요."
노아가 미간을 찌푸렸다.
"그럴 리가."
"맞아요. 펜웨이 가문에서 성지를 사유화했거든요."
펜웨이 가문은 제국이 망하는 데 혁혁한 공을 세운 주요 원인 중 하나였다. 대대로 황후를 배출하던 펜웨이 가문은 제국 말기가 되자, 허수아비 황제를 앉혀 두고 자신들이 제국을 좌지우지했다.
"입증은?"
레리아나가 고개를 저었다.
"지금으로서는 불가능해요. 이건 국경 분쟁 후에 광산을 개발하면서 알게 되는 사실이니까."
승리는 체이머스에게로 돌아갔고 성지는 왕국의 차지가 되었으나, 남은 것은 텅 빈 광산뿐이었다. 이를 제국 시절에 남아 있던 문건에서 펜웨이 가문이 성지를 사유화했다는 점을 알아내지만, 책으로 안 레리아나로서는 어디서 발견했는지까진 알 수 없었다.
'신문을 읽고 온 것도 아니고.'
"아니면……."
잠깐 입을 다물고 몇 가지를 가늠해 보던 노아가 레리아나에게 무언가를 속삭였다. 그의 말에 레리아나가 입을 벌렸다.
"미쳤어요?"
노아가 어깨를 으쓱였다.
"그리 나쁜 방법은 아니야."
모로 가도 서울만 가면 된다는 건가. 점점 이렇게 합법적이지 못한 일에 가담하게 되는 건가. 레리아나가 앓는 소리를 내며 생각에 잠겨 있는데, 노아가 레리아나의 귓바퀴를 쓸고 귓불을 만지작거렸다.

그가 목을 간질이자 생각 좀 하게 방해하지 말라며 레리아나가 손을 내저었다. 그러자 노아가 손을 잡아다 깨물었다.

"……읏."

눈살을 찌푸린 레리아나가 한숨을 내쉬었다. 안 되겠다며 일어서려는데, 노아가 허리를 잡아 다시 제 앞에 앉혔다.

"……?"

잡힌 레리아나가 얼결에 주저앉아 노아를 응시했다. 짙어진 황금색 눈동자를 바라보던 레리아나는 입술을 달싹였다.

"노-"

레리아나가 그의 이름을 채 부르기도 전에 그가 턱을 잡아 올려 입을 맞췄다. 말캉한 혀가 잇새를 파고 들어왔고, 손가락이 귀와 목을 쓸었다. 부드러운 자극이 이어지자 무심결에 신음성을 낸 레리아나가 황급히 가슴을 밀어냈다.

"……이제 그만."

그가 잠긴 목소리로 말했다.

"이대로?"

입술을 누르는 뜨거운 손끝이 느껴졌다. 엄지가 아랫입술을 지그시 누르며 움직였다.

"이렇게 몰아세우고."

레리아나의 눈꺼풀이 파르르 떨렸다. 그의 모든 행동이…… 눈을 감았다가 뜨고, 잡고 있는 손가락에 짧게 입술을 맞추었다가 떼고, 매끄럽게 입꼬리를 올리는 모든 것들이 느릿하게 이어졌다.

"어딜 도망가려고."

긴 손가락이 얼굴을 지나고, 목을 타고 내려와 허리 밑까지 쓸어 내렸다. 그의 손이 닿는 곳마다 불에 덴 듯 화끈거렸다. 공기가 농밀하고 낯설었다. 레리아나는 긴장한 기색이 역력한 얼굴로 뻣뻣하게 앉아 있었다. 머리 한구석이 붕 뜬 것처럼 혼몽한 나머지, 숨 쉬는 방법마저 잊은 것처럼 숨이 들쑥날쑥했다.

그때 낮게 웃은 노아가 귀에 속삭였다.

"허락해 줘."

절벽 앞에 선 것처럼 심장이 크게 덜컹였다.

"……."

레리아나가 입을 달싹였다.

'뭐라고 해야 하지.'

답도 정해 두지 않은 채 마음만 앞서 입술만 떼었다 다물었다, 움직였다. 그녀는 허락을 구하는 것처럼 제 손에 얼굴을 묻고 눈만 올려 저를 바라보는 노아를 물끄러미 응시했다. 그의 눈동자가 입술에 붙박여 있었다. 무슨 답이 나올지 초조해하는 것처럼.

그 모습에 긴장이 풀리고 작게 웃음이 새어 나왔다. 눈을 질끈 감은 레리아나가 노아의 목을 끌어안았다. 단추가 하나씩 풀어지고, 맨살에 서늘한 공기가 닿자 등에 소름이 일기 시작했다.

* * *

회의는 연일 진행되고 있었다.

"오늘따라 윈나이트 공작님께서 이리 늦으십니까."

"으음."

짐짓 성난 목소리에 원탁형 테이블에서 침울한 기색으로 앉아 있던 키이스가 신음성을 내며 상체를 일으켜 앉았다.

"조금만 기다려 보십시오. 무슨 일이 있으시겠지요."

노아를 옹호하는 다른 귀족이 손을 내저으며 말했다. 키이스는 째깍거리는 시계를 흘깃 바라보고는 다시 짧게 신음성을 내며 시선을 돌렸다.

"공작님께서 출전을 망설이시는 이유가 대체 뭡니까?"

그때 한 백작이 키이스를 응시하며 물었다.

"……신중을 기하시는 중이십니다."

못마땅한 신음성이 터져 나왔다. 다들 제 일이 아니라고. 키이스가 두 손으로 미간을 눌렀다.

배경음처럼 깔린 불평과 불만 사이에서 독특한 억양의 목소리가 들려왔다.

"뭐, 겁을 먹은 건 아니겠지."

애런이었다. 그가 두 손을 모으고 두 검지 끝을 두드렸다. 그가 시아트리히를 바라보며 은근히 말했다.

"이미 요람 전쟁에서 진가를 발휘했으니 말입니다. 그럴 리 없겠지요."

"그렇지. 그는 출전하게 될 걸세."

속으로 혀를 찬 시아트리히가 싱글싱글 웃으며 답했다. 애런은 이미 승리감으로 도취되어 있는 상태로까지 보였다.

'번번이 노아에게 밀려 애매한 위치를 전전했으니, 무리도 아닌가.'

씁쓸하게 입맛을 다시던 시아트리히가 키이스에게 눈짓을 보냈다. 키이스는 고개를 저었다. 자신도 노아가 왜 이리 늦는지 알 수 없다는 뜻이었다. 그렇게 한동안 초조한 기색으로 앉아 있던 키이스는 잠시 양해를 구하고는 자리에서 일어섰다. 애런의 눈빛이 집요하게 그를 따랐다.

키이스는 복도로 나와 창틀에 몸을 기대고 얼굴을 숙였다.

'……도대체 무슨 생각인지.'

블레이크 가문의 마차가 습격당했고, 애런이 그 범인을 노아로 여긴다는 건 공공연한 비밀이었으며, 애런이 이에 보복하기 위해 노아를 압박한다는 이야기는 비밀도 아니었다. 노아를 못마땅하게 여기는 귀족들의 목소리가 커졌고 나날이 압박은 심해졌다.

키이스가 팔짱을 꼈다. 왜 노아가 그렇게 출전을 미루려고 하는지 그는 이해할 수가 없었다.

'게다가 오늘은 이렇게 늦기까지 하다니.'

성난 이들 앞에 불을 지르는 일이었다. 요 며칠, 얼마나 잤더라. 키이스가 뻐근한 눈을 꾹꾹 누른 후에 수면 시간을 세 보는데, 문득 들어 올린 시야 끝에 검은 머리칼이 잡혔다. 그가 팔짱을 풀고 몸을 세웠다. 수행 비서와 함께 나타난 노아가 그에게로 고개를 돌렸다.

"안 들어가나?"

미소 지은 노아가 자연스레 키이스를 지나쳤다. 요 근래 늘 딱딱하게 굳은 얼굴로 다니던 그가 갑자기 멀쩡한 얼굴로, 아니 무슨 일인지 평소보다 밝은 얼굴로 나타나자 키이스가 잠시 말을 잃었다.

'왜 갑자기?'

황당함에 빠져 있던 그가 재빠르게 말했다.

"어떻게 하실 생각이십니까."

키이스가 노아의 팔을 붙잡아 세웠다.

"이젠 더 이상 미룰 수 없습니다."

"……그런가."

고개를 기울인 노아가 심드렁하게 답했다. 키이스가 발끈해 무언가 입을 떼려는데, 노아가 그의 어깨에 손을 올리고 두드렸다.

"요즘 통 잠을 못 자서 예민해졌나 보군. 오늘은 푹 쉬도록 해."

"예?"

혼자 태평하게 뭐라는 건가. 제가 잠을 못 잔 것이 누구 때문인데. 키이스가 얼빠진 얼굴로 되묻자 노아가 제 수행 비서에게 눈짓을 했다. 그의 뜻을 알아차린 수행 비서가 회의실의 문을 열었다. 시아트리히가 관자놀이를 짚고 있었고, 그 옆에 앉은 애런이 만족스러운 얼굴로 말하는 중이었다.

"이제 겨우 시작할 수 있겠군요."

회의실에 들어서며 노아가 웃었다.

* * *

"……으."

침대 위에 앉은 채 머리를 내리자 갈색 머리칼이 하얀 시트 위로 쏟아져 내렸다.

'어떻게 이렇게까지.'

두 손바닥으로 상체를 지탱하던 레리아나가 다시 앓는 소리를 냈다.

'……꼼짝도 못하겠다.'

레리아나가 다시 침대 위로 푹 고꾸라졌다.

'준비는 제대로 했으려나.'

어젯밤, 광산의 매장량에 대해 이야기를 들은 노아는 무모하긴 해도 꽤 그럴듯한 계책을 생각해 냈다. 하다못해 잘되진 않더라도 최소한 출전을 미룰 수는 있을 것이다.

그러나 등청하기 바로 직전까지, 그는 저택에 고문서가 넘쳐 나니 준비는 금방이라며 방을 떠날 생각을 하지 않았다.

'……알아서 했겠지.'

허술한 사람은 아니니 큰 걱정은 하지 않아도 될 것이라고 생각하며 꾸물꾸물 이불 속으로 들어간 레리아나는 다시 잠에 들기 위해 눈을 감았다. 익숙한 향이 코끝에 아른거렸다. 숨을 크게 한 번 들이쉬었다가 내쉬고, 침잠하듯이 잠에 빠지려는 때였다.

'쉬- 레리.'

나지막한 목소리가 귓전을 맴돌자, 눈을 번쩍 뜬 그녀가 소리 없는 비명을 내질렀다. 그리고 머릿속 목소리와 싸우며 몸을 굴리다 그대로 바닥으로 떨어졌다.

"꺅!"

바닥에 엎어진 채 한동안 굳어 있던 레리아나가 오만상을 찌푸리고는 몸을 뒤집었다.

'한심하다.'

떨어져서 아픈 건지, 아니면 다른 이유 때문인 건지. 무식한 남자 같으니. 이제 와서 불한당에게 유린당한 것처럼 눈물을 훔친 레리아나는 포복 자세로 테이블까지 기어가 끄트머리를 잡곤 엉거주춤 일어섰다. 그 거침없는 손짓에 서신 몇 개가 우르르 쏟아졌다. 떨어진 서신들을 줍던 레리아나가 익숙한 이름을 보고 서신을 열었다.

레리아나 맥밀런에게 온 살롱의 초대장. 발신인은 소로소.

"이런 거나 빼돌리고……."

'핑계 대면서 집 나갈 생각 말라는 건가.'

눈을 가늘게 뜬 채 초대장을 읽던 레리아나가 엄지와 검지로 귀퉁이를 톡톡 튕겼다. 이런 시기에 살롱을 연 소로소의 의도라면 단 한 가지였다. 성혼식을 앞둔 비비안 샤말을 견제하는 것.

'그렇다면, 비비안도 소로소에게서 피할 수 없는 부름을 받았겠지.'

* * *

"또 회의라더군요."

"참 큰일이에요."

소로소의 살롱에서 귀부인들이 부채를 흔들며 걱정스레 말했다.

"곧 성혼식이 있을 텐데, 이게 무슨 일이에요."

"그래도 성혼식은 예정대로 진행된다고 하더라고요."

"다행이라고 해야 할지."

말을 줄인 귀부인이 비비안에게로 힐끔 시선을 주었다. 그 콧대 높던 비비안 샤말이 내내 누그러진 기색으로 앉아서, 갑작스레 나타난 베아트리스를 옆에 두고 있으니 모두 의아해하는 모습이었다.

그동안 몸이 좋지 않아 사교계에 모습을 드러내지 않았다는 것은 그녀의 차분하다 못해 침울하기까지 한 분위기로 충분히 알 수 있는 바였으나, 그동안 제 수족처럼 데리고 다니던 영애들까지 멀리한다는 것은 새로운 궁금증을 자아냈다. 베아트리스와는 무슨 관계인지 떠보는 질문이 이어졌으나, 가문 간 교류가 이어지면서 알게 되었다는 기계적 답변만이 돌아왔다.

"블레이크 가문에서 샤말 가문에 줄을 대려고 한다던데요."

"뭐, 다른 이유일 수도 있죠. 저리 예쁘니, 샤말 영애 옆에 붙어 있다 보면 언젠가 전하 눈에 들지도요."

이야기를 들은 귀부인이 베아트리스를 힐끔 응시하더니 천천히 고개를 끄덕였다.

"그럴 수도 있겠네요."

그때 베아트리스가 불시에 눈을 돌렸다. 그녀는 마치 아무런 수군거림도 듣지 못한 것처럼 그린 듯이 화사한 미소를 지어 보였다. 화들짝 놀란 귀부인이 부채를 흔들며 잽싸게 고개를 돌렸다.

베아트리스는 슬며시 웃고는 깃을 가다듬었다. 살롱에 모인 이들은 모두 왕국의 실세라 불릴 만한 이들의 인척들이었다. 그리고 그런 모임에서도 자신은 눈여겨볼 만한 인물이었다. 자신을 경계하고 탐색하는 시선과 몸짓을 느끼면서도 주목받는 것이 못내 만족스러웠다.

"블레이크 영애."

"예."

"신학에 조예가 깊으시다 들었는데……."

고개를 끄덕인 베아트리스는 자신에게 줄을 대려는 귀부인들의 담소를 받아들였다.

'조금만 있으면.'

애런은 오늘에야말로 끝을 보겠다며 호언장담했다. 기다림은 길지 않을 테고, 이런 살롱도 제자리처럼 꼭 들어맞게 될 것이다.

'이제 곧.'

그때였다. 살롱의 문이 조용히 열리고 초대객이 등장하자 소로소가 직접 그녀를 맞이하러 움직였다.

"와 주어서 정말 고마워요."

의외의 인물에 모두들 놀란 기색이었다.

"이쪽으로 앉아요, 맥밀런 영애."

레리아나였다.

얼굴을 제외한 몸 전체를 덮는 두꺼운 드레스를 입은 레리아나가 소로소를 향해 정중히 인사했다. 그리고 비비안의 새파랗게 질린 얼굴을 보며 레리아나가 살짝 고개를 숙였다. 베아트리스는 비비안 옆에서 레리아나를 가느스름하게 뜬 눈으로 바라보았다. 베아트리스와 마주한 채 잠깐 그녀의 파란 눈동자를 바라보던 레리아나가 소로소의 인도에 따라 다소곳이 자리에 앉았다.

어쩐지 수척하고 파리한 얼굴, 턱까지 오는 답답한 디자인에 어두운 군청색의 드레스, 걷는 것마저 불편한 기색을 보이자 몇몇 이들이 부채로 입을 가리고 수군거렸다. 며칠 동안 아무것도 먹지 못하고 운 것이 분명하다, 제 약혼자가 결혼도 전에 등 떠밀려 전쟁까지 나가야 해서 저런 것이 분명하다며, 귀부인들은 동정심 가득한 목소리로 조곤조곤 떠들어 댔다.

"저렇게 마음고생을 할 만도 하죠."

"맞아요. 공작님이라 해도, 전쟁이 얼마나 걸릴지 모르는 일이고."

"그래도 윈나이트 공작님이시잖아요."

"세상 일이 그리 마음먹은 대로, 생각한 대로 되나요. 20년 전만 해도 그 루이스 경께서 방심하다 손가락을 잃고 시름시름 앓다 돌아가셨지 않아요."

수군대던 귀부인들이 베아트리스를 힐끔거렸다. 그런 상황에서 여기까지 온 이유는 뭘까. 베아트리스를 만나기 위해서? 도화선을 붙인 건 결국 블레이크 공작 가문이니, 베아트리스와 마주해 분풀이라도 하고 싶었던 걸까.

그 수군거림을 들으면서 베아트리스는 레리아나를 향해 미소를 지었다.

"공작님께서 오랫동안 자리를 비우실 예정이라 많이 힘드시죠, 맥밀런 영애."

호기심으로 가득 찬 얼굴들이 둘을 향했다. 소로소는 부채로 얼굴을 가리고선 댕그란 눈을 깜빡일 생각도 없이 뚫어져라 레리아나를 응시했다. 저 파리한 모습으로 울분에 차 찻물을 쏟기라도 하는 게 아닐까, 기대에 차 있는 모습이었다. 적어도 한 달은 즐거울 수 있으리라.

그러나 레리아나는 침착했고 조용했다. 차라리 침울한 기색이라도 보였다면 실의에 말을 잃었다거나, 기세에 눌렸다거나 등등 여러 가지 살을 붙여 볼 수도 있었을 텐데.

"저 화병-"

문득 느긋하게 시선을 돌린 레리아나가 달싹였다. 그러자 비비안이 티스푼을 툭 아래로 떨어트렸다. 비비안에게 새로운 티스푼이 필요하겠다며 웃음기 어린 목소리로 중얼거린 레리아나가 말을 이었다.

"키시의 작품이 맞나요? 역시 마마의 안목은 대단하시군요."

소로소가 퍽 기분이 좋은 듯 고맙다며 웃었다. 레리아나는 마주 웃어 준 후에 베아트리스에게로 고개를 돌렸다.

"아, 뭐라고 말씀하셨죠? 제가 화병의 미려함에 취해 무심코 영애의 말을 흘려들은 것 같군요."

명백한 무시였다. 베아트리스가 잠시 입을 다물고 눈을 내리깔았다. 침묵 속에서 누구도 먼저 입을 열 생각을 하지 않았다. 다른 이였다면 누군가는 무례를 질책했을 터였으나, 사교계에서도 상당히 독보적 위치를 차지하고 있는 레리아나에게 그리 탓할 이는 아무도 존재하지 않았다.

베아트리스는 전혀 개의치 않는다는 모습으로 얼굴을 들었다.

"공작님께서 오랫동안 자리를 비우실 예정이라 힘드시겠다는, 말씀을 드렸습니다."

"아아, 그런 일이 있었죠."

레리아나가 느릿하게 말하며 고개를 끄덕였다.

"신경 써 주셔서 감사드립니다만, 이제 걱정하지 않으셔도 될 듯하군요, 영애."

"……저로서는 무슨 뜻이신지, 잘."

"출전이 미루어질 것 같아서 말이에요."

레리아나는 벗어 놓았던 장갑을 모아 무릎 위에 올리며 말을 이었다.

"제국의 비사가 담긴 사관의 문서가 발견됐거든요. 저도 자세히는 모르겠지만…… 제국의 실세였던 펜웨이 가문에서 몰래 성지를 사유화하여 몇 대에 걸쳐 광물을 빼돌렸다는 이야기가 담겨 있다고 하더군요."

좌중이 술렁였다. 그게 정말이냐며 호들갑을 떠는 이들에게 레리아나는 '그렇다고 들었어요.'라며 낮게 대답했다. 목소리가 제대로 나오질 않아 주먹을 가볍게 쥐고 입을 가린 레리아나는 조그맣게 목을 가다듬었다.

그녀들은 '이 때문에 그렇게 출전을 미뤘던 건가요.' 하곤 그럴듯한 시나리오를 작성하고 있었다. 레리아나는 글쎄요, 라고 머리를 갸웃거렸다. 출전이 미뤄지는 건 그 때문이 아니었지만, 어쨌건 그렇게 생각해 주는 편이 좋았다.

'사실 위조문서고.'

그런 문서를 형편 좋게 하루아침에 찾아낼 수 있었을 리가 없다. 그러나 애런 블레이크가 시간을 벌기 위해 급조한 증거를 내밀었다면, 이쪽에서도 그렇게 하지 않을 이유가 뭐란 말인가.

'제 꾀에 자기가 빠져 보라지.'

오늘 아침, 노아는 저택에 있는 고문서를 들곤 솜씨 좋은 기술자를 찾아 제국 사관의 문서를 급조하기로 했다. 문서의 잉크를 지우고 위에 덧씌우는 작업은 그리 오랜 시간이 걸리지 않았다. 기술자는 대금에 흡족해하며 그럴듯한 문서를 만들어 냈다.

문서의 진위를 가려내는 작업이든, 고테베르크와 접촉해 조사단을 꾸리는 일이든, 어떤 방향으로 가든 간에 전쟁은 미뤄질 것이다. 시아트리히는 고테베르크와 접촉해 성지를 조사하는 방향으로 일을 진행할 테고, 어차피 조사 후에는 매장량이 굉장히 적다는 것을 알게 될 테니, 분쟁 없이 국경선을 조율하려 할 것이다.

술렁이는 이들 사이에서 레리아나는 베아트리스를 살폈다. 당황할 것이라 생각했던 예상과는 달리 베아트리스는 평온한 얼굴이었다.

어쩐지……. 레리아나가 가늠하듯 고개를 기울였다.

"저도 그렇게 되길 원치는 않았기에 걱정스러웠거든요, 정말."

손을 모은 베아트리스가 생글거리며 웃었다.

"다행이에요."

* * *

기억을 점점 되찾아서일까, 그녀는 정말 예전의 베아트리스와는 달라 보였다. 활기차고 생기 있다기보다는 조용하게 독을 품은 것처럼 느껴진다.

베아트리스는 레리아나의 손을 잡고 흔들면서 제 일처럼 기뻐했다. 맞잡은 하얀 손이 부드럽고 따뜻했다. 그녀가 점점 노련해진다는 느낌이 든다. 자신의 얼굴을 보자마자 새파랗게 질린 비비안이 아니었다면, 자신 앞에서 성냥불을 던지던 그날이 꿈인 것처럼 생각될 정도로.

입을 다문 레리아나는 자연스럽게 베아트리스가 잡은 손을 빼냈다. 노아를 출전시켜 자신과 떨어트리려 한 이는 분명 그녀일 것이다.

'왜일까.'

레리아나가 베아트리스와 눈을 마주쳤다. 하늘처럼 맑은 푸른색 눈동자와 마주하자, 실이 당겨진 듯 팽팽한 긴장이 감돈다. 고개를 작게 기울인 레리아나가 입술을 매만졌다.

'왜 그렇게 하면서까지 날 죽이고 싶어 하는 걸까.'

'친구의 몸을 차지한 다른 영혼에 대한 원한?'

'아니면…….'

레리아나는 베아트리스 옆에서 고개를 푹 숙이고 있는 비비안에게로 다가갔다. 그녀의 어깨에 손을 얹자 딱딱하게 굳어 있는 비비안의 몸이 느껴졌다.

"샤말 영애, 안색이 창백하시네요. 무언가 고민이라도 있으신가요?"

"……전."

"성혼식 전이니, 떨리고 긴장되는 건 당연하시겠지요. 괜찮다면, 누군가에게라도 털어놓으시는 건 어떠신가요. 뭐든지 털어놓으면 마음도, 죄도 가벼워지는 법 아니겠어요?"

비비안의 입술이 파르르 떨렸다. 그때 레리아나의 손등에 하얀 손이 올라왔다.

"샤말 영애께서는, 가벼운 감기 기운이 있으세요."

레리아나가 웃으며 베아트리스에게로 얼굴을 돌렸다.

"그러셨군요."

베아트리스가 그림처럼 매끄럽게 미소를 지었다. 그런 그녀를 물끄러미 바라보던 레리아나는 작게 목소리를 냈다.

"———"

줄곧 평온한 모습이던 베아트리스가 그제야 미소를 거두었다. 이에 레리아나의 눈매가 굳어지자 베아트리스는 비비안에게 귓속말을 했다. 그리고 둘은 소로소에게 양해를 구한 후에 살롱을 빠져나갔다.

비비안은 살롱의 문을 열며 베아트리스를 흘기듯 스쳐보았다. 그녀는 자신이 죽이려 했던 레리아나 앞에서도 마치 아무렇지 않은 것처럼 태연자약해 보였다.

그리고 레리아나는…….

비비안이 살롱 안에 서 있는 레리아나에게로 잠깐 고개를 돌렸다. 그 별궁에서 살아남은 것만이 문제가 아니었다. 레리아나는 왜인지 침착하고 초연해 보였다. 자신이라면 누군가가 자신을 노리는 상황에서 저렇게 당당하고 차분하게 행동할 수 없었을 것이란 걸 알고 있다.

"털어놓으면 마음도, 죄도 가벼워지는 법 아니겠어요?"

살롱의 문이 열리고, 살아남은 레리아나가 자신을 바라보며 고개를 숙였을 때. 마치 무언가가 서서히 목을 죄면서 다가오는 것 같았다.

'안 돼.'

지금껏 비비안 샤말이 이랬던 적이 있었던가. 언제나 관계의 우위에 서야 하는 것은 자신이어야 했다. 이대로 둘 사이에 낀 채, 영문도 모르는 채로 베아트리스에게 이용당하는 것이 아니라.

'이대로는 안 돼.'

비비안은 손톱이 파고들 정도로 주먹을 세게 쥐었다.

* * *

레리아나는 제게 말을 거는 귀부인들에게 미소로 응하며 차를 들이켰다. 베아트리스라면 몰라도, 비비안은 틈새를 보일 것이다. 그녀는 이를 지금까지 제 자신이 증명했다. 결정석을 건네고 성급하게 돌아간 거나, 독이 든 차를 내놓을 때도, 화병도, 밧줄도 모두.

'어설퍼.'

당황하면 할수록 이성적으로 행동하긴 힘들어지는 법이었다. 지금껏 미모와 권력을 휘두르며 곱게 자란 영애로서는 더더욱.

'생각대로 휘둘려 준다면 좋을 텐데.'

현대가 아닌 이상, 확실한 증거를 잡는 것이 요원했기에 번거롭고 불확실한 심리전을 택했다.

'꼭 비비안 때문에 여기 온 것만은 아니지만.'

다시 만난 베아트리스는 레리아나 맥밀런의 기억 속이나, 원작에서 읽었던 주인공과는 완전히 다른 사람 같아 보였다. 그녀의 트레이드 마크라 할 수 있는 생기 있는 웃음은 이미 사라져 있었다. 어떻게 제게 그럴 수 있었을까. 왜 노아를 몰아세우려고 했을까.

"레리아나, 오늘 아침까지 정말 마음고생이 심하셨겠어요."

그때, 상념을 깨운 건 손등에 올라온 프리스 에리틸 후작 부인의 손이었다.

"이렇게 수척해지셔서는……."

"아아-"

그렇죠. 레리아나가 상당히 침울한 얼굴로 시선을 떨구었다.

'수척……'

딱히 마음고생 때문은 아니었다. 몰랐으니까. 오늘의 수척함은 내적인 문제라기보다는 좀 더 외적으로 국한된 문제였다.

"공작님께서 걱정하시겠어요."

"그, 렇죠."

레리아나가 뜨끔한 기색을 감추며 어색하게 웃었다. 그러고는 주섬주섬 장갑을 끼기 시작했다.

"레리아나?"

레리아나가 갑작스레 똥줄이 타는 것처럼 채비를 하자, 프리스가 의아한 기색으로 그녀를 불렀다.

"저는, 이만-"

노아는 자신이 왕성으로 나온 것을 모르고 있다. 일단 노아가 알아차리기 전에 빨리 돌아가야지, 라고 생각하던 그때, 부지불식간에 문이 열렸다.

"음?"

더 올 분들이 계셨던가, 하고 소로소가 고개를 돌린 순간이었다.

"마마, 평안하셨습니까. 무례하게 레이디들의 시간을 방해한 점, 사과드립니다."

"공작?"

의아해하던 소로소가 그의 인사를 받았다. 노아의 시선이 소로소에게서 제 약혼녀로 빠르게 돌아갔다. 목표를 확인한 노아가 성큼성큼 다가오자 레리아나의 동공이 단숨에 흔들리기 시작했다.

"어떻게……."

여기 있는 건 어떻게 알았지?

그가 다가와 엉거주춤 일어서서 도망가려는 레리아나의 손을 잡았다. 그러고는 귓속에 작게 속삭였다.

"저택 밖으로 빠져나올 체력이 남아 있었나 보지?"

"……아니, 그게……."

그가 다행이네, 라고 흘리듯 말하자 오싹 소름이 돋았다.

'왜? 왜 다행인데?'

소리 없는 질문이 입안을 맴돌았다.

도움. 도움을 청하자. 레리아나가 눈동자를 이리저리 굴렸다. 그러나 노아의 겉모습은 멀쩡하고 매력적인 남자였기에, 약혼녀를 저택에 감금하는 집착남으로는 상상도 못한 나머지, 모두들 제 연인을 걱정하는 공작에게 감동한 기색이었다. 늙은 후작을 남편으로 둔 프리스 에리틸은 부럽다며 어깨를 살짝 잡기도 했다.

그때 노아가 즐거운 투로 말했다.

"몸도 좋지 않으니, 이제 돌아가도록 하죠."

그물망에 잡힌 고기처럼 레리아나의 심장이 펄떡거렸다.

"어딜-"

"어디겠습니까."

"정무는-"

"끝났습니다. 오랜만에 일찍 돌아가게 되겠군요."

"차를-"

"돌아가서 마시죠. 체력 회복에 좋은 약재를 들여놓으라 명해 두었습니다."

"마마께-"

"마마, 보시다시피 맥밀런 영애께서 몸이 좋지 않습니다. 송구하지만 먼저 들어가 봐도 괜찮겠습니까?"

"그렇게 하세요."

소로소의 허락까지 받은 노아가 보란 듯이 빙긋 웃었다. 모든 도피로가 차단당했다. 레리아나는 노아의 손에 달랑 잡힌 채 강제로 일어섰다. 그러고는 도살장에 끌려가는 소처럼 계속 뒤를 힐끔거리며 걸음을 옮겼다. 프리스가 팔랑팔랑 손을 흔들었다.

쾅!

눈앞에서 문이 닫히자 레리아나가 뒤를 돌아보았다.

"이 드레스는-"

노아가 턱까지 올라온 드레스 끝을 건드렸다.
"-가리려고?"
눈을 매섭게 뜬 레리아나가 잽싸게 목을 부여잡았다.
"누구 때문인데요! 아주 무식하게-!"
"무식하게?"
"무식하게……."
"음?"
레리아나가 차마 말을 잇지 못하자, '무식하게 뭘?'이라며 노아가 싱글싱글 웃으면서 다음 말을 재촉했다. 씩씩거리던 레리아나가 입을 다물었다.
"……아니에요."
통탄한 패배를 겪은 레리아나가 애써 분을 감추며 노아에게 물었다.
"일은, 잘 해결됐어요?"
"그럼."
노아가 썩어 들어가던 애런의 표정을 떠올리며 즐겁게 대답했다.
"당신은-"
"네?"
"여기에 놀러 오진 않았을 거 아니야."
"아, 네. ……그렇죠."
레리아나가 다시 살롱 쪽으로 몸을 돌렸다. 노아가 왜 그러느냐며 그녀의 손을 잡고 고개를 기울였다.
"아뇨……."
고개를 저은 레리아나는 베아트리스에게 읊조렸던 말을 떠올렸다.

"레리아나."

노아와 이전에 얘기했던 것처럼, 이전 레리아나 맥밀런의 영혼이 남아 있을 가능성. 그리고 그것이 이 모든 관계의 시발점이 되었을지도 모른다는 추측이 머릿속을 맴돌았다.

* * *

"어디 간 거야!"

베아트리스가 비비안을 불러오겠다는 하녀를 물리고 홀로 샤말 저택의 계단을 오르던 그때였다. 복도 한복판에서 비비안이 정신없이 서성이고 있었다. 그녀의 표정은 매우 불안해 보였으며 연신 손톱을 깨물곤 부산히 눈동자를 움직이는 중이었다.

"어디 갔지……."

그녀는 무언가를 찾듯 여러 방을 돌아다니다 지나가던 하녀를 붙잡았다.

"누가 내 방에 들어온 적 있어?"

"아, 아뇨. 그럴 리가요."

당황한 기색의 하녀가 여러 번 고개를 저었다.

"설마, 뭔가 없어지셨나요?"

"……."

"어딘가 다른 곳에 떨어트리신 건……?"

간 크게 비비안의 물건에 손댈 이는 없었다. 그녀 자신이 잃어버렸다 해도 남 탓을 하며 경을 칠 것이라 생각한 하녀가 조심스레 물었다. 이에 무언가를 떠올리며 손톱을 깨물던 비비안이 신경질적으로 입을 열었다.

"됐어, 그럼. 오라버니는?"

"도련님이라면, 나가신 지 꽤 되셨는데요."

"언제 돌아오실지는? 몰라?"

"저, 저도 잘은, 그저 짐을 싸 가지고 가셨으니 한동안은 돌아오시지 않을 것 같았습니다."

비비안이 욕지기를 내뱉자 하녀가 당황하며 허리를 연신 굽혀 댔다. 계단 난간을 붙잡고 서 있던 베아트리스는 조용히 비비안의 행동을 응시하다가 블레이크가로 되돌아갔다.

24장

베아트리스

베아트리스

레리아나가 깨어났을 때는 아직 어둠이 짙은 새벽이었다. 꽤나 뒤척이다 잠든 것치고는 수확이 없었다. 눈을 비비고 일어난 레리아나가 습관처럼 관자놀이를 꾹 눌렀다.

저택에 돌아온 직후, 그녀는 이오사에게 질문을 쏟아 내려고 했지만 결국 어떤 질문도 꺼내지 못했다. 이오사가 갑자기 사라진 것이다. 나무에 묶인 후 감시가 소홀해지자, 모종의 방법으로 줄을 끊고 탈출한 듯했다. 그녀를 찾기 위해 고용인들과 기사들이 주변 지역을 샅샅이 뒤졌으나 결국에는 발견하지 못했다.

레리아나는 한숨을 내쉬며 침대에 걸터앉았다. 그러다 조금 돌아다니면서 바람 좀 쐴 겸, 물도 한 잔 마실 겸해서 몽롱한 눈으로 방을 나섰다. 계단을 내려가고 복도를 지나 식당으로 들어서는데, 주방에서 부스럭거리는 소리가 들려왔다.

"……?"

식당에 한편에 놓인 괘종시계는 새벽 1시 반을 가리키고 있었다.

'누가 남아 있을 시간이 아닌데.'

손가락으로 식탁 끄트머리를 매만지던 레리아나가 주방으로 서서히 들어섰다.

우적우적, 바스락바스락.

그 소리에 자기도 모르게 숨을 죽이며 다가가던 레리아나는 돌연 깜짝 놀라 멈춰 섰다.

"……!!"

두 손에 과일과 빵을 든 이오사가 우물거리면서 레리아나를 쏘아보고 있었다.

"뭐야."

"여기서, 뭘 하는……."

"저녁도 안 주고. 육시랄 놈들."

"아……."

그래서 나무에서 탈출한 건가. 으음, 레리아나가 목을 울렸다.

"그래서 새벽에 이렇게……."

이오사 주변에 널브러진 음식들을 보며 레리아나가 난감한 투로 입을 열었다. 그녀의 표정을 본 이오사가 우물거리던 사과를 삼키고는 말했다.

"이 저택에서도, 다들 나보고 미쳤다고 하는데 말이야."

"……누가 그런 소리를 해?"

"미친 거 맞아."

"……."

과즙이 잔뜩 묻은 손을 샅샅이 핥은 이오사가 낄낄거렸다. 눈을 가늘게 뜬 레리아나는 미간을 찌푸리며 관자놀이를 잡았다. 머리가 아파 온다. 다 이오사 때문이라고 생각하며 그녀가 주방을 나서려는 순간이었다.

"흐음?"

어느새 다가온 이오사가 코끝이 닿을 정도로 얼굴을 바짝 들이밀었다. 레리아나가 움찔해 물러나려 하자 그녀가 손목을 움켜쥐어 왔다.

"아픈가?"

"이거 놔, 이오사."

레리아나가 주변에 누가 없나 두리번거리면서 시선을 피하는데, 이오사가 손가락으로 관자놀이를 톡톡 두드렸다.

"머리 말이야, 머리."

어떻게 알고 있냐는 듯 레리아나가 눈을 맞추니 이오사가 말했다.

"저번에 쓰러졌다고 했지?"

"그런데?"

"시간이 얼마 없네."

낄낄낄 배를 쥐고 웃던 이오사가 갑작스레 이제 흥미 없다는 것처럼 심드렁한 얼굴로 돌아섰다.

"잠깐만. 무슨 소린지 조리 있게 말해, 이오사."

이오사는 눈썹을 추켜올렸다.

"너 죽어."

"뭐?"

"말했지? 세인트 벨에 너 같은 남자가 있었다고."

이제는 머릿속에서 이 기억, 저 기억이 들쭉날쭉한다지만, 이오사는 그 남자만은 똑똑히 기억했다. 세인트 벨에는 어울리지 않는,

섬세하고 조용하고 착한 남자였다. 영민했던 남자는 그 몸의 주인이 죄를 짓고 영원히 도망치기 위해 영혼을 바꾼 게 아닐까, 짐작하고 있는 듯했다.

처음에는 힘들어했으나, 남자는 곧 그 몸과 주어진 생활에 적응해 나가기 시작했다. 그러면서 가끔 이오사의 머리를 빗겨 주거나, 그녀의 헛소리에 귀를 기울여 주었다.

"첫 번째 쓰러졌을 때는 내가 어찌어찌 목숨은 붙여 놨었지."

그런 남자가 사라진다면 아쉬울 거라는 생각이 들었다. 그래서 몇 날이고 며칠이고, 공을 들여 그를 살려 냈다.

"그런데 두 번째에는 말이야……."

레리아나가 눈을 가늘게 떴다. 이오사가 두 손을 들어 올려 기다란 손톱을 보였다.

"콱!"

자신을 빤히 응시하는 연녹색 눈동자를 바라보던 이오사가 손을 내렸다. 그리고 덤덤하게 말했다.

"죽어 버렸어. 뭘 해도 안 되더라고."

"……."

이오사는 레리아나가 입을 꾹 다물고 침을 삼키는 모습을 심드렁하게 바라보았다. 그러다 손을 내젓고 몸을 돌렸다.

"남은 시간, 잘 살아 보라고, 공주님. 나한테 부드러운 밀 빵이나 좀 더 주고. 덕을 쌓아. 누가 아나? 덕을 많이 쌓아 놓으면 그 극작가 년이 다음에는 더 좋은 배역을 줄지."

이오사가 주방에 놓인 다른 과일을 챙기려는데 레리아나가 이오사의 손목을 잡았다.

"안 돼."
"뭐가?"
"방법을 알려 줘."
목소리가 제법 절박했다. 한쪽 눈을 찡그리던 이오사가 두 손으로 레리아나의 얼굴을 붙잡았다. 그리고 눈동자 깊은 곳을 살피듯 응시했다. 문득 이오사가 속삭였다.
"죽음이 두려워?"
"……두려워."
"어차피 다른 배역으로 환생할 거야. 네 영혼은 소멸되지 않으니까."
"그러면 난 어떻게 되는 거지?"
"다 잊는 거지. 그냥 그 배역으로 살게 될 거야. 다른 사람이 되어서."
레리아나는 고개를 저었다.
"그런 건, 싫어."
박은하일 적 그렇게 허망하게 가족과 헤어진 것처럼, 겨우 다져 놓은 노아와의 관계를 놓치고 싶진 않았다.
"알려 줘. 어떻게 하면 되지?"
"몰라, 나는."
"기억을 찾아 줘. 그럼 알 수 있겠지?"
"글쎄다. 어쨌든 오늘은 무리야. 배가 고프고 힘도 없어. 그리고 너도 그 상태로는 힘들어 보이는데."
"난 괜찮아."
이오사가 낄낄거렸다.
"이오사!"

"쉿."

이오사가 눈동자를 한 바퀴 굴렸다.

"진정해, 공주님. 난 네 미래가 보이질 않아. 그래도 하나는 알지."

이오사의 눈에 이채가 돌았다.

"그년을 만나."

"누구를?"

"널 이렇게 만든 년 말이야."

"뭘 알고 있어?"

"내가 아는 건 말이야—"

이오사가 눈을 깜빡였다. 이오사의 눈동자는 다시 흐릿한 안개가 낀 것처럼 탁해져 있었다.

"공작저에서도 호밀 빵은 딱딱하다는 거야."

레리아나가 어금니를 사려 물었다.

"그건 일부러……."

"일부러?"

"아니, 말 돌리지 마. 아는 게 뭔지 확실히 말해 줘. 레리아나 맥밀런의 영혼이 아직 소멸하지 않고 살아 있어? 그럼 베아트리스는 어떻게 된 거야?"

이오사가 낄낄거리며 배를 쥐고 허리를 굽혔다. 레리아나가 이오사의 몸을 거칠게 잡아 올려 눈을 마주치게 했다.

"뭔가 알고 있다면 제대로 말해!"

뚝, 갑자기 오디오가 꺼진 것처럼 웃음소리를 멈춘 이오사가 손을 들어 올렸다. 그러곤 레리아나의 얼굴을 붙잡아 고정시켰다.

"좀 자."

거친 손바닥이 두 눈을 덮었다.

* * *

"여기까지가 제가 알아낸 전부입니다."

저스틴이 유리병을 탁자 위에 올려 두자, 안에 든 투명한 액체가 찰랑였다. 시아트리히가 유리병을 들어 올리며 이니셜을 확인했다.

J.

긴 신음성을 내며 턱을 괴니 남색 머리칼이 아래로 흩어져 내렸다.

"그래서?"

"제이크 랭스턴의 모든 짐이 랭스턴가의 영지로 내려갔다고 합니다. 아마 그 짐 중에 계약서가 있지 않을까 예상 중입니다. 용병들은 계약서를 생명줄처럼 여기니까요."

"베아트리스 블레이크가 용병과 계약해 범죄를 모의했다는 증거를 잡겠다?"

"예."

저스틴이 고개를 끄덕이며 말했다.

"다녀오겠습니다, 전하. 허락해 주십시오."

"짐까지 싸 왔으면서 허락을 맡기는 무슨."

"하하, 당연히 자애로우신 전하께서 허락하시리라 예상한 것 아니겠습니까."

"됐어. 일은?"

"네이슨이 맡아 주기로 했습니다."

다시 일을 좀 맡아 달라고 설득하는 데 조금 시간이 걸렸지만.

저스틴은 말을 줄였다. 네이슨이 아주 강경하게 구는 바람에 시아트리히를 찾는 것이 조금 미뤄졌다.

"쯧, 자네는 해고야."

"하하하."

웃는 저스틴을 향해 시아트리히가 고개를 저으며 말했다.

"둘에게는 얘기했나?"

"……아직입니다. 계약서를 찾아온 후에 얘기하려고 했거든요."

"비비안 샤말 때문이군."

시아트리히가 정곡을 찌르자 저스틴이 난처한 얼굴로 미소를 지었다. 어떤 식으로든 비비안이 관련되어 있다는 것이 기정사실화되어 있는 지금, 노아에게 먼저 비비안의 죄를 알렸다가는 그가 비비안에게 어떤 식으로 나올지 알 수 없는 일이었다. 아무리 잘못을 했다 해도 그의 동생인 이상 이런 일을 주도했다고 생각하고 싶지도 않았고, 사정이 있다면 할 수 있을 만큼은 보호해 주고 싶었다.

그러니 자신은 노아와 거래할 만한 것을 하나라도 더 가진 상태에서 진상을 밝혀야 했다.

"자네가 간과한 게 있어. 노아는 비비안이 그런 짓을 했다는 걸 이미 알고 있거든."

"어떻게……."

"별궁에 불을 질렀다던데. 일단 먼저 얘기를 해 보는 게 좋겠어."

별궁? 저스틴이 눈썹을 추켜올리는데 시아트리히가 나오미에게 손짓했다.

"나오미, 노아와 레리아나 양을 불러 주게."

* * *

레리아나는 몽롱한 정신을 가누며 고개를 들었다. 명을 받고 노아와 함께 왕성으로 들어선 후, 저스틴과 시아트리히의 이야기를 듣는 내내 마법이라도 걸린 것처럼 잠을 깨기가 힘겨웠다. 노아가 괜찮은지 작게 속삭이니 레리아나가 고개를 끄덕였다.

"나오미. 레리아나 양에게 물 한 잔 가져다주게."

시아트리히가 명하자 나오미가 물을 한 잔 건넸다. 레리아나가 물을 받으며 작게 감사 인사를 표했다.

'왜 이렇게 피곤하지.'

'주방에서 이오사를 만난 것 같았는데.'

'꿈이었나.'

흐릿한 눈을 깜빡인 레리아나가 목을 축이며 고개를 숙였다. 찬물이 입안을 넘어 배 속을 타고 넘어가자 멍한 정신이 조금씩 돌아오는 것 같았다.

'이오사.'

이것저것 질문을 하며 귀찮게 구니 이오사가 사술로 자신을 재운 것이 분명했다. 그렇다면 그녀가 말한 것들은 모두 꿈이 아니라 사실이었나? 두 번째 쓰러지면 죽는다는 것도?

긴장으로 손이 차갑게 식어 가기 시작했다. 당장 저택으로 돌아가 이오사의 멱살을 잡든 무슨 짓을 하든, 방법을 찾아야 하는 게 아닐까.

그때, 시아트리히가 입을 열었다.

"블레이크가의 기수 가문들이 수도로 올라오고 있어."

"시위입니까?"

"그렇겠지. 국내 정세가 이렇게 불안정해지면 불안정해질수록, 네가 바란 게이트 개방 문제도 좀 미뤄질 수밖에 없어."

"……."

노아가 못마땅한 기색으로 입을 다물었다.

"게이트?"

물을 탁자 위에 내려놓은 레리아나가 묻자, 시아트리히가 한숨을 내쉬며 노아의 협박 섞인 거래를 설명해 주었다. 레리아나가 기가 찬 얼굴로 노아에게 고개를 돌리니 그가 뭐 어떻느냐며 뻔뻔하게 웃었다.

"레리아나 양."

"예, 전하."

황급히 대답한 레리아나에게 시아트리히가 고개를 돌렸다.

"여기 모여 있는 사람들이랑은 달리, 난 왕으로서 생각할 수밖에 없어. 지금 이것저것 말은 나오고 있지만, 사실 이 정도로 그녀를 처벌하는 건 곤란해. 더군다나 지금은. 이해해 주겠지?"

"예, 제 개인 사정으로 심려를 끼쳐 드려 송구할 뿐입니다. 전하."

레리아나가 되레 죄송하다는 인사를 하자, 시아트리히가 난감한 표정으로 한숨을 쉬었다. 도대체 무슨 사정이 있기에 이런 소녀에게 흉흉한 짓을 하려 하는지 모를 일이었다. 어떠한 연유인가 레리아나에게 넌지시 물어볼까 하는데, 노아가 저스틴을 향해 물었다.

"베아트리스가 제이크 랭스턴에게 의뢰했다는 계약서는? 있다고 확신하나?"

"어느 정도는 확신하고 있습니다."

"바라는 건?"

바라는 바가 있다는 것을 순식간에 알아차린 노아에게 저스틴이 슬쩍 웃었다.

"제가 바라는 건, 비비안이 저지른 일에 대한 약간의 선처."

저스틴이 레리아나에게로 고개를 돌렸다.

"그리고 레리아나 양의 무사죠."

눈을 가늘게 뜬 노아가 팔짱을 꼈다.

"그쪽은 걱정하지 않아도 될 텐데."

"글쎄요."

평소 같았으면 둘의 신경전을 즐겁게 구경했을 시아트리히도 손을 내저을 수밖에 없었다.

"그만해, 둘 다. 머리 아프니까."

셋이서 앞으로 어떻게 행동해야 할지 고민하는 그때, 레리아나가 다시 물을 들이켰다.

'게이트…….'

모든 일의 중심에 베아트리스가 있었다. 마차를 습격하게 만들어서 블레이크 가문과의 사이를 악화시킨 것부터, 일이 제대로 해결되지 않자 블레이크가의 기수들이 수도로 상경하게 한 것까지. 그렇다면……. 그녀의 죄가 확정된다면 애런 블레이크도, 블레이크 가문의 기수들도 잠잠해질 수밖에 없으리라.

레리아나는 물을 단숨에 마셨다. 그리고 빈 컵을 만지작거리다 입을 열었다.

"한 가지, 청을 드려도 될까요?"

의아한 기색이던 시아트리히가 이내 고개를 끄덕였다.

"무엇을?"

"베아트리스를 몰아넣고 싶습니다."

모두의 시선이 그녀에게로 향했다. 시아트리히가 자세를 바로 하고 되물었다.

"어떻게?"

게이트를 연다면, 히이카를 만날 수 있다.

'성하라면, 어쩌면…….'

이오사가 기억을 모두 되찾아 준다고 해도 모든 것이 해결될지는 불분명하다. 그러니 좀 더 여러 방법을 준비하고, 높은 가능성에 매달리고 싶었다.

"전하의 성혼식. 제가 좀 이용하고 싶은데, 괜찮을까요?"

히이카를 만나기 위한 게이트를 여는 데 베아트리스가 방해가 된다면 어떻게든 그녀를 처리하면 될 일이다.

'네가 무슨 생각을 하든지 간에…….'

레리아나는 베아트리스를 떠올리며 손을 모아 잡았다.

* * *

노아가 저택의 주방으로 들어섰을 때, 그는 쪼그려 앉아 있는 갈색 머리를 발견하고 식탁을 통통 두드렸다. 인기척을 들은 그녀가 고개를 들어 올렸다.

"뭐 해?"

"아-"

레리아나가 시선을 내렸다. 노아가 그 시선을 따라가자, 밀 빵이 담긴 그릇이 바닥에 소담히 놓여 있었다.

"이오사를 꾀어내는 중이에요."

쥐덫이라도 놓는 듯한 모양새에 노아가 식탁에 몸을 기대며 물었다.

"이거면 나올 것 같아서?"

"네. 분명히."

고용인들은 아직 이오사를 찾지 못했다며 난감해하는 모습이었다. 새벽에 이오사를 주방에서 만났다는 이야기를 꺼내니 깜짝 놀라며 수색 범위를 저택 내로 축소했으나, 저택 자체가 워낙 크기 때문에 꽤 난항을 겪는 듯했다.

"기디언이 마음에 들어 하지 않던데."

노아가 나직이 중얼거리자 레리아나가 숙연한 표정으로 고개를 끄덕였다. 기디언은 이오사가 아예 집을 나가길 바랐던 것 같았다. 그는 그런 정체불명의 여자가 저택 내를 쏘다니는 것이 상당히 불만이었는지, 고용인들을 체계적으로 지휘하며 이오사를 격하게 찾는 중이었다.

"주방에서 음식을 훔쳐 먹고 있었으니까, 배고프면 나올 거예요."

고개를 끄덕인 노아가 식탁 위를 가볍게 쓸었다.

"새벽에, 그녀와 만나서 뭔가 했어?"

"아뇨, 별건……."

레리아나가 말을 줄였다. 어차피 명확한 답도 없는 상황에 근심만 늘리느니 입을 다물기를 택했다.

노아는 정말 궁금했던 건 그게 아니었는지, 그가 말을 줄이는 레리아나를 대수롭지 않게 여기며 넘겼다. 그러고는 곧장 말하고 싶었던 바를 입에 올렸다.

"아직 난 그게 좋은 방법일지, 회의적이야."

"어차피 베아트리스도 움직일 생각이었을 거예요."

그럴 줄 알았다는 것처럼 레리아나가 정해 둔 대답을 꺼냈다.

"건국제 무도회에서처럼 호위 기사가 없고, 사람들이 저마다 제 일에 바빠 남들에게 신경 쓰지 않는 상황은 흔치 않아요."

게다가 그때는 장소가 별궁이어서 고용인들이 많지 않았다는 최적의 조건이 함께였다. 그렇다면 그 상황을 재연하면 어떨까. 그녀는 자신을 죽이기 위해 다시 움직이지 않을까. 베아트리스가 기회라고 생각하도록 시아트리히를 설득해 판을 짤 것이다. 성혼식에서 그녀가 자신을 노리도록.

"위험할 수도 있어."

노아가 레리아나를 일으키며 말했다. 레리아나는 그의 손을 맞잡고 일어나 옆에 바짝 붙어 엉덩이 끝만 걸터앉았다.

"그날은 베아트리스의 행동을 예측하지 못했기 때문에 당한 거죠."

그녀의 목적을 아는 이상, 일은 훨씬 쉬워질 것이다.

"그리고, 어떤 상황이든 구해 줄 거라면서요."

한숨을 쉰 노아가 레리아나의 허리에 팔을 감았다.

"그런 말을 한 걸 후회 중이야."

"철회하시게요?"

"아니."

"그럼 됐어요."

레리아나가 배시시 웃었다. 노아는 제이크 랭스턴의 계약서를 기다리거나 다른 증거를 잡길 원했지만, 좀 더 확실한 증거를 확보하고 싶다고 강경하게 나온 것은 자신이었다.

시간이 없으니까.

저스틴은 되도록 성혼식까지는 맞춰 돌아오겠다고 했으나 계약서의 존재 자체에 대해 확신하지는 못했다.

"그 여자는 도대체 왜 그렇게까지 당신에게 해를 입히려고 하는 거지."

"제 자신을 그렇게 싫어했으니 세상에서 지우고 싶어 했을지도……."

"……?"

레리아나가 밀 빵을 가만히 바라보다 고개를 돌렸다.

"전에 우리가 했었던 얘기 있죠. 이전 레리아나 맥밀런의 영혼이 어딘가에 살아 있을지도 모른다고."

"응."

"베아트리스의 몸속에 그 영혼이 남아 있다면요? '레리아나'라고 불렀을 때, 그녀는 분명히 반응했어요."

"그럼 베아트리스는? 죽인 건가?"

"으음—"

그랬을지도 모른다. 검지로 식탁을 두드리던 레리아나는 다른 쪽으로 말을 돌렸다.

"궁금하지 않아요?"

"뭐가?"

"진짜 베아트리스. 내심 만나 보고 싶었다거나."

"아니."

"갑자기 짠— 하고 나타나면요?"

"그랬으면 좋겠어?"

"아뇨."

예전에는 그럴 때도 있었는데. 작게 웃은 레리아나가 노아의 어깨에 머리를 기댔다.

"설마, 그 계약이 이렇게 되다니."

처음에는 잠깐만 노아와 약혼을 한 후에 프렌치 브룩스를 피하고 나면 모든 것이 잘될 거라고 생각했는데. 홧김에 노아를 선택하지 않았다면 어땠을까. 아니면, 첫 계약 때 돌아가 버리기라도 했으면. 아니면, 프렌치 브룩스를 죽이고 나서 약혼을 파기했다면. 그도 아니면, 노아가 베아트리스를 만났던 그 순간에 자신이 발걸음을 돌렸다면.

어쩌면 그 외에도 원작대로 돌아갈 수 있었을, 수만 가지의 길이 있었을 텐데.

노아가 레리아나의 손을 만지작거리며 끼워져 있는 반지를 이리저리 돌렸다. 레리아나가 반지를 물끄러미 바라보다 말했다.

"가끔 내가 미래를 바꿨다는 생각이 들어서."

"불안해?"

"아뇨."

레리아나가 웃으며 말했다.

"좋아요."

* * *

밤이 되어도 이오사는 계속 나타나지 않았다. 노아는 사람을 둘 테니 먼저 들어가서 자라고 했고, 레리아나가 하품을 하며 고개를 끄덕였다. 그녀는 침실로 돌아가 침대에 누워 곧 잠이 들었다. 그리고 모두가 깊이 잠든 새벽, 귓가로 작은 목소리가 들려왔다.

"난 이제 갈래."

"……?"

레리아나가 눈을 깜빡이다가 재빠르게 이오사의 손목을 잡았다.

"대신 빵값은 하지. 이게 마지막이야."

"마지막이라니."

이오사가 손을 들어 레리아나의 이마를 툭, 쳤다. 레리아나의 손에 힘이 빠지고 팔이 침대 옆으로 떨어졌다. 자리를 일으키려던 이오사가 다시 레리아나의 귓가에 입을 대고 속삭였다.

"잊지 마. '갈색 머리'를 죽여."

* * *

다음 날, 식은땀으로 범벅이 된 레리아나를 헤일리가 발견했다.

"영애, 괜찮으세요?"

헤일리가 수건을 가져와 그녀의 몸을 연신 닦았다. 얌전히 몸을 맡기고 있던 레리아나는 이마를 짚고 이불을 거칠게 걷어 냈다.

"영애?"

헤일리가 수건을 들고 조심스레 물었다.

"……아무것도 안 보였어."

고개를 숙인 레리아나가 입술을 깨물었다.

* * *

성혼식은 총 3부로 진행된다. 신전에서 나온 신관들의 축복과 정화가 이루어지는 1부 내내, 상석에 앉은 비비안은 초조한 기색으로 주위를 두리번거렸다. 그녀의 이상한 몸짓을 참석한 귀족 모두가 의아하게 여기며 수군거렸다. 비비안의 뒤에 선 샤말 후작은 못마땅하게 혀를 찼으나 그녀의 귀에는 들려오지 않았다.

약병이 사라졌다. 그리고 저스틴도.

'오라버니가 가지고 있는 걸까.'

'내가 무슨 짓을 했는지 알고 있을까.'

'어떻게 해야 하지?'

저절로 시선이 무릎으로 떨어졌다. 심장이 걷잡을 수 없이 뛰고 눈앞이 캄캄하다. 진정하자. 다른 곳으로 신경을 분산시키기 위해 고개를 든 비비안은 귀족들 사이에 앉아 자신에게로 슬쩍 시선을 돌리는 레리아나를 보고 주먹을 쥐었다.

그 찰나의 시선이 칼날 같다. 마치 당장이라도 네 죄를 낱낱이 드러낼 것이라는 의지처럼.

비비안은 저스틴에게 달려가 모든 것을 털어놓고 제발 도와 달라 부탁하고 싶었다. 자신은 그저 이용당한 것뿐이고, 모든 것은 베아트리스가 꾸민 일이라고. 다른 날도 아니고, 성혼식이 있을 오늘은 꼭 돌아올 것이라는 제 아버지의 말만 믿고 그 긴 기다림을 지나왔건만. 저스틴은 아직도 모습을 나타낼 생각을 하지 않았다.

이리저리 눈동자를 굴리던 비비안은 근처에 있던 시녀를 불러 물었다.

"오라버니는?"

몇 번째 질문인지 이제 세기도 힘들 정도였다. 시녀가 난처해하며 아직 오시지 않았다 전하자, 비비안이 홱 고개를 돌렸다. 뒤에 서 있던 샤말 후작은 시아트리히의 눈치를 보며 그녀의 어깨를 두드렸다.

"이제 그만하거라. 조금 늦는 것뿐이겠지. 이런 왕국의 경사에 무단으로 참석하지 않을 리가 없잖니."

"맞아요, 그러니 너무 걱정 마세요."

그녀의 면사포를 잡아 주던 베아트리스가 비비안의 손등에 제 손을 포갰다. 비비안이 화들짝 놀라 손을 빼냈다. 베아트리스의 눈이 살짝 가늘어졌다. 시아트리히가 이를 곁눈으로 지켜보며 낮게 목을 울렸다.

그런 상석 쪽을 한번 살핀 노아가 레리아나에게 귓속말을 했다.

"비비안이 이상하군."

레리아나가 그의 말에 고개를 끄덕였다. 소로소의 살롱에서 비비안을 조금 흔들어 놓았기 때문일까.

'이제라도 다 털어놓는다면야, 좋겠지만.'

레리아나는 문득 맞은편으로 시선을 돌렸다. 그곳에는 애런 블레이크와 기수 가문의 귀족들이 앉아서 그들을 흘기며 담소를 나누고 있었다. 겉으로는 화기애애해 보였으나, 노아에게 한 군데라도 꼬투리 잡을 부분이 생긴다면 당장에라도 표정을 굳히고 소리를 지를 이들이었다. 그러니 베아트리스 쪽도 호락호락하게 받아들이진 않으리라.

"저스틴은요?"

레리아나가 조용히 물으니 잠깐 입을 다물었던 노아가 정말 싫다는 티를 역력히 내며 웃었다.

"저스틴이라고 불러?"

"……왕실 근위대 제1기사단 단장님은요?"

레리아나가 눈을 가늘게 뜨고 말하자 그제야 노아가 답했다.

"아직."

오늘은 돌아오지 못할지도 모른다며, 노아가 레리아나의 손을 쥐었다. 그가 돌아오지 않는다면 결국 오늘, 베아트리스가 손을 쓰도록 둘 수밖에 없다. 어떤 말로도 항변할 수 없는 현장을 잡아내기 위해서.

"전 괜찮아요."

레리아나가 보란 듯이 제 왼쪽 허벅지 부근을 두드리니 노아가 가만히 고개를 끄덕였다. 그나마 안심이 된다는 듯.

"그래서 여신께서는 말씀하시기를-"

맨 앞줄에 앉은 공작이 집중을 하지 않자, 신관이 목소리를 높였다. 신관의 뜻을 알아챈 노아가 그에게로 다시 고개를 돌렸다. 레리아나는 가볍게 숨을 내뱉었다.

[시간 싸움이지.]

그때 귓속에서 모기가 나는 것처럼 앵앵거리는 듯 누군가의 목소리가 언뜻언뜻 들려왔다. 레리아나는 머리를 한번 털고는 그녀도 신관에게로 고개를 돌렸다.

모인 이들 간의 긴장감을 다른 이들은 느끼지 못했는지 축하 인사와 떠들썩한 대화가 오가며 1부가 끝이 났다.

본격적으로 성혼이 이루어질 2부가 시작되기 전까지 근 40분 정도의 휴식 시간이 주어졌다. 시아트리히의 특별 지시로 인해 휴게실은 남녀로 건물이 나눠지며, 불상사를 방지하기 위해 참여자에 따라 지정된 휴게실을 사용하도록 되었다.

"11시부터는 시녀들의 근무 교대가 있기 때문에 시중을 들지 못하오니 그 점 양해 부탁드립니다!"

휴게실로 떠나는 귀족들 뒤로 시종장이 몇 번씩 안내하며 외쳤다. 시아트리히를 힐끗 바라본 레리아나가 잠깐 그에게 고개를 숙였다. 그가 고개를 끄덕이자 레리아나는 자신에게 배정된 휴게실로 향했다.

깔끔하고 넓은 방 안에 들어선 그녀는 문을 가만히 바라보고 앉아 관자놀이를 눌렀다. 이오사는 그날 이후, 완전히 자취를 감추었다. 그리고 남은 것은 두통과 가끔 들리는 환청이었다.

[누가 먼저 죽을지. 그런 것에 휘둘리고 싶지 않다면 먼저 손을 내밀어.]

레리아나 맥밀런의 기억에서 마지막으로 보았던 검은 신녀의 목소리가 머릿속을 날아다녔다.

물이나 한 잔 마시려고 일어서는데, 문 앞에서 발자국 소리가 들렸다. 시계는 정확히 11시를 가리키고 있었다. 바짝 긴장한 레리아나가 무심코 왼쪽 허벅지를 쓸었다. 옷 위로 갈색 홀더가 만져지자 안심하며 고개를 들었다.

모든 것이 완벽하다. 노아도, 그리고 시아트리히가 준비한 다른 이들도, 모두 근처에서 대기하고 있었다. 그리고 문이 열린 순간, 레리아나의 눈동자가 흔들렸다.

"여긴 왜……?"

레리아나가 의아한 기색을 숨기지 않고 물었다. 눈앞에는 하얀 목을 드러내며 틀어 올린 붉은 머리가 가슴 위로 흘러 내려온 여자가 있었다.

'비비안이 왜 이곳에?'

어째서 그녀가 여기에 온 거지, 라는 의문이 끝나기도 전에 그녀가 비틀거리며 한두 걸음 앞으로 다가왔다. 어쩐지 상태가 심상치 않다. 새파란 얼굴과 무언가 말하려는 입술이 빼끔거렸다.

"괜찮으신가요?"

레리아나의 물음이 채 끝나기도 전에 갑자기 비비안의 몸이 앞으로 쓰러져 내렸다. 레리아나가 몇 걸음 물러나면서 쓰러지는 그녀를 받아 들었다. 그와 함께 양손에 느껴진 축축하고 뜨거운 감각이 레리아나를 소스라치게 만들었다. 놀란 레리아나가 비비안을 안은 자세를 고치며 바닥으로 주저앉았다.

"이게……."

쓰러진 비비안의 등 뒤에.

"무슨……."

촛대의 뾰족한 앞부분이 깊게 박혀 있었다.

* * *

레리아나는 비비안의 코에 손을 댔다.

'죽었어.'

그녀는 이미 숨을 쉬지 않고 있었다. 도움을 청해야 했다. 도움을 청하려고 고개를 든 순간, 자신을 바라보는 인영에 레리아나가 숨을 들이켰다. 활짝 열려 있는 문 앞에서 베아트리스가 조용히 그녀를 내려다보고 있었다. 감정이 없는 것처럼 무기질적인 눈동자에 주저앉은 레리아나가 비쳤다.

"……너…… 제정신이야?"

겨우, 레리아나가 떨리는 목소리를 내뱉었다. 베아트리스의 눈을 본 순간, 비비안의 죽음에 누가 관여되어 있는지 명백하게 알 수 있었다.

비비안의 피가 점점 레리아나의 드레스 위로 물들기 시작했다. 짧은 침묵이 스쳐 지나갔다. 그리고 이내 베아트리스가 입을 벌렸다.

"꺄아아아아악-!!"

비명 소리가 머리를 강타했다. 레리아나가 문 바깥으로 빠르게 고개를 돌렸다. 그때서야 지금 어떤 상황에 처했는지 객관적 판단이 서기 시작했다. 비비안을 안은 레리아나의 손가락에 힘이 들어갔다.

'당했다…….'

대기하고 있던 사람들이 비명 소리를 듣곤 문을 열고 뛰쳐나왔다. 그리고 그들이 발견한 것은 죽은 비비안을 안은 채 피투성이가 되어 있는 레리아나와 그 옆에 서서 떨고 있는 베아트리스였다.

베아트리스는 마치 준비된 것처럼 빠르게 나타난 무리들을 보고 살짝 놀란 듯 얼굴을 굳혔다. 그러나 곧 흐느끼며 이내 두 손에 얼굴을 묻었다.

"이게 어찌된……."

노아와 함께 방에 대기하고 있던 네이슨이 비비안을 보며 이마를 짚었다. 이를 악문 노아가 레리아나에게로 뛰어갔고, 모두가 말을 잃은 가운데 왕비가 시해되었다는 이야기를 누군가가 띄엄띄엄 내뱉었다.

* * *

레리아나의 휴게실에서 북적거리는 이들은 몇몇 사태의 주연들을 둘러싼 채 서 있었다. 레리아나는 초점을 잃은 눈으로 그들을 한 번씩 돌아보더니 한 발자국 뒤로 물러났다.

[베아트리스는 제 친구인걸요.]

머릿속에서 여러 가지 소리가 웅웅 울렸다. 그녀의 심상치 않은 모습을 눈여겨보던 노아는 레리아나를 끌고 의자에 앉혔다. 그리고 그 앞에서 한쪽 무릎을 꿇고 그녀의 상태를 살핀 노아가 식은땀이 나는 이마를 닦아 냈다.

"……비, 비비안."

어느새 소식을 듣고 왔는지, 샤말 후작이 절망하는 소리가 들려왔다. 그를 바라보던 베아트리스가 애런의 품에 얼굴을 묻곤 손을 떨었다.

노아가 베아트리스를 스치듯 응시하다 자신을 노려보는 애런과 눈을 마주쳤다. 그는 이 상황이 기꺼운지 그에게 두고 보라는 듯 도전적인 표정을 내보이고 있었다.

노아는 그를 향해 빙긋 미소를 짓고는 고개를 돌려 눈을 내리깔았다. 베아트리스는 이미 레리아나가 비비안을 죽였다고 증언한 상태였다.

상황이 좋지 않다.

모인 사람들의 입에서 입으로 레리아나와 비비안의 이름이 오갔다. 그러나 더 걱정스러운 것은 레리아나의 상태였다. 식은땀이 쉼없이 흘러내렸고, 그녀는 하얗게 질린 얼굴로 양손을 맞잡고 있었다.

"정숙하십시오. 전하께서 드십니다."

그 순간, 시종장의 목소리와 함께 뒤늦게 방 안으로 시아트리히가 들어섰다. 모든 이들이 허리를 숙여 그를 맞이했다.

"전하!"

샤말 후작이 눈물범벅이 된 얼굴을 들었다.

"이야기는 다 들었네."

운을 뗀 시아트리히는 레리아나와 노아가 앉아 있는 벽 쪽을 응시했다. 노아에게 나서지 말라는 눈짓을 보낸 시아트리히가 베아트리스에게 물었다.

"베아트리스 양, 그대가 모든 것을 목격했다고?"

"맞습니다, 전하. 맥밀런 영애, 아니, 레리아나 맥밀런이 왕비 마마를 시해했습니다."

베아트리스를 안은 애런이 그녀 대신 힘주어 말했다. 그가 레리아나의 이름을 입에 올리자 노아가 불쾌한 기색을 드러냈다.

그때 애런에게로 시선을 튼 시아트리히가 고개를 기울이며 눈썹을 추켜세웠다.

"공작. 지금 뭐 하는 거지?"

"……무슨 말씀이십니까?"

"짐이 질문한 이는 자네가 아니라 베아트리스 양일 텐데."

"저는……."

"자네의 딸에게 다시 묻도록 하지. 대답하게."

허를 찔린 듯 표정을 굳힌 애런이 입을 다물었다. 그러자 베아트리스가 자신은 괜찮다며 속삭이고는 시아트리히 앞으로 다가갔다.

"예, 전하. 제가 전부 보았습니다."

베아트리스는 겁에 질린 듯 손을 떨고 있었다.

"가엾게도."

"쯧쯧, 그런 모습을 봤으니 충격이 심하기도 하겠지."

이에 지켜보던 귀족들이 동정을 내비치자 시아트리히가 미간을 찌푸렸다. 비비안을 죽임으로써 레리아나를 위험에 빠트린 것은 베아트리스, 바로 그녀일 것이다. 시아트리히는 지팡이를 두 손으로 쥐고 몸을 지탱하며 잠시 뜸을 들였다. 레리아나를 현 상황에서 구해 내려면 베아트리스의 허점을 잡아내야 한다.

"그대는 왜 레리아나 양의 방 앞에 서 있었던 거지?"

예상외의 질문에 베아트리스가 고개를 들었다. 애런이 답답한 듯 노성을 터트렸다.

"전하, 중요한 것은 그런 것이 아니잖습니까!"

"블레이크 공작."

애런을 부른 시아트리히가 눈을 가늘게 떴다.

"짐은 모든 것을 확실하게 하려는 것뿐이야. 자네의 딸에게 해를 끼치려는 것도 아닌데 흥분하지 말게. 지금 당황스러운 것은 자네뿐만이 아니야."

애런이 재차 베아트리스를 두둔하려는데 그녀가 먼저 입을 열었다.

"저는 그저, 옆방에서 다투는 소리를 들었기 때문에."

"다투는 소리?"

그때 공방을 듣고 있던 레리아나가 힘들게 입을 열어 끼어들었다.

"……제 방 근처 휴게실에는, 보안상의 이유로……. 아시겠지만, 납치부터 신전에서의 일까지. 불길한 일이 끊이지 않았기에 기사분들이 대기하고 계셨습니다. 경들께서는 다투는 소리를 들으셨습니까?"

네이슨의 옆에 서 있던 근위 기사 두 명이 고개를 저으며 그런 소리는 듣지 못했다 답했다. 레리아나가 이것 보라며 고개를 돌리자 베아트리스가 침착하게 답했다.

"맥밀런 영애, 저는 영애께서 왕비 마마를 시해하는 모습을 보았습니다."

"제 휴게실은 영애의 바로 옆방입니다. 그리고 제가 문을 열었을 때, 왕비 마마께서는 이미 누군가의 공격을 받은 상태셨습니다."

레리아나는 잠시 뜸을 들이곤 이어 말했다.

"다툼 소리를 들은 것도, 제가 왕비마마를 시해했다는 주장을 하는 것도 모두 블레이크 영애뿐이십니다."

눈을 내리깐 베아트리스가 두 손을 맞잡았다.

"제가 지금 거짓말을 하는 거라고 말씀하시는 건가요?"

울음을 그친 지 얼마 되지 않아 촉촉한 눈매가 레리아나를 향했다. 무기질적인 눈동자로 자신을 바라보던 베아트리스는 완전히 사라져 있었다. 섬뜩할 정도로.

가만히 베아트리스와 눈을 맞추고 있던 레리아나는 식은땀으로 젖은 머리를 넘겼다. 두통이 심해진다. 어서 이 지지부진한 공방의 끝을 내야 했다.

"제가 왕비 마마와 다투다 끝내는 시해했다니. ……제가 그럴 이유가 없지 않습니까. 블레이크 영애."

비비안이 레리아나를 마음에 들어 하지 않았단 것이나 유치한 괴롭힘 같은 것들은 암암리에 퍼져 있었지만, 고작 그 이유로 심하게 다투고 사람을 죽이다니. 살해 동기로는 충분치 않았다. 그렇다면 사교계 레이디들은 피의 축제를 벌였으리라.

그러나 베아트리스는 지나가듯 미소를 지었다.

"이것 때문이 아닌가요."

베아트리스가 내민 것은 한 장부의 일부분이었다.

"맥밀런 영애께서는 신전에서 터졌던 그 결정석을 샤말 영애, 아니 왕비 마마께서 주셨다는 걸 알고 계셨어요."

그녀가 비비안 샤말이라고 쓰인 부분을 펼쳐 들었다. 공기가 술렁였다. 모두의 시선이 그녀가 든 종이로 향해 있었다.

"그걸 네가 어떻게 가지고 있지?"

지켜보고 있던 노아가 낮게 물었다.

"레리아나 양의 휴게실 안에서 주운 것입니다."

그에 맞춰 사람들의 시선이 베아트리스가 쥔 장부에서 레리아나에게로 옮겨 갔다. 레리아나가 관자놀이를 쥐며 고개를 숙였다. 머리가 지끈거렸다. 철제 계단이 맞물리며 삐걱거리는 소리가 머릿속을 헤집는 듯했다.

이렇게 빨리 전조가 올 줄이야.

"치직- 렇죠? 칙- 애. 칙-"

베아트리스가 레리아나를 향해 묻는 소리는 노이즈에 가려 들리지 않았다.

'……아.'

목 안으로 신음성을 삼킨 레리아나가 느릿하게 눈을 한 번 깜빡였다. 잠깐 시야를 가렸던 어둠이 사라지자, 황금색 눈동자가 자신을 응시하고 있는 게 보였다. 뭐라고 말해야 하는데. 조급함과 함께 손이 차갑게 식었다.

"……노아."

레리아나가 작게 부르자 노아가 걱정 말라는 듯 빙긋 웃었다. 입술이 달싹였다. 그러나 쇳소리만 나왔다가 이내 공기 중으로 사그라졌다. 레리아나를 바라보던 노아가 그녀의 손을 잡았다. 그와 동시에 레리아나는 눈을 감았다.

* * *

실이 끊어진 꼭두각시 인형처럼 연인의 몸이 무너져 내렸다. 노아가 두 손으로 그녀의 몸을 받아 들었다. 그는 레리아나를 안은 채 가슴이 작게 오르락내리락하는 것을 잠시 지켜보다가 의자에 앉혔다.

기다리는 게 아니었다. 반역이든 뭐든 무슨 짓을 해서든 떠나야 했는데. 그녀의 의견을 존중하고 싶었다는 게 마지막의 마지막까지 남겨진 멍청한 핑계였다.

“지금 뭣들 하는 거지? 왕비 마마를 시해한 범인이다! 연행해!”

애런이 멀뚱히 선 근위 기사들에게 말했다.

“그렇지만-”

“그게 무슨 상관이야! 연행해!”

“기다리게!”

시아트리히가 손을 들었다.

“짐 앞에서 왜 공작이 먼저 경거망동하는가!”

애런이 이를 악물었다.

“전하.”

그때 샤말 후작이 스산하게 입을 열었다.

“전하께서는 범인이 앞에 있는데, 대체 뭘 기다리시는 겁니까.”

작게 혀를 찬 시아트리히가 입을 다물었다. 곳곳에서 봇물 터지

듯 수군거림이 흘러넘쳤다. 샤말 후작이 레리아나를 손가락질했다.

"뭐 해! 빨리 저년을 잡아 죽여!"

네이슨이 어떻게 해야 할지 시아트리히를 응시했다. 시아트리히는 깊은 한숨을 내쉬다가 작게 고개를 끄덕였다. 지금으로서는 빠져나갈 구석이 없다. 혐의를 벗기 위해서는 조금 더 시간을 가져야 했다.

네이슨이 기사들에게 신호를 보내자, 명을 받은 근위 기사들이 레리아나에게로 움직이려는 순간이었다.

노아가 기사들 앞을 막아섰다.

"아담!"

창밖으로 새들이 푸드득- 날갯짓하며 날아가고, 그와 함께 창이 열리며 한 인영이 노아의 뒤로 다가와 섰다. 홀연히 나타난 아담은 허리춤에 검 두 자루를 찬 채였다. 시아트리히가 이를 악물었다.

"노아-!!"

시아트리히가 지팡이로 바닥을 내리치며 그를 강하게 불렀다. 노아가 고개를 돌렸고, 시아트리히는 그와 눈을 마주쳤다.

'뽑지 마.'

시아트리히는 속으로 외쳤다. 일단 검을 뽑지만 않으면 어떻게든 빠져나갈 구멍은 있다. 사실 검집 안에는 검 날이 없었다든가, 하는 말도 안 되는 변명이라도 해 볼 여지가 있으니까. 그러나 일단 검을 뽑으면 모든 것이 끝나게 될 것이다. 어떤 말로도 그의 죄를 덮을 수 없게 된다.

'조금만 기다려라.'

조금만 기다리면 대신관이 올 수도 있다. 연락을 받은 지 얼마 되지 않아 노아에겐 전할 수 없었고, 확신할 수도 없었지만. 어쨌든 지금은 기다리는 수밖에 없었다.

시아트리히는 나오미를 바라보았다. 그녀가 아직이라는 듯 고개를 저었다.

"여기에 전하께서 계시다는 사실을 잊지 말게, 윈나이트 공작."

기수 가문의 가주들을 거느린 애런이 베아트리스를 제 뒤로 옮겼다. 베아트리스가 노아를 힐끗 바라보더니 사람들 속으로 파고 들어갔다.

"자네라도 반역은 사형이야."

애런이 기사들에게 눈짓했다. 어서 레리아나를 연행하라는 눈짓에 기사들이 움직이기 시작했다.

노아는 아담에게 손을 내밀며 입을 열었다.

"경고하겠습니다."

기사들의 발걸음이 일시에 멈추었다. 그들의 움직임을 멈춘 목소리는 얼음이 갈라지는 것처럼 날카롭고 차가웠다.

"지금부터 레리아나에게 한 발자국이라도 다가오는 이들은-"

노아가 아담에게서 검을 받아 들곤 몸을 돌렸다.

"-전부, 죽이겠습니다."

그를 중심으로 동심원을 그리며 나아간 서늘한 압박감이 모든 이들을 감쌌다.

* * *

애런이 침을 삼켰다. 뒤에서 애런의 옷깃을 잡는 떨리는 손이 느껴졌다. 그가 베아트리스의 손등에 손을 올리곤 안심하라는 듯 두어 번 두드렸다.

'곧 모든 것이 끝난다.'

제아무리 실력 좋은 기사라 할지라도 이곳은 왕성의 중심이었다. 모든 근위 기사들이 그를 잡기 위해 밀집할 터. 고작 두 명이서 그들의 포위망을 뚫고 이곳을 빠져나갈 수 있을 리가 없다.

여자 하나 때문에 저렇게 경솔해질 줄이야. 결국 자신에게는 잘된 일이었지만. 애런은 뻣뻣하게 굳어 있는 네이슨을 바라보았다.

"뭐 하고 있는가! 포박해! 반역자다!"

네이슨이 조금씩 발을 앞으로 끌었고, 옆에서 무표정으로 사태를 바라보던 아담이 검을 쥐었다. 주변에선 웅성거림이 거세졌다.

노아의 손가락이 꿈틀거리자, 이를 발견한 시아트리히가 멈추라고 해야 할지 말아야 할지 고민하던 순간이었다.

"그만두어라."

일촉즉발의 그때, 심드렁한 목소리가 그들 사이를 가로질렀다.

이에 갑자기 실이 끊어진 것처럼 주변의 긴장이 느슨해졌다. 어느새 나타난 신관들이 줄지어 서서 사람들에게 양해를 구하고 있었다. 휴게실 안팎으로 모여 있던 사람들이 길을 내어 양옆으로 갈라지기 시작했다.

먼저 모습을 나타낸 것은 백금발의 남자였다. 저스틴은 노아가 손에 검을 쥔 것을 보고 표정을 굳혔다가 곧 살갑게 웃으며 입을 열었다.

"대신관 성하십니다."

그 뒤로 천천히 걸어온 히이카가 노아와 아담을 훑어보고는 시아트리히에게 손을 내밀었다.

"이렇게 갑작스럽게 방문하게 되어 유감스럽게 생각하고 있습니다."

"아닙니다. 잘 오셨습니다."

"손녀가 요즘 건강이 좋지 않다는 이야기를 들어서 부랴부랴 길을 나서다 보니 이렇게 되었군요. 먼저 손녀의 상태를 좀 봐도 되겠습니까."

히이카가 레리아나를 가리키며 말하자, 시아트리히가 그러라며 고개를 끄덕였다. 히이카가 레리아나를 향해 다가갔다. 그는 레리아나 앞에 우뚝 서 있는 노아를 향해 혀를 차며 고개를 절레절레 저었다.

"못난 녀석."

레리아나는 잠에 빠진 것처럼 눈을 감고 새근새근 숨을 쉬고 있었다. 히이카는 레리아나 앞에서 허리를 굽히고 그녀의 상태를 살폈다.

"지금은 걱정할 필요 없겠어."

허리를 편 히이카가 노아를 향해 떨떠름하게 말했다.

"깨어날 수 있습니까?"

레리아나의 고개가 옆으로 툭 떨어지자, 노아가 한 손으로 그녀의 얼굴을 지탱했다. 히이카가 웨이드를 향해 눈짓했다.

"일단 편안한 곳에 눕히지."

"예, 성하."

웨이드가 히이카의 말을 듣고 레리아나를 안아 들었다. 시종장이 어찌해야 할지 갈피를 잡지 못하고 머뭇거리니, 나오미가 웨이드를 데리고 침실이 있는 곳으로 안내하겠다며 움직였다.

이를 가만히 보고 있던 아담이 레리아나를 따라가려 하자 귀족들 사이에서 짧은 비명이 터졌고, 근위 기사들이 움직였다. 노아가 고개를 저어 아담을 막았다.

이를 본 히이카가 빈정거리듯 입을 열었다.

"구경꾼이 너무 많은데. 이런 정신없는 환영식은 또 처음이야."

시아트리히가 그에게 손을 내밀었다.

"조용한 곳으로 안내하겠습니다."

"배려에 감사합니다."

히이카가 짧게 인사하고 그를 따라가려는데, 노아가 뒤에서 히이카를 막아 세웠다.

"성하. 레리아나는-"

"시끄럽다."

"확실히 말씀해 주십시오."

"내가 걱정 말라면 마는 거지, 말이 많구나!"

히이카가 버럭 성질을 내도 노아는 물러서지 않겠다는 듯 단호했다. 혀를 찬 히이카가 노아에게 다가가 작게 말했다.

"레리아나가 사술에 걸려 뭔가를 보고 있던데. 네놈은 왜인지 이유를 알고 있을 것 같구나."

"……."

눈을 내리깐 노아가 입을 다물고 고개를 끄덕였다. 사술에 걸려 무언가를 보고 있다면, 분명 이오사 때문이리라. 그러자 히이카가 혀를 차더니 주위의 귀족들과 신관들을 눈짓하며 말을 이었다.

"그래, 네가 아무리 닭대가리와 비등한 지능을 가졌다고 해도, 내가 이 자리에서 사술에 대해 큰 소리로 설명하게 하고 싶지는 않을 거야, 그렇지?"

"……그렇습니다."

노아가 그린 듯이 웃으며 다시 차분하게 답했다. 네놈은 늘 그 웃는 얼굴이 아니꼽다고 읊조린 히이카가 짜증스럽게 말을 이었다.

“그럼 됐다. 그보다 가면서 제대로 된 상황 설명이나 좀 해라. 여기 머리에 똥만 차 있는 멍청이들이 얼마나 일을 벌려 놨는지 알아야겠다.”

* * *

애런이 베아트리스가 건넨 장부를 쥐었다 폈다 하며 긴장된 기색을 감추지 못한 채 생각에 잠겼다. 비비안의 죽음부터, 대신관의 등장까지. 모든 것이 예상치 못한 상황으로 흐르고 있었다. 노아의 약혼녀가 왕비를 죽였고, 그녀를 지키기 위해서 그가 검을 들었다. 이런 천금 같은 기회를 그냥 두 눈 뜨고 놓칠 수는 없었다.

“내가 따라가 봐야겠다.”

애런이 주변에 선 이들에게 베아트리스를 잘 지키라고 말한 후 자리를 옮겼다.

“아가씨, 괜찮으십니까?”

베아트리스를 맡은 기수 가문의 가주 중 한 사람이 물었다. 베아트리스는 새파랗게 질려서 떨리는 손을 맞잡은 채 조각상처럼 서 있었다.

베아트리스가 비비안과 지금까지 교류했다는 사실은 가주도 알고 있었다. 그래서인지 그녀는 굉장히 혼란스럽고 겁이 난 듯 보였다. 이를 안타깝다는 듯 바라본 가주가 그녀의 어깨에 조심스레 손을 올렸다.

“예, 저는 아무렇지도 않아요.”

베아트리스가 조그맣게 대답하고는 굳은 얼굴로 바닥을 내려다보았다.

'대신관이라고? 이런 때?'

바닥이 일렁이는 것처럼 보였다. 레리아나는 이대로 왕비 시해범으로서 사형을 구형받게 되고, 연행되는 사이에 불운한 사고로 목숨을 잃어야 했다.

그런데 대신관의 등장이라니. 최악의 시나리오가 눈앞에 어른거리고 있었다.

대신관이 시아트리히와 거래해 레리아나의 신병을 인도받기라도 한다면, 모든 것은 끝이 나게 된다. 과연 애런이 막을 수 있을까? 만약 그렇지 못한다면? 그녀가 신성국으로, 영영 손이 닿지 않는 곳으로 가 버린다면.

절벽 앞에 서 있는 것처럼 아득한 절망감이 몰려왔다.

그때, 손의 떨림이 멎었다. 비비안의 등에 촛대를 꽂아 넣었을 때처럼.

'그렇게는 안 돼.'

* * *

아담은 응접실 앞에서 자신을 막는 나오미와 함께 문 앞에서 대기했다. 그리고 노아가 응접실로 들어서며 현 상황을 설명하자, 저스틴이 낮은 목소리로 되물었다.

"……베아트리스입니까?"

분노로 범벅이 된 얼굴은 겨우 화를 참아 내듯 이를 악물고 있었다.

"그녀가 비비안을 죽인 겁니까?"

"아마도."

시아트리히와 히이카가 자리에 앉고, 뒤늦게 나타난 웨이드가 히이카의 옆자리에 조심스레 자리를 잡았다. 그 후 노아가 남은 곳에 앉았고, 저스틴은 그들 옆에서 팔짱을 끼고 섰다.

고개를 든 노아가 저스틴에게 물었다.

"계약서는?"

모든 것은 그가 가져온 계약서로 인해 뒤집어질 수 있었다. 저스틴은 침통한 얼굴로 고개를 저었다.

"짐을, 모두 태워 버렸다고 하더군요."

생각하는 것도 지긋지긋하다는 듯 안주인 노릇을 하던 유모가 진저리를 치며 모두 태워 버렸다고 했다.

"장부는 또 뭡니까? 그걸 비비안이 샀단 말입니까?"

저스틴의 목소리가 조금씩 높아지자 시아트리히가 한숨을 쉬며 답했다.

"비비안의 이름이 적혀 있더군."

"맙소사, 그 여자."

저스틴이 주먹을 쥐었다. 비비안이 그렇게까지 해서 사람을 죽이려 할 리가 없다. 모든 것이 다 그 여자로 향해 있었다.

베아트리스.

머리를 헝클어트린 저스틴이 소파 등받이를 잡더니 시아트리히를 향해 말했다.

"그냥 죽여 버리죠. 제가 다 맡겠습니다."

"자네 마음은 이해하지만, 흥분하지 말게."

시아트리히가 말렸고, 저스틴의 의견에 내심 동의하던 노아가 고개를 기울였다. 얘기를 따라가느라 심드렁하게 보고 있던 히이카가 다리를 꼬고 머리를 꼬다가 툭, 내뱉었다.

“그 여자라니?”

그때 바깥에서 소란이 일었다.

“전하와 귀빈이 함께 계시는 곳에 반역자가 있다니, 이게 말이 되는 소리인가?!”

“블레이크 공작님. 반역자라니, 말씀 함부로 하지 마십시오. 그리고 안에는 단장님도 함께 계십니다.”

문 앞에서 나오미가 애런을 말리며 딱딱하게 대답하는 소리가 들려왔다.

“후…….”

시아트리히가 미간을 찌푸리며 허리를 숙였다. 그때 갑자기 히이카가 신력으로 문을 열었다.

쾅-!

“들어오라고 하게.”

문이 저절로 열리자 애런과 나오미가 멍하니 멈춰 서서 방 안을 바라보았다. 웨이드가 해쓱한 얼굴로 히이카에게 조용히 속삭였다.

“성하, 이럴 때는 그냥 가만히 계시는 게…….”

“우리 레리아나가 잡혀간다는데, 여기에 있는 돌머리들은 방법도 없다잖느냐! 뭘 가만히 있어!”

“성하! 목소리가 너무 크십니다!”

“네가 더 크다, 이놈아!”

히이카가 혀를 차고는 시아트리히에게 말했다.

“레리아나의 신병은 신성국에서 맡겠습니다.”

시아트리히가 예상한 듯 고개를 끄덕였고, 그 틈을 타 애런이 응접실로 들어섰다.

“전하, 아무리 신성국의 요청이라 해도 그렇게 두셔서는 안 됩니다.”

애런이 테이블 위에 장부를 올렸다.

“왕비 시해범입니다. 국가의 위신이 달린 문제입니다.”

저스틴이 장부를 잽싸게 들어 살폈다. 그가 비비안 샤말의 이름이 적힌 것을 발견하자 이를 악물었다.

“당장 반역자들을 처단하시고, 왕비님을 살해한 범인을 잡아들이셔야 합니다.”

애런이 으르렁거리자 시아트리히가 방어적으로 답했다.

“직접적 증거도 아니지 않는가.”

“그럼 제 여식이 거짓이라도 고했단 말씀이십니까? 이런 증거를 가지고 왜 그런 거짓말을 하겠습니까!”

시아트리히가 혀를 찼다. 장부가 계속 걸림돌이었다. 확실한 증거는 아니면서 레리아나가 비비안을 죽였을지도 모른다는 의구심을 지워 버릴 수 없게 만들었다.

“샤말 후작도 이대로 가만있지 않을 것입니다.”

“협박인가?”

애런의 말에 노아가 나직이 물었다.

“현실일세. 일단 그녀를 구금하시고 자백하도록 하십시오.”

애런이 그를 한번 스쳐보고는 다시 시아트리히에게 권유하듯 말했다. 시아트리히가 표정을 굳힌 노아의 이름을 달래듯 입에 올렸다.

“노아.”

레리아나를 신성국에 넘긴다 할지라도 잠깐의 협의는 필요하다.

시아트리히로서는 왕이 레리아나를 자꾸 두둔한다는 이야기가 돌게 놔둘 수는 없었다. 레리아나를 신성국으로 넘기는 대가로 거래할 것들을 상의할 때까지, 그녀를 구금하는 것이 지금으로서는 최선의 선택이었다.

노아가 무슨 생각을 하는지 고개를 기울이며 입을 열려는 순간이었다. 저스틴이 장부를 테이블 위에 다시 내던지듯 올려 두었다.

"이 장부로는 아무것도 증명할 수 없습니다."

자네도 미쳤군. 애런이 이죽거리며 소리쳤다.

"자네 동생이 죽었어!"

"이 장부를 작성한 건 비비안이 아닙니다!"

"이제 와서 그런 헛소리가 통할 것 같은가?"

"뭐?!"

애런이 벼락같이 외치는데, 그들을 그저 멀뚱멀뚱 바라보고만 있던 히이카가 큰 소리로 되물었다. 그는 저스틴을 쓰레기 보듯 응시하더니 소파에 뒷머리를 기대며 한숨을 내쉬었다.

"왕국에도 머리에 쓰레기만 채워 놓는 놈들뿐이로구만. 앞으로 쓰레기는 쓰레기통에 버려라. 네 머리에 처넣지 말고."

대신관의 독설에 노아를 제외한 모두가 놀라 말을 멈추었고, 다시 신경성 위염이 도진 웨이드가 가느다랗게 속삭였다.

"성하, 제발. 말씀 좀 가려서……."

"이런 멍청이들 앞에서 뭘 가려, 가리긴!"

웨이드가 나라 잃은 얼굴로 주위 사람들에게 연신 고개를 숙였다.

"에잉, 이놈이 중요한 말을 지금 와서 꺼내지 않느냐! 입은 뒀다 뭐에 써! 그렇게 쓸 거면 떼어다 버려라!"

히이카가 펄펄 뛰자 저스틴이 영문도 모른 채 멍청해서 죄송하다며 사과했고, 그 옆에서 웨이드가 저스틴에게 사과를 이었다.

"그것 좀 줘 봐."

히이카는 장부를 받아 들며 입을 열었다.

"구교의 타락 이후, 전 세계적으로 성서를 모두 태우며 곳곳에서 구교의 신학을 말살하기 시작했지. 각자 필요에 의해 성서를 작성한 혐의로 다른 이들을 고발했고, 무고한 사람들이 구교의 신자로 몰려 매장당했다. 이로 인해 무고한 사람들을 가려내기 위해서 필체를 감별하는 기술이 절실히 필요해졌지."

초기 신교의 신관들은 필체를 감별하고, 구교의 성서를 작성한 자가 누구인지 알아내는 데 총력을 기울였다. 신전에서 제3성서를 번역했던 레리아나를 찾아낼 수 있었던 것도 이때 쓰였던 기술 덕분이었다.

히이카가 딱, 엄지와 검지를 튕기자 글자들이 모여 형체를 이루기 시작했다.

"지금에 와서는 고발도 많이 줄었고, 이 기술도 잔재주로 남았지만 꽤 쓸모는 있지."

히이카의 신력이 글자들을 주무르니 형체는 곧 긴 망토를 만들어내며 위로 쌓여 갔다. 후드를 쓴 사람의 모습이 된 검은 형체에 색이 감돌기 시작했다. 뒤로 돌아선 사람의 형체를 응시하며 히이카가 손을 한번 흔들었다. 그에 맞추어 돌아선 형체가 두 손을 들어 후드의 양옆을 잡았다.

그리고 후드를 벗기 시작하자, 애런의 동공이 조그맣게 줄어들었다. 목에 핏줄기가 가닥가닥 튀어 올랐다.

"……말도 안 돼."

후드 안에서 천천히 드러난 금발 머리가 아래로 흩어져 내렸다. 금빛 속눈썹이 팔락이자 파란 눈동자가 사라졌다가 다시 모습을 보였다.

"이럴 수가……."

애런이 망연자실하게 신음성을 내뱉었다. 히이카가 심드렁하게 물었다.

"이 여자가 비비안인가 하는 죽은 왕비는 아니겠군. 그렇지?"

모두의 시선이 애런에게로 향했다.

"블레이크 공작, 자네의 여식에 관해 할 얘기가 있을 것 같군."

시아트리히가 일어나 애런에게로 다가가며 말했다.

"그래서, 감히 내 손녀에게 죄를 뒤집어씌우려 한 여자는 어디에 있느냐."

그 뒤에서 히이카가 눈을 가늘게 뜨며 물었다.

대신관의 말에 제일 먼저 반응한 것은 테이블 옆에 서 있던 저스틴이었다. 그는 굳은 얼굴로 빠르게 방을 나섰고, 나머지 일행이 그 뒤를 족족 따르기 시작했다. 그리고 닫힌 문 앞에서 멍하니 서 있던 애런이 휘청거리며 소파에 앉았다.

"제기랄…… 베아트리스."

손이 싸늘하게 식었고 머릿속이 빠르게 돌아갔다.

"제기랄!"

이용당했던 것뿐인가. 모든 것이 거짓이었나. 그 두려움으로 떨리던 손조차? 배신감보다 먼저 경고음을 울린 것은 제 자리에 대한 위협이었다.

인정할 수 없다.

"이대로 놔둘 수는 없어."

진실이 무엇이든 그와는 상관없는 일이었다. 이대로 인정할 수는 없다. 아직 샤말 후작과 기수 가문들이 남아 있었다. 정신이 나간 샤말 후작이나 기수 가문의 가주들을 선동하기는 쉬울 것이다. 노아가 제 약혼녀를 구명하기 위해 시아트리히와 손을 잡고 대신관을 불러 쇼를 한 것이라고.

마른세수를 한 애런이 조심스럽게 응접실을 나서는 순간이었다. 그의 어깨가 잡히더니 몸이 벽으로 돌아갔다.

"블레이크 공작."

그와 함께 노아의 낮은 목소리가 바로 코앞에서 들려왔다.

"지금 무슨, 짓을-"

아직 휴게실로 돌아가지 않았던가? 당황스러움에 시선을 돌리니 옆에서 붉은 눈의 사내가 팔짱을 낀 채 그를 바라보고 있었다.

"무슨 생각하는지 훤히 보여. 샤말 후작이라도 움직여 보려고?"

긴장으로 애런의 호흡이 빨라졌다. 그 모습에 노아가 씩 미소를 지었다.

"나는 그런 생각은 절대-"

"했겠지."

얼버무려 보려는 애런의 마지막 발악을 노아가 단칼에 끊어 냈다.

"지금부터 쓸데없는 짓 말고 여기에서 대기하도록 해. 이 응접실에서 한 발자국이라도 떼는 순간."

노아의 말이 끝나자마자 아담이 팔짱을 풀었다. 그에 애런이 분노로 입을 떨며 그를 노려보았다.

"나한테 이런 협박을 하고도 괜찮으리라 생각하는 건 아니겠지?

베아트리스가 무너진다 해도 내 세력은 아직 건재해."

"그렇지, 자네 딸이 왕비를 죽이기 전까지는 말이야."

미소 지은 노아가 눈을 내려뜨며 고개를 기울였다.

"짧은 시간 동안 그 안에서 힘내 보게."

애런의 어깨를 쥔 손에 힘이 들어갔다.

"큭!"

고통으로 일그러진 애런이 신음성을 내자 노아가 다시 힘을 풀고 그를 놓아주었다.

노아가 아담에게 눈짓하니 그가 애런을 문 안으로 밀어 넣고 문을 세게 닫았다. 애런은 제 앞에서 닫히는 문을 보고 망연자실하게 서 있을 수밖에 없었다.

* * *

시아트리히를 따라 계단을 오르던 나오미는 잠시 걸음을 멈추었다. 그녀의 시선 끝에 계단 밑에서 어디론가 향하는 근위 기사가 복도를 가로지르는 모습이 잡혔다. 근위 기사들의 얼굴을 모두 외우고 다니는 것은 아니지만, 어쩐지 눈에 익은 얼굴이었다.

'어디로 가는 거지?'

성내를 순찰하는 근위 기사는 두 명씩 짝을 이루어 다니니 순찰은 아닐 터.

'게다가 분명, 저 층은…….'

불행하게도 이런 불길한 예감은 대체로 들어맞는다. 그녀는 잠시 고심하다 시아트리히를 불러 세웠다.

"전하, 저는 레리아나 양의 상태를 좀 살피고 뒤를 따르겠습니다."
"레리아나 양을?"
"예, 조금 걱정이 돼서요."
"그렇게 하게."
시아트리히가 고개를 끄덕이자 나오미가 계단을 다시 내려가 복도 맞은편으로 향했다. 복도에 촘촘히 선 문들 앞에서 나오미가 잠시 놀라 멈칫했다. 방문 앞에서 감시를 맡아야 할 근위 기사는 사라져 있었다.
'어째서?'
아까 그 기사가 이 방을 지키던 자였나. 방문 앞까지 달려간 나오미가 서둘러 문을 열어 재꼈다.
"레리아나 양?"
텅 빈 방 안의 냉막한 공기가 그녀를 감쌌다. 침대로 다가간 나오미가 아직 시트 위에 남아 있는 따듯한 열을 느끼곤 크게 소리쳤다.
"레리아나 양!"
레리아나의 이름을 부른 나오미가 바로 방을 나섰다. 혹시 깨어나서 혼자 어디론가 움직인 것은 아닐까, 주위를 살피며 그녀의 이름을 부르는데 시녀가 카트를 끌고 깊게 인사한 후 옆을 지나쳤다. 스쳐 가는 시녀 너머로 두리번거리던 그녀는 닥치는 대로 다른 방들을 돌아다니기 시작했다. 그러나 레리아나의 모습은 어디에도 보이지 않았다.
'없어.'
그 근위 기사를 찾아야 한다. 나오미가 당장에 근위 기사를 찾으러 움직이려던 때였다.

"오브라이언 백작?"

계단을 오르던 노아가 의아한 기색을 담아 그녀를 불렀다. 나오미가 복도를 가로지르다가 그를 보고 미간을 일그러트렸다.

"……공작님."

노아가 그녀의 표정이 뜻하는 바를 읽고 무의식중에 검지를 구부렸다.

"레리아나는?"

나오미가 입술을 한 번 깨물었다가 작게 말했다.

"……사라지셨습니다."

* * *

근위 기사가 날카로운 눈으로 시녀를 살폈다. 머리카락이 새어 나오지 않도록 머릿수건을 깊게 쓴 그녀는 기사의 시선이 닿자 아래로 고개를 숙였다.

"패를 보여 주십시오."

그녀는 무언가 익숙지 않은 것처럼 패를 찾아 온몸을 이리저리 뒤졌다. 그러고는 이내 앞치마 앞의 작은 주머니에서 패를 꺼내 그에게 보였다. 근위 기사는 날카로운 눈으로 패를 유심히 살피더니 이내 길을 열었다.

"수고하십시오."

길이 열리자마자 그녀가 카트를 끌고 잰걸음으로 건물을 벗어났다. 바깥은 먹구름이 짙게 껴 있었고 설상가상으로 비가 내리기 시작했다. 원래 진행되었을 성혼식에는 어울리지 않는 날씨였으나,

그녀로서는 반길 만한 일이었다.

때아닌 소동으로 성 밖은 쥐죽은 듯 고요했다. 몇몇 고용인들이 비를 피하며 건물 안으로 달려 들어가는 모습이 보였다. 그녀는 세탁물을 가득 담은 카트를 끌고 세탁소가 있는 곳이 아닌, 숲으로 들어섰다. 한 시녀가 이를 의아한 듯 바라보았으나, 이내 비가 더 쏟아지기 시작하자 의문을 접은 채 서둘러 건물 안으로 걸음을 옮겼다.

숲으로 들어서자 바닥의 돌들에 바퀴가 덜컹이며 부딪혔다. 몇 번 덜컹이는 세탁물 위로 사람의 팔이 튀어나왔다. 베아트리스는 시트 안으로 다시 팔을 챙겨 넣으며 다시 걸음을 옮겼다.

갈림길을 지나 늪으로 가는 길로 들어서니 빗줄기는 점점 더 강해지기 시작했다. 베아트리스는 속눈썹에 맺힌 빗방울을 손등으로 닦아 냈다.

그녀는 휴게실을 빠져나온 직후, 바로 레리아나가 있을 만한 방을 찾아다녔다. 이를 찾는 것은 쉬운 일이었다. 문 앞에 근위 기사가 지키고 있었으니까.

그녀는 근위 기사에게 아래층에 수상한 자가 있으니 한 번만 돌아봐 달라고 부탁했다. 기사는 머뭇거렸으나 혹시 왕비를 살해한 공범이 또 있는 건 아닌지 겁이 난다는 말에 레리아나가 잠든 것을 재차 확인했다. 그리고 그녀가 다른 근위 기사를 불러오겠다고 하자 금세 자리를 떠났다.

기사가 떠난 후, 베아트리스는 조심스레 방문을 열고 침대로 다가갔다. 레리아나는 곤히 잠든 것처럼 색색 숨을 내쉬고 있었다. 자신 앞에서 한 번도 경계도 풀지 않았던 그녀가 완전히 방심해서는. 그대로 목을 졸라도 깨어나지 않을 것처럼.

그 자리에서 죽여도 좋겠지만, 굳이 왕성 내에서 그런 위험을 감수하고 싶진 않았다. 차라리 범행이 탄로 나자 기절한 척했던 레리아나가 기회를 틈타 도주한 것으로 꾸밀 생각이었다.

'그럼 이제 정말 모든 게 끝나는 거야.'

베아트리스는 이제 떨리지 않는 손을 물끄러미 응시했다.

'왜 그렇게 어렵게 돌아갔을까.'

눈을 깜빡이자 잔상처럼 비비안의 놀란 눈이 떠올랐다가 사라졌다.

'그렇게 쉬웠던 것을…….'

그저 친구인 척 다가가서 배에 칼을 꽂아도 이보다는 쉬웠으리라. 그저 망설임이라고 생각했지만, 실은 제 손에 피를 묻히는 것이 무섭고 두려웠다. 마치 제 본성이 지금까지도 지긋지긋하게 달라붙어 있는 것처럼 느껴졌다.

'싫어.'

내가 왜 이렇게까지 했는데. 베아트리스는 신경질적으로 머릿수건을 벗어 던졌다. 아직은 낯선 금발이 흘러내렸다.

"주인공?"

검은 신녀라 소개했던 삼백안의 여자는 깔깔거리며 웃었다. 그녀를 몇 번이나 찾아갔었던가. 네 번? 다섯 번?

"우스운 소리를 하네. 너도 네 인생의 주인공이야."

그녀의 이름은 에반이었다.

"그런 입에 발린 소리는 자주 들었어요."

"날 믿어. 너도 주인공이야. 그저 그런 삶을 살다 비극으로 끝나게 될 책의 주인공."

에반은 모든 것이 여신이 쓴 '극'일 뿐이라고 했다.

"네 비극이 보고 싶은 거야. 불쌍하고 가엾은 레리아나 맥밀런의 별것 아닌 삶과 죽음이 보고 싶었던 거겠지. 그런 날도 있는 법이잖아. 현실적이고 구질구질한 감상에 빠지고 싶을 때?"

늪 앞에 선 베아트리스는 세탁물 카트를 뒤엎었다. 세탁물들과 레리아나가 굴러 나왔다.

"이런 건 언제……."

레리아나의 드레스 안에서 작은 총 한 정이 굴러떨어졌다. 그녀의 휴게실 근처에서 대기하고 있던 것처럼 모습을 드러낸 공작과 근위 기사들이 스쳐 지나갔다. 아무리 공작의 약혼녀라고 해도, 아직은 그저 남작 영애일 뿐인 레리아나의 경호를 위해 근위 기사를 대기시킨다니, 말도 안 되는 변명이라고 생각했었다.

역시 노리고 있었던가. 베아트리스는 총을 만지작거리다 이내 멀리 내던졌다. 총을 사용하면 더 쉽고 빠를 테지만, 소리가 크기 때문에 들킬 염려가 있었다. 총이 멀찍이 떨어진 것을 응시하던 베아트리스가 몸을 돌렸다. 늪 위로 빗방울이 떨어져 파문이 번졌다.

다시 에반의 목소리가 들려왔다.

“이번에 죽음을 피한다 해도 일어날 일은 일어나게 돼 있어. 네 생의 끝은 그렇게 정해져 있는 거야.”

그날은 에반과의 마지막 만남을 가졌던 날이었다.

“그래도, 베아트리스는 제 친구인걸요.”

“네 친구는 저 몸에 있는 거야? 아니면 그 영혼에 있는 거야? 잘 들어, 네 친구는 곧 사라져. 베아트리스의 영혼은 곧 소멸할 거고, 그 몸을 새로운 이가 차지하러 오는 거라고. 그게 네가 되면 어때서 그래?”

“그렇지만……. 제겐 가족들도-”

“가족이 신경 쓰여? 이제 와서? 넌 늘 그랬잖아. 다른 사람이 되고 싶다고 생각하면서 살아왔잖아.”

지금 생각해 보면 에반이 자신에게 무슨 주술이라도 건 게 아닐까 싶을 정도로. 그녀의 눈, 말투, 어조, 손짓, 그 모든 것에서 기이한 설득력이 느껴졌다.

그녀는 레리아나를 그냥 늪 안으로 던져 넣을까, 고민하며 빗물로 범벅이 된 얼굴을 닦았다.

“날짜에 맞춰 이걸 마시고 잠들면 돼. 그러면 따다단- 넌 다른 사람이 되는 거야! 어때, 흥분되지? 그러면 너는 매력적인 권력자의 아내가 될 거고, 네 밝은 성격과 아름다운 미소를 사랑하는 사람들은 발에 채이도록 많아지겠지. 그렇게 죽을 때까지 모두의 사랑을 받으면서 행복한 삶을 살게 될 거야."

에반은 웃으며 말을 이었다.

"왜냐하면, '베아트리스'는 그렇게 되기로 정해져 있거든."

'확실히 해야 해.'

베아트리스는 세탁물을 뒤져 챙겨 왔던 단검을 두 손으로 꾹 쥐어 들었다. 그러고는 깊게 숨을 들이마셨다.

레리아나의 창백한 얼굴에 빗방울이 흘러내렸다. 심장 깊은 곳에 도사리는 망설임이 숨겨 두었던 머리를 드러냈다.

"그렇지만 절대 잊지 마. 영혼은 맞지 않는 몸을 거부하려고 들어. 그대로 놔두면 다른 적합한 몸이 사라질 때까지는 몸에 이상 반응이 생길 거야."

"그대로면 누구 하나는 어차피 죽어. 그러니까 이건, 시간 싸움이야."

"누가 먼저 죽을지. 그런 것에 휘둘리고 싶지 않다면…… 네가 먼저, 죽. 여-"

베아트리스는 눈을 감았다. 그리고 검을 아래로 내리쳤다.

* * *

끼익, 끼익.

철 계단이 맞물리는 소리에 박은하는 고개를 뒤로 돌렸다. 독서실 외부에서 옥상까지 이어지는 화재 방지용 계단은 늘 삐걱거렸다. 10데시벨의 숨소리도 귀신같이 잡아내어 클레임을 거는 독서실 이용자들의 특성상, 독서실의 생태를 웬만큼 안다 하는 이들은 화재 방지용 계단을 이용하지 않았다.

하긴, 독서실 외부에서 옥상까지 올라갈 이유가 있는 사람이 얼마나 되겠는가. 그래서 박은하는 의아한 표정으로 뒤를 보며 빨대를 질근질근 씹었다. 이 삐걱거림은 분명 누군가가 옥상으로 올라오는 소리였다.

'주인아주머니인가?'

총무에게 모든 일을 맡기는 주인아주머니는 독서실의 생태에 잘 알지 못하는지라, 가끔 수험생은 상상하지도 못할 일들을 벌이곤 했다. 박은하는 독서실 주인아주머니라고 내심 확신하며 옥상의 난간에 팔꿈치를 올렸다. 그러나 곧 독서실 주인아주머니라고는 생각할 수 없는 커다란 인영이 머리부터 나타나기 시작했다.

'남자?'

이 밤에, 외부 계단을 타고 옥상으로 올라오는 남자라니. 박은하가 살짝 경계한 채로 남자를 바라보는데.

"안녕."

들려온 것은 여자의 목소리였다. 박은하는 조금 놀라서 우유를 꼴깍 삼켰다.

"남자인 줄 알고 놀랐어?"

남자처럼 훤칠한 키에 머리가 짧은 그녀가 웃으며 다가오자, 박은하는 이내 긴장을 풀고 민망한 웃음을 지으며 말했다.

"아뇨, 그게…… 안녕하세요."

"괜찮아. 그런 얘기 자주 들어."

그녀가 밝은 목소리로 답했다.

첫인상의 편견이 깨지자 마음이 열리는 것은 순식간이었다. 자신을 '작가'라고 소개한 그녀는 첫 만남에도 유려한 말솜씨를 자랑했다. 그리고 그런 그녀에게 박은하는 속절없이 빨려 들어갔다.

"그래서 여기까지는 왜 오신 거예요?"

"캐스팅을 하러 왔지."

"캐스팅이요?"

박은하가 재밌다는 듯 웃었다. 이런 독서실 옥상에 캐스팅을 하러 오다니.

"이제 곧 빈자리가 생기는데, 알맞은 영혼이 잘 안 보여서 말이야."

영혼이라. 예술가들이란 그런 건가. 재미있는 발상이었다. 박은하가 우유를 빨대로 쪽 빨아 올렸다.

"그래서 널 데리러 온 거야."

"……네? 저요?"

"어때?"

갑작스럽게 꺼낸 말에 우유를 삼키던 박은하가 콜록거렸다. 손등으로 입술을 닦은 박은하는 그녀의 기대에 찬 눈을 바라보다가 주저하며 말했다.

"아니, 저는 좀……."

"왜?"

"공부도 해야 하고. 일단 대학에 가야 하니까요."

"대학?"

"네. 재수 중이거든요."

재수생이 뭘 하겠어요, 라고 말하며 박은하가 머쓱하게 웃었다.

"그거면 충분해?"

"네?"

"대학에 가면 되는 거야?"

그녀가 요사스럽게 웃었다.

순간 독서실 건물이 서 있는 외진 길목의 가로등이 깜빡거리며 점멸했다. 그림자가 나타났다 사라지는 것에 잠시 눈길을 주던 박은하가 말했다.

"네, 그러면……. 뭐."

대학에 붙는다면 뭐든 못하겠는가. 연극이 좋은 추억으로 남을 수도 있고.

"약속한 거다?"

순수하게 되물은 그녀가 활짝 웃음을 지었다.

그때였다. 주머니에서 진동이 울리기 시작했다. 낯선 번호에 의아해하는데 그녀가 어서 받아 보라며 박은하를 재촉했다.

"네. ……여보세요."

눈을 둥글게 휘며 미소 지은 그녀가 전화를 받는 박은하를 응시했다. 눈을 내리깔았다가, 곧 놀라고 기뻐하는 박은하의 모습이 새카만 눈동자에 가득 맺혔다. 핸드폰을 품에 안고 '어떡해, 어떡해.' 하며 몇 번 읊조리던 박은하가 그녀를 향해 고개를 돌렸다.

"아, 어떡해-! 저 붙었어요!"

핸드폰을 들고서 어쩔 줄 모르고 빙글빙글 돌고 있는 박은하에게 그녀가 물었다.

"이제 됐지?"

"……네?"

박은하가 웃는 얼굴 그대로 되묻는 순간이었다. 커다란 두 손이 양 어깨를 툭, 밀어냈다.

"어-?"

난간 너머로 몸이 기울어졌다. 오싹한 부유감과 함께 내장이 아래로 쏠리는 감각이 선연했다.

무슨 일인지 제대로 파악하지도 못한 채 아래로 떨어지며 박은하가 마지막으로 본 것은, 입을 길게 찢어 웃는 그녀의 즐거운 듯한 얼굴이었다.

"그럼, 잘 가. 베아트리스."

레리아나는 눈을 떴다.

* * *

빗소리에 다른 소리들이 먹힌 것처럼 귀가 먹먹했다. 거세게 내리치는 빗방울에 피가 섞여 얼굴 위로 떨어졌다. 베아트리스는 입술을 앙다물고 검을 쥔 손에 힘을 더 강하게 넣었다. 그러자 검 날을 타고 핏줄기가 가닥가닥 흘러내렸다.

"제발, ……죽어."

베아트리스가 쥐어짜듯 말했다. 뜨거운 숨에 하얀 김이 나타났다 부서졌다.

레리아나는 검 날을 쥔 손에 더욱 힘을 주었다. 눈을 뜨자마자 자신을 향해 내려쳐진 검 끝을 보고 반사적으로 손을 들어 막은 그녀는, 고통을 참으며 길게 숨을 내뱉었다.

"제발……."

손바닥에 날이 깊게 파고들었다. 손이 잘리는 듯한 아픔에 레리아나가 미간을 찌푸렸다. 기억을 헤매고 돌아온지라 실타래처럼 엉켜 있던 정신이 완연하게 돌아오기 시작했다.

"제발, 좀! 죽으라고!"

검을 막으며 힘을 준 손이 떨렸다. 이를 악물고 있던 레리아나가 베아트리스와 눈을 마주쳤다.

"웃기지 마."

그에 베아트리스가 미간을 찌푸렸다.

칼날이 손바닥을 가르고 가슴팍으로 조금씩 내려오자, 레리아나의 심장이 터질 듯 박동했다. 칼을 막은 두 손에서 한순간도 힘을 뺄 수가 없다. 얼굴을 일그러트린 베아트리스를 향해 레리아나가 말했다.

"다 봤어, 레리아나 맥밀런."

레리아나가 베아트리스의 옛 이름을 입에 올리자, 그녀가 움찔하며 무심코 손에 힘을 풀었다.

"……어, 떻게 그걸?"

"너만 검은 신녀를 만났던 건 아니거든."

레리아나 맥밀런이 검은 신녀와 만나 거래했던 그 순간부터, 박은하가 여신과 만나 옥상에서 떨어지는 장면까지. 모두 보았다.

"이제 다 알아."

자신이 사실은 베아트리스라는 것도. 레리아나 맥밀런으로 인해 영혼이 그녀의 몸에 잘못 들어갔다는 것도. 이를 안정시키기 위해서 누군가는 죽어야 한다는 것도.

"지금까지 날 죽이려고 한 게 고작 그런 이유 때문일 줄이야."

"……고작?"

베아트리스가 눈썹을 추켜올렸다. 레리아나가 눈을 가늘게 떴다.

"그래, 고작."

베아트리스의 힘이 빠진 틈을 타 레리아나가 팔꿈치로 그녀를 힘껏 밀어냈다. 레리아나는 허벅지에 손을 댔다가 빈 홀더를 느끼곤 눈을 크게 떴다.

'총이–'

혹시나 있을 상황에 대비해 챙겨 왔던 리볼버가 사라져 있었다.

'치워 버렸나.'

자세를 바로잡은 베아트리스가 팔을 잡아당겼다. 그러자 레리아나가 재빨리 팔을 빼냈고 손목에 닿는 날카로운 칼날을 느끼며 몇 걸음 뒤로 물러섰다.

어느새 발목까지 올라온 늪이 족쇄처럼 옭아매며 움직임을 방해했다. 베아트리스가 한 발자국 다가가자 레리아나가 경계하며 몸을 뒤로 물렸다. 두 사람의 하얀 숨이 빗물 사이로 고르게 퍼졌다. 레리아나는 칼을 단단히 쥐고 서 있는 베아트리스를 마주하며, 피로 흥건한 손바닥을 드레스 자락에 문질렀다.

"그럼 너도 이제 알겠지. 어쩔 수 없는 일이었어. 그때도, 지금도."

"어쩔 수 없었다고 얘기하지 마. 난 네 몸으로 잘만 살아왔어."

베아트리스가 고개를 숙이며 낮게 웃었다가 다시 눈을 맞췄다.

"……그것도 이제 끝이잖아."

부드러운 목소리가 선뜩했다.

"이제 알겠어?"

등으로 새어 든 빗방울 하나가 긴장한 살갗 위를 느릿하게 가로질렀다.

"어쩔 수 없는 일이라니까."

그렇게 말한 베아트리스가 레리아나 앞으로 바짝 다가갔다.

"난 그걸 바꾸려고 한 것뿐이야."

다 그 때문이야. 베아트리스가 얼굴을 일그러트리자 레리아나가 무덤덤하게 답했다.

"자신의 운명에 순응하고 남의 것을 빼앗으려고 한 거겠지. 멍청하게 세상에서 네가 제일 불쌍하다고 생각하면서."

"그럼 내가 어떻게 했어야 했는데?!"

"그걸 왜 나한테 물어? 네 어머니한테 물어보지 그랬어."

눈을 내리뜬 레리아나가 빙긋 미소를 지었다.

"아, 이젠 그것도 못하게 됐지."

검 손잡이를 부서트릴 듯 쥔 베아트리스가 입술을 떨었다.

"너한테는 고맙게 생각해. 어머니, 좋은 분이시더라. 자상한 부모님에 귀여운 동생까지. 그동안 즐거웠어, 네 덕에."

레리아나가 베아트리스의 떨리는 손을 힐끗 바라보다가 물었다.

"넌 어때, 그 몸으로 행복했니?"

"……너 때문이야."

중얼거린 베아트리스가 머리 위로 팔을 번쩍 들어 올렸다.

"너만 없어지면 돼!"

그 모습을 물끄러미 바라보던 레리아나가 눈을 한 번 감았다 떴다. 그러고는 머리 위까지 올라간 단검의 날에 시야를 고정했다. 반짝이며 빛을 반사한 칼날이 아래로 떨어졌고, 레리아나가 입술을 달싹였다.

"노아."

중얼거리는 듯 작은 목소리가 세찬 빗소리에 먹혀 들어갔다.

"……?"

그와 동시에 레리아나를 향하던 단검이 흙바닥 위로 굴러떨어졌다. 갑작스럽게 다가온 손목의 통증에 단검을 놓친 베아트리스가 멍하니 입을 벌렸다. 레리아나가 베아트리스 너머로 해맑게 웃어 보이고 있었다.

"올 줄 알았어요."

아무렇지 않게 웃는 레리아나의 모습을 보며 노아가 한숨을 쉬고는 답했다.

"약속했잖아."

노아가 손목을 놓자 베아트리스가 그 자리에 무릎을 꿇고 주저앉았다.

"으-"

혼란스러운 얼굴의 베아트리스가 고개를 좌우로 돌렸다. 파란 눈동자가 부산히 사방을 살폈다.

그사이 레리아나에게 다가간 노아가 손을 내밀었다. 레리아나는 그의 손을 잡고 늪 밖으로 걸음을 옮겼고, 그가 밖으로 나온 레리아나의 얼굴을 붙잡고 깊게 숨을 내뱉었다. 걱정했다는 듯 쓰다듬는 손길에 저도 모르게 웃음이 새어 나왔다. 노아가 웃음이 나오느냐며 으르렁거리니 레리아나가 그의 팔을 잡으며 말했다.

"당신한테 말해 주고 싶은 게 많은데……."

"이따가."

말을 끊은 노아가 레리아나를 두고 몸을 돌렸다. 바닥을 기어 단검을 쥔 베아트리스는 그가 다가오자 몸을 떨었다.

"다, 다가오지 마. 내 운명은 이렇지 않아."

찰박찰박.

노아가 걸음을 옮길 때마다 젖은 흙이 밟히는 소리를 들으며 레리아나가 고개를 돌렸다.

"싫어!"

베아트리스가 노아에게 검을 휘둘렀다. 하지만 그가 그녀의 손목을 잡아채며 손쉽게 공격을 막아 냈다. 그러고는 검을 쥔 베아트리스의 손가락을 하나씩 폈다. 떨리는 그녀의 눈동자가 공포감으로 아득해졌다. 차가운 남자의 얼굴은 한 톨의 자비도 느껴지지 않았다.

"……싫어."

거짓말이야. 머릿속이 빙글빙글 도는 것처럼 어지러웠다.

'왜? 이게 아닌데.'

왜 이렇게 된 건지, 갖가지 의문들이 머릿속을 가득 메웠다. 그때 다섯 손가락이 다 떨어졌고, 노아의 손으로 검이 옮겨 갔다.

"……지금."

겨우 입을 뗀 베아트리스가 레리아나를 향해 고개를 돌렸다.

"지금 날 죽이면 영원히 네 몸을 되찾을 수 없어!"

베아트리스가 거칠게 숨을 내뱉었다.

"몸?"

뒤쪽 어딘가를 살피고 있던 레리아나가 다시 몸을 돌리며 되물었다.

"영원히 네 배역에서 벗어날 수 없을걸. 여신이 정한 운명이 네 뒤를 계속 쫓을 거야."

아- 레리아나가 말문을 터트리며 고개를 기울였다. 에반이라고 했던 검은 신녀가 그랬던가. 일어날 일은 일어나게 돼 있다고. 그럴지도 모르지, 라고 중얼거리며 레리아나가 고개를 끄덕였다.

"내가 왜 이런 모험을 감행했는지 생각 안 해 봤어? 그 몸은, 레리아나 맥밀런이 된 순간 비극으로 끝나는 엔딩이 이미 정해져 있는 거야. 내가 아니더라도 계속 죽음의 위협에 시달리면서 살아야 한다고!"

"지금 무슨 소리를……."

인상을 쓴 노아가 무심코 대답을 구하듯 고개를 돌렸다. 그의 시선이 닿은 곳에서 레리아나가 천천히 걸어가다 허리를 굽혔다. 그녀가 다시 일어섰을 때 손에 든 것은 한 정의 총이었다.

노아가 입을 달싹이려는 순간, 레리아나가 미소를 지었다. 총구의 검은 눈이 베아트리스의 미간을 똑바로 응시했다.

"왜?"

파란 눈동자가 흔들리는 것을 내려다보는 녹색 눈동자는 흔들림이 없었다. 베아트리스의 모든 앞날이 적혀진 책을 보았다. 마지막까지 행복한 운명의 베아트리스.

하지만…….

"필요 없어."

정해진 운명이라든지, 인연이라든지. 그 수많은 것들을 지금까지 얼마나 뒤바꾸었던가. 결국 지금 총을 쥐고 있는 것은 베아트리스가 아니라 자신이었다.

"나는 너랑 달라서."

손바닥에서 욱신거리는 상처의 아픔은 아드레날린이 상쇄했다.

"내 앞길은 내가 알아서 가려."

손잡이를 다시 한 번 꽉 쥐고, 레리아나는 방아쇠를 당겼다.

탕-

총소리에 놀란 새들이 하늘 위로 흩어졌다. 하늘에는 놀이 져 붉은빛이 숲까지 내렸고, 세차게 내리던 비는 다시 조용히 자취를 감추기 시작했다.

레리아나는 숨을 몰아쉬었다. 그녀 앞으로 노아가 다가가 시야를 가로막았다. 그는 힘이 풀린 레리아나의 손끝에서 리볼버를 건네받았다.

"할 말 정말 많았는데."

"응."

"막상 말하려니까, 뭐부터 말해야 할지 모르겠어요."

"천천히 말해도 돼. 일단 돌아가서-"

그에게는 다른 것보다 히이카를 만나 레리아나를 봐 달라고 하는 것이 급선무였다. 그때 레리아나가 입을 열어 그의 말을 끊었다.

"나 아까 봤어요."

"뭘?"

"검은 신녀를 만나는 장면."

한 사람이 죽어야 하는 규칙이었다고, 그래서 베아트리스가 그렇게 집요하게 자신을 노렸던 것이라고. 레리아나가 자그맣게 말했다.

"그래서, 죽였어요."

끝 맛이 나쁜 술을 마시고 난 것처럼 입안이 텁텁했다. 노아가 점차 표정을 일그러트리는 레리아나를 물끄러미 바라보다가 그녀의 턱을 두 손으로 붙잡아 올렸다.

"잘했어."

레리아나가 입을 꾹 다물었다가 답했다.

"……네."

그때 멀리서 분주하게 달리는 말발굽 소리와 기사들이 그녀를 부르는 외침이 들려왔다. 레리아나가 점점 가까워지는 그들의 목소리에 멍하니 귀를 기울이다가 감전된 듯 몸을 뻣뻣하게 굳혔다.

총에 맞아 죽은 여자. 왕비 시해범. 총소리. 그리고 손에 든 리볼버. 현 상황이 머릿속에서 그려지며 심장이 거세게 뛰기 시작했다.

그들이 얼마나 다가왔는지 온 신경을 기울이던 레리아나가 문득 노아와 눈을 마주쳤다. 그가 웃으며 눈가에 맺힌 빗물을 닦아 주자, 레리아나가 발꿈치를 들어 두 팔을 내밀었다. 이에 노아가 허리를 숙여 주었고, 레리아나가 목을 끌어안고 속삭였다.

"미안해요."

"……?"

노아는 갑작스런 사과가 무슨 뜻인지 몰라 의아한 기색이었다. 몸을 물린 레리아나가 두 손으로 그를 강하게 밀어 길도 없는 숲 안으로 들어서게 했다. 영문도 모르고 그녀의 손에 이끌려 걸음을 옮긴 노아 뒤로, 기사 하나가 늪으로 다가왔다.

"맥밀런 영애?"

기사는 죽은 베아트리스에게로 가까이 다가가 얼굴을 확인했다. 그는 죽은 이가 레리아나가 아니란 것을 확인한 후에 소리를 질렀다.

"여기! 이쪽으로!"

주변을 수색하던 기사들이 그의 외침을 듣고 전부 그를 향해 걸음을 옮겼다. 그리고 근처 나무 기둥 옆에서 몰래 기사를 살피던 레리아나는 몸을 돌렸다.

쓰러지기 직전까지 그녀는 왕비 시해범으로 누명을 썼고, 베아트리스는 유일한 목격자였다. 그런 베아트리스가 죽은 채 발견된다면…… 아무리 베아트리스가 먼저 자신을 죽이려 했다고 해도 무얼 어떻게 믿고 정당방위로 여겨 주겠는가.

“이렇게까지 당신한테 민폐를 끼치게 될 줄은 몰랐는데.”

그렇게 말한 레리아나가 울 것처럼 입매를 앙다물었다. 그리고 엉겁결에 나무 뒤에 숨은 노아는 ‘민폐?’라고 되묻다가 곧 고개를 끄덕였다. 그동안 쓰러져 있었으니 잘 몰라서 무언가 오해를 하고 있는 모양이었다.

“레리아나.”

노아가 레리아나의 이름을 부르는데, 근처에서 두 명의 기사가 이야기를 나누며 지나쳤다. 그러자 레리아나가 손으로 황급히 노아의 입을 막았다.

“잠깐만, 여기서 무슨 소리가 들렸는데.”

“무슨 소리?”

기사들의 인기척이 더욱 가까워졌다. 노아가 어떻게 할까 고민하는 와중에, 입술 위로 긴장한 레리아나의 차게 식은 손끝이 느껴졌다. 나무에 등을 붙인 그는 슬쩍 레리아나의 허리를 안아 품으로 끌어당겼다.

“아무도 없는데?”

“분명 들었다니까.”

“토끼 같은 거 아냐?”

기사들이 오갈 때마다 수풀이 흔들렸다. 레리아나가 그때마다 어깨를 움찔거렸고, 노아는 차게 식은 데다 긴장까지 해서 딱딱하게 굳은 허리를 쓸었다. 비를 맞아 작은 몸에 냉기가 감도는 것이 불만족스러웠다.

그녀는 기사들의 움직임에 온 신경을 곤두세워서 그가 제 몸을 가지고 노는 것을 모르고 있었다. 노아가 차게 식은 레리아나의 몸에 열이 돌 때까지 쓰다듬고 만지작거리던 사이, 이곳저곳을 살피던 기사가 이제 그만하자며 손을 내저었다.

"여긴 아무것도 없다니까. 일단 늪 쪽으로 가 보자고."

"알았어."

그들의 발걸음이 완전히 멀어질 때까지 입을 막고 있던 손이 겨우 떨어졌다.

"레리아나?"

노아가 고개를 기울였다. 대답이 없는 레리아나는 무언가 고민하는 듯 멍하니 한곳을 바라보고 있었다. 바로 코앞에서 혼자 무슨 생각을 하고 있는 건지. 좀 더 이렇게 해 달라, 저렇게 해 달라, 조르거나 의지해도 부족할망정.

"흐응."

그것이 꽤 못마땅해 노아가 레리아나의 목에 입을 맞췄다.

쪽.

"……?"

하지만 경계하며 후다닥 물러나거나, 하지 말라며 재잘거려야 할 레리아나가 피하기는커녕 머리를 끌어안았다. 의외의 반응에 놀라던 노아가 간을 보듯 이를 세워 목을 깨물었다. 레리아나는 그러한 노아의 행동에도 그를 밀어내지 않았다. 그가 눈을 가늘게 떴다. 무슨 생각을 하는지는 모르겠지만, 일단 나쁘지 않았다.

"더 이상은 당신에게 피해 안 가게 할 테니까―"

고민을 끝낸 레리아나가 나직이 말하며 볼을 맞댔다. 얼굴에 따스하고 부드러운 살결이 맞닿자 노아가 그녀의 등을 매만졌다.

"-괜찮아."

그러자 레리아나가 응석부리듯 고개를 저으며 안으로 파고들었다.

사실을 알면 화낼 텐데, 노아는 그리 생각하며 입을 굳게 다물었다. 그럴 일 없을 거라고 안심시켜 줘야 하는데 그보다 안겨 있는 몸이 이성적인 생각을 방해했다.

레리아나가 의도치 않게 그를 유혹했던 그날 이후로, 그녀는 끌어안는 것 이상으로는 좀처럼 틈을 보이지 않았었다. 그동안 분위기가 좋지 않으니 차마 표현은 못했지만, 그로서는 그것이 줄곧 불만이었다.

그런데 지금은 품에 얌전히 안겨 있는 데다, 스킨십을 막지도 않고 먼저 살을 맞대기도 하니 도통 진실을 말할 기분이 들지 않았다. 몸도 괜찮아졌으니 그냥 이대로 도망쳐도 괜찮지 않을까. 어차피 돌아가 봤자 달라질 것도 없고. 겨울이니 따뜻한 곳으로 휴양이나 다녀와도 좋으리라. 태평하게 생각한 그가 레리아나의 젖은 머리를 넘겼다.

"그러니까 당신은 아무것도 모르는 거예요."

그때 그렇게 말한 레리아나가 노아의 주머니에서 리볼버를 꺼내 들었다. 어디로 가는 게 좋을지 즐거운 상념에 빠져 있던 노아가 표정을 굳혔다.

"……그게 무슨 소리야?"

"돌아가서 아무것도 모른다고 해요."

"당신은?"

"저는 일단 여길 빠져나가서 숨어 있을 거예요. 성하께 연락이 닿을 때까지는."

레리아나가 단호하게 말했고, 잠시 침묵하던 노아가 낮게 되물었다.

"혼자?"

"네."

레리아나가 고개를 끄덕였다. 그러고는 시선을 떨구고 노아의 가슴으로 손을 올렸다.

"미안해요. 이렇게 될 줄은 몰랐는데."

이 모든 게 자신 때문에 벌어진 것이라는 생각이 레리아나를 답답하게 옭아맸다.

"……그래서?"

별안간 싸늘하게 물은 노아가 레리아나의 손을 단단히 쥐었다. 그리고 레리아나의 몸을 반 바퀴 돌려 나무에 등을 맞대게 세웠다. 그가 레리아나의 한 손을 꽉 쥐고 다른 손은 나무를 잡은 채 상체를 기대듯 마주 섰다.

"노아?"

긴장한 레리아나가 침을 삼켰다. 등을 굽힌 노아는 바로 코앞까지 얼굴을 가까이 가져다 댔다.

"어떻게 하겠다고?"

아무렇지 않다는 듯 웃고 있는데 등골이 서늘했다.

"혼자……."

"응?"

레리아나가 주저하며 입을 여니 그가 말을 막듯 되물었다.

'무서워.'

차마 눈을 맞추지 못하고 레리아나가 홱 고개를 돌렸다. 왜 갑자기 화가 났지. 아까까진 괜찮았는데. 지금 와서 생각해 보니 정말

다 나 때문인 것 같아서 그러나. 머릿속이 팽팽 돌아가기 시작했다.

"날 봐야지."

달래듯 말하는 목소리가 왠지 날카로워서 심장이 벌렁거렸다. 노아가 쥐고 있던 손을 놓고 그녀의 머리카락을 귀 뒤로 넘겼다. 그러자 레리아나가 쭈뼛쭈뼛 얼굴을 돌렸다.

"그으……."

생글생글 웃는 노아를 보며 레리아나가 무언가 변명을 해 보려 입을 뗐다.

"뭘 해도 전부 괜찮은데."

누구든 죽여도 되고. 어떤 죄를 지어도 되는데. 노아가 눈을 동그랗게 뜨고 바라보는 레리아나를 보며 작게 한숨을 쉬었다. 그러고는 눈가에 입을 맞췄다.

"전부 내 옆에서 해."

"그렇지만─"

"그러니까 다시는 나랑 멀어질 생각, 하지 마."

그가 단호하게 레리아나의 말을 막았다. 황금색 눈동자를 응시하던 레리아나가 시선을 내렸다.

"저는, 당신이 곤란해지는 게 싫어요. 다 나 때문이고……."

한숨을 내쉰 노아가 자꾸만 내려가는 레리아나의 턱을 들어 올렸다.

"말했잖아. 뭘 해도 괜찮아."

혼자 도망갈 생각만 안 하면. 노아가 못마땅한 듯 덧붙였다.

그때 부스럭거리는 인기척이 사방에서 몰려들기 시작했다. 근방을 수색하던 기사들이 시체를 발견했다는 소식을 건너 듣고 다들 늪으로 향한 것이었다.

그에 레리아나가 긴장한 채 나무 기둥에 등을 딱 붙이자, 잠깐 침묵하던 노아가 미소를 띠며 입을 열었다.

"같이 도망갈까?"

"……네?"

"남쪽에 괜찮은 섬이 있는데. 바다가 깨끗하고 별장이 아름다워."

그의 가문이 소유하고 있는 섬이라 허가받지 않은 이들은 누구도 올 수 없다며 노아가 속삭였다.

"어떤 범죄자가 그런 곳에 숨어요."

레리아나가 작게 웃음을 터트렸다.

"우리가."

노아가 마주 웃으며 그녀의 대답을 기다렸다.

"레리아나!"

순간 익숙한 목소리가 그녀의 이름을 불렀다. 놀란 레리아나가 고개를 돌렸다. 비가 그치기 전부터 돌아다닌 나머지, 하얀 머리칼에서 물을 뚝뚝 흘리는 히이카가 성큼성큼 레리아나에게로 다가섰다. 그 뒤로 만성 체력 부족에 시달리는 웨이드가 다 죽어 가는 얼굴로 헉헉거리며 달려오고 있었다.

다른 사람도 아니고 히이카는 여기에 갑자기 나타날 사람이 아니었다. 사실 다 꿈이었나? 그렇다고 하기에는 너무 실감 나는 상황에 눈동자를 이리저리 굴리던 레리아나가 조심스레 물었다.

"……성하?"

"할아버지다!"

히이카가 레리아나를 붙잡은 노아를 떼어 내려 했으나, 노아는 보란 듯이 레리아나를 더 품 안으로 깊게 끌어안으며 뒤로 물러났다. 졸지에 손으로 허공만 휘젓게 된 히이카가 눈썹을 꿈틀거렸다.

"……네놈."

노아가 이를 가는 히이카를 향해 매끄럽게 웃었다.

"늦으셨습니다."

"뭐야?"

그 말에, 네놈을 처단하기엔 아직 늦지 않은 것 같다면서 히이카가 신력을 끌어 올렸고, 겨우 도착한 웨이드가 거칠게 숨을 몰아쉬었다가 내뱉으면서 그의 등에 매달렸다.

"서, 성하……. 이제, 허억, 맥밀런 영애도, 헉, 찾으셨으니, 이제 그만……."

"너 때문에 늦은 게 아니냐! 네가 내 뒤를 금붕어 똥처럼 쫓아다니니까!"

"죄, 헉, 죄송. 죄송합니다. 허억."

대체 이게 무슨 일이야. 레리아나가 어리벙벙한 얼굴로 노아를 바라보았다. 그때 가면처럼 무표정한 얼굴을 한 그가 들릴 듯 말 듯 조용히 중얼거렸다.

"……조금만 더 늦게 왔으면……."

"네?"

무슨 말을 하는지 제대로 듣지 못한 레리아나가 그에게로 고개를 돌렸다.

"응?"

노아가 마치 아무 말도 하지 않은 것처럼 천연덕스럽게 웃으며 고개를 기울였다.

* * *

레리아나는 멍하니 고개를 끄덕였다. 히이카에 의해 누명은 벗겨졌고, 베아트리스와 자신이 사라지는 바람에 기사들이 자신을 찾고 있었다는 이야기를 흘리듯 들은 참이었다.

"이제 걱정할 것 없다."

히이카가 레리아나의 맞은편 소파에 앉으며 말했다.

걱정. 이제 다 끝난 건가. 레리아나는 그렇군요, 라고 말하며 창으로 시선을 돌렸다. 어둠이 내려앉고 있었고 창으로 그녀를 바라보는 노아와 히이카, 그리고 아담이 비쳤다.

히이카가 그녀의 무덤덤한 데다 멍해 보이기까지 하는 반응을 이상히 여기곤 물었다.

"왜 그러느냐?"

"아, 그게……."

히이카에게로 시선을 옮긴 레리아나가 고개를 갸웃 기울였다.

"달라진 것이 하나도 없어서요."

달리 변한 것이 하나도 없다. 실은 내심 무언가 달라지는 건 아닐까, 했던 걱정과 기대가 무참히 무너져 내리는 중이었다.

검은색은 검은색. 붉은색은 붉은색. 하늘은 하늘이었고, 고통이나 긴장, 사랑이나 떨림도 그대로였다. 너무나 변한 것이 없어서 사실은 다 무언가에 홀린 것뿐 아닐까. 실은 아무것도 끝나지 않은 게 아닌가 생각될 정도였다.

"레리아나, 손 좀 내 보거라."

그때 히이카의 목소리에 레리아나가 무심코 손을 내밀었다. 이제는 피가 멎은 그녀의 손을 들고 그가 신력을 불어 넣었다. 손바닥과 팔에 적당한 온기가 감돌았다. 빠르게 상처가 아물고 새살이 돋았다. 시선을 뗄 수가 없었다. 생경한 느낌이었다.

"간지러워요."

레리아나가 손가락을 꼼지락거리며 말했다.

"새살이 돋고 있어서 그렇단다."

"아……."

레리아나가 눈을 깜빡이며 감탄성을 냈다.

"이제 실감이 좀 드느냐?"

"……네."

레리아나가 웃으며 작게 대답했다.

"흉터는 안 남습니까?"

뒤에서 치유하는 모습을 지켜보고 있던 노아가 히이카에게 물었다. 그 질문에 히이카가 마치 욕이라도 들은 것처럼 오만상을 찌푸렸다.

"내가 누군 줄 알고 그런 아둔한 질문을 하는 게야?"

"죽은 이도 살려 낸다는 히이카 데민트 대신관 성하가 아니십니까."

그의 정중한 말투와 둥글게 휜 눈이 더 이죽거리는 것처럼 느껴졌는지 히이카가 혀를 찼다.

"넌 그냥 말을 마라. 짜증 나니까."

노아와 히이카가 다시 유치한 공방을 시작하기 전에 레리아나가 히이카에게 물었다.

"그런데, 여긴 어떻게 알고 오신 거죠?"

"아, 그건. 체이머스의 왕이 게이트를 연결할 수 있도록 협조해 달라며 생떼를 부렸다는 이야기를 듣게 돼서 말이다."

휴게실로 들어설 때는 돌연 연락도 없이 방문한 것처럼 얘기했으나, 히이카는 시아트리히에게 직접 연락을 취해 자신이 체이머스로 향하겠다고 전했다.

"예상보다 빨리 도착할 수 있어서 다행이었지."

옅은 미소를 지은 히이카가 레리아나의 앞머리를 넘기곤 쓰다듬으며 말했다. 그러다 무언가 신경이 쓰이는 듯 시선을 이마 끝에 고정했다.

"……아니, 애를 어떻게 데리고 있었기에 오만 군데 상처가 즐비해?"

히이카가 노아 들으라는 듯 크게 이야기하며 고개를 돌렸다.

"여자애 얼굴이 이게 뭐야?"

"……."

히이카가 눈을 매섭게 뜨며 노아를 위아래로 흘겼다. 지금껏 히이카의 온갖 억지와 훼방에 천연덕스럽게 맞서던 노아가 드물게 입을 다물었다. 그러자 의기양양해진 히이카가 한쪽 입꼬리를 비스듬하게 올리고는 주절거리기 시작했다.

"이거 봐라. 저놈은 네 일생에 도움이 안 돼. 아까도 덩치는 산만한 것들이 똥 마려운 개처럼 모여서 아무것도 못하는 걸 네가 봤어야 했는데."

한쪽 눈썹을 치켜뜬 노아가 팔을 모으고 다리를 꼬았다. 어지간히도 불만스럽다는 얼굴이었다.

자신이 얼마나 적절한 타이밍에 위대한 능력으로 일을 해결했는지 히이카가 자랑스럽게 이야기하는 것을 가만히 듣고 있던 레리아나가 문득 옆으로 고개를 돌렸다.

"아- 그러면, 당신은 다 알고 있었던 거네요."

시선을 받은 노아가 얼굴을 모로 기울였다.

"음?"

"아까 섬으로 가자고 했던 그-"

쨍그랑.

가만히 듣고 있던 노아가 그녀의 말이 끝나기 전에 컵을 밀어 떨어트렸다. 히이카가 미간을 찌푸리자, 노아는 아무렇지 않게 시녀를 불러야겠다고 자연스럽게 화제를 돌렸다. 졸지에 말이 중간에 끊긴 레리아나가 가늠하듯 눈을 가늘게 뜨곤 그를 노려보았다. 레리아나의 '너는 다 알고 있었던 게 맞구나?'라는 표정에 노아는 뻔뻔한 미소로 응수했다.

레리아나가 주먹을 쥐었다. 내가 얼마나 걱정을 했는데. 어떻게 그 순간에 섬으로 가야겠다는 생각을 할 수 있는지. 사실 최후의 적은 바로 옆에 남아 있는 것 아닌가, 레리아나는 진심으로 고심했다.

"실례하겠습니다."

그사이 노아가 부른 시녀가 인사를 하며 들어왔다.

"섬이라니?"

그녀가 깨진 잔을 치우는 것을 물끄러미 바라보던 히이카가 다시 운을 뗐다.

"아무것도 아닙니다."

노아가 레리아나를 슬쩍 의식하며 말했고, 레리아나가 흐응, 콧소리를 내며 빙긋 웃었다. 그러고는 그의 말에 덧붙였다.

"다음에 여유가 생기면 섬으로 여행을 가자고 했었거든요."

레리아나는 노아에게 손을 내밀고는 거만하게 까딱였다.

"노아, 목말라요."

노아가 얌전히 일어나 물을 따라 내밀었다. 그러자 레리아나가 물을 테이블에 내려놓았다.

"음, 생각해 보니 차가 좋을 것 같아요."

그 말에 노아가 일어나 다시 시녀를 불러 차를 내오게 했다. 그러고는 다른 건 필요 없느냐며 지나치게 레리아나의 시중을 들기 시작했다.

반면 레리아나는 아주 당연한 듯이 그를 고갯짓으로 다루었다. 갑작스러운 둘의 모습이 수상한 듯 히이카와 아담의 시선이 미묘해졌다.

"등에 쿠션이 불편한데……."

노아가 몸을 돌려 쿠션을 다듬어 주자 레리아나가 그에게 들릴 정도로만 조용히 빈정거렸다.

"도망? 남쪽에 있는 섬? 내가 얼마나 마음을 졸였는데."

그러자 노아가 귓가에 속삭였다.

"장난이었어."

레리아나가 이를 악물고 웃었다. 장난은 무슨. 다분히 진심이 느껴졌는데.

"말 잘 들어요. 여차하면 납치 미수라고 다 불어 버릴 거니까."

"나야 언제나 당신 말은 잘 듣지. 충성스러운 개처럼."

주인을 속여 아무도 오지 않는다는 섬으로 납치하는 위험한 개가 세상에 어디 있는가.

"도대체 언제 말해 주려고 했어요?"

"바로?"

"거짓말."

"정말이야."

레리아나가 영 마음에 차지 않는다는 눈빛을 쏘아 보냈지만, 노아는 그저 싱글싱글 웃을 뿐이었다. 그녀는 이번만 봐준다며 속으로 한숨을 내쉬었다.

25장

다음 세계에서

다음 세계에서

비비안의 장례식은 예우에 맞추어 성대하게 이루어졌다. 기사들이 늘어서 검을 들었고, 신관들이 떠난 이를 축복하며 기도했다.

시아트리히에 이어 장례식 송사를 하던 샤말 후작은 다시 울음을 터트렸다. 부인이 일찍 생을 떠난 후, 애지중지 키우던 하나뿐인 딸이라 했던가. 장례식에 참여했던 귀부인 몇이 후작의 떨리는 목소리에 눈물을 훔쳤다.

레리아나는 저스틴에게로 시선을 돌렸다. 그는 기사들 앞에서 의연하게 서 있었다. 눈이 마주친 레리아나가 인사를 건네자, 그가 살갑게 미소 지으며 묵례로 인사를 받곤 다가왔다.

"레리아나 양."

레리아나가 갑자기 자리에서 이탈한 그를 의아해하며 맞이했다.

"와 줬네요."

"당연히 그래야죠."

그가 다정히 미소를 지으며 고개를 앞으로 살짝 기울였다. 백금색 머리카락이 앞으로 쏟아져 내렸다.

"정말 미안해요."

"네? 갑자기 뭐가 미안하다는 거예요?"

"비비안이 한 일들에 대해 사과하는 거예요. 그 애는 제 동생이니까."

"……저스틴."

저스틴이 얼굴을 들자 레리아나가 선뜻 입을 떼지 못하고 두 손을 모았다.

"이것저것 변명할 거리도 많이 생각했었는데……. 얼굴 보니까 차마 말 못하겠네요."

"……."

"그냥, 다 미안해요."

저스틴이 낮은 목소리로 미안하다는 말을 털어놓고는 불안하게 입을 매만졌다. 이에 레리아나가 난처한 얼굴로 웃어 보였다.

비비안이 그렇게 살해당한 이후로 그녀에 대한 감정은 많이 가라앉아 있었다. 좋은 감정이 있는 것은 아니었으나, 그녀의 장례식에서 그녀의 가족에게 사과를 당연한 듯 받을 정도로 악감정이 남은 것은 아니었다. 저스틴은 레리아나의 머뭇거림에서 이를 느꼈는지 씁쓸하게 웃으며 가볍게 침묵했다.

그사이 샤말 후작의 송사가 끝났고, 송사를 전해야 한다며 저스틴을 부르는 소리가 들려왔다. 저스틴은 알았다며 손짓하고는 레리아나의 귓가에 무언가를 속삭이더니 걸음을 옮겼다.

레리아나가 떠나는 그의 뒷모습을 바라보는데 노아가 그녀의 어깨에 손을 올렸다.

"무슨 얘기를 했어?"

"고맙다고요."

"고맙다고?"

레리아나가 고개를 들고 눈을 마주치며 담담히 말했다.

"제가 비비안 샤말을 살해한 범인을 죽였으니까요."

노아가 끄덕인 후에 레리아나의 손에 깍지를 꼈다.

곧 저스틴의 송사가 시작되며 좌중이 조용해진 가운데, 레리아나가 불현듯 비어 있는 앞쪽 대각선 자리로 시선을 돌렸다.

검은 상복을 입고 침울한 표정으로 장례식장에 참여하려던 애런은 샤말 후작의 격한 반대로 인해 자리를 지키지 못하고 쫓겨나야만 했다. 그가 다른 귀족들에게 도움을 청하는 듯한 시선을 보내자, 모두 다른 일을 하는 척하며 시선을 회피했다.

이를 악문 애런이 돌아섰을 때, 돌연 어디선가 찰칵! 하는 소리가 들려왔다. 다음 날, 신문의 1면에는 '블레이크가의 몰락'이라는 표제와 함께 떠나는 애런의 뒷모습을 담은 사진이 실려 있었다.

* * *

장례식이 끝난 후 며칠 뒤부터 애런에 대한 재판이 이어졌다. 어린 소녀에게 휘둘렸던 그의 지도력에 대한 의심과 노아의 뒤 공작으로 애런의 세력은 반 토막이 났고, 더군다나 고위 귀족이 재판을 받는다는 이례적인 상황 때문에 며칠간 왕국 내는 그의 이름으로 시끄러웠다.

이런저런 요인들이 겹치자 애런은 이 사건을 조용히 묻고 싶어 애가 닳아 있는 상태였고, 레리아나는 그에게 합의를 걸었다.

그 결과, 레리아나는 그에게서 정말 잔뜩 뜯어낼 수 있었다. 그리고 그중에 애런의 사유지 일부와 별장이 포함되어 있었던 것이 여행의 시발점이었다.

그러니까 그 지역 열차 개통식에 대한 기사가 신문에 실렸었고, 이를 보던 레리아나가 상당히 충동적으로 꺼낸, '타 보고 싶다.'는 한마디로 인해 지금, 여행이 시작되고 있었다.

철커덕거리며 열차가 레일을 달리는 소리가 요란했다. 책을 덮은 레리아나가 창밖을 바라보았다. 북적거리던 역의 풍경이 밀려나며 빛나는 샴 케인 강과 도시가 멀어지기 시작했다.

그리고 곧 하나둘 눈송이가 내리자 레리아나가 몸을 돌려 창에 두 손을 올렸다.

1등석 VIP칸의 넓은 좌석 때문에 돌연 옆이 허전해진 노아가 레리아나의 허리를 안아 다시 바짝 끌어당겨 앉혔다. 창문 앞에서 노아 옆으로 끌려간 레리아나가 인상을 쓰며 그에게 머리를 기댔다.

"구경 좀 하게 내버려 둬요."

"여기서도 보여."

그가 '그렇지?'란 얼굴로 창문을 고갯짓했다. 레리아나가 못마땅한 표정으로 고개를 저었으나, 노아는 어깨를 으쓱였다.

"그렇게 시력이 안 좋으면 안경이라도 맞출까?"

"당신만 옆에서 떨어지면 안경은 필요 없어요."

레리아나가 네 덕에 보일 것도 안 보인다고 말하자, 노아가 그럼 안경을 맞추면 되겠다며 웃었다.

포기하자. 몇 번 빠져나가려는 시도를 해 보던 레리아나는 결국 항복 의사를 보였고, 노아는 그제야 만족스러운 듯 허리에서 손을 풀었다.

"뭘 봐요?"

"전에 당신이 보던 책."

"로맨스는 안 본다면서요."

"응."

"그런데?"

"그냥."

노아가 별 뜻 없다는 듯 웃는 것을 보며 레리아나가 대수롭지 않게 여기곤 고개를 끄덕였다. 그리고 다시 그가 책으로 눈을 돌리자 몰래 옆을 벗어나다가 다시 옆으로 끌려갔다.

* * *

"으음-"

앓는 소리를 내며 인상을 쓴 레리아나가 등을 노아의 팔에 기댄 채 몸을 돌려 앉았다. 그러자 노아가 옆에 책을 내려두고는 레리아나의 구두를 툭툭 벗겨 좌석에 두 발을 쭉 뻗어 올리게 했다. 그 후에 레리아나를 제 다리 사이에 비스듬하게 앉히고 다시 책을 들었다.

"안 불편해요?"

순식간에 노아의 품에 반쯤 눕게 된 레리아나가 물었다.

"응."

노아가 레리아나의 머리에 턱을 올리며 말했다.

"편해."

당연히 편하시겠지. 레리아나가 눈을 가늘게 떴다.

"……내 머리를 받침대로 쓰지 말아 줄래요."

"고려해 보고."

그가 낮게 웃자 기분 좋은 진동이 몸에 닿았다. 이를 느끼며 레리아나가 눈을 한번 깜빡였다.

'왠지.'

그리고 뒤이어 몸을 추스르기 위해 레리아나의 어깨를 가볍게 잡은 손의 온기가 스며들었다.

'갑자기.'

노아가 어깨에 잡았던 손을 다시 허리께에 두르자, 레리아나가 고개를 기울였다.

'긴장된다.'

얼굴 옆에서 책장을 넘기는 소리가 크게 들렸다. 새삼스레 품에 안겨 있다는 실감이 확연히 들었고, 이를 의식하자마자 심장이 빠르게 뛰기 시작했다. 레리아나의 눈동자가 이리저리 굴러갔다.

VIP칸으로 잡는 게 아니었는데. 괜히 이런 밀폐된 공간에 붙어 있으니까 떨리잖아. 레리아나는 인상을 찌푸리며 애써 다른 생각을 떠올렸다. 그러다 이내 쿵쾅거리는 심장 소리가 다 들킬까, 서둘러 다른 화제를 꺼내 들었다.

"노아. 지금 가는 별장, 어떤 곳이에요?"

그가 숨도 안 쉬고 빠르게 묻는 레리아나를 의아하다는 듯 내려다보았다. 레리아나가 눈동자를 허공으로 돌리며 궁금해서, 라고 말하자 곧 대수롭지 않게 여기며 말했다.

"직접 가 본 게 아니니 잘은 모르지만, 암암리에 별장 주변이 절경으로 유명하다는 이야기는 들었어. 그래서 애런이 상당히 아끼는 곳이었다고 하더군."

레리아나가 고개를 끄덕였다. 합의 당시, 애런이 마지막까지 망설였던 것을 보면 굉장히 애착이 가는 곳이란 방증이었다.

"음, 그럼 시가는요? 혹시 그때 들었어요?"

"시가는 왜? 팔 생각이야?"

짐짓 놀란 눈으로 노아가 레리아나에게로 시선을 내렸다.

"네. 사학 재단을 하나 만들까, 하는데 거기 보태고 싶어서요."

"사학 재단?"

"학교를 만들고 싶어요."

이에 노아가 왜 굳이 그런 말도 안 되는 고민을 하느냐는 투로 말했다.

"굳이 팔 필요 없어."

"네?"

"윈나이트가에도 그 정도 재산은 있어."

돈 걱정을 할 줄은 몰랐는데, 라고 말하며 노아가 허탈하게 웃었다.

윈나이트 가문의 재산? 멍하니 생각하던 레리아나가 얌전히 배에 두 손을 포개 올렸다.

"……망하면 어떻게 하죠."

합의금으로 뜯어낸 돈은 공돈이란 생각에 이리저리 굴려 볼 마음에도 부담이 없었지만, 이렇게 갑작스럽게 단위가 커지니 돌연 걱정이 들었다.

레리아나가 짐짓 심각한 투로 말하자 노아가 그게 뭐가 걱정이냐는 듯 답했다.

"내가 또 벌어서 채우면 돼."

"많이?"

"많이."

레리아나가 웃음을 터트렸다.

"능력 있는 예비 남편을 둬서 다행이네요."

노아가 남편이란 단어에 기분 좋게 웃으며 말했다.

"그러니까 걱정 말고 하고 싶은 대로 해."

그는 그렇게 말하다가 조금 뜸을 들이더니 '집에만 제시간에 들어오면 뭐든지.'라며 좀스러운 조건을 덧붙였다.

"흐음?"

그러자 레리아나가 눈썹을 치켜세우고는 그를 빤히 바라보았다. 노아가 왜 그렇게 보느냐고 물으니 레리아나가 덤덤하게 말했다.

"매일 늦는 건 노아잖아요."

"……그건."

시아트리히에게 게이트를 열게 해 달라며, 거래의 탈을 쓴 협박을 한 이후로 원치 않게 일이 좀 많아진 것이 이유였다. 시아트리히는 네 탓에 마음고생이 이만저만이 아니라는 둥, 이 불쌍한 절름발이 형에게 그리 모질게 굴었어야 했느냐는 둥, 가증스러운 악어의 눈물을 훔치면서 그를 소처럼 부려 먹었다.

그러나 차마 '난 되지만, 당신은 안 돼.'라고 말은 못 하겠는지, 노아는 뭔가 변명을 해 보려던 입을 다물었다. 꽤나 불만족스러워 보이는 그를 물끄러미 바라보던 레리아나가 말했다.

"안 늦을게요."

"……그래."

일단 그 정도 대답으로 만족했는지 그가 다시 입을 열었다.

이에 레리아나가 소리 내어 웃었다. 이런 좀스러움마저 귀여워 보이다니, 콩깍지가 단단히 쓰였지. 제 자신이 생각해도 참 어이가 없다는 듯 피식 웃은 레리아나가 노아의 머리 위로 손을 올렸다.

"으음, 기특해라."

노아가 눈을 한 번 깜빡였다.

"우리 공작님께서 정말 어려운 결정을 하셨네요."

그리 말한 레리아나가 그의 머리를 쓰다듬자 고개를 숙인 노아가 장난스럽게 물었다.

"상은?"

"얼마든지 드리죠."

레리아나가 노아의 목덜미를 끌어당겨 짧게 두어 번 입을 맞췄다. 이에 멀어지는 얼굴을 붙든 노아가 말캉한 윗입술을 깨물다가 사탕 물듯 빨아 올렸다. 계속해서 그가 입술로 장난을 치며 가볍게 깨물고 핥자 레리아나가 다시 웃음을 터트렸다. 그사이를 틈타 노아는 부드럽게 혀를 밀어 넣었다. 고양감에 머릿속이 엉클어진 레리아나가 천천히 눈을 감았다.

긴 손가락이 귓불을 만지작거리다 목을 안고 반대편으로 고개를 돌렸다. 입술 틈으로 더운 숨결이 새어 나갔다. 그러던 중 다른 손이 드레스의 지퍼까지 손이 올라갔다. 지퍼가 자그맣게 내려가는 소리에 레리아나가 번쩍 눈을 떴다.

"음! 으음!"

그러고는 황급히 얼굴을 떼어 냈다. 레리아나가 달아오른 얼굴로 눈을 홉뜬 채 입술을 닦았다.

“열차 안에서 뭘 하려는 거예요.”

“음, 그게 잠깐…….”

노아가 말을 줄이며 시선을 돌렸다. 그리고 이내 빙긋 웃으며 입술을 막은 레리아나의 손바닥에 다시 몇 번 입을 맞추곤 물었다.

“그런데 사학 재단은 갑자기 왜?”

“음, 거창한 생각은 아니고요. 그냥 여자가 다닐 수 있는 아카데미를 만들고 싶어서요. 로즈마리가 무시당하는 건 싫으니까.”

“로즈마리가 왜 무시를 당해?”

“여자가 갈 만한 고등 교육 기관이 국제 피아트 신학교 하나뿐이잖아요.”

레리아나는 지난번, 티파티 때 겪었던 수모 아닌 수모를 떠올렸다. 신학교는 전 세계에서 몰려들어 경쟁률이 어마어마하니 어지간한 성적으로는 시도도 해 보지 못하는 곳이었다. 그러니 기존 학교들이 받아 주지 않는다면, 아예 새로 만들어 주겠다는 생각이었다.

“또- 전생에서는 교사가 되고 싶기도 했고…….”

그래서 남들만큼은 열심히 공부도 했다. 교대에 합격했던 걸 알면 엄마가 좋아했을 텐데. 그녀는 저번 생의 가족들과 친구들을 가만히 떠올리다가 노아와 깍지를 꼈다. 그가 손을 맞잡고 눈을 맞추자 레리아나가 미소를 지었다.

‘괜찮아.’

이제 겨우 이 세계에 적응하고, 사랑하는 사람과의 미래를 그려 볼 수 있게 되지 않았던가.

가만히 레리아나를 응시하던 노아는 무언가 고민하다가 깍지 낀 손을 쥐었다 폈다 하다 나직이 말했다.

“당신이 교사가 되고 싶어 했을 줄은 몰랐는데.”

“교대에 합격도 했는-”

자랑스럽게 말하던 레리아나가 돌연 충격 받은 얼굴로 뚝, 말을 멈췄다. ‘교대?’라고 되묻던 노아가 그녀의 반응에 고개를 기울였다.

‘생각해 보니 그때 그 전화…….’

레리아나가 이제 확연히 떠오른 당시의 기억을 되살렸다.

‘여신이 합격시켜 준 건가.’

역시 유망한 인재는 어떻게든 빛을 보는 법이라고 좋아했는데. 실은 계속 재수생 신세였단 말인가. 그녀가 떨리는 두 손으로 입을 가렸다.

싫다. 싫어. 아니야. 절대 아니라고. 여신이 아니더라도 전화를 받았을 거라며, 끝내는 홀로 정신적 승리를 감행하던 레리아나가 우울한 얼굴로 노아의 가슴에 얼굴을 기댔다. 그 모습을 본 노아는 저번 생에 대한 미련이 남아 그런 줄 알았는지 어깨를 토닥였다.

레리아나는 처음 재수생으로 결정됐던 그날처럼 충격에 빠진 채 몸을 떨었다.

* * *

끼이익-

두 시간쯤 지났을까. 열차가 다시 속도를 줄였고 레일에 바퀴가 맞물리는 소리가 길게 들려왔다. 역에 도착하지는 않았으나, 눈 때문인지 중간중간 멈춰 서서 레일과 바퀴를 점검했기에 신경을 쓸 만한 일은 아니었다.

창 너머로 정비사들의 머리가 스쳐 지나갔다. 이를 무심코 바라보던 레리아나가 노아에게 기대고 있던 얼굴을 들어 올리며 말했다.

"비가 됐네."

어느새 눈송이는 빗줄기가 되어 내리고 있었다. 앙상해진 나뭇가지 사이를 타고 빗방울들이 모여 떨어졌다. 노아가 레리아나의 시선을 따라 고개를 돌렸다.

"오늘따라 날씨가 돕질 않는군."

아쉬운 한숨처럼 말한 노아가 레리아나의 헝클어진 머리카락을 쓸어내렸다.

"도착하면 그치지 않을까요. 머리 많이 떴어요?"

레리아나가 울상으로 머리를 매만지자 노아가 괜찮다며 고개를 저었다.

"모자도 있잖아."

"아, 맞다-"

레리아나가 선반 위에 올려 두었던 모자를 떠올리는데, 문득 노아가 문을 향해 고개를 돌렸다. 그와 함께 노크 소리가 들려왔다.

똑똑똑.

객실의 문에 달린 창문에, 어설프게 닫친 커튼 틈새 사이로 차장의 남색 제복이 비쳤다. 노아가 커튼을 걷자 차장이 고개를 숙이며 물어 왔다.

"차장인 매킨토시입니다. 잠시 여쭤 보고 싶은 게 있는데, 괜찮으시겠습니까?"

몸을 일으킨 레리아나가 구두를 신으며 노아에게 눈짓했다. 그는 레리아나가 구두를 다 신은 후에야 문을 열었다.

"무슨 일이지?"

매킨토시가 모자를 벗고 인사했다.

"저, 맞은편 VIP칸 창문 걸쇠에 이상이 생겨서 말입니다. 창이 열려서 객실 안으로 비가 들이치더군요."

"이쪽은 문제가 없는데."

노아가 창문을 가리키며 말하자 매킨토시가 머뭇거리며 입을 열었다.

"그것이……. 혹시 괜찮으시다면 걸쇠를 새로 달고 칸을 청소할 때까지, 잠깐 동안만 합석을 부탁드려도 되겠습니까? 다른 좌석은 모두 차 있고-"

매킨토시가 난처한 얼굴로 뒤를 가리켰다. 앉아 있던 레리아나가 고개를 꺾어 그의 뒤를 살폈다. 그곳에는 모자를 푹 눌러쓰고 깃을 올려 얼굴이 제대로 보이지 않는 남자와 두 팔로 몸을 감싼 여자아이가 대답을 기다리듯 나란히 서 있었다.

"아이가 많이 추워해서요."

아이가 레리아나와 눈을 마주치자 어쩔 줄 모르고 시선이 이리저리 움직였다. 4, 5살쯤 되었을까.

"그렇게 하세요."

레리아나가 노아 대신 답하고는 아이를 안으로 데려왔다. 노아가 자리를 비스듬히 비켜서자, 아이의 아버지로 보이는 남자가 객실 안으로 들어서서 그들의 맞은편에 앉았다.

"몸이 많이 차네. 이름이 뭐야?"

얼음처럼 차가워진 손을 만져 주며 물으니, 아이가 빠르게 눈을 깜빡이다가 조심스레 말했다.

“에밀리예요.”

“응, 에밀리. 예쁜 이름이네.”

레리아나가 손을 호호 불어 주자 에밀리가 키득키득 웃었다. 에밀리의 아버지로 보이는 이는 말없이 그들을 응시하고 있었다.

노아는 마주 앉은 그를 유심히 보다가 곧 에밀리에게 코트를 벗어 어깨에 덮어 주었다. 에밀리가 코트를 덮어 주는 노아를 보곤 눈을 반짝였다. 그러고는 레리아나에게 귓속말을 했다.

“——”

레리아나가 웃음을 터트렸다.

“왜?”

노아가 어리둥절한 얼굴로 고개를 기울이자, 에밀리가 말하지 말라며 레리아나의 팔을 잡고 고개를 저었다. 레리아나가 알았다며 고개를 끄덕이니 에밀리가 얼굴을 붉히고는 의자 안으로 파고들어 앉았다. 노아가 말해 달라는 눈빛을 보내왔으나 레리아나는 모른 척하며 입을 다물었다.

열차가 멈춘 동안 이런저런 이야기를 나누던 에밀리는 곧 지루해졌는지 ‘언제 다 되지, 언제 되지-’ 하며 즉흥적으로 노래를 만들어 불렀다. 그 모습이 귀여워 웃던 레리아나가 맞은편 남자에게 말을 걸었다.

“이번에는 조금 늦네요.”

그가 무심히 고개를 끄덕였다. 레리아나가 어색하게 웃었다.

‘테일러 경만큼 말이 없는 사람이네.’

그의 얼굴을 자세히 살필 수는 없었지만, 어쩐지 계속 노아를 응시하는 것처럼 느껴졌다.

'왜 그러지.'

레리아나가 의아해하는 중에 침묵하던 노아가 창밖을 살피다가 일어섰다.

"잠깐 기다리고 있어."

"나가 보려고요?"

"응, 금방 올게."

노아가 고개를 돌린 레리아나를 향해 한번 미소 짓고는 객실을 나섰다. 침묵하던 남자는 노아의 뒷모습을 빤히 바라보다가 자신도 그를 따르려는 것처럼 몸을 일으켰다.

레리아나는 창문 앞에 바짝 붙어 앉은 에밀리에게 다가갔다.

"아버지께서 나가 보시려나 봐. 에밀리는 언니랑 있자."

"네?"

'아버지?'라며 에밀리가 고개를 돌렸다. 그리고 그때, 문을 나서는 남자의 모자가 문틀에 걸려 떨어졌다.

"모자가-"

레리아나가 일어나 모자를 주으려 하는데, 에밀리가 말했다.

"우리 아빠는 지금 밖에 있는데."

"응?"

레리아나가 몸을 돌렸고, 에밀리가 창문 위로 손가락을 들어 밖에서 무언가를 지시하고 있는 매킨토시를 가리켰다.

"……뭐? 그럼 저 사람은-"

레리아나가 남자에게로 몸을 돌렸다. 눈앞에서 짧은 머리에 남자

같은 모습을 한 여자가 검지로 입술을 가리며 눈을 휘었다. 그러고는 아주 익숙한 목소리로 말했다.

"쉿."

그와 함께 문이 소리 없이 닫혔다.

* * *

열차의 복도를 지나 정면의 문을 열고 나서면, 열차의 끄트머리에 검은 철창살로 된 난간이 허리께에 서 있다. 그 난간을 가볍게 잡고 선 노아가 뒤로 다가온 인기척을 느끼고 입을 열었다.

"차체에 결함은 없는데 바퀴가 얼었는지 움직이지 않는다고 하더군요."

열차가 다시 운행하기 위해 육중한 몸을 덜컹였다가 멈춰 서길 반복했다.

"곧 움직이겠네요."

인기척을 내며 다가왔던 그녀가 노아의 바로 옆까지 다가와 말했다. 노아는 그녀를 한번 힐긋 보고는 다시 레일로 시선을 돌렸다.

레일 위로 소리 없이 보슬비가 내리고 있었다. 검은 철로 위에 얕게 쌓여 있던 눈은 비를 맞고 순식간에 녹아내렸다.

"비가 눈을 다 녹여 버렸군요."

"레일에 쌓인 눈도 다 녹았을 테니, 열차 운행은 수월해지지 않겠어요?"

노아가 입을 다물었다가 이내 다시 말문을 열었다.

"그 기사가—"

"기사?"

"레리아나가 좋아하는 책에 나오는 주인공입니다. 그 기사가 눈밭에서 청혼을 하거든요."

난간에 상체를 기댄 노아가 빗줄기에 녹는 눈을 아쉬운 눈으로 바라보았다. 그 모습에 그녀가 웃었다.

"아쉽게 됐네요."

잠시간 둘 사이에 고요가 감돌았다. 이를 메운 것은 정비사들의 분주한 움직임과 짜증 섞인 차장의 목소리였다.

노아는 무언가 고민하며 말없이 난간을 검지로 두드렸다. 고개를 숙였다 올리자 결 좋은 검은 머리카락이 따라서 움직였다. 그녀가 곁눈으로 노아를 흘겨보다가 몸을 돌려 난간에 몸을 기댔다. 그녀의 코트에 물기가 스미는 것을 지켜보던 노아는 낮은 목소리로 침묵을 깼다.

"그녀의 이야기는 새로 쓰셨습니까?"

노아가 레리아나가 있는 객실을 눈짓했다. 그러자 그녀, 여신이 정말 의아하다는 듯 눈을 크게 뜨고 물었다.

"내가 왜?"

"지금의 레리아나는 당신이 보고 싶어 하시던 장면이 아니잖습니까. 베아트리스가 되길 포기했으니까."

"뭐, 자기 앞길은 자기가 알아서 가린다잖아?"

여신이 입술을 내밀며 이죽거리는 어조로 말했다.

"너는 아쉽지 않나? 그녀가 베아트리스가 되지 않아서."

"아쉬울 게 뭐 있습니까."

"금발의 절세미인이잖아."

노아가 피식 웃었다.

“외모에 연연하진 않아서요.”

여신이 난간에 턱을 괴고 눈동자를 돌려 노아를 응시했다.

“나라는 건 어떻게 알았어?”

“감이 좋은 편이라는 소리를 자주 듣습니다.”

“그래? 난 눈치 빠른 남자는 싫더라.”

“그건 좀 아쉽군요.”

말과는 다르게 대수롭지 않다는 표정을 지은 노아가 어깨를 으쓱였다.

“그래서요? 그녀가 이야기를 바꿔도 그냥 두실 생각이십니까.”

“괜찮잖아. 그것도, 그 나름의 재미가 있었어.”

난간에 기댔던 몸을 떼어 낸 여신이 키득키득 웃었다. 그러고는 두 손을 모아 노아의 미간에 총 쏘는 시늉을 했다.

“탕-”

* * *

탕-!

캐리어의 바퀴가 객실의 창문을 거세게 내리쳤다. 하지만 금 하나 가지 않는 창문을 보며 레리아나는 이를 악물었다. 그리고 이내 다시 머리 위로 캐리어를 들어 객실 창문을 향해 내리치려는 순간이었다.

“뭘 해도 열리지 않을 테니 그만해.”

다시 익숙한 목소리. 레리아나가 몸을 황급히 뒤로 돌렸다. 그곳에는 에밀리가 허리를 곧추세우고 앉아 있었다. 아이 같지 않은 낯선 눈빛이 그녀를 응시했다.

"에밀리와는-"

"네 연인이 날 그냥 객실 안으로 들여보내 주지는 않을 것 같아서. 미안하지만 잠시 일행인 척한 것뿐이야."

"……지금은요."

"걱정 마. 에밀리 매킨토시는 잠깐 몸을 빌리는 동안만 잠들어 있을 거야."

레리아나가 불신에 가득 찬 눈빛을 보내자, 여신은 입을 다물었다. 그러던 여신이 이내 깊은 한숨을 내쉬었다.

"왜 날 그렇게 나쁘게 생각하는지 모르겠어."

"전적이 있으니까요."

날 죽인. 말을 덧붙이지 않아도 무슨 전적이라는 건지 충분히 예상할 수 있을 만한 날카로운 시선이 여신을 향했다.

"그렇게 보지 마. 오늘은 그럴 계획 없어."

"노아에게는요?"

"마찬가지로."

고개를 삐딱하게 기울인 레리아나가 캐리어를 바닥에 쿵- 하고 내려놓았다. 여신이 캐리어를 따라 시선을 옮기며 퉁명스럽게 말했다.

"조용히 기다리고 있으라고 했더니. 너무 과격한 거 아닌가."

그거야 뭐. 그럴 수도 있지. 레리아나가 모른 척하며 고개를 돌렸다.

"잘 지냈어? 음, 그런 안부를 물을 사이는 아닌가."

"여긴 무슨 목적으로 오신 거죠?"

"글쎄다. 네게 그걸 말해 줄 만큼 내가 친절하진 않거든."

여신이 짧은 다리를 흔들었다.

"그래. 이왕 몸을 빌린 김에 질문이라도 하나 받아 줄까?"

"질문이요?"

"한 가지, 묻고 싶은 게 있다면 답해 주지."

레리아나가 눈을 매섭게 뜨고 말했다.

"무슨 속셈으로 이곳에-"

"그건 알려 주지 않겠다고 했잖아. 나에 대한 건 말고-"

여신이 말을 끊었다. 그러고는 아주 가볍게 말했다.

"가령 말이야. '이전 세계로 돌아갈 수 있는가?' 같은 질문은 어때?"

여신은 흔들던 다리를 우뚝 멈춰 세웠다. 그리고 레리아나를 향해 물었다.

"가족들, 보고 싶지 않아?"

이제 더 이상 놀랄 일도 없을 거라 생각했는데. 그녀의 말이 그리운 향취를 몰고 왔다.

가족.

* * *

"그럼."

노아가 잠시 뜸을 들이자 여신이 그를 응시했다. 다시 입을 열기가 상당히 힘들었다.

"……그녀를 원래 세계로 돌려보내 줄 거라 통보하실 생각이십니까.”

낯선 상황에 맞설 때면 그는 언제나 최악의 결과를 상정한다. 수많은 가정들 속에서, 그가 상상할 수 있는 최악의 일은 레리아나가 제 손이 닿지 못하는 곳으로 사라지는 것.

노아는 사형 선고를 기다리는 것처럼 여신을 돌아보았다. 좀처럼 입을 열지 않는 그녀의 모습이 불안했다. 사실은, 레리아나가 '이전 세계'에 대해 이야기할 때마다 그는 답지 않은 서운함에 입맛이 썼다. 내심 그녀가 이곳을 떠나고 싶어 하는 것은 아닐까, 에 대한 두려움은 의식 저편에 묻어 둔 채 생각하지 않으려 했다.

“저 애가 돌아가길 원한다면?”

여신이 억양 없이 딱딱한 말투로 물어 왔다.

품 안에는 아직도 레리아나의 온기가 감돌고 있는 것처럼 느껴졌다. 그리고 떨리던 작은 어깨도. 노아가 입을 굳게 다물고 눈을 감았다. 손에 절로 힘이 들어갔다. 레리아나는 여신의 정체를 깨닫지 못한 눈치였다. 그러니 그녀가 자신을 원래 살던 세계로 되돌려 줄 단 하나의 길이라는 것을 아직 모르고 있으리라.

그렇다면 지금, 레리아나를 데리고 먼 곳으로 떠난다면 어떨까. 이번에야말로 레리아나가 눈치채지 못하게. 이번에야말로 누구도, 여신마저 찾아오지 못하는 곳으로.

“보낼 수 없습니다.”

머릿속은 정신 나간 괴물처럼 추악해졌고, 마음속은 길 잃은 아이처럼 초조해졌다.

여신은 알 수 없는 눈으로 침묵하고 있었다.

“보내지 않을 겁니다.”

노아는 다짐하듯 한 번 더 말했다.

레리아나를 만나기 전까지, 그에게 모든 일들은 자신이 통제할 수 있는 선 안에 존재했다. 통렬한 감정들은 잘 갈무리했고, 그를 궁지로 몰았던 상황들 속에선 언제나 돌파구를 찾아냈다. 그러나 그녀를 만난 이후로. 감정은 들쑥날쑥 주체할 수 없었고 오늘의 침묵은 감당할 수 없을 정도로 무거웠다.

* * *

레리아나가 여신에게 물으며 입을 다물었다. 그녀는 레리아나의 닫힌 입술을 물끄러미 보곤 되물었다.

"질문은 그건가?"

"네."

레리아나가 고개를 끄덕였다.

"알려 주세요-"

녹색 눈동자에 객실의 조명이 스쳐 짧게 빛을 냈다.

"-이 세계로 넘어오지 않았다면, 저는 그냥 재수생이었던 건가요."

둘 사이로 침묵이 내려앉았다. 여신이 천장을 봤다가 다시 바닥으로 시선을 내렸다가, 이내 레리아나를 가늠하듯이 응시했다. 레리아나가 얌전히 대답을 기다리자 그녀가 담담하게 답했다.

"합격 전화는 왔을 거야. 난 그걸 알았을 뿐이고."

역시! 레리아나는 주먹을 쥐었다. 그럴 줄 알았다. 그렇게 레리아나가 재수생 신분에서 벗어났다는 황홀감에 빠져 있는데 여신이 미간을 찌푸리며 물었다.

"묻고 싶은 게 정말 그거야? 그럴 것 같진 않은데."

"아."

레리아나가 고개를 기울이며 작게 웃었다.

"얼마 전까지는 묻고 싶은 질문이 달랐을 수도 있겠지만—"

성혼식이 있었던 날, 쓰러지기 직전. 머리를 어지럽히는 환청과 치직거리는 노이즈가 선뜩한 전조처럼 엄습했던 날. 레리아나는 이제 다신 눈을 뜨지 못할 것이라 생각했다.

그리고 죽음을 예감한 그 순간, 레리아나는 노아를 생각했다. 다른 말보다 마지막으로 그에게 사랑한다 한 번 더 전하고 싶었다.

"가족들의 안부가 궁금하긴 해요."

그래도 혹시 모를, 일말의 미련을 남기고 싶지 않았다. 가족들이 잘 있지 않다고 하면? 돌아갈 것인가? 노아를 두고? 레리아나는 고개를 저었다.

"이제는…… 노아가 없는 세상에서 살아가는 것은 상상만으로도 힘들어요."

우리는 얼마나 함께 더 있을 수 있을까. 길어야 40년? 50년? 철없고 당장의 눈앞만 생각하는 어리석은 선택일지 몰라도, 언젠가 올 마지막을 노아와 함께하고 싶었다.

"후회하지 않겠어?"

여신이 눈동자를 올려 레리아나와 눈을 마주쳤다. 레리아나는 음, 하며 목을 울렸다.

"그런 날이 있을 수도 있겠죠."

그런 날이 없으리라고는 확언할 수는 없겠지만 그래도 잘 이겨나갈 수 있을 거란 사실은 안다. 지금껏 그래 왔듯.

여신은 네가 그렇다면 그런 거겠지, 라며 두어 번 고개를 주억거렸다.

"궁금한 게 하나 있는데."

"궁금한 거요?"

"아까 에밀리가 귓속말로 뭐라고 한 거야?"

"아- 그건."

에밀리가 귓속말로 소곤거렸던 말을 떠올리며 레리아나가 생글생글 웃었다.

"노아가 왕자님 같대요."

"푸-"

"맞는 말이잖아요. 전직 진짜 왕자니까."

두 여자가 웃음을 터트렸다.

* * *

굳은 표정의 노아가 객실 쪽으로 시선을 돌렸다. 여신이 왜 그러느냐는 듯 시선을 함께 옮기자 노아가 고개를 저으며 말했다.

"아뇨, 그냥. 누가 제 얘기를 하는 것 같은 느낌이 들어서 말입니다."

그녀가 미간을 찌푸렸다.

"너 정말 감이 짐승 같구나."

"칭찬으로 듣겠습니다."

노아의 말에 여신은 유쾌한 듯 소리 내어 웃었다. 그러고는 팔짱을 끼며 말했다.

"뭐, 걱정할 일은 없겠네."

"……?"

노아가 그녀에게로 고개를 돌렸다.

"네 연인은 너를 두고 원래 세계로 돌아가고 싶은 생각이 없다고 하네."

노아가 멍청한 얼굴로 눈을 깜빡였다.

"다시……."

"한 번만 말할 거야."

여신이 불퉁하게 답했다. 그가 한 손으로 입을 가리고 얼굴을 숙였다. 이에 그녀는 아무래도 상관없다는 듯 제 용건을 꺼냈다.

"그보다 오늘은 이것 때문에 온 거야."

여신이 어느새 손에 쥐고 있던 것을 내밀었다.

"내 자신작이지."

* * *

레리아나가 눈을 깜빡였을 때, 에밀리는 창틀에 턱을 괴고 잠에 빠져 있었다. 모든 것이 백일몽이었던 것처럼 객실 안은 평온한 공기가 감돌았다. 어쩐지 피곤한 눈을 비비며 레리아나는 여신과 했던 대화를 천천히 곱씹었다.

"이전 세계에서의 네 가족과 친구들은 모두 잘 지내고 있어."

궁금한 것을 알려 줬으니 특별한 서비스라는 그 말이 마지막이었다.

창문 너머로 푸른 바다가 보였다. 비는 다시 눈이 되어 풍광을 하얗게 물들이기 시작했다. 그녀는 에밀리를 의자에 편히 눕히고 객실 안을 둘러보았다. 자신과 에밀리 외에는 누구의 모습도 보이지 않는다.

레리아나가 일어섰다. 복도로 나서자 달리는 열차가 레일을 지나는 소리가 요란했다. 레리아나가 정면에 선 철문을 열자 바다 냄새가 진하게 풍겼다. 눈송이를 실은 맞바람이 머리카락을 휘날렸다. 레리아나는 머리를 가다듬으며 눈을 찌푸렸다. 노아가 열차 끄트머리의 난간 앞에서 팔꿈치를 올린 채 그녀를 마주 보고 서 있었다.

"노아."

레리아나를 바라보는 노아는 묘하게 굳은 표정이었다. 열차가 한번 크게 덜컹였다. 노아의 심각해 보이는 얼굴에 레리아나가 긴장하며 문턱을 넘었다. 그는 레리아나가 자신을 향해 다가오는 모습을 눈에 담고만 있었다. 레리아나가 거리를 둔 채 멈춰 서려는데, 그가 돌연 웃음을 터트렸다.

"왜 그렇게 웃어요?"

갑작스레 맥이 풀린 레리아나가 천천히 앞으로 다가갔다. 노아가 그녀에게로 손을 뻗었다.

"지금 깨달은 게 있는데-"

그가 레리아나의 손을 맞잡아 제 앞으로 세웠다.

"-나는 당신한테 첫눈에 반했던 것 같아."

당신이 나를 찾아왔던 그 순간에. 노아가 웃으며 눈을 감았다. 영원히 지지 않는 장미가 흐드러지게 핀 정원에서, 자신을 똑바로 바라보고 있는 그녀의 눈이 좋았다.

열차가 길게 울었다. 레리아나는 갑자기 드리워진 검은 어둠에 고개를 들었다. 열차가 터널처럼 둥글게 아치형을 이룬 나뭇가지 너머를 지나자, 그림자가 내려앉았다가 사라졌다.

"도착했어."

노아가 손을 뻗어 한쪽을 가리켰다. 레리아나가 눈을 크게 뜨고 난간을 붙잡았다.

"저건, 별장이 아니라 꼭 성 같아요."

레리아나는 바다를 맞대고 선 절벽 끝에서 시선을 떼지 못했다. 별장이라 해서 목조 건물을 생각했건만, 뾰족하게 튀어나온 곶 위에는 하얗게 눈이 쌓인 자그만 성이 자리 잡고 있었다. 성 주변을 둘러싼 하얀 나무숲과 바다는 동화책에 나오는 것처럼 신비한 분위기를 만들어 냈다.

"애런이 아까워했을 만해."

"저건 못 팔겠네요."

레리아나가 고개를 절레절레 저으며 환하게 웃었다. 노아가 마주 웃었다.

도착지를 앞두고 열차가 마지막으로 속도를 냈다. 이에 바다 냄새를 실은 바람이 그들을 스쳐 지나갔다. 레리아나가 바람을 피해 고개를 돌리자 노아가 옆을 막아서며 그녀의 몸을 끌어안았다. 레리아나가 따스한 품으로 파고들다가 문득 움직임을 멈추더니 천천히 몸을 떼어 냈다. 그녀는 볼에 느껴졌던 딱딱한 감촉을 확인했다.

'책?'

안주머니에 책의 끄트머리가 튀어나와 있었다. 아까 읽던 책은 객실에 두고 왔는데. 레리아나가 노아 품 안에 숨겨진 책 위에 손을 올렸다.

책. 여신.

불안한 가정이 갑작스럽게 뒷덜미를 잡아채는 것처럼 들이닥쳤다.

"이건, 책이에요? 어디에서 난 거예요? 설마—"

불안해진 레리아나가 빠르게 묻자 노아가 걱정 말라는 듯 부드럽게 웃으며 말했다.

"지도야. 당신이 어디에 있을지 알 수 있는."

노아는 영문을 모르겠다는 듯 자신을 바라보는 레리아나의 이마에 입을 맞췄다.

지금은 그저 내내 둘이서 행복한 시간을 보내고. 지금으로부터 아주 오랜 시간이 지나고 나서. 여신이 당신의 영혼을 거둔 후, 다음 배역을 준비하는 때가 되면.

다음번, 당신이 모든 것을 잊고 나를 모를 세계에서는.

"내가 당신을 찾으러 갈게."

후일담

위험한 사육

"예쁘다."

침실에서 캐리어를 열고 짐을 꺼내다 문득 창밖을 바라본 레리아나가 탄성을 터트렸다. 앙상한 겨울의 나뭇가지에는 하얀 눈이 도톰하게 덮여 온통 눈으로 뒤덮인 환상적인 분위기의 숲을 만들어 냈다. 그리고 가만히 귀를 기울이면 절벽 밑으로 파도가 철썩이는 소리가 음악처럼 들려왔다.

레리아나가 바닷소리를 들으며 눈을 감았다. 풍경은 아름다웠고 두꺼운 벽돌에 쌓인 아담한 침실은 사랑스러웠다. 휴양지로는 모든 것이 완벽했다.

단 한 가지만 빼면.

레리아나는 비통한 표정으로 창문에 올린 손에 힘을 주었다.

'고립되다니…….'

눈이 예상보다 많이 쌓인 것이 문제였다. 계절도 이제 늦겨울이건만 눈 때문에 꼼짝달싹 못하게 되다니. 이게 무슨 봉변이란 말인가.

'고용인들도 없고.'

레리아나가 다시 짐을 풀고 옷장에 옷을 걸며 깊게 한숨을 내쉬었다. 넉넉하게 시간을 두고 출발했기 때문에, 열차의 잦은 연착에도 불구하고 둘은 조금 이른 시간에 별장에 도착하게 됐다. 그러나 근처 마을에서 별장의 일을 도우러 오기로 했던 고용인들은 아무리 시간이 지나도 감감 무소식이요, 눈은 시간이 지날수록 더 기세좋게 쌓이는 중이었다.

짐을 다 정리한 레리아나는 침대에 앉아 소복소복 눈이 쌓이는 것을 멍하니 바라보았다.

"그칠 기미가 안 보이네."

그러던 그녀가 돌연 무언가를 발견하고는 시선을 아래로 내렸다. 창문 아래로 새카만 인영이 별장으로 걸어오고 있었다. 그를 발견한 레리아나가 방문을 열고 빠르게 계단을 내려갔다.

"노아!"

계단 난간을 잡은 레리아나가 정문을 열고 들어선 노아를 불렀다. 그가 무심히 눈을 털어 내고는 레리아나를 향해 몸을 돌렸다.

"방에 있지. 왜 나왔어."

"밖에 많이 춥죠."

쪼르르 내려가 그 앞에 가까이 다가선 레리아나가 두 손으로 노아의 얼굴을 감쌌다. 차갑게 식은 볼을 이리저리 매만지자, 노아가 눈을 감고 손바닥에 얼굴을 기댔다. 왠지 잘 길들여진 맹수가 애교를 피우는 기분이 드는지라 그녀가 작게 웃었다.

"밖은 어때요?"

노아가 서서히 눈을 뜨며 말했다.

"눈이 많이 쌓여서 아마 하루, 이틀은 아무도 못 올라올 것 같아."

"그럼 어떻게 하죠?"

"어쩔 수 없이 사람들이 올 때까지 기다려야지."

레리아나가 무심코 휑한 별장 안을 휘 둘러보았다. 내부는 깔끔하고 청소도 잘되어 있어서 많은 손이 필요치는 않을 것 같지만. 흠, 목을 울린 레리아나가 겨울바람에 메마른 입술을 매만졌다.

"둘만?"

"싫어?"

노아가 고개를 기울이며 묻고는 레리아나의 입술을 쓸었다.

"입술이 잘 트네."

"아, 그렇더라고요. 들어가서 뭐라도 좀 발라야죠."

레리아나가 배시시 웃으며 답하고는 얼굴을 절레절레 흔들었다.

"근데 싫다는 게 아니라……."

"그럼 들어가지. 감기 걸려."

당신이 아프면 내가 또 혼나잖아, 라며 장난스럽게 말한 노아가 레리아나의 손을 잡고 계단을 오르기 시작했다. 레리아나가 틈새로 바람이 새어 드는 정문을 힐긋 보다 그를 종종걸음으로 따랐다.

* * *

둘은 먼저 자리 잡은 침실 안을 따뜻하게 만드는 데 주력했다. 애런이 잘 관리했었는지 방은 먼지 없이 깔끔하고 땔감 같은 비축품도 잘 준비되어 있어서, 고용인이 없어도 하루 이틀 나는 데는 그리 문제가 없을 듯했다.

벽난로를 떼고 조금 시간이 지나자 아담한 침실에는 적절한 온기가 감돌았다. 타닥타닥- 땔감이 타는 것을 빤히 응시하던 레리아나는 부지깽이로 땔감을 좀 저은 후에 침대로 뛰어들었다.

'포근해.'

보드랍게 피부에 닿는 감촉이 좋았다. 얼마 만에 아무런 걱정도 고민도 없이 침대에 누워 보는 거지.

"너무 좋아서 녹을 것 같다."

꿀 같은 휴식에 얼굴만 내놓고 이불을 뒤집어쓰고 있으니, 문이 열리며 노아가 또 무언가를 들고 들어와 침대 가에 앉았다. 이전부터 느껴 오긴 했지만 노아는 은근히 이것저것 잘 챙겨 주는 사람이었다. 고용인도 없이 꼼짝 안 하고 누워만 있어도 전혀 불편함을 느끼지 못할 정도였다.

'좋긴 좋은데…….'

배부르고 등도 따시고 기분도 좋은데, 이 느낌은 마치 소중하게 '길러지는' 느낌이었다.

'왠지 사육당하는 것 같은 느낌이…….'

그녀가 팔짱을 끼고 자리에 앉았다. 이 싱숭생숭함은 뭘까, 고민하며 고개를 지긋이 기울이는데 노아가 또 입에 과자를 밀어 넣었다. 그녀가 과자를 받아먹고는 물었다.

"이런 건 다 어디서 난 거예요?"

"주방에 있었어."

"그래요? 사람도 없는 별장에? 이상하네."

레리아나가 고개를 갸웃거리자 노아가 별일 아니라는 투로 말했다.

"애런이 다녀간 지 얼마 안 됐을 수도 있고."

"그런가……."

그래도 뭔가 이상한데. 레리아나가 검지 손톱으로 입술을 꾹꾹 누르며 고개를 끄덕였다.

"뭔가 따뜻한 거라도 마시겠어?"

또? 그에 반응한 레리아나가 홱 고개를 돌렸다. 노아가 별스런 그녀의 반응에 놀라 물었다.

"왜?"

"내가 갈게요. 아니, 뭐 먹고 싶은 거 없어요?"

"딱히?"

"생각해 봐요."

"물?"

"그거면 돼요? 내가 갔다 올게요."

"잠깐, 잠깐만."

노아가 벌떡 일어난 레리아나의 팔을 잡고 다시 자리에 앉혔다.

"밖은 추워."

"여기만 틀어박혀 있으니까 게을러지는 것 같아서 그래요."

"그래도 돼."

그리 일축한 노아가 웃으며 레리아나를 이불로 돌돌 말았다.

"아, 그만해요!"

웃음을 터트리며 침대 위를 구르던 레리아나가 이내 고개를 들었다.

"노아."

헝클어진 머리를 노아가 손으로 쓰다듬었다.

"응?"

"그럼 가위바위보 해서 다녀오기 해요."

"가위바위보?"

그 직관적이다 못해 유치하기까지 한 이름은 도대체 뭐냐는 표정에, 레리아나가 놀라서 눈을 크게 뜨곤 되물었다.

"몰라요?"

"응."

그걸 모르는구나. 레리아나가 신기해하며 읊조리자 살짝 기분이 상한 듯 노아가 미간을 찌푸렸다. 그때 눈을 반짝인 레리아나가 노아의 맞은편으로 엉덩이를 쭉쭉 밀어 자리를 옮겼다.

"내가 알려 줄게요."

레리아나가 대충 규칙을 설명하고 시범을 보이니 노아는 잘 배웠다. 그가 규칙을 숙지했다고 생각하자 레리아나가 주먹을 들었다.

"그럼 진 사람이 다녀오기예요."

노아가 고개를 끄덕였다.

"노아, 정말……."

그녀가 두 손으로 입을 가리고는 푸흡거리며 바람 빠지는 소릴 내며 웃었다.

"못하네요."

초심자니 한두 번은 그렇다 쳐도, 7번이나 연달아 질 줄은 몰랐다. 혹시 룰을 이해 못한 게 아닐까 해서 되물었는데, 그는 묻는 것마다 알맞게 대답했다. 아니, 룰을 하나도 몰라도 아무거나 내밀면 한 번은 이길 수도 있었을 텐데. 어쩜 그렇게 지는 패만 내미는지 모를 정도였다.

노아가 '그러게.'라며 시큰둥하니 말하고는 레리아나를 앞으로 끌어 앉혔다.

"내가 못하니까 당신 기분이 좋아 보이는데."

"좋아요, 많이."

레리아나가 싱글싱글 웃으며 말했다. 의외로 이런 데 약하다는 것을 알게 되니 우습기도 하고 은근히 귀엽다.

"다음엔 져 줄게요."

고맙죠? 레리아나가 우쭐거리며 말하자 피식 웃은 노아가 고마워서 몸 둘 바를 모르겠다며 입가에 체리가 든 초콜릿을 대 주었다. 달콤한 승리에 도취된 레리아나가 이를 납죽 받아먹었다.

'……그런데, 어쩐지 아까랑 똑같은데.'

레리아나가 체리를 우물거리면서 다시 고개를 갸웃거렸다. 이게 아닌 것 같은데. 왜 또 이렇게 됐지? 하는 의구심이 스멀스멀 피어오른 순간이었다. 곧 입안에 퍼진 새콤달콤한 맛이 찜찜함을 한 번에 다른 곳으로 몰아냈다.

"음, 이거 맛있다."

"그래?"

"아쉽네요. 단걸 못 먹어서."

레리아나가 그리 말하며 웃는데 노아가 고개를 숙이더니 그녀의 입술을 핥았다. 그러고는 얼굴을 기울이며 입술을 지그시 맞댔다. 혀로 맞물린 입술 사이를 두드리자 레리아나가 입을 열었고 그가 혀로 입안에 남은 체리를 넘겨받았다.

"말했잖아. 먹을 수 있다고."

체리를 삼킨 그가 눈을 휘며 미소 지었다.

"……그랬나요."

입을 꾹 다문 레리아나가 얼굴에 홍조를 띠며 시선을 피했다.

"응."

나직이 답한 노아가 그녀의 목을 잡고 쓸어내렸다. 다른 손이 쉽게 옷을 벗겨 내려 하는 순간, 레리아나가 그의 손을 막았다.

"안 돼요."

멈칫한 노아가 어째서냐는 얼굴로 그녀를 뚫어지게 바라보았다. 레리아나가 조금 뜸을 들이고는 이곳저곳으로 눈동자를 빙글빙글 돌리다가 조용히 말했다.

"……그냥."

당신은 날 너무 괴롭혀, 라는 말이 목구멍까지 차올랐다가 다시 들어갔다. 공작저에서는 일단 눈이 많고 귀가 많아 남 보기 부끄러우니 그만하라고 우는 소릴 냈지만, 지금 별장에는 고용인도 없으니 이제 그만하라고 핑계 댈 것도 없었다.

그러나 그걸 날름 말하기도 민망했던 레리아나가 어물쩍 넘어가려 하자 노아가 나직이 운을 뗐다.

"그럼."

"그럼?"

"가위바위보로?"

주먹을 든 노아가 빙긋 웃었다. 레리아나가 묘한 낌새에 슬그머니 눈살을 찌푸렸다.

* * *

"……?"

레리아나가 주먹을 낸 손을 파르르 떨었다. 노아가 쫙 펴서 내민 손으로 레리아나의 주먹을 잡고 웃었다.

"이런, 또 이겼네."

그 맥 빠지는 승리 선언에 레리아나가 믿을 수 없다는 표정으로 그의 얼굴을 물끄러미 응시했다.

15번이었다. 우기고 우겨서 15번이나 되풀이했지만, 15번 내내 쓰라린 패배를 경험해야 했다.

"한 번 더?"

노아가 얼마든지 더 해도 된다는 듯 물어 왔다. 그에 레리아나가 떨리는 눈동자를 아래로 떨구었다. 뭐지. 어떻게 이럴 수가 있어. 아까는 내리 지더니 지금은 내리 이긴다고? 무슨 말도 안 되는. 가위바위보에 필승법이 있었던가? 아니다. 뭔가 한 게 분명하다. 수를 쓴 게 분명하다고 결론을 내린 레리아나가 노아를 향해 으르렁거렸다.

"사기꾼."

나한테 사기를 치다니. 매서운 눈길로 그를 바라보는데 그는 정말 아무것도 모르겠다는 듯 순진무구한 표정을 짓고 있었다.

"모른 척하지 마요. 이 이중인격자야!"

레리아나가 손을 확 빼고서는 침대 맞은편 끝으로 달아나 그를 타박했다. 노아가 모로 고개를 기울였다.

"내가 왜?"

"속였잖아요."

"그럴 리가."

"뭔가 하지 않고서는 이렇게 내리 이길 리가 없어요."

"운이 좋았어."

레리아나가 불신이 가득한 눈빛으로 바라보자, 노아가 두 손을 쫙 펼쳐 손바닥을 내보였다.

"난 가위바위보라는 것도 오늘 처음 알았는데 대체 뭘 하겠어. 안 그래?"

뭘 했는지 모르니 뭐라 반박도 못하겠고, 그렇다고 얌전히 패배를 인정하기에는 찜찜하고 속도 쓰렸다. 레리아나가 분한 듯 입술을 잘근잘근 씹었다. 어느새 앞으로 다가온 그가 손으로 레리아나의 입을 벌려서 깨물고 있던 입술을 빼냈다. 그리고 쪽쪽 소리 나게 입을 맞췄다.

"당신이 원하는 만큼만 할게."

레리아나가 넘어올 듯 입맞춤에 응하자, 노아는 '참을 수 있으면.'이라는 뒷말은 그저 넣어 두기로 했다.

행복한 휴가를 위해 필요한 것

노아는 눈을 느릿하게 깜빡였다. 해가 떠오르며 하얀빛이 어슴푸레 주변을 밝히는 중이었다. 그는 갈색 머리칼 사이로 드러난 하얀 등에 입을 맞췄다. 간밤의 일을 알리듯 그녀의 온몸에는 온통 붉은 기가 남아 있었다.

뒤척이는 레리아나에게 이불을 덮어 주고 나서, 노아는 눈을 가느스름하게 뜨고 주위를 살폈다. 다행히 모든 것이 그의 주문에 맞게 준비되어 있었다. 레리아나가 창문 밖을 보는 걸 좋아하니 풍광이 아름다운 곳으로. 대신 창 틈새로 바닷바람이 새어 들 수 있으니 숲 쪽으로 나 있도록.

그리고 온기가 빨리 퍼질 만한 아담한 침실. 소파에 앉는 것보다 침대에 눕는 것을 좋아하니, 시트는 부드럽고 매트리스는 푹신한 것으로. 식사보다는 달달한 간식을 조금씩 자주 먹는 걸 좋아하니 여러 가지 종류의 간식거리를 다양하게 준비할 것. 대신 과일을 잘 먹지만 건포도는 싫어하니 제외.

마지막으로, 조용한 고용인들.

만족스럽게 미소 지은 노아가 레리아나의 잘록한 허리를 쓸었다. 그때 조그만 손이 그의 손목을 덥석 쥐었다.

"……이제, 못 해."

어느새 깬 레리아나가 갓 지옥에서 돌아온 듯한 쉰 목소리로 낮게 말했다. 노아가 빙긋 미소 지었다.

"안 할게."

"이 거짓말쟁이가……. 어제도 그래 놓고서는."

레리아나가 몸을 둥글게 말고 이불 속으로 파고들며 칭얼거렸다.

"어제는 어쩔 수 없었어."

"뭐가 어쩔 수 없어요."

노아가 침대 헤드에 몸을 기대고 이불을 걷었다.

"귀엽게 구니까 참을 수가 없잖아."

부드러운 살갗이 붉게 달아오른 것이나, 어쩔 줄 모르겠다는 표정으로 목에 팔을 감고, 짓궂게 놀리면 하지 말라고 겨우 말하면서 우는 소리를 내는 것이 좋았다.

"참아요, 이 짐승아."

그가 무시무시하게 노려보는 레리아나를 안고 몸 위로 끌어왔다.

"그래서, 싫어?"

"……."

그런 건 아니라고 말하려던 레리아나는 '봐, 아니지?'라는 자신만만한 노아의 얼굴에 눈을 가늘게 떴다. 살살 꾀어서 자신만 초주검으로 만들고서는 혼자 쌩쌩한 데다, 죄책감을 가지기는커녕 되레 오만하고 뻔뻔하게 나오는 행태가 영 못마땅했다.

"조금 싫어졌어요."

"아닐걸."

"맞을걸."

"그럼 시험해 보지."

노아가 레리아나의 입술을 살짝 깨물었다. 그리고 레리아나를 안고서 꽁꽁 옭아매고는 '싫으면 밀어내야지.'라고 귓가에 속삭이며 웃었다.

이 남자가. 레리아나가 낑낑대며 발버둥을 치다가 곧 축 늘어졌다.

"……힘들어."

노아가 웃었다. 레리아나는 무거운 눈꺼풀을 감고 제 몸을 귀찮게 지분대는 손길을 느끼다 다시 잠들었다. 창밖으로는 눈이 그치고 있었다.

* * *

눈 쌓인 풍광이 너무 아름다우니 밖에서 산책을 하자는 레리아나의 제안에 노아가 못내 일어섰다. 고용인들이 없어 준비는 둘이서 해야 했다.

"이거? 아니면 이거?"

"으음-"

노아는 레리아나가 든 두 벌의 원피스를 번갈아 보며 팔짱을 꼈다.

하나는 분홍색. 하나는 상아색. 길이도 좀 다른가. 두 원피스 간에 분명히 있을 차이점을 찾으려고 애써 노력하던 노아가 모호한 말을 꺼냈다.

"둘 다 예쁜데."

"하나만요."

레리아나가 원피스를 코앞까지 쭉 내밀자 그가 고심 끝에 오른쪽 원피스를 잡았다.

"이쪽?"

"알았어요."

레리아나는 노아가 고른 원피스를 들고 한 사람이 겨우 들어갈 만큼 작은 드레스 룸으로 들어갔다. 슈미즈 드레스를 벗고 분홍색 원피스로 갈아입은 레리아나가 밖으로 나와 노아에게 등을 내밀었다.

"올려 줘요."

그가 레리아나의 등에 지퍼를 올려 주며 등에 입을 맞췄다. 간지럽다며 웃은 그녀는 곧 옷장에서 노아의 옷을 꺼냈다.

"당신은 이거."

노아가 옷을 입는 동안 레리아나는 짜임이 촘촘한 두꺼운 스타킹을 신고 가죽 부츠를 꺼내 들었다.

어느새 나온 노아는 레리아나의 만류에도 그녀를 침대 끄트머리에 앉히고 가죽 부츠의 끈을 묶기 시작했다. 레리아나는 스툴에 앉아 그녀의 발을 제 무릎에 올리고 끈을 꿰는 노아를 물끄러미 보다가, 침대에 줄지어 놓여 있는 옷가지들 중 분홍색 목도리를 들었다.

노아가 제 목에 감기는 부드러운 천에 레리아나와 눈을 맞췄다.

"당신 추울까 봐."

레리아나가 생글생글 웃었다. 그녀는 일부러 '난 핫핑크다!'라는 자기주장이 강한 목도리를 챙겨 왔다. 이를 노아의 목에 둘둘 두른 후에 귓전에서 끝을 앙증맞게 동여맸다.

노아가 다 됐다며 고개를 들자, 레리아나는 불만인 듯 고개를 기울였다.

"흠."

"왜?"

그녀가 고개를 저었다.

'역시 패션의 완성은 얼굴인가.'

살짝 기대했는데 좀처럼 망가지지가 않는다. 무슨 쇼에 나가는 모델 같아. 지그시 인상을 찌푸린 레리아나가 목도리를 풀고 이리저리 매만지다가 목도리만으로는 안 되겠다고 생각했는지, 온갖 여성스러운 아이템들로 그를 치장하기 시작했다.

목도리로 뭘 하든, 제 몸을 장난감처럼 가지고 놀든. 노아는 아무래도 좋은지 빙긋 웃었고, 레리아나는 몇 가지를 더 시험하며 두르고 감고 가리다가 이내 항복을 선언했다. 허탈감에 빠진 채 그녀는 회색 목도리를 반듯하게 매 주었다. 이를 얌전히 기다리고 있던 노아가 고개를 들었다.

"누구 애인인지 잘생겼네."

레리아나가 손끝으로 노아의 두 볼을 톡톡 두드리자 피식 웃은 그가 레리아나의 두 손을 맞잡으며 물었다.

"이제 끝?"

"네, 가요!"

밖으로 나서기 전에 레리아나는 정문으로 향하는 로비 한쪽에 서서 발끝으로 바닥을 툭툭 두드렸다. 다리를 움직이자 단단하게 묶인 가죽 부츠가 종아리를 조였다. 그녀는 혹시 열린 창문이 있는지 잠시 확인하고 온다는 노아를 기다리는 중이었다. 바람이 새서 로비가 너무 춥다나.

아래위로 무릎을 움직이던 그녀가 원피스에서 두툼한 실밥 몇 개가 나풀거리며 떨어지는 것을 보고 있는데, 노아가 바짝 다가왔다.

"뭐 열려 있었어요?"

"아니, 아무래도 정문 때문인 것 같은데."

그는 틈새로 바람이 드나들며 쉭쉭 소리를 내는 정문을 가리켰다. 지금으로서는 어쩔 수 없지. 노아가 고개를 숙여 삐뚜름해진 레리아나의 모자를 고쳐 씌우고는 문을 열었다.

둘은 바다 쪽으로 새부리처럼 튀어나온 곶 옆을 따라 걸었다. 파도가 절벽에 부딪치는 소리 사이로, 자박자박 눈 밟는 소리가 듣기 좋게 울렸다. 레리아나는 춥지 않느냐는 노아의 물음에 고개를 저었다.

"그런데…… 생각보다 눈이 많이 안 쌓였는데요?"

눈이 많이 쌓여서 종아리까지 푹푹 파일까 걱정했건만, 의외로 딱 걷기 좋을 정도였다.

"그새 녹았나 보군. 어제는 많이 쌓였었는데."

"그래요?"

레리아나가 그랬구나, 라며 고개를 끄덕였다. 그러고는 오늘은 왜 아무도 안 왔는지 의아해하며 읊조렸다.

"그러게. 무슨 사고라도 있었나."

별장 한쪽을 응시한 노아가 천연덕스럽게 말을 받았다.

* * *

둘은 절벽 가에서 벗어나 눈밭 한가운데를 가로질렀다. 바닷바람이 세긴 해도, 햇빛과 눈 때문에 꽤 포근한 날씨였다. 일직선으로 발자국을 내며 숲이 있는 쪽을 향하는데 바람에 날린 나뭇가지 하나가 덩그마니 눈밭 위를 굴렀다. 근처까지 다가간 레리아나가 나뭇가지를 주우려 허리를 숙였다. 그런데 그때 맞바람이 불어 그녀의 모자를 멀리 날렸다.

"어-"

레리아나가 몸을 일으키자 노아가 모자가 날아간 쪽으로 상체를 돌렸다.

"여기 있어."

모자를 가지러 가려는 레리아나를 그가 말렸다. 노아가 꽤 멀리까지 날아간 모자를 주워 들고 돌아오다 의아한 표정으로 고개를 갸웃거렸다.

"……?"

모자를 주우러 간 사이, 레리아나가 쪼그려 앉아 눈 위에서 꼼질거리고 있었다. 다가가 보니 동그란 무언가를 그리고 있기에 노아가 그녀 옆에 앉으며 물었다.

"이게 뭐야?"

레리아나가 그것도 질문이냐는 투로 답했다.

"노아 윈나이트."

딱 봐도 당신이잖아. 하는 눈빛으로 바라보자 노아가 그럴 리 없다는 듯 되물었다.

"나?"

"네."

그 단호한 대답에 노아는 다시 가만히 그림을 살펴보고는 다시 물었다.

"나?"

"네, 당신."

"으음–"

그 떨떠름한 반응을 민감하게 감지한 레리아나가 눈을 가늘게 떴다. 이렇게 똑같은데 도대체 왜 저런 반응인지. 그녀는 나뭇가지로 그려 놓은 노아의 눈과 입을 툭툭 두드리며 말했다.

"잘 봐요. 이 뭔가 꿍꿍이를 품고 있는 눈이랑 가식적인 미소가 포인트니까."

정말 똑같지 않느냐는 듯 한쪽 입술을 삐뚜름하게 올리고 얼굴을 들자, 그가 정말 가식적인 미소를 지으며 콧소리를 냈다.

"흐응–"

아차, 싶었던 레리아나가 고개를 홱 돌렸다. 그러나 노아가 한 손으로 레리아나의 얼굴을 바짝 끌어당겼다.

"어제는 사기꾼에 이중인격자라고 하더니. 응?"

"그거야, 사기꾼에 이중인격자처럼 굴었으니까……."

"난 아무 짓도 안 했는데. 당신이 착각한 거지."

착각은 무슨. 레리아나가 미간을 살포시 찡그렸다.

"내가 모르는 뭔가를 했는데, 분명히."

"그럴 리가."

숨기는 것이 있을 텐데, 레리아나가 가늠하며 그의 얼굴을 빤히 살폈다. 그러나 노아는 마치 지금까지 길가에 쓰레기도 한 번 안 버린 것 같은 순수한 표정으로 웃으며 얼굴을 모로 기울였다.

"내가 뭔가 했을 것 같아?"

저 멀끔한 얼굴만 보면 그 수많은 악행과 거짓말에도 불구하고 천국 직행 열차를 태워 줄 것 같다. 아무래도 저 얼굴만 보고 수상한 점을 찾는 건 무리라고 생각한 레리아나가 체념하며 말했다.

"알았어요. 뭘 했든 이번만 봐줄게요."

"아량이 넓으시군요, 영애."

만족스러운 듯 노아가 얼굴을 붙잡았던 손을 놓고 장난스럽게 인사했다.

"어쨌든……. 하여간, 이건 노아 윈나이트예요."

레리아나가 보란 듯이 '노아 윈나이트'라고 밑에 이름까지 적어 주는데, 노아가 손을 벌렸다.

"그거 줘 봐."

"이거요?"

뭘 하려고? 레리아나가 나뭇가지를 건네주자 노아가 나뭇가지를 연필 쥐듯 잡고 그녀를 뚫어지게 응시했다.

"……?"

레리아나가 어리둥절하게 그 황금색 눈동자와 눈을 맞추다 곧 꾹 다문 입꼬리를 부들부들 떨면서 손을 내저었다.

"아니, 잠깐. 잠깐만요. 좀 그래."

레리아나가 두 손으로 얼굴을 가리고 쪼그린 무릎께에 얼굴을 묻었다.

"뭐가 그래?"

그렇게 갑자기 진지하게 쳐다보니까, 왠지.

"……창피해."

우물거리면서 말하자 노아가 웃음을 터트렸다.

"그럼 그대로 있어. 당신 얼굴은 눈 감고도 그릴 수 있으니까."

노아가 그리 말하며 눈 위에서 손을 놀렸다. 레리아나가 빼꼼 고개를 들고 그가 하는 양을 바라보았다. 그가 손을 움직일수록 제법 그럴 듯한 그림이 그려지기 시작했다. 동그란 눈매에 조금 작은 입에 도톰한 입술, 그가 구불구불한 머리까지 그려 내자 레리아나가 놀란 얼굴로 입을 벌렸다.

"그림 배웠어요?"

"조금."

"그런 것도 배워요?"

"왕족이거든."

뭐든 잘 해내야 하는 아주 높은 신분이지, 라고 노아가 거만하게 덧붙였다.

"아, 그러셨지."

레리아나가 못마땅하다는 표정으로 혀를 찼다.

그사이 노아는 완성된 그림 밑에다 '레리아나 윈나이트'라고 적기 시작했다. 레리아나가 그 이름을 물끄러미 바라보다 소리 내어 웃었다.

* * *

숲의 입구는 무릎께까지 오는 작은 울타리가 감싸고 있었다. 노아가 그 문을 열며 레리아나를 들여보냈다.

"이렇게 마음대로 들어가도 돼요?"

"괜찮아. 이 근방이 다 당신 소유잖아."

"그건 그렇지만요."

레리아나가 울타리를 넘어서며 웃었다.

"이렇게 막아 두니 왠지 무단 침입하는 느낌."

마주 웃은 노아는 숲지기가 사람들 손에 타지 않도록 엄격하게 관리하고 있다고 말했다. 그렇구나, 라고 대답한 레리아나는 후드득 눈이 떨어지는 나뭇가지를 올려다봤다. 바닥으로 눈을 떨어트린 멧새가 고개를 갸웃거렸다.

"숲지기를 만나 볼 수 있으면 좋겠어요."

그러자 노아가 음, 하고 짧게 목을 울리더니 말했다.

"눈 때문에……. 오늘은 나오지 않았을 것 같은데."

"그러려나."

"다음에 올 때는 만날 수 있겠지."

레리아나가 별장 앞을 뒤덮은 눈밭을 바라보며 고개를 주억거렸고, 곧 노아가 그녀의 손을 잡고 숲 안으로 걸음을 옮겼다. 걸음을 옮길 때마다 숲에서 풋풋한 겨울 냄새가 났다. 나무 냄새를 맡으며 두리번거리니 레리아나의 시선이 닿을 때마다 새들이 놀라 날갯짓하면서 눈덩이를 아래로 떨어트렸다.

레리아나가 조금 불만인 듯 날아가는 새를 응시했다. 소설 속에 나오는 공주님들처럼 야생의 새들이 손끝으로 앉기를 바란 건 아니지만.

'그래도 저렇게 도망가다니.'

눈물을 훔친 레리아나가 날아가는 새를 바라보고 있으니, 옆에서 노아가 얼마나 노려보면 저렇게 도망가는 거냐며 장난스럽게 물었다.

"옆에 커다랗고 시커먼 남자가 있으니까 그렇죠."

레리아나가 뚱한 얼굴로 팔짱을 꼈다.

"음?"

그때 무언가를 발견한 레리아나가 허리를 숙였다.

"노아, 이거 봐요."

몸을 일으킨 레리아나가 환하게 웃으며 붉은 꽃잎을 주워 들어 올렸다. 그녀는 주위를 두리번거리며 말했다.

"근처에 동백나무가 있나?"

겨울에 붉은 잎을 날릴 만한 꽃이라면 동백일 테니, 근방 어딘가에 동백나무가 있을 것이 분명했다.

'압화로 책갈피를 만드는 것도 예쁘던데.'

노아는 책을 좋아하니까 그에게 선물해도 좋으리라 생각한 레리아나가 손끝으로 꽃잎을 조물거리면서 물었다.

"어디에 있을까요?"

그러자 그가 고갯짓을 하며 한곳을 가리켰다. 그가 가리킨 곳으로 레리아나가 상체를 돌렸다.

"어-"

마치 따라오라는 것처럼 흰 눈 위에 꽃잎이 덩그마니 하나 더 놓여 있었다.

"찾으러 가 볼래요?"

노아가 고개를 끄덕였고, 레리아나가 한 잎, 한 잎 떨어진 꽃잎을 주우며 따라갔다. 뜻밖의 모험을 만난 것 같아서 가슴이 두근거렸다.

'음?'

그러던 레리아나가 어쩐지 떠오르는 기시감에 고개를 갸웃거렸다.

'이거 왠지 익숙한데…….'

꽃잎을 하나씩 주워 가던 레리아나가 나뭇가지가 울창하게 하늘을 가린 그늘로 들어섰다. 그와 함께 뚝 끊긴 듯이 꽃잎이 사라져 있었다. 꽃잎이 흩뿌려진 곳에 나뭇가지 사이로 스포트라이트처럼 원형의 빛이 쏟아졌다. 레리아나가 입을 벌렸다. 손에 모아 둔 꽃잎들이 후드득 눈 위로 떨어져 내렸다.

"아-"

뭔가 익숙한 느낌이 든다 싶었더니. 아주 예전에, 자신이 읽던 소설에 나온 장면이었다. 기사가 했던 고백 장면이 설레더라고, 노아에게는 그저 흘리듯 말했었는데.

"마음에 드십니까?"

레리아나가 노아에게로 몸을 돌리자 노아가 고개를 기울이며 물었다. 소설 내에서 기사가 공주에게 물었던 대사였다.

'그걸 다 기억하고 있었구나.'

어쩐지. 열차에서 안 보던 책을 보더라니. 얼굴이 홧홧하게 달아올랐다. 어떡하지. 아니, 어떻게 하느냐니. 뭘 어떻게 해. 바보인가. 멍청한 생각이 휙휙 오갔다. 입을 벌렸다가 다물었다가, 이내 혀를 깨문 레리아나는 아픔도 못 느낀 채 오래된 로봇처럼 삐걱삐걱 고개를 끄덕였다.

마치 그녀의 머릿속을 다 읽은 것처럼 작게 웃은 노아가 레리아나의 손을 끌고 그 밑으로 들어섰다. 나무 사이로 드는 빛을 받자 눈앞이 빙글빙글 돌 것같이 달뜬 기분에 손끝까지 저릿했다.

'못 참겠어!'

레리아나가 두 손으로 발개진 볼을 감싸고 고개를 숙였다.

"레리아나."

낮게 이름을 부른 그가 한쪽 무릎을 꿇고 레리아나를 올려다보았다. 눈길이 맞닿자 놀란 레리아나가 눈을 빠르게 깜빡였다.

그가 눈을 둥글게 휘며 웃었다. 그리고 레리아나의 한 손을 가볍게 잡아 들고 손끝에 입을 맞췄다. 그 부드러운 감촉에 레리아나가 입술을 깨물었다.

"저와 평생을 함께해 주시겠습니까."

가슴속에서 무언가 끊어진 것처럼 걷잡을 수 없이 부드러운 감정이 흘러넘쳤다. 눈을 질끈 감은 레리아나가 그대로 주저앉아서 노아의 목을 끌어안았다.

"좋아요."

울먹이며 어깨를 떨자 노아가 웃으며 등을 감싸 안았다.

별장 막간극

노아와 레리아나가 별장을 떠나는 날이었다. 노아가 정문 앞에 캐리어를 두고 레리아나를 기다리는데, 레리아나가 계단을 급히 내려왔다. 그 모습에 의아해진 노아가 다가가 그녀의 손을 잡았다. 손을 잡고 계단을 다 내려선 레리아나가 위층을 노려보다가 운을 뗐다.

"노아……. 놀라지 말고 들어요."

"응? 무슨 일이야."

노아가 레리아나의 얼굴을 감쌌다. 레리아나가 눈동자를 굴려 주위를 한번 둘러보고는 나직이 말했다.

"이 별장에……."

그녀가 노아의 팔을 잡아당기자 그가 레리아나에게로 얼굴을 가까이 내렸다. 레리아나는 누가 들을까 노아의 귓가에 조용히 속삭였다.

"우리 말고, 누군가 있어요."

"……."

노아의 눈꺼풀이 아래로 내려앉았다. 있겠지. 당연히. 지시한 것들을 미리 세팅해 두고, 레리아나가 별장에서 지내는 동안 혹시 생길지 모를 일에 대비해 대기시켜 둔 숲지기와 그의 가족이. 한 3명 정도. 노아는 사실을 말하는 대신 짧게 침묵했다.

누군가와 마주치기라도 한 걸까? 아니다. 그렇다면 소리를 지르거나 잡으러 뛰어가기라도 했을 테지, 이런 식으로 조심스레 얘기를 꺼내진 않았을 것이 분명하다. 누군가의 인기척을 느꼈거나 어렴풋이 흔적을 발견했으리라. 머릿속으로 빠르게 현 상황을 정리한 노아가 이내 천연덕스러운 얼굴로 미소를 지었다.

"……그럴 리 없잖아."

그가 왼손을 맞잡고 레리아나의 앞머리를 쓸어 넘겼다. 착각이라고 생각하게끔 만들어서 자연스럽게 넘길 생각이었다.

레리아나가 제 말을 믿지 않는 그를 보며 미간을 찌푸렸다.

"진짜예요. 나갔다 오면 뭔가 치워져 있고. 다른 방이나, 내가 실밥 흘린 거나……."

"실밥은 바람에 날린 거겠지."

로비 구석에 떨어졌었는데? 눈을 가늘게 뜬 레리아나는 계속 미심쩍다는 얼굴이었다.

"옆방도 그래요. 어제 잠깐 빗을 찾느라고 옆방을 좀 어지럽혔는데, 지금 거기에 다시 가 보니 정리돼 있었어요."

노아가 잠시 입을 다물었다. 자신이 다른 방까지 정리했다고까지는 믿지 않을 것이 당연했다. 레리아나가 직접 보여 주겠다면서 그를 방으로 데려가려는데, 이를 어떻게 모면하는 게 좋을까 고민하던 노아가 짐짓 진지한 어투로 말했다.

"그럼……. 아마 당신이 느낀 게 그걸 수도 있어."

"그거?"

레리아나가 솔깃해 귀를 기울였다.

"이 지역에 내려오는 구전 설화인데……."

"음?"

"이 근처 숲에, 요정이 산다고 해."

한순간 말을 잃은 레리아나가 입을 벙긋거리다가 다시 다물었다. 그러고는 노아를 더듬거리면서 앞에 있는 사람이 정말 노아인지 확인했다. 그가 저를 만지작거리는 레리아나를 물끄러미 내려다보았다.

'요정? 요정?'

제가 들은 것이 진짜인지 현실 확인을 하고 난 후, 노아와 눈을 마주친 레리아나의 표정이 미묘하게 찌푸려졌다.

"장난치는…… 거죠?"

"……살림을 도와주는 요정."

"……."

"……."

당황스러운 침묵이 그들 사이를 잠깐 지나쳤다. 레리아나가 그를 위아래로 훑어보다가, 알츠하이머에 걸린 할아버지에게 말을 거는 듯한 부드러운 어조로 물었다.

"혹시 내가 몇 살인 줄 알아요?"

레리아나가 안타까운 눈빛으로 이게 몇 개인지 말해 보라며 두 손가락을 들어서 흔들었다. '너 지금 좀 이상한 것 같은데, 괜찮은 거니?'라고 묻는 것처럼 타박 아닌 타박이었다.

난 제정신이라고 말한 노아가 빙긋 웃었고, 레리아나가 아닌 것 같은데, 라며 말을 흐렸다. 그녀가 일직선으로 날린 돌직구에 노아는 속으로 혀를 찼다.

'역시 무리였나.'

그사이 레리아나는 로비 주위를 두리번거리며 살폈다.

"노숙자일까요? 설마 도둑은 아니겠죠?"

하여간 빨리 찾아봐야겠다는 레리아나의 팔을 노아가 붙잡았다.

"레리아나, 잠깐만."

그녀가 멈춰 서서 몸을 돌렸다.

"왜요?"

"뭔가 착각한 거겠지."

그녀는 노아를 빤히 응시하다 말했다.

"노아, 이상해요. 뭐 찔리는 게 있는 사람처럼……."

어째 반응이 수상하다. 눈썹을 찌푸린 레리아나가 낌새를 느끼기 시작하자 노아가 빠르게 말했다.

"전에 당신이 우리 저택에 유령이 있다고 했었잖아."

"그건……."

"그 때문에 신관 불러서 정화도 하고."

진짜 그런 게 있었다며 레리아나가 변명하려는데 그가 말을 막았다.

"열차에서는 여신도 만났지."

"그거야……."

만나긴 했다. 그런, 요정에 버금가는 초자연적인 무언가를. 말문이 막힌 레리아나가 입을 꾹 다물자 노아가 마지막으로 덧붙였다.

"게다가, 내가 우리 근처에 인기척이 있는 걸 모를 리가 없잖아. 안 그래?"

그렇다. 노아가 주변에 누군가 있다는 걸 모르는 게 더 이상한 일이긴 했다. 레리아나는 저도 모르게 고개를 끄덕였다.

'뭐지, 이 이상한 설득력은…….'

중요한 것은 요정의 존재 유무가 아니었으나, 노아가 논점을 뒤섞어 버리며 이야기하자 정말 사람이 아니라 무언가 다른 존재일지도 모른다는 생각이 피어오르기 시작했다.

"……요정?"

그동안 얼토당토않은 일들을 겪은 데다 여러모로 태연자약한 노아의 이야기를 듣다 보니, 요정이 있다는 걸 믿지 않는 것이 더 이상한 것처럼 느껴진다. 당장이라도 수색을 진행하려고 했던 레리아나가 움직임을 멈추고 멍하니 생각에 잠기자, 노아가 한 손으로 그녀의 어깨를 안고 다른 한 손으로는 캐리어를 끌면서 정문으로 걸음을 옮겼다.

"열차 시간 늦겠어. 어서 출발하지."

레리아나가 끌려가듯 무거운 걸음을 옮겼다. 귀중품이 사라진 것도 아니니, 그저 지나가던 여행객이 잠시 눈을 피하고 싶었던 거라면 별장을 빌려줘도 큰 문제는 없지만……. 그녀가 정문을 여는 노아를 올려다보았다.

"아무리 그래도 요정이라니……. 노아."

"응?"

"의외로…… 순수하네요."

레리아나가 턱도 없는 말을 꺼내며 고개를 갸웃거렸다.

"이제 알았어?"

노아가 미소 지었다.

그 왕이 백작을 만나러 간 사정

"흠."

시아트리히는 집무실 안의 기묘한 침묵에 목을 울렸다. 그 기묘한 분위기를 만들어 낸 푸른 머리의 남자는 지금 소파에 앉아서는 입을 뗐다 다물었다 하는 중이었다.

키이스의 얼굴에 그늘이 짙게 져 있는 것을 바라보며 시아트리히는 지팡이를 소파 옆에 기대도록 내려놓았다. 그러자 키이스가 낮게 운을 떼기 시작했다.

"전하."

"그래. 대체 무슨 일인가."

키이스가 두 손 끝을 모으고 우물쭈물하며 말하기를 꺼리자, 시아트리히가 눈썹을 추켜올렸다. 그는 한동안 잠깐 또 침묵하다 다시 말했다.

"지금 수도에서 무슨 소문이 도시는 줄 아십니까."

"글쎄다. 내가 알았으면 자네 앞에 이렇게 다소곳이 마주 앉아서 말하라고 재촉하고 있지는 않았겠지."

"그러시겠죠."

"응. 그러니까 말해 보게."

"제 입으로는 차마 말씀드리기 어려운…… 소문이 돌고 있습니다."

"그럼 하지 말게. 지금 좀 바쁘니까."

나가 보라며, 시아트리히가 시원하게 포기하자 키이스가 고개를 번쩍 들었다.

"말씀드리겠습니다."

"그럼 해 보든가."

"전하께서 그……."

"그 뭐?"

"지……."

"응."

"……루라는 소문이."

키이스가 그 단어를 꺼냈다는 것만으로 순결을 잃은 것처럼 핼쑥한 얼굴을 아래로 깊이 숙였다. 그 외에도 성적인 소문들이 이것저것 나도는 중이었다. 이상한 페티시가 있다든가. 키이스가 이를 더듬더듬 전하자 시아트리히가 혀를 찼다.

"고작 그거였나?"

"예?"

"아니니까 걱정 말게."

"아니, 전하. 그게……."

"정 걱정이라면 지금 보여 줄 수도 있어."

활짝 웃은 시아트리히가 그리 말하자 키이스가 소스라치게 놀라 일어섰다.

"제발, 안, 안 됩니다. 고정하십시오. 전하, 제발……."

만류하는 키이스의 목소리가 심하게 떨렸고, 시아트리히는 '장난이야. 나도 남자에게 보여 주고 싶은 생각은 없어.'라고 말하며 앉으라고 고갯짓을 했다.

"근원지는 아마 썸머겠군."

"예."

키이스가 고개를 끄덕였다. 썸머는 몇 번 시아트리히의 침실에 드나들던 발레리나로, 요 근래 무슨 일인지 왕성 출입이 뜸해지더니 왕에 대한 불손한 소문까지 퍼트리며 이를 갈고 있었다.

이야기를 들은 시아트리히는 소파에 등을 묻고 한숨을 내쉬었다.

"그럴 만해. 내가 그녀에게 실수를 좀 했거든."

"실수, 말이십니까."

"응. 그게-"

시아트리히가 드물게 조금 난처한 얼굴로 웃으며 말했다.

"다른 여자 이름을 불렀어."

설마. 키이스가 조심스레 되물었다.

"그, 침실에서…… 말이십니까?"

"응."

시아트리히가 팔짱을 꼈다. 그러고는 나직이 덧붙였다.

"나오미, 라고."

"……."

입을 벌린 키이스는 잠시 말을 잃었다.

고의로 그녀의 이름을 부른 것은 아니다, 자신도 모르게 나왔다, 라는 등 시아트리히의 설명을 들으며, 키이스는 답답함을 애써 감춘 채 미간을 꾹꾹 눌렀다. 올해엔 분명 액이 낀 게 분명하다. 키이스는 왜 자신이 부끄러운가에 대한 고민과 번뇌가 머릿속에서 휘몰아치는 것을 느끼며 시아트리히와 눈을 마주치지 않기 위해 노력하고 있었다.

그때 시아트리히가 재차 입을 열었다.

"일단 그것보다 말이야."

그것보다? 지금 밖에서 어떤 소문이 나돌고 있는지 알면서, 그것보다? 키이스가 표정 관리를 못하고 있는데 그가 말을 이었다.

"나오미가 이상해."

'전하께서 더 이상하십니다.'라고 키이스는 애처롭게 생각했다.

"얼마 전에 청첩장을 받았는데. 아, 자네도 받았나?"

"윈나이트 공작님과 맥밀런 영애의 청첩장을 말씀하시는 거라면, 저도 받았습니다."

노아와 레리아나는 키이스의 저택으로 직접 찾아와 청첩장을 내밀었다. 키이스는 저도 모르게 노아를 바라보며, '그렇게 아닌 척하더니, 결국 이럴 거면 튕기긴 왜 튕겨?'란 표정을 지었다가 청첩장을 회수당할 뻔했다.

"나한테도 왔다 갔는데, 그때 나오미도 함께 있었거든."

"예."

시아트리히에게도 노아와 레리아나가 그의 집무실로 찾아와 청첩장을 내밀었다.

"둘이 참 보기 좋았는데 말이지."

서로 좋아 죽겠다는 모습에 조금 놀려 주려다가 노아에게 싸늘하게 저지당했다. 그 후로는 축하한다는 인사말도 건네고 화기애애한 시간을 보냈더랬다.

"그때, 둘이 저택으로 돌아가고 나서 청첩장을 보고 있는데. 나오미가……."

시아트리히가 인상을 찌푸리며 퍽 불쾌한 얼굴로 얼굴을 기울였다. 분명히 보았다. 나오미가 잠깐 등을 돌리더니 눈매를 닦아 내는 모습을.

"……울었어."

시아트리히의 말에 키이스가 알았다는 듯 고개를 끄덕였다.

"전하께서 좋지 않은 꿈을 꾸셨나 보군요."

"못 믿겠지만 진짜야."

키이스는 논리와 이성을 기반으로 사고하는 인간이었으므로 그의 말을 믿지 않았다.

나오미는 평생 세 번 울 것이다. 태어났을 때, 부모님이 돌아가셨을 때, 그리고 나라의 왕이 바뀌는 때. 마지막 눈물은 기뻐서 흘리는 눈물일 것이다.

그러나 그의 생각 따위 알 바 없는 시아트리히는 두 손으로 얼굴을 쓸고는 아주 진지하게 말했다.

"그러니 문득 그런 생각이 든 거지. 나오미가 노아에게 호감을 가지고 있었던 게 아닐까, 하는 생각이."

그날 이후, 시아트리히는 내내 그 생각으로 머리가 터질 지경이었다. 노아라면 알맹이야 어쨌든 간에 겉모습이나 조건으로 볼 때 뭇 여자들이 꿈꿀 만한 훌륭한 남편상이 아니던가. 설상가상으로 묘하게 자신의 눈치를 보던 나오미가 휴가까지 신청하는 바람에 의심은 점점 커져만 갔다.

"그런 생각을 하고 계셨군요."

그런 터무니없는 생각을 하고 계셨군요, 라고 몰래 생각한 키이스는 재미있는 농담을 들은 것처럼 웃어야 할지, 아니면 제 나라의 왕께서 정신이 혼미한 것 같으니 울어야 할지 고민스러웠다. 그는 아무래도 진지해 보이는 시아트리히를 물끄러미 바라보다가 무언가 결심한 듯 말했다.

"전하, 잘 보십시오."

키이스가 굳은 얼굴로 두 손을 들더니 한 손은 머리 위에 올리고 한 손은 가슴께 앞으로 올렸다.

"제가 보기에 나오미 님의 호감도 순위를 직관적으로 표현해 보면 이렇습니다."

그는 가슴께 앞에 둔 손을 흔들며 말했다.

"윈나이트 공작님은 이 정도 위치에 계십니다."

머리 위에 둔 손의 위치와는 어마어마한 간격을 두고 있었다. 시아트리히는 조금 만족스러웠다.

"저건?"

시아트리히가 머리 위에 든 손을 올려다보자 키이스가 덧붙였다.

"이건 장구벌레입니다."

키이스가 보기에 나오미는 노아에게 일절 다른 감정을 가지고 있지 않았다. 객관적인 시각으로 측정해 보면, 그녀가 노아에게 가진 호감도는 장구벌레보다 낮다. 많이.

키이스가 시아트리히를 조심스레 응시했다. 그는 기대와는 다른 대답에 미간을 찌푸리고 있었다. 그가 왠지 높은 순위에 있는 장구벌레 쪽을 물끄러미 바라보다가 물었다.

"나는?"

"예?"

"나는 어디 있는데."

"그건……."

키이스는 시아트리히의 위치가 발밑에 있지 않을까 고민했다. 그러나 왕에 대한 경의를 표해서 장구벌레와 노아 사이에 시아트리히를 놔 주었다.

"……이, 쯤?"

"그래서, 자네 말은 나오미는 나를 장구벌레보다 못하게 생각한다, 이건가?"

"아뇨, 아닙니다, 전하. 제 말뜻은 그게 아니라, 호감도를 따지자면……."

"그러니까 자네 말은 나오미가 나보다 장구벌레를 더 좋아한다는 게 아닌가?"

"말이 그렇게 된 것 같지만……. 제가 말한 게 그 뜻이군요. 제가 실언을 했습니다. 송구합니다, 전하."

"됐네. 자네는 사형이야."

"전하!"

키이스가 오열했고, 시아트리히가 혀를 차며 손을 내저었다.

"모르는 거지. 사람 마음이란……."

시아트리히의 낮은 목소리를 듣던 키이스가 바닥을 내려다보더니 손을 모아 깍지를 꼈다. 그는 정말 진지하게 나오미가 그럴지도 모른다는 생각을 가지고 있는 것 같아 보였다.

"왜 그렇게 나오미 님께 신경을 쓰시는지 모르겠습니다."

눈을 깜빡이던 시아트리히는 그의 말에 정말 바보 같은 질문을 들은 것처럼 웃으며 말했다.

"당연한 것 아닌가. 내가 나오미를 마음에 두고 있으니까."

키이스가 순간 돌처럼 굳어졌다.

"아-"

그는 맹한 신음성을 내다가 화들짝 되물었다.

"예?"

"난 노아 같은 바보가 아니거든."

시아트리히가 노아를 떠올리며 낄낄거렸다. 키이스는 여전히 어안이 벙벙한 얼굴을 하다 물었다.

"그럼 요 근래 갑자기 결혼을 앞둔 공작님을 귀찮게 구신 이유가 설마 나오미 님이 공작님을 좋아한다고 생각하셔서……."

"그것 때문은 아니고. 아니, 맞나."

키이스는 고민에 빠진 채 미간을 눌렀다. 별장에 다녀온 이후, 이상하게 시아트리히가 부르는 일이 늘어났다며 노아의 짜증이 이만저만이 아니었다. 조금만 더 시아트리히가 귀찮게 군다면 국가 전복이라도 일으킬 기세였다. 키이스로서는 노아가 그런 전적이 있는 남자라 더 불안했다. 그는 입술을 잘근잘근 씹었다가 나지막이 입을 열었다.

"저희 큰누님께서 말씀하시기를…… 남자가 여자에 대해 어떻게 생각하든, 하여간 남자가 생각하는 건 다 틀렸다, 고……."

"갑자기 그게 무슨 말인가?"

내 생각이 틀렸을 거라고? 키이스가 갑자기 큰누님을 들먹이자 시아트리히가 무슨 헛소리냐는 듯 인상을 찌푸렸다.

"그러니까 제 말뜻은, 나오미 님께 직접 물어보시는 건 어떠십니까."

제 생각에는 분명히 아니었다. 그러나 당신들 형제는 나오미에게 장구벌레보다 못한 존재니 일이나 제대로 하라고 말하는 것은 현실적으로 무리였다. 결국 그는 고심 끝에 무난한 해결책을 건네기로 했다.

"나오미에게 찾아가 보란 말인가?"

"예."

그럴까, 하며 고민하는 시아트리히를 보며 키이스는 잠깐 생각했다. 나오미가 소름끼치도록 싫어할 텐데, 라고. 그러나 자고로 고위 공무원이란 자고로 국가를 위해 희생해야 하는 법이었다. 나름 국가의 중대사가 아니던가. 왕이 자신 때문에 살짝 정신 줄을 놓았으니까. 분명 나오미 님께서도 이해하시리라. 키이스는 그렇게 자신을 정당화하기로 했다.

시아트리히가 나오미를 만나러 가기로 마음을 먹은 후, 키이스는 시아트리히의 집무실을 조용히 나서려 문고리를 잡았다. 그러다 갑자기 몸을 돌렸다.

"아, 전하. 나오미 님은 지금 저택에 계시지 않습니다."

"그럼?"

"휴가를 받은 날, 휴양지로 떠나셨다고 들었습니다."

"그런가?"

고개를 끄덕인 시아트리히가 한쪽 눈썹을 치켜들었다.

"그런데, 나오미가 어디서 지내는지 자네는 어떻게 알지?"

시아트리히의 곱지 않은 시선이 느껴졌다. 이건 위험하다. 키이스는 노아에게 당했던 옛 악몽이 다시 깨어나는 것을 느끼며 더듬더듬 답했다.

"아니, 그, 휴가를 쓰시던 날 우연히 만나서……."

시아트리히가 팔짱을 끼고 미소를 지었다.

"그래?"

"예, 그렇습니다. 저희 사이에 절대 오해하실 만한 일들은 전혀 없습니다. 전혀."

'뭐, 그렇겠지.'라며 쉽게 수긍한 시아트리히가 시녀를 부르고는 되물었다.

"그래서, 나오미가 어디에 있다고?"

* * *

온천에서 나온 나오미는 행복함에 몸을 떨었다. 피부에 좋다고 왕성의 시녀들 사이에서 소문이 자자하기에 꼭 한 번 오고 싶었다. 성수기라 방을 구하기는 힘들었으나 살짝 편법을 써서 겨우 날짜를 잡을 수 있었다.

"……?"

그녀가 날아갈 듯한 걸음으로 호텔의 로비를 지나 제 방을 향하는데, 어쩐지 호텔 내의 분위기가 어수선하다. 곧 로비에 일렬로 선 직원들은 귀빈이 오셨다며 난리였다.

'느낌이 안 좋은데.'

그녀가 눈을 가늘게 뜨고 주위를 살폈다. 나오미는 어서 자리를 뜨려 했으나 뒤에서 들려온 목소리에 멈춰 서야 했다.

"좋은 호텔이야."

그녀가 천천히 몸을 돌리자 직원들이 허리를 깊게 숙여 인사하는 모습이 제일 먼저 보였다. 그리고 형형한 금안과 뻔뻔한 얼굴이 눈에 들어왔다.

"나오미."

시아트리히가 웃었고, 나오미가 한숨 섞인 말을 겨우 뱉었다.

"……전하."

나오미는 호텔 방에 구비된 술의 뚜껑을 땄다.

"드시겠습니까?"

"술?"

"마셔야 할 기분이라서 말입니다."

"나 때문에?"

"오해십니다."

"한 잔 주게."

시아트리히가 피식 웃자 그녀가 잔에 술을 따랐다. 날짜가 날짜인지라, 떠나도 괜찮을지 눈치를 보긴 했지만 안절부절못하는 것 외에는 별 이상이 없어 보였다. 그런데 여기까지 올 줄이야.

"뭐 하십니까?"

술잔을 가져간 나오미가 테라스에서 매의 눈으로 바깥을 살피는 왕을 보며 물었다.

"장구벌레 같은 놈이 있나 확인 중이야."

"웬 장구벌레……."

나오미가 곧 상관하지 않겠다는 듯 고개를 절레절레 저었다. 그는 나오미에게서 술잔을 받아 들고 잔을 흔들었다. 얼음이 컵에 부딪혀 짤랑였다.

"어쩐 일로 왔는지 묻질 않는군."

"대충 짐작은 갑니다."

"어떻게?"

"5년 정도 수발을 들면 그 정도는 알게 됩니다."

"수발이라니……."

그가 미간을 찌푸리고 말을 이었다.

"……노아는 말이야."

"무슨 생각하시는지 아는데, 아닙니다."

"응?"

나오미가 작게 한숨을 쉬었다. 노아가 다녀간 이후, 뭔가 안절부절못하기에 뭔가 오해하고 있다는 것을 직감하면서도 일부러 오해를 풀지 않았다. 레리아나와 노아가 별장으로 놀러 가서 즐거운 시간을 보냈다는 이야기를 듣고, 나오미는 휴가를 떠나고 싶었다. 그렇게 좋다는 그 온천으로.

왕의 보좌라니 꽤 출세한 것 같아도 끝없는 야근에 스트레스에. 특히 요즘은 집에서까지 일을 해야 할 정도로 일이 밀려 있어서 편히 눈을 붙인지가 언제였는지 기억도 나질 않았다.

"울었잖나."

"저 말씀이십니까? 뭐 보고 착각하신 줄 몰라도 그건 아닙니다. 피곤해서 눈이라도 닦았겠죠."

나오미가 어깨를 으쓱였다.

고작 그거였나, 라며 시아트리히가 허탈한 미소를 지었다.

"내가 갑자기 이상하게 군다고 생각하나?"

'키이스는 그렇게 생각하던데.'라고 시아트리히가 덧붙이며 술을 머금었다.

"예."

단호하게 대답한 나오미가 말했다.

"이맘때면 늘 그러시지 않습니까."

"그런가."

"그렇습니다."

"난 잘 모르겠는데, 그대가 그렇다면 그런 거겠지."

'그런 거죠.'라고 말한 나오미가 고개를 주억거렸다. 테라스 너머에서는 왕이 왔다며, 도대체 어디 계신 거냐며, 우왕좌왕 돌아다니는 호텔 지배인과 직원들이 작게 보였다.

나오미는 테라스 난간에 술잔을 올려 두었다. 때때로, 시아트리히가 은근히 예민하고 산만해질 때가 있다. 역시 시기를 잘 골랐어야 했다. 겨울의 온천이라는 유혹만 아니었어도. 나오미가 왠지 매끄러워진 듯한 제 피부를 만지작거리다 말했다.

"곧- 이군요."

시아트리히는 그녀가 말하는 바를 알아채고 고개를 끄덕였다. 곧 제 발을 불구로 만든 여자의 장례식이었다.

"술도 취했고, 제 휴가도 망치셨으니 질문 하나 해도 되겠습니까."

"망쳤어? 내가?"

시아트리히가 영문을 모르겠다는 듯 묻자 나오미가 착잡한 기색으로 입을 다물었다가 다시 말했다.

"전하께서 제 휴가를 풍성…… 하게 해 주셨죠."

"그래서 질문이 뭐지?"

"윈나이트 공작님은 원망 안 하십니까?"

그의 발을 그렇게 만든 원흉은 따로 있어도, 사람이라면 때때로 불합리한 감정에 빠질 때도 있지 않는가. 이러니저러니 해도 사이 좋은 형제를 보면서 나오미는 가끔 그게 궁금했다.

"원망해. 매일 밤 그 자식 목 조르는 것만 생각하지."

나오미가 고개를 끄덕였다.

"원망 안 하시는군요."

"응. 별로."

시아트리히가 심드렁하게 답하며 어깨를 으쓱였다.

"저로서는 잘 이해가 안 됩니다."

"왜? 창창한 소년 시절, 동생의 어머니가 건넨 독을 먹고 영영 구제 못할 불구가 돼 버려서?"

"그러면서 성격도 좀 삐뚤어지셨잖습니까."

줄곧 여자를 들이거나 뻔뻔한 한량처럼 군다거나, 라고 나오미가 덧붙이자 시아트리히는 눈을 가느스름하게 뜨며 물었다.

"그대는 내게 너무 가차 없다고 생각하지 않나."

"오해십니다, 전하."

"그냥 살다 보면 정말 불현듯 깨달음을 얻을 때가 있잖나. 나한테는 그때가 내 동생을 원망하지 않을 때였던 거겠지. 아, 가끔 질투는 해. 노아는 걷는 것도 잘생겼거든."

나오미가 흠, 하고 목을 울리다 말했다.

"공작님이 전하께서 왕이 되도록 물심양면으로 도왔기 때문은 아니고요?"

"……어딘가에 말로도 사람을 죽일 수 있다는 격언이 있지 않나?"

"아마 없을 겁니다."

나오미가 술잔을 다시 잡으며 답했다. 시아트리히가 그대가 그렇다면 그런 거겠지, 라고 대답하고는 말을 이었다.

"그럴 수도 있지. 난 왕이라서 사람 구실을 하게 됐다고 생각하니까."

시아트리히가 대수롭지 않다는 듯 말했다.

"남자로서는 실패작이지만, 왕으로서는 꽤 훌륭하지 않은가."

"그런 건 후대에서 평가하는 겁니다."

시아트리히가 눈을 감고 고개를 숙였다.

"한 번만 응해 줘."

"예. 훌륭하십니다."

나오미가 드물게 다독이는 투로 말했다. 그리고 그녀는 나직이 덧붙였다.

"남자로서 실패작이라고 생각하실 줄은 몰랐는데요."

"절름발이에 아들을 둔 첩이 있고, 부인을 몇 명 더 들여야 할지도 모르는데, 그대 말에 따르면 알맹이는 뻔뻔한 한량이지."

이 정도면 최악의 남편감 순위권에 들 만하지 않나. 시아트리히가 웃었다.

"그 정도는 아닙니다."

시아트리히가 그녀를 바라보자 나오미가 진지하게 덧붙였다.

"순위권 밖 정도겠죠."

"응."

시아트리히가 어깨를 으쓱였다.

"다음 성혼은 어떻게 하실 겁니까."

"글쎄. 다시 적당한 가문을 찾아야겠지."

시아트리히가 입에 술을 다 털어 넣자 나오미가 그를 물끄러미 바라보았다. 그가 고개를 갸웃거렸다.

"그래도 좋으십니까?"

"할 수 없지. 결혼도 내 일이니까."

"일을 잘해야 해서?"

"그거라도 잘해야지."

시아트리히가 눈을 내려떴다. 나오미는 수건을 끌러 젖은 머리를 풀었다. 시아트리히가 그 모습을 빤히 바라보았다. 그때 나오미가 수건을 난간에 걸고 불쑥 물었다.

"왕은 사랑하는 사람과 결혼하면 안 됩니까?"

"그러면 선왕의 선례를 따르겠지."

시아트리히는 제 몸을 끌어안고 미안하다 울던 선왕을 떠올렸다. 결국 사랑하는 여자를 제 손으로 처벌하지도 못하고 제 아들에게 울며 사과만 할 줄 하던 나약한 왕이었다.

"그럴까요."

"그렇겠지. 지금도 정신 못 차리는데 말이야."

시아트리히의 말을 살짝 오해한 나오미가 '정신 못 차리는 건 맞으시죠.'라고 말했다.

어느새 호텔의 지배인은 이 늦은 시간에 정원사까지 다시 불러들여서 외관을 꾸미고 있었다. 나오미가 그렇게까지 하지 않아도 된다고 말해야 할지 고민하는데, 시아트리히가 나오미의 머리카락에서 똑똑 떨어지는 물방울을 응시하다가 말했다.

"나오미, 내가 왕이 아니었다면 말이야."

"꿈 깨십시오."

"……."

"전하의 유일한 장점이 높은 지위니, 물에 빠진 사람이 지푸라기 잡는 심정으로 절박하게 사수하시기 바랍니다."

"……."

시아트리히는 내가 왕이 아니었다면 그대와 맺어질 수 있었을까? 라는 질문은 묻어 두기로 했다.

"나오미, 나도 물어보고 싶은 게 있는데."

"예."

"장구벌레랑 나 중에 하나만 선택해 보게."

"꼭 그래야 합니까?"

나오미가 무슨 갑자기 쓸데없는 질문이냐며 오만상을 찌푸렸다. 무슨 소리를 듣고 왔기에 갑자기 장구벌레 타령인지. 그러나 시아트리히는 비준이라도 하는 것처럼 아주 진중한 얼굴로 답했다.

"응."

나오미가 짧게 고민하더니 입을 열었다.

"당연히 장…… 아니, 당연히 전하시죠."

"내가 잘못 들은 건가? ……방금 장, 이라고 하지 않았나?"

"예, 잘못 들으셨습니다. 전하."

"역시 잘못 들은 거겠지."

"예."

시아트리히가 만족스럽게 테라스를 바라보았고, 나오미가 고개를 돌려 웃었다.

Dancing with me

협탁 앞에 걸터앉은 아담은 열심히 고개를 끄덕이는 중이었다. 그의 시선 끝에는 레리아나가 꿀벌처럼 8자로 돌아다니며 두다다- 말을 쏟아 내고 있었다.

"그런데 아무리 생각해도-"

10분간 이어졌던 그녀의 얘기는 다시 처음으로 돌아가고 있었다. 아담은 레리아나가 가지고 왔던 사탕 껍질을 깠다.

"말도 안 되죠?"

그때 레리아나가 그리 물으며 눈을 마주쳤다. 잠시 멈칫했던 아담이 다시 사탕을 껍질에 넣으면서 고개를 한 번 끄덕였다. 한숨을 내쉰 그녀는 아담의 코앞에 멈춰 서서 긴 푸념의 끝을 맺었다.

"……그래서 어쨌든 간에 결혼식 때 꼭 그 춤을 춰야 한다는 거예요."

아담이 그녀의 말을 종합해 보며 고개를 끄덕거렸다. 레리아나는 결혼식 때 무려 7가지의 춤을 춰야 한다. 대부분은 그녀가 다 알고 있는 종류였으나, 딱 한 가지가 문제였다. 이는 중간에 스텝이 약간 복잡해져서 사교계 내에서는 자연스럽게 사장된 춤으로, 가르쳐 주겠다던 노아는 결혼도 앞두고 있으면서 뭐가 그렇게 바쁜지 저택에 붙어 있을 시간이 없었고 대신 교사를 붙여야 했다.

그리고 그 교사가 바로 닉 매덕스였다. 닉은 물론 다재다능한 사람이고 뛰어난 춤 실력을 가지고 있었으나, 문제가 하나 있었으니…… 가르쳐 주는 것에 전혀 재능이 없다는 것이었다. 그것이 레리아나가 지금까지 쏟아 낸 푸념의 요지였다.

"벌써 이틀째 붙들고 있었는데 꼭 똑같은 곳에서 막혀요. 음, 그런 거요. 머리로는 알겠는데 막상 몸은 안 따라 주는…… 그런 거. 아시겠죠."

"……?"

아담은 전혀 모르겠다는 표정으로 그녀를 바라보았다.

"……모르시는구나."

레리아나가 나직이 말하자 아담이 고개를 갸웃거렸다. 그는 생각하는 것보다 몸이 먼저 반응하는 것이 더 익숙한 사람이다. 생각대로 몸이 움직이지 않는다는 것은 이해하기 힘든 범주의 일이었다.

"우리 사이의 이런 서먹함……. 정말 오랜만이네요."

새삼 아담과의 격차를 느낀 레리아나가 눈물을 훔쳤다.

"그러고 보니 경, 춤 잘 추세요?"

레리아나의 물음에 아담이 고개를 저으며 말했다.

"한 번도."

"한 번도? 설마 한 번도 춰 본 적 없어요?"

아담이 고개를 끄덕이자 레리아나는 무심코 왜, 라고 물으려던 입을 다시 다물었다. 좋은 이유가 아닐 확률이 80%는 되는데, 굳이 그걸 물으려 하다니. 그녀는 일어나서 황급히 화제를 돌렸다.

"그러니까, 막히는 게 이 부분?"

레리아나가 두 손으로 허공을 잡고 몇 번 좌우로 움직이다 갑작스럽게 턴을 시도했다. 그러다 어쩐지 다급한 몸짓에 발목이 꺾이면서 몸이 휘청거렸다.

"으!"

레리아나가 중심을 잃고 흔들리자 아담이 손목을 잡아 끌어당겼다. 그의 손을 잡고 바로 선 레리아나가 민망해하며 인사했다.

"고마워요."

그녀는 고개를 젓는 아담을 향해 어색한 미소를 보이며 말했다.

"계속 이런 상태예요."

고개를 주억거린 아담이 몸을 일으켰다. 그러고는 레리아나에게 손을 내밀었다.

"……?"

레리아나가 손을 올리자 아담이 그녀를 중앙으로 이끌었다. 레리아나는 그가 몇 번 손을 바꾸다가 두 손을 맞잡고 준비 자세를 취하자, 이에 응해 자세를 잡았다.

움직임이 가볍다. 레리아나가 박자를 되새기며 발을 옮기니 그가 자연스럽게 맞잡은 손을 풀어냈다. 동작의 연결이 조금 딱딱하긴 해도 흠잡을 곳 없이 정확했다.

"정말 처음이에요?"

레리아나가 묻자 아담이 고개를 끄덕여 긍정했다. 레리아나는 놀라서 눈을 크게 떴다. 방금 한 번 시범 삼아 보였던 것만으로 상대역을 비슷하게 재현해 내다니. 레리아나가 신기하다는 표정으로 '대단해요, 대단해요-'라는 말만 계속 연발했다. 아담이 입꼬리를 슬며시 올렸다.

레리아나가 그의 리드에 맞춰 몸을 돌려 회전했다. 그는 회전 직전, 발 앞부리로 레리아나의 발을 슬쩍 밀어 넣었다. 발을 너무 내밀고 있어서 턴을 할 때 방향이 제때 바뀌지 않고, 상체만 먼저 돌아가는 것을 따라가게 되니 접질리게 되는 것이었다.

다시 넘어질 것을 상상하며 움츠러든 레리아나가 몸을 완전히 돌렸으나, 발목은 꺾이지 않은 채 매끄럽게 돌아갔다. 아담이 턴을 마치고 손을 놓았다.

"……?"

그리고 레리아나는 조용히 마법처럼 돌아간 제 발목을 바라보고 있었다.

"발, 그렇게 내밀면 다칩니다."

아담이 말하자 레리아나는 어안이 벙벙한 얼굴을 들었다.

"한 번만 더 해 보면 안 될까요?"

고개를 끄덕인 아담이 손을 내밀었다.

둘은 몇 번이나 같은 구간을 반복했고, 아담은 세상에는 정말 생각대로 몸이 잘 안 따라 주는 사람이 있다는 걸 몇 번이고 확인할 수 있었다. 레리아나는 본의 아니게 아담의 시야를 넓혀 준 사실에 줄곧 사과하며 슬퍼했다.

"그래도 이제는 꽤 좋아지지 않았어요?"

아담이 계속 밀어 넣어 주면서 발의 위치를 교정해 주자, 이제는 반사적으로 세 번에 한 번꼴로는 아담의 도움 없이도 능숙하게 턴을 할 수 있을 정도가 되었다. 아담이 고개를 끄덕이니 레리아나의 얼굴에 화색이 돌았다.

"잘되니까 재밌기도 하고……."

레리아나가 조금 쑥스럽다는 듯 웃자 아담이 고개를 마주 끄덕였다.

"이러다 춤바람 나겠어요."

"……?"

레리아나가 장난스럽게 말하는 그때, 아담이 발을 삐끗하며 스텝을 놓쳤다.

"어?"

중심을 잃은 레리아나가 무릎을 굽혀 주저앉았고 그녀를 부축하려던 아담도 균형을 잃고 같이 자리에 앉았다. 바닥에 주저앉은 둘이 서로 눈을 마주치며 멍청히 눈을 깜빡였다.

"……?"

"……?"

황급히 레리아나가 다치지 않은 것을 확인하던 아담이 문득 놀란 얼굴로 그녀와 눈을 마주쳤다. 그 모습에 레리아나가 걱정스레 물었다.

"괜찮으세요?"

또 내가 뭔가 스텝이 꼬여서 넘어지셨나. 레리아나가 사과하려는데 그가 입을 열었다.

"바람…… 이, 아니."

"네?"

"그런 게 아니라. 그냥. 춤을."

"저, 경?"

"그러니까 그런 게 아닙니다."

잠시간 상황 파악이 안 되는 바람에 고개만 갸웃거리던 레리아나가 아담의 횡설수설을 가만히 듣다가 곧 입을 벌렸다. 그의 말을 들어 보니 무언가 착각을 하고 있는 모양이었다. 춤바람은 그 바람이 아닌데.

"아니, 아니, 아니, 테일러 경. 그게 아니라."

"그러니 아닙니다. 바람이 아니라."

레리아나가 빠르게 상황을 수습하려 했지만 아담은 나름 최선을 다해 변명하는 중이었다.

"아니, 아니, 아니, 아니. 잠깐. 경, 그게. 음. 어."

"결코, 그럴 생각은. 아닌데."

둘 모두가 당황하니 레리아나의 말은 자꾸 빠르고 횡설수설해졌고, 아담은 계속 두서없이 말을 꺼냈다. 레리아나와 아담은 그렇게 계속 동시에 서로 제 말을 반복했다.

"그러니까 춤이고……. 그게 아닙니다."

"아니, 제가 말한 춤바람은 그 바람을 피운다는 게……."

다시 나온 그 '바람'이라는 단어에 사색이 된 아담이 얼굴을 퍼렇게 물들였다.

"아니, 테일러 경! 내가 미안해요. 그게 아니라……."

서로 당황해 어쩔 줄 모르는데 거의 폭발 직전이 된 아담의 머릿속이 빙글빙글 돌았다.

"바람이 아닙니다!"

레리아나의 손을 꼭 잡고 아담이 절박한 목소리를 냈다.

"……."

"……."

멀뚱히 눈앞의 상대를 바라보다 아담이 화들짝 놀라 손을 뗐다. 그에 레리아나가 두 손으로 얼굴을 가리고 흐느끼듯 웃었다.

'아, 어떡해. 귀여워.'

레리아나가 눈꼬리에서 눈물을 닦아 내며 말했다.

"춤바람은 그 바람이 아니에요. 제 말뜻은, 음……."

레리아나는 문득 제 부족한 어휘력을 깨닫고 말을 흐렸다.

"춤을 좋아하게 됐다는 뜻이에요."

대충 얼버무린 말에 아담이 고개를 끄덕였다. 레리아나가 웃으며 몸을 일으켰다.

"경, 이거 보세요."

아담은 레리아나가 시범을 보이는 걸 가만히 지켜보았다. 그리고 축음기로 음악을 켠 레리아나가 손을 내밀자 그녀의 손을 맞잡았다.

빙글빙글 돌 때마다 구름 위를 떠다니는 것처럼 매끄러웠다. 기묘한 고양감이 느껴졌다. 이래서 사람들이 춤을 추는 건가. 아담이 고개를 기울였고, 치맛자락을 잡고 정중히 인사한 레리아나가 내일은 다른 춤을 춰 보자며 다음을 기약했다.

* * *

어둠이 짙게 앉은 밤이었다.

찬 손가락이 속눈썹을 훑고 지나갔다. 레리아나의 눈꺼풀이 파르르 떨다 감고 있던 눈을 조금 열고 깜빡였다. 어느새 잠들었던 건가. 고개를 돌리는데 어슴푸레한 시야에 황금색 눈동자가 스쳐 지나가는 것이 보였다.

"……노아?"

노아의 이름을 부르자 그가 머리맡에 앉아 상체를 돌렸다.

"깼어?"

"몇 시예요?"

"2시. 다시 자."

레리아나가 눈을 감기려는 그의 손을 잡아 끌어내렸다.

"하지 마요. 나 자고 있으면 늦게라도 깨우라고 써 놨잖아."

저기에. 몸을 일으키던 그녀가 바로 옆에 있는 탁자 쪽으로 고갯짓을 했다.

"당신이 침까지 흘리면서 곤히 자니까 깨울 수가 있어야지."

"……?!"

레리아나가 충격받은 얼굴로 눈동자를 떨었다. 그러고는 반사적으로 입을 매만지며 웅얼거렸다.

"……안, 안 속아요."

"속았으면서."

못돼 가지고. 인상을 쓴 그녀가 상기된 얼굴을 비볐다. 노아가 미소 지으며 볼에 입을 맞췄다.

"아, 브로치 받았어요. 아침에."

"응."

"이제 주지 마요."

"왜? 마음에 안 들어?"

그레이스에게 좀 더 신경 쓰라고 말해야겠다며 그가 고개를 끄덕이는데, 레리아나가 베개를 껴안으며 한숨을 내뱉었다.

"요즘 바빠서 통 신경을 못 쓰니까, 그게 미안해서 주는 거잖아요. 나 달래려고. 그렇게 뭐든 돈으로 얼버무리는 건 나쁜 습관이에요."

"음."

"모르겠어요?"

"응."

그럴 줄 알았지. 레리아나가 지난날들을 떠올려 보았다. 제 기분이 좋지 않아 보일 때면 뭐 사 준다고 한다거나. 심심하면 사 준다고 하고. 또, 그냥 사 준다고 하고. 그렇게 매일 아침 온갖 선물을 받다 보니, 살날은 얼마 안 남았는데 돈은 많은 남편의 어린 부인이 된 것처럼 싱숭생숭했다. 달래 주고 싶다는 마음은 알겠는데. 레리아나가 그를 물끄러미 바라보았다.

그녀의 말에 잠시 고민하며 눈을 내리깔았던 노아가 눈동자를 들어 올렸다. 마침 멀리서 괘종시계 우는 소리가 거슬리지 않게 조용히 들려왔다. 2시라고 했던가.

"흠."

레리아나가 입을 다물고 목을 울리다가 베개를 옆으로 치우며 말했다.

"모르겠으면 그냥 내가 시키는 대로 해요."

"어떻게 하면 되는데?"

"일단! 집에 왔을 때 내가 자고 있으면 깨우는 거죠."

"그리고?"

"그리고."

레리아나가 장난스럽게 웃었다.

"하루 종일 당신 얼굴을 못 봐서 힘들었어요, 라고 말하는 거예요."

그 말에 노아가 작게 웃음을 터트렸다.

"그게 끝?"

"해 봐요."

얼마든지, 라고 말한 그가 정중히 말했다.

"하루 종일 당신 얼굴을 못 봐서 힘들었습니다."

"저도요."

레리아나가 웃으며 노아를 끌어안았다.

그가 어깨에 얼굴을 묻고 숨을 크게 들이마셨다. 부드러운 체향을 맡자 한순간에 몸이 노곤하고 느슨해졌다. 눈을 감은 노아가 레리아나의 쇄골 위에 입을 맞추고 낮게 웃었다.

"왜요?"

"계속 자는 모습만 보다가 눈뜨고 말하는 거 보니까 좋아서."

레리아나가 미간을 찌푸린 채 고개를 숙였다.

"그럼 자는 거 보지 말고 깨우라고요……."

자면서 잠꼬대라도 하거나, 정말 침이라도 흘리거나, 입을 벌리거나. 어떤 모습을 하고 있을지 몰라 두렵다.

"그런데 왜 매일 그렇게 바빠요? 휴가 쓴다고 했으면서. 무슨 큰 일이라도 생겼어요?"

"그냥. 이맘때는 그래."

"이맘때?"

노아가 더 이상은 말하기 어렵다는 듯 입을 다물었다. 레리아나가 그의 기색을 읽고 그저 고개를 끄덕여 수긍했다.

"오늘 여기서 잘 거예요?"

"응."

그가 당연하다는 듯 답하고는 타이를 느슨하게 풀다 문득 얼굴을 들었다.

"아예 당신 방을 옮길까?"

"어디로요?"

"내 방으로. 벽 틔우고 가구 배치 좀 바꾸면 둘이서 지내도 안 불편할 텐데."

제 방이든, 레리아나의 방이든, 자연스럽게 누군가 있는 방에서 함께 지내는 날이 점차 늘어났다. 결국엔 늘 같은 방에서 지내게 될 텐데 굳이 다른 방을 써야 할 필요가 있나 싶었다.

그 전혀 귀족답지 않은 말에 웃은 레리아나가 말했다.

"그 방 충분히 큰데요."

"당신 옷이랑 다 옮기려면 더 커야지."

"그런가. 옷이 많긴 하죠. 누가 주기적으로 공방에서 사람을 불러 준 덕에."

레리아나가 입술을 만지작거리면서 말하자 노아가 빙긋 웃었다.

"그런데, 방 개조한다고 하면 기디언, 울지 않을까요?"

의문이라기보다 확신에 가까웠다. 아무리 생각해도 울 게 분명하니까.

"기디언은 괜찮아. 회유할 수 있어."

서재 개조할 때도 해 봤다면서 그가 자신감을 드러냈다. 레리아나가 웃음을 터트렸다.

"그럼 방 개조 끝날 때까지 여기로 와요."

방을 옮기겠다는 레리아나의 의사가 만족스러웠는지 얌전히 고개를 끄덕인 노아가 문득 고개를 기울였다.

"오늘 아담한테 무슨 일 있었어?"

"네? 왜요?"

"여기 오다가 아담을 만났는데……."

저택에 도착해 레리아나의 방으로 가고 있는 중이었다. 연무장을 시나는 노아 앞으로 아담이 홀연히 나타났다.

"무슨 일이지?"

아무 일도 없는데 굳이 자신을 마중하러 나올 리는 없어서 무언가 보고할 것이 있는지 재차 물으려는데, 아담이 돌연 입을 열었다.

"춤바람은 바람이 아닙니다."

"……."

진중하게 말한 아담을 보며 노아가 입을 한 번 벙긋거렸다.

"……?"

너무 당황스러운 나머지 무슨 말을 해야 할지 감이 잡히질 않았다. 그로서는 무척 드문 경험이었다. 레리아나와 어울리게 된 후 아담이 말도 많아지고 분위기도 살짝 누그러졌다는 것은 알고 있었으나, 이렇게 생뚱맞게 군 적은 처음이었다.

멍하니 서 있는 노아를 두고 돌아가던 아담이 문득 걸음을 멈췄다가 다시 되돌아왔다. 그러고는 아주 진지하게 덧붙였다.

"그러니까, 바람이 난 게 아니라 춤바람이 난 겁니다."

"……?"

노아가 더욱더 혼란스러운 얼굴로 그를 응시했다.

"……."

그러나 그 말로 만족한 듯 아담은 소리 없이 뒤돌아서 사라졌다. 노아는 결국 아무런 말도 꺼내 보지 못하고 그 뒷모습을 보며 덩그마니 서 있을 수밖에 없었다.

그 이야기를 전해 들은 레리아나가 웃으며 침대 위로 쓰러졌다.

그들의 사정

"올인."

휘튼이 제 앞에 놓인 돈을 테이블 중앙으로 밀었다. 올인이고 뭐고, 이게 남은 전 재산이었다. 그는 카드를 힐긋 바라보았다. 패는 좋지 않았으나 지금은 뭘 해도 빼도 박도 못 하는 상황이니 질러 보자는, 내일이 없는 생각이었다.

'그래도 오늘은 된다고 했지.'

휘튼이 은근 자신 있는 표정을 짓자, 카드를 응시하던 공작저 내의 고용인들이 눈을 굴리며 상황을 살폈다.

그때였다. 휘튼 옆으로 다가온 한 손이 테이블 위를 가볍게 내려쳤다.

"윌론 휘튼."

"누구야. 내가 내 이름 함부로 부르지 말라고 누누이……."

잔뜩 인상을 찌푸린 휘튼이 고개를 들다 입을 다물었다. 그의 시선이 닿은 곳에서 앤슬리가 눈을 가늘게 뜨고 눈썹을 치켜세웠다.

"앤슬리……."

"돈 내라고 한 지가 언젠데, 도박을 해?"

레리아나와 노아의 결혼 기념 선물을 위해 기사들끼리 돈을 모으기로 한 지도 이 주일가량이 지나가고 있었다. 휘튼 혼자만 기한을 한참 지나고도 감감무소식이어서 앤슬리가 대표로 잡으러 온 참이었다.

앤슬리가 휘튼을 끌고 나왔고, 그가 억울하다는 듯 말했다.

"아니, 잠깐만 기다려 봐. 오늘은 정말 된다고 어제 그 붉은 신녀가 장담을……."

검은 신녀도 아니고 붉은 신녀냐. 앤슬리가 이름부터 느껴지는 사이비스러움에 몸서리쳤다. 수도에는 정말 말도 안 되는 사이비에게 홀리는 전설의 생물이 있다고 하더니. 그 호구가 바로 앞에 존재하고 있었다.

"언제까지 그런 사이비에 휘둘릴 거야?"

앤슬리가 묻자 휘튼이 얼굴을 굳히며 진지하게 말했다.

"아니, 세상에는 진짜가 있다니까? 진짜 점쟁이가."

휘튼은 '진짜는 너다, 네가 진짜 한심하다.'는 글자를 얼굴에 박아 넣은 듯한 앤슬리를 슬그머니 무시했다.

그는 흐린 눈으로 이오사를 떠올렸다.

"빨래를 널면 비가 오고, 새 신발을 신으면 진흙탕을 밟고, 장롱에 부딪히면 새끼발가락이고. 기사 양반한테서 이런 암울하고 먹구름 낀 미래가 보여."

이오사가 그렇게 무시무시하게 남기고 간 말은 그의 머릿속에 쐐

기처럼 깊숙이 박혀 있었다. 그는 그 후로 생기는 모든 일들을 이오사의 예언과 연관 지어 생각했다. 일주일 전에 밥에서 머리카락이 나온 것도 다 그것 때문인 듯했다. 그러니 그녀의 예언은 휘튼으로 하여금 날이면 날마다 점쟁이를 찾아다니게 만들었다.

그는 진지하게 입을 열었다.

"그리고. 내가 도박을 괜히 하는 게 아니야."

"그럼."

"월급을 다 날렸어. 붉은 신녀가 무슨 행운의 항아리를 사야 한다고 해서."

그게 참으로 비쌌다며 휘튼이 슬픈 목소리로 덧붙였다. 그러냐며 앤슬리가 팔짱을 꼈다.

"그래서?"

"좀 빌려줘."

"가서 노가다라도 해."

휘튼이 역시 이오사가 말한 대로 미래가 밝지 않다며 괴로운 신음성을 냈다.

"빨리 내는 게 좋을걸. 오늘까지 내지 않으면 매달아 버리기로 했으니까."

"매달아? 어디에?"

앤슬리가 저택 지붕을 향해 고갯짓을 했다. 어떻게든 돈을 구할 수밖에 없다. 그녀가 가리킨 곳을 바라보던 휘튼이 주먹을 불끈 쥐었다.

휘튼이 계수나무로 걸음을 옮겼다. 앤슬리는 그가 또 무슨 짓을 벌이려는지 걱정스러워하며 그 뒤를 따랐다.

"테일러 경."

계수나무에 앉아 있던 아담이 고개를 내렸다.

"혹시 결혼 선물은 정하셨습니까?"

이번 결혼 선물을 사기 위해 돈을 갹출할 인물들 리스트에서 아담은 자연스럽게 빠져 있었다. 기사들이 다른 이들처럼 아담을 멀리하는 것은 아니었으나, 아담의 무뚝뚝함으로 인해 미묘한 거리가 있기 때문이었다.

개중에 그나마 아담과 가까운 휘튼은 이참에 그를 끌어들여서 제 몫까지 내게 할 셈이었다.

아담이 나무에서 내려왔다. 그는 고민하듯 잠시 침묵했다. 결혼 선물. 여태 그런 걸 줘야 하는지도 몰랐다.

휘튼이 그의 심각한 얼굴을 보며 싱글벙글 미소를 지었다. 생각해 둔 것이 없다면 자신들과 함께하자고 말하려 휘튼이 입을 여는데, 아담이 곧장 품에 손을 넣어 무언가를 꺼내 들었다. 그가 생각하기에 선물로 주기에 마땅한 것은 이것이었다.

휘튼이 그게 뭐냐며 물었고, 그 옆에 선 앤슬리가 그것을 받아 들었다가 곧 질겁을 하며 떨어트렸다. 아담이 떨어지는 손수건을 빠르게 낚아챘다.

"이거……. 그거지 않습니까."

"이게 뭔데?"

휘튼은 아담이 먼지를 툭툭 터는 손수건을 바라보았다. 탄 흔적이 남아 있는 손수건 한 면에서 삐죽 튀어나온 용 머리가 보였다.

"이게 뭔데 그래?"

토벌전에 따라갔던 것은 앤슬리와 아담뿐이었기에 그날의 정황을 아는 것은 결국 그들과 노아, 레리아나뿐이었다. 휘튼이 재차 묻자, 이를 마치 배경음이라도 되는 것처럼 자연스럽게 무시한 앤슬리가 떨리는 목소리로 말했다.

"설마. 또 드래곤을 잡으러……."

아담이 고개를 끄덕였다. 앤슬리가 아담을 지그시 응시하며 차분하게 말했다.

"그런 건 '선물'이 아니라…… '재앙'이라고 합니다."

재앙이라니. 이미 마물 토벌 때 재앙 비슷한 걸 가져다준 적이 있는 아담의 눈동자가 흔들렸다.

이를 안타깝게 바라본 앤슬리가 어두운 얼굴로 고개를 절레절레 저었다. 앤슬리가 느끼기에 결혼 선물로 드래곤을 가져다주는 건, 마치 밥을 챙겨 준 보은으로 죽은 쥐를 가져다주는 길고양이가 하는 행동과 같았다. 마음은 충분히 알겠는데 그래도 사양하고 싶은, 그런 행동.

"……."

"……."

충격에 빠진 아담이 손수건을 바라보았고, 앤슬리가 그날의 악몽을 회상하며 침울해했다. 그리고 둘 옆에 선 휘튼이 '그러니까 그게 뭔데?'라며 대답 없는 질문을 반복했다.

* * *

"재앙?"

노아가 의자를 빙글 돌리며 되물었다. 책상 앞에 선 아담이 고개를 끄덕였다.

"음."

팔짱을 낀 노아가 검지로 제 팔을 톡톡 두드렸다. 앤슬리에게 충격적인 이야기를 들은 아담이 왜 그 토벌전 때 레리아나에게 재앙을 가져다주려고 했던 거냐며 물은 참이었다.

"그건……."

당연히 놀리려고 그랬지. 비가 와서 결국 실패했지만. 말끝을 흐리고 침묵하던 노아가 이내 빙긋 웃었다.

"앤슬리가 잘 몰라서 하는 말이지. 레리아나는 그런 걸 좋아해."

재앙을? 아담이 고개를 갸우뚱 기울이자 노아가 거만하게 입꼬리를 올리며 다리를 꼬았다.

"아니면 그런 자수를 놓을 리가 없지."

"……!"

아담은 불현듯 깨달음을 얻었다.

그리고 그를 능숙하게 속여 넘긴 노아가 흡족한 얼굴로 의자에 몸을 묻었다. 그런 걸 좋아한다니, 레리아나가 들었다면 기겁을 할 테지만, 그녀는 지금 맥밀런가로 돌아가 있는 중이니 알 수 없는 일이었다.

집으로 돌아간 레리아나를 떠올리며 노아가 영 불편한 기색으로 의자의 손잡이를 두드렸다. 휴가를 썼는데 집에 레리아나가 없다. 갑자기 어디론가 떠났던 시아트리히가 나오미와 함께 성으로 돌아온 참이었다. 그가 또 여자와 함께 돌아왔다는 이야기에 온갖 뜬소문이 돌기 시작했으나, 그녀가 나오미라는 것이 알려지자마자 금세 잠잠해졌다. 왕성 사람들은 시아트리히는 믿지 않았지만 나오미는 믿었다.

어쨌든 나오미가 돌아온 이후 시아트리히는 평소와 같은 모습으로 돌아왔고, 그때를 틈타 결국 휴가도 썼겠다, 이제 느긋하게 레리아나와 함께 있겠다고 생각했더니. 레리아나는 '네? 저 내일 집에 가기로 했는데요.'라고 말하는 것이 아닌가. 그러고는 당분간 집에서 지내기로 했다는 충격적인 말을 꺼냈다.

처음 그 이야기를 들었을 때 노아는 그것도 괜찮겠다 싶었다. 왠지 예비 장인어른, 그러니까 레리아나의 아버님이 자신을 탐탁지 않아 하는 것 같아서 꺼림칙한 상태였으니까. 같이 맥밀런가에서 며칠 지내면서 이참에 점수를 따 놓는 것도 좋겠다고 생각했다. 그러나 따라가겠다는 노아에게 레리아나가 웃으며 말했다.

"공작님께서 기별도 없이 함부로 찾아오시면 안 되죠. 준비도 안 했는데 막 부른다고 어머니께 혼나요. 그럼 말은 해 둘 테니 한 삼 일 후에 오세요."

그러고는 혼자 휭 떠나 버렸다.

"……."

그 이후로 저택에 홀로 남은 노아는 계속 심기가 불편한 상태였다. 노아는 입을 꾹 다물고 아담을 응시했다. 아담은 나름대로 레리아나의 취향을 납득한 듯 보였다.

"해시랩 계곡으로 가지."

얼마 전, 해시랩 계곡에 대한 보고가 들어왔던 것을 기억해 낸 노아가 그렇게 말하며 일어섰다. 해시랩 계곡은 지난 전투 이후로 출입이 금지된 곳이자, 노아가 아담을 처음 만난 곳이기도 했다.

그가 기디언을 불렀다. '갑자기 해시랩 계곡에는 왜 가려고 하십니까?'라고 묻는 기디언에게 노아가 미소 지으며 말했다.

"용 잡으러."

* * *

"공작님께서 오신다고?"

익힌 당근을 우아하게 썰고 있던 케이티가 되물었다.

"네, 한 삼 일 후에요."

오랜만에 보는 웰빙 식단에 질린 얼굴로 레리아나가 답하자, 식탁 분위기가 판이하게 달라졌다. 케이티와 로즈마리는 기뻐했고 존데인의 표정만 어두워졌다.

"그래? 어머나, 미리 준비 좀 해 놔야겠어."

얼굴색이 눈에 띄게 밝아진 케이티가 작게 웃으며 일어섰다. 그녀가 고용인들을 불러 모으기 시작하자, 이를 듣고 있던 존데인이 신문을 거칠게 접었다. 그러고는 사뿐사뿐 움직이는 케이티의 뒷모습을 아주 못마땅한 얼굴로 바라보았다.

"공작님께서는 바쁘시지도 않대?"

탐탁지 않다는 기색이 역력한 목소리에 레리아나가 어색하게 웃었다.

"으음, 조금 짬을 내서 오신다고……."

"바쁘시다면 굳이 그럴 필요 없는데 말이다. 그래, 안 와도 돼. 우린 결혼식 때만 봐도 괜찮으니까."

존데인이 사적 감정을 듬뿍 담아 말하자, 레리아나가 '그래도요.'라며 시선을 피하고 웃었다. 신문을 옆에 내려 둔 존데인은 분주히 움직이는 케이티를 따라 일어섰다.

"여보, 내일 준비해요. 바로 오신다는 것도 아닌데. 여보? 그건 나한테도 안 내놓던 접시잖아요. 여보, 그건 안 돼요. 여보-!"

존데인이 '여보'를 연신 부르짖으며 거의 울먹이는데, 이를 가만히 지켜보고 있던 로즈마리가 레리아나를 불렀다.

"언니."

"응?"

"아빠는 왜 삐친 거야?"

레리아나가 로즈마리를 향해 씁쓸하게 웃으며 조용히 답했다.

"아버지께서는 아버지의 자리를 지키고 싶으신 거야."

"공작님이 아빠의 자리를 노리고 있어?"

"아니. 그렇지는 않지."

"그럼 아빠가 바보인 거야?"

약간 뜸을 들인 레리아나가 자그맣게 말했다.

"……조금."

케이티가 귀찮게 쫓아다니는 존데인을 내쳤고, 로즈마리가 당근을 우물거리며 고개를 끄덕였다.

"그런 것 같아."

들뜬 케이티는 존데인이 우울해하건 말건, 고용인들에게 오목조목 항목을 짚어 가며 신경 써야 할 것들을 지시한 후에 레리아나와 밖으로 나섰다.

이제 봄이니 봄답게 단장을 해야 한다는 의욕 넘치는 케이티를 따르며, 레리아나가 케이티의 오른팔에 팔짱을 꼈다. 커튼부터 소파까지 전부 갈아야겠다고 소녀처럼 웃는 케이티를 보면서 레리아나가 마주 웃었다.

'역시 삼 일 정도 기한을 두길 잘했어.'

노아는 불만인 듯 보였으나 레리아나는 케이티를 배려하고 싶었다.

"날이 많이 풀렸네."

광장의 길을 따라 걷던 케이티가 새싹을 틔우기 시작하는 나무들로 시선을 돌렸다.

"결혼은 역시 봄에 해야지."

케이티가 기분 좋게 고개를 끄덕였다. 곧 꽃이 만발하는 계절이 올 테고, 제 딸이 눈부신 신부가 될 것을 떠올리자 흐뭇한 미소가 절로 지어졌다.

"그러고 보니 드레스는 어떻게 하기로 했니?"

"예전에 약혼식 때 드레스를 맡아 줬던 공방에 맡기기로 했어요."

"어머, 정말? 마리 웨인 공방 아니니? 대기 기간만 몇 년은 된다고 들었는데."

놀란 케이티가 '역시 돈과 권력은 있으면 있을수록 좋다.'라며 고개를 끄덕였고, 레리아나가 웃었다.

둘이 그렇게 결혼식이나 저택을 어떻게 꾸밀지에 대해 도란도란 이야기를 나누면서 걷는 그때였다. 케이티가 문득 건너편 도보를 바라보며 걸음을 멈추었다.

"왜 그러세요?"

레리아나가 멈춰 서서 케이티를 바라보았다. 그녀는 앞서 지나간 남자의 등에서 좀처럼 눈을 떼지 못한 채 오랫동안 바라보고 있었다.

"누구 아는 분이세요?"

레리아나가 재차 되묻다 케이티의 표정을 보고 입을 다물었다.

묘한 직감이 들었다. 존데인이 아직도 연연해하는, 케이티가 사랑했다던 남자에 대한 직감이.

* * *

존데인은 창고 안을 두리번거렸다. 분명 이 근처에 낡고 먼지에 뒤덮인 나무 상자를 하나 본 적이 있었는데.

그가 이곳저곳을 뒤적거리다 구석에서 상자를 발견하고는 몰래 앉아 품에서 접시를 꺼냈다. 케이티가 제일 소중하게 아끼는 접시였다. 남자의 자존심을 걸고 이 접시만은 양보할 수 없었다.

그가 접시를 상자 안에 완벽하게 숨겼다고 생각하고 뒤를 돌아보는데, 낭랑한 목소리가 그를 붙잡았다.

"아빠, 뭐 해?"

존데인이 로즈마리를 보고 몸을 뻣뻣하게 굳혔다. 로즈마리는 그림을 그리다 쫓아왔는지 크레파스를 꼭 쥐고 그를 바라보고 있었다.

"……언제부터 봤니?"

"응, 아빠가 그거 들고 창고에 올 때부터."

"다 봤구나."

"그거, 엄마가 공작님 온다고 꺼낸 거잖아."

"……."

"아빠, 바보야?"

"응."

"……?!"

그 시원스런 대답에 로즈마리의 어깨가 움찔했다. 곧은 눈으로 제 아버지를 유심히 바라보던 로즈마리의 손에서 크레파스가 뚝- 떨어졌다. 바보, 바보 했더니, 진짜였다니. 아빠가 바보라니. 우리 아빠가 자기 자신도 인정하는 구제불능 바보라니. 로즈마리가 충격받은 얼굴로 그를 올려다보는데 그가 로즈마리를 안아 들었다.

"아빠는, 엄마를 많이 사랑해서 바보가 됐어."

* * *

레리아나는 가만히 남자의 뒷모습을 바라보는 케이티를 응시했다. 그녀의 얼굴에서 그리움과 애틋함이 느껴져서 차마 입을 뗄 수가 없었다. 어쩌지. 가로막을까. 아니면……. 레리아나가 케이티와 남자를 번갈아보며 입술을 깨물었다. 제 가슴이 빠르게 뛰었다.

'설마, 돌아왔나.'

머릿속에 문득 그날이 스쳐 지나갔다. 노아가 베아트리스를 만나고, 자신이 존데인을 떠올렸던 그때.

남자는 멀찍이 걸음을 옮기고 있었다. 조금 더 가면 갈림길이 나오고, 그 길을 타고 사라질 터였다. 그러나 케이티는 아무런 행동도 취하지 않은 채 망부석처럼 서 있었다. 레리아나는 사라지는 남자의 뒷모습을 바라보며 초조함에 발을 움찔거렸다. 어머니는 어떻게 하고 싶은 걸까. 지금 그를 쫓지 않는 것은 아버지를 사랑해서? 아니면 책임져야 할 딸들이 있으니까?

남자가 커브를 돌아서고 있었다. 레리아나가 입을 꾹 다물었다. 이렇게 어영부영……. 이대로라면 존데인은 계속 긴 밤을 지새울 테고 케이티의 마음은 영영 알 수 없을 것이다. 이내 결심한 레리아나가 성큼성큼 걸어가기 시작하자 케이티가 놀라 그녀를 불렀다.

"레리?"

그러나 레리아나는 부름에도 아랑곳없이 그에게로 곧장 직진했다. 의심이나 불안 같은 꺼림칙함을 남기고 싶진 않았다. 레리아나가 남자의 손목을 잡았고, 그가 뒤를 돌아보았다.

* * *

노아는 나무 기둥에 말을 매어 두고 몸을 돌렸다. 그가 새순이 돋기 시작한 나뭇가지를 거두고 앞으로 나서며 절벽 아래를 내려다보자, 계곡에서 물이 흐르는 소리가 들려왔다. 주위는 평온했으나 여기저기 상처 난 바위에는 지난 전투의 흔적이 남아 있었다.

"지난번에도 저기에 서 있었나."

노아가 나직이 묻자, 아담이 곧 질문을 이해하고 고개를 끄덕였다. 별 감흥 없어 보이는 아담을 바라보던 노아는 그날을 떠올리며 다시 계곡으로 눈을 돌렸다.

차기 왕에 대한 문제는 주기적으로 머리를 드러냈고, 노아가 성인이 되어 가자 그가 원하든 원하지 않든 첨예한 대립이 이어지던 때였다. 당시 18세가 되는 둘째 왕자는 도망치듯 신참 지휘관으로 참전했다. 그리고 그가 제일 처음 맡았던 임무가 해시랩 계곡의 생존자 구출이었다.

해시랩 계곡으로 파견되었던 부대는 적군의 함정에 휘말렸고, 사령관은 좋은 혈통에, 훌륭한 외모에, 실력마저 출중한 애송이 왕자에게 겁을 주고 싶어 했다. 그러나 사령관의 적의를 대수롭지 않게 여긴 노아는 최소한의 인원을 데리고 계곡으로 들어섰다. 그리고 그가 본 것은 아군, 적군 가리지 않고 시체가 산처럼 쌓인 계곡에서 피를 닦으며 홀로 서 있던 붉은 눈의 소년이었다.

아담은 저 계곡에서 표정 하나 없는 얼굴로 노아를 올려다보고 있었다.

괴물. 자신을 따라온 부관이 공포에 질린 얼굴로 읊조렸다. 노아도 부임 당시 들은 적이 있다. 부대에 괴물이 있다고. 절벽을 내려간 노아는 그에게 손을 내밀었다. 아담이 그의 옆을 지킨 것은 그날부터였다.

둘은 먼저 불부터 피우기 위해 적당한 평지에 자리를 잡았다. 아담이 자연스럽게 나뭇가지를 모아 가져오자 노아가 돌을 부딪쳐 불을 피웠다.

그 '괴물'이라는 호칭이 마음에 들었다. 그런 괴물이라면 이런저런 총알받이로 쓸모가 있을 것이라 생각해 곁에 두었다.

"아담."

"……?"

"이거. 레리아나가 전해 주라더군."

노아가 품에서 간식거리를 담은 주머니를 던지니 아담이 받아 들었다. 줄곧 무표정한 얼굴임에도 어딘가 즐거운 기색이 도는 것을 보며 노아는 피식 웃음을 지었다. 괴물이 단것을 좋아할 줄이야. 총알받이는 무슨. 노아는 요즘 따라 자신에 대해 새로 깨닫는 것이 많은 것 같다며 모닥불에 나무를 던져 넣었다.

아담이 노아의 이상한 표정에 의아한 기색을 보이며 고개를 갸웃거렸다.

그때 갑자기 머리 위에서 어둠이 드리웠다. 아담이 고개를 들더니 어느새 검을 빼 들었다.

"여기에는 정말 있군."

빛을 가린 피막의 날개를 보며 노아가 즐겁게 웃었다.

* * *

"무슨 일이시죠?"

남자가 물음에 레리아나가 눈을 깜빡였다. 순해 보이는 눈과 말끔한 이목구비가 인상적인 사람이었다.

"그……."

그리고 그를 붙잡은 레리아나는 눈동자를 데굴데굴 굴렸다. 이상하다. 기껏해야 제 또래로 보였다. 해 봤자 20대 초반? 레리아나는 그를 한 번, 그리고 케이티를 한 번 번갈아 보았다. 첫사랑이라고 하기에는 지나치게 젊다.

"그?"

남자가 의아하다는 기색을 담아 그녀를 응시했다. 아닌데. 이게 아닌데. 레리아나가 당황하며 입을 열었다.

"아니, 그게, 제가, 사람을, 잘못 본 것 같네요. 죄, 송합니다."

"예?"

"죄송합니다. 죄송합니다."

레리아나가 연신 허리를 숙여 인사하는데 케이티가 뒤늦게 그녀를 따라왔다.

"레리, 왜 그러니. 아는 사람 아니었어?"

남자가 어깨를 으쓱이니 레리아나가 울상으로 고개를 저었다. 고개를 갸웃거리던 케이티가 남자에게 자신도 죄송하다며 인사했고, 그는 계속 사과를 받는 게 민망했던지 아니라며 걸음을 빨리해 자리에서 벗어났다.

"레리."

남자가 사라지자 케이티가 재차 그녀를 불렀다.

"네, 아니, 저, 그게. 당연히, 그, 첫사랑일 줄."

"응? 첫사랑이라니?"

레리아나가 난처한 얼굴로 우물쭈물하며 좀처럼 말문을 열지 않았고, 케이티는 빨리 설명하라는 눈짓을 매섭게 보내 왔다. 결국 레리아나가 한숨을 내뱉고 설명을 시작했다.

"뭐?"

존데인이 해 주었던 이야기를 가만히 듣고 있던 케이티가 불쑥 말했다.

"그 사람, 벌써 어디서 객사했을걸?"

"……네?"

첫사랑이 객사했을 거라니. 그런 살벌한 소리를…….

"위험한 운동에 많이 가담했으니까. 어쩔 수 없지. 어디에선가 살아 있어도 국내에는 못 들어올 거야."

대수롭지 않다는 듯 말한 케이티가 곧 살포시 미간을 찌푸렸다.

"그이도 참, 바보라니까. 나한테 말을 하면 좋았을 텐데."

"불안하니까 말하기 힘드셨을 거예요."

레리아나가 조심스레 말했다.

"아무리 그래도. 내가 무슨, 꿩 대신 닭이라도 잡은 듯이 어영부영 결혼한 것 같잖니. 괜히 나만 나쁜 사람 만들고 말이야. 정말이지……."

케이티가 못마땅하단 어조로 투덜거렸다. 레리아나는 자신이 죄인인 것처럼 고개를 숙였다.

"그래서, 레리."

"네?"

"그것 때문에 무서운 얼굴로 저 남자를 잡은 거니?"

"으음."

무서운 얼굴이었나. 레리아나가 안절부절못하며 차마 눈을 마주치지 못하자 케이티가 웃었다.

"그런데 아까 그 사람, 그 남자랑 닮았어."

레리아나가 놀라 케이티를 바라보았다. 케이티가 레리아나의 반응이 귀여운 듯 머리를 쓸었다.

"엄마도 감상에 빠질 때가 있잖아. 그건 좀 이해해 주렴."

그 남자와 마지막으로 만난 것도 딱 이런 계절이었다. 겨울에서 봄이 되는 때. 당시에는 그렇게 말도 없이 사라질 줄은 몰랐는데. 케이티가 부끄러운 듯 붉은 얼굴을 손으로 감쌌다.

"그래도 지금 사랑하는 건 네 아빠니까."

* * *

케이티와 레리아나가 집으로 돌아왔을 때 존데인은 로즈마리에게 계속 눈치를 주고 있었고, 로즈마리는 연신 고개를 끄덕였다.

그 요상한 몸가짐을 케이티는 수상해했으나 로즈마리는 모른 척하고 있었다.

"당신, 나랑 얘기 좀 해요."

케이티가 존데인에게 손짓했다. 그리고 레리아나가 최대한 미안하다며 눈빛으로 사과했다. 존데인이 어리둥절하게 그 눈빛을 받으며 방으로 들어갔다.

로즈마리는 방 안으로 들어가는 존데인의 뒷모습을 끝까지 응시하다가 레리아나를 불렀다.

"언니."

"응, 오늘 뭐 하고 있었어?"

"그림 그렸어. 근데 이거어…… 아빠가 말하지 말랬는데-"

"응? 뭘?"

무릎을 굽혀 귀를 대 주자 로즈마리가 언니한테만 특별히 알려주는 것이라며 소곤거렸다.

"아빠가 창고에 접시 숨겼어!"

레리아나는 아이들에게 비밀이란 없는 법이구나, 라는 깨달음을 얻으며 고개를 끄덕였다.

* * *

케이티와 방에서 깊은 대화를 나눈 직후, 한동안 존데인은 세상을 다 가진 남자처럼 일도 쉬고 집에 붙어 있었다. 로즈마리는 아빠가 새로운 유형의 바보가 되었다며 충격을 받았고, 레리아나는 잘 풀린 것 같아 다행이라며 안도의 숨을 내뱉었다.

맥밀런가에서의 3일간은 그렇게 지나갔다.

윈나이트 가문의 마차가 도착하자 맥밀런가의 사람들과 고용인들이 모두 나와 그를 맞이했다. 그가 마차에서 내리자 하녀들의 눈이 반짝이는 것이 한눈에 보였다. 그것이 익숙한 듯한 노아는 대수롭지 않게 존데인에게 정중히 인사한 후, 케이티의 손등에 입을 맞추고 로즈마리의 머리를 쓰다듬었다. 그리고 부드럽게 레리아나의 이름을 부르며 팔을 벌렸다.

"레리아나."

레리아나가 조심스레 다가가 노아를 살짝 끌어안았다. 그러다 그가 깊게 품 안으로 끌자, 확 몸을 떼어 내고는 그의 앞에서 멈칫거렸다.

"……."

"……."

레리아나가 눈치를 보며 거리를 두고 있자니 노아가 못마땅한 듯 눈썹을 치켜세웠다. 레리아나는 노아를 많이 사랑했지만, 그래도 모두가 보고 있는 앞에서 3일 만에 만나고서는 3년 만에 재회한 듯한 열정적인 상봉을 하고 싶지는 않았다.

노아는 팔을 내리고 미소를 지었다.

"……당신을 위해 선물을 가져왔어."

"선물이라뇨?"

왠지 저 미소가 심상치 않다고 생각한 레리아나가 바짝 경계하며 되물었다.

"당신이 좋아하는- 드래-"

그 말이 끝나기도 전에 전광석화와 같은 속도로 레리아나가 황급히 다가서서 노아의 입을 막았다. 그러고는 바짝 붙어 소곤거렸다.

"갑자기 또 무슨 소리예요! 내가 그걸 왜 좋아해!"

"좋아하잖아. 그래서 아담이 주는 결혼 선물이야."

뒤에 선 아담이 왠지 뿌듯한 얼굴로 고개를 끄덕였다. 레리아나가 슬픈 눈으로 아담을 응시했다.

"왜죠."

왜 하필 그거죠. 나도 다른 거, 그거 말고 좋아하는 거 많은데. 그 손수건은 벽난로에 태워 버렸으니 이제 잊어 줄 줄 알았는데. 일단 침착하자며 자신을 달랜 레리아나가 눈동자를 이리저리 굴리다 말했다.

"……그런데."

"응?"

"안 보이는데요. ……그게."

차마 그 이름을 꺼낼 수는 없어 대명사로 지칭한 레리아나는 고개를 쭉 빼고 두리번거렸다. 저번처럼 개 끌고 오듯이 목줄 달고 끌고 올 줄 알았건만. 길이 좁아서 자리가 모자랐나. 혹시 보호색이라도 두르고 있나. 유심히 살피는데 노아가 답했다.

"지금 오고 있는 중이야."

"어떻게?"

"그냥 들고 오기는 힘드니까 왕실 마법사들과 거래를 했어."

"거래?"

"연구용으로 쓴다기에 머리를 주기로 했거든."

"그러면 지금 당신 말은 그게…… 심지어 머리도 없는 그런 게 지금 여기로 배달될 거란 거예요?"

"응. 내가 신호만 주면."

"……."

레리아나가 쉬이 입을 열지 못했다. 그러다 이내 괴로운 현실을 회피하며 되물었다.

"진짜?"

"못 믿겠으면 지금이라도……."

"싫어. 싫어. 싫어. 싫어요-!"

재앙이다. 이런 주택가에 그런 흉한 걸. 그렇게 큰 건 둘 장소도 없다. 하얗게 질린 레리아나가 필사적으로 그를 막으며 달라붙자 노아가 웃으며 등을 끌어안았다. 사악한 남자가 저를 끌어안고 즐거워하는 걸 본 레리아나가 이를 악물었다.

"어떻게 하면 돼요. 내가 어떻게 하면 안 가져올 거야……."

"이대로 있으면."

노아가 싱글싱글 웃으며 답했고 레리아나가 힘 빠진 목소리로 되물었다.

"얼마나?"

"10분."

"노아. 뒤에 다들 쳐다보고 있는 거 느껴지지 않아요?"

"응."

"시선 때문에 뒤통수가 뜨거운데?"

"착각이야."

"10분은 너무 길어요."

"3일도 길었어."

눈을 질끈 감은 레리아나가 탄식했다. 그것 때문이구나. 3일간

방치했다고 그랬구나.

"나 왠지……. 지금 협박당하는 것 같아. 당신 혼자 두지 말라고."

"아닐걸."

"아니에요?"

"맞을 수도 있고."

맞잖아. 이 악마야. 레리아나가 슬픈 기색으로 그의 어깨에 얼굴을 묻었다.

"알았으니까 이제 그만 들어가요……. 진짜 뒤통수가 뜨거워……."

"10분 안 지났는데."

"……내 방 볼래요?"

"어서 가지."

노아가 레리아나를 풀어 주고 앞장섰다.

* * *

식사 준비를 하는 동안, 아담은 로즈마리에게 이끌려 어디론가 따라갔고 노아는 레리아나를 따라 그녀의 방으로 향했다.

그는 방 안으로 들어가 소파의 등받이를 쓸며 두리번거렸다. 책상 위에 쓰다 만 편지들이나, 압화를 만들려다 실패한 듯한 꽃잎이나. 사소한 곳에서 그녀의 취향이 드러났다. 노아가 압화를 만지작거리면서 이곳저곳을 살피는데 레리아나가 문고리를 잡고 방 바깥을 이리저리 둘러보았다.

"뭐 해?"

노아가 묻자 레리아나가 비장한 얼굴로 문을 닫더니 그대로 일직선으로 걸어왔다. 노아가 어리둥절한 채 서 있자 레리아나가 돌연 그를 끌어안았다. 노아가 웃으며 레리아나를 마주 안았다.

"서비스?"

"10분."

"짧은데."

"아까는 10분이랬으면서."

"아까는 눈이 많았으니까."

지금 뭐라고? 레리아나가 몸을 떼어 내며 눈을 가늘게 떴다.

"알고 있었네요?"

"아, 그랬네."

노아가 고개를 기울이며 천연덕스럽게 말하더니 레리아나를 다시 끌어당겼다.

"다치진 않았어요?"

"응, 멀쩡해."

"테일러 경은?"

"마찬가지로."

이 괴물들 같으니라고. 레리아나는 작게 한숨을 내쉬었다.

노아가 웃으며 그녀의 턱을 들어 입을 맞추려는데, 돌연 문이 큰 소리를 내며 벌컥 열렸다. 그 소리에 레리아나가 문으로 휙 고개를 돌렸다.

"……?!"

문 앞에 서 있는 존데인을 보며 레리아나가 굳은 채 노아를 멀리 떼어 놓았다.

"……아버지?"

"그…… 혹시 공작님께서 불편한 것이 있지는 않을까, 해서 말입니다."

밀려났던 노아가 웃으며 답했다.

"신경 써 주신 덕분에 편하게 지내고 있습니다."

"그렇다면, 다행입니다만. 뭐 필요한 건 없으십니까?"

"예. 필요한 게 있다면 고용인을 부를 테니 걱정 안 하셔도 됩니다."

"그러시군요……. 아, 그러시구나."

존데인이 무언가 말을 더 붙여 보려다가 할 말이 없었는지, 이내 쓸쓸하게 방문을 나섰다.

"……."

레리아나가 돌아서는 존데인을 불안하게 지켜보았다. 이대로 끝나지는 않을 것 같은 예감이 섬광처럼 덮쳐 왔고.

"공작님!"

곧 그 직감은 맞아떨어졌다. 존데인은 그 이후로도 딸의 남자친구가 놀러 온 것처럼 안절부절못하며 문을 벌컥벌컥 열어젖혔다.

"공작님, 목이 타지는 않으신가요?"

"이건 제가 외국으로 출장을 갔을 때 사 온 쿠키인데……."

"공작님! 이건 말입니다!"

"공작님-!! 이것 좀 보시겠습니까-?!"

이제는 방문이 열리자마자 노아가 반사적으로 일어섰다.

몇 번째인지 모를 존데인의 방문에 레리아나가 얼굴을 두 손에 묻었다. 그녀는 '우리 이제 곧 결혼이에요. 지금껏 한집에서 같이 살았어요. 방도 같이 쓴다고요. 이미 이런 거, 저런 거, 그런 거! 다- 했다고요!'라고 소리치고 싶은 것을 참아야 했다.

하다못해 존데인은 노아에게 제 장식장에서 꺼내 온 유리병에 든 배 모형을 보여 주고 있었다.

'저건 왜 가져오신 거야.'

이제 레리아나의 방에 들어올 핑계가 없으니 제 방에서 아무거나 주워 온 것이 분명했다. 노아가 연신 고개를 끄덕이며 말을 들어 주는 것을 지켜보던 레리아나가 존데인에게 상냥하게 말했다.

"아버지."

"응?"

"문…… 그냥, 열어 놓고 있을게요."

"뭐?!"

크게 되물은 존데인이 노아의 눈치를 보다가 아주 흡족한 듯 만면에 미소를 그득 채웠다.

"아니, 딱히 뭔가를 걱정한 건 아니지만, 그럴래? 네가 원한다면 그래야지."

'……엄청나게 걱정하신 것 같은데요?'

레리아나가 흐릿한 미소를 띠며 네, 라고 짧게 답하자 존데인이 헛기침을 몇 번 한 후에 노아에게 인사를 하고 방을 떠났다.

레리아나가 문을 활짝 연 다음, 왜인지 신난 존데인의 등을 슬픈 눈으로 바라보았다. 노아는 이를 보며 고개를 기울였다.

"걱정할 게 있나? 이미-"

"쉿."

레리아나가 검지로 그의 입을 막고 고개를 절레절레 저었다. 둘은 어디선가 듣고 있을지 모를 존데인의 순수함을 지켜 주기로 했다.

활짝 열린 방 안에서 레리아나는 노아에게 그간 집에서 어떤 일들이 있었는지를 이야기했다. 케이티의 첫사랑이나, 존데인이 숨긴 접시에 대해서. 그리고 공범이었던 로즈마리의 자백으로 허망하게 존데인의 범죄가 드러났다는 것. 이에 수세에 몰린 존데인은 접시를 사수하려고 하다가 결국 접시 귀퉁이를 깨 먹었고, 케이티의 불같은 분노에 존데인은 풀 죽은 채로 새로운 접시를 사다 날랐다는 것까지.

그 얘기를 전하던 그녀가 손뼉을 쳤다.

"아, 노아! 접시요."

"응."

"접시…… 칭찬해요. 이걸 고른 안목이 뛰어나다든가. 하여간 그런 거, 뭐든지."

아주, 당신을 위해 준비했다는 티가 팍팍 나는 접시가 나올 테니까. 레리아나가 진지하게 강조하자 노아가 웃었다.

"알겠어."

그리고 그날 식당으로 내려간 노아는 접시를 보고 조금 놀랐다. 정말 널 위해 준비했다는 티가 나는 화려한 봉황이 날개를 펼치고 있었다. 크기도 압도적이었다. 봉황은 다른 가족들 앞에 놓인 평범한 민무늬 식기 세트 사이에서 그 화려함이 더 돋보였다.

"……."

노아가 제 접시를 빤히 바라보다가 레리아나의 접시로 고개를 돌리자, 레리아나는 시선을 피하며 모른 척했다. 그러고는 어서 시작하라며 손바닥으로 노아의 허벅지를 툭툭 두드렸다. 노아는 사교계에서 활동하던 가락을 발휘해 제 놀람과 당황은 능숙하게 숨기고 입을 열었다.

"봉황 깃털의 섬세한 표현이 아주 뛰어나군요."

노아의 매끄러운 칭찬이 더해 가자 존데인은 점점 우쭐거렸고, 식탁 앞에서 조금 긴장하며 앉아 있던 케이티가 빙긋 미소를 지었다.

노아가 어떠냐는 표정으로 레리아나를 돌아보자 레리아나가 잘했다며 귓속말로 칭찬을 전했다.

그날, 노아는 존데인에게서 조금 점수를 땄다.

* * *

식사가 모두 끝난 후, 아담과 노아와 함께 응접실에 앉아 있던 레리아나가 문득 입을 열었다.

"테일러 경, 그…… 손수건이요."

찻잔을 들던 아담이 고개를 끄덕였다.

레리아나가 눈을 부릅떴다. 이참에 확실히 해야겠다. 나는 용을 좋아하지 않는다. 그건 실수였다. 확실히 얘기하는 거야. 라고 생각하며 레리아나가 그건 잊어 달라고 말하려는데, 그가 품을 뒤적여서 타다 만 손수건을 내보였다.

'아니, 그걸 주웠어?!'

레리아나가 눈물이 핑 도는 눈을 가리며 고개를 숙였다. 차마 갖다 버리라고 할 수도 없고.

"……결혼 선물, 감사해요. 너무 기뻐요."

아담이 고개를 끄덕이며 다시 손수건을 품에 넣었다. 뒤에서 이를 지켜보고 있던 노아가 고개를 돌리고 웃음을 터트렸다.

레리아나는 애써 마음을 가다듬고 물었다.

"그런데, 그거요."

"그거?"

노아가 고개를 들었다. 레리아나가 머뭇거리다 말했다.

"그거, 드…… 래곤."

"응."

"여기로 안 오면 어디로 배송 돼요?"

"우리 집으로."

"아-"

노아가 공작저를 지칭하자 레리아나가 고개를 끄덕였다.

'괜찮겠지. 거긴 맥밀런가보다 크니까.'

크기만 문제가 되는 건 아니었지만, 결국 뭔가를 많이 포기하게 된 레리아나는 그것으로 충분하다고 여겼다.

그리고 그날 공작저의 지붕 끝에 매달려 있던 휘튼은 목 없는 드래곤이 저택 안으로 내려앉는 것을 목격했다. 기절했다가 깨어난 그는 매우 거대하고 무시무시한 것이 자신을 덮쳤다며, 며칠간 후유증에 시달려야만 했다.

답장

저스틴은 머리 위까지 길게 자란 풀을 헤쳤다. 벌써 몇 시간째 같은 곳을 빙빙 돌고 있는 기분이다.

"으음……."

기분 탓은 아닌가. 그가 잠시 멈춰 서서 해가 지는 것을 가만히 응시했다.

"오늘도 노숙이겠네."

비비안이 죽은 이후, 저스틴은 주변을 정리하고 왕국을 떠났다. 제 일을 또 떠맡아야 하는 네이슨은 꽥꽥거렸지만 시아트리히는 이제 그러려니 하고 보내 주었다. 그날 이후로 기운이 많이 빠진 샤말 후작은 떠나는 아들에게 그저 연락만 자주 하라는 말만 건넸다.

"수도의 저택은 처분하기로 했다. 영지로 연락하거라."

샤말 가문을 부흥시키겠다는 그의 계획은 애초부터 없었던 것처럼 초연해 보였다. 어딘가 많이 누그러진 제 아버지를 응시하던 저스틴은 다음에 돌아와서는 가문을 물려받겠다고 한 후 저택을 나섰다.

그렇게 그저 동으로만 향한 지 벌써 3개월이었다. 노숙은 질릴 정도로 했다지만, 그렇다고 노숙을 편하게 여기는 건 아니어서 절로 한숨이 삐져나왔다. 그는 근처의 풀을 쓰러트리고 대충 자리를 잡았다. 그러고는 놀 지는 풍경을 바라보며 처음 레리아나를 만난 날을 떠올렸다.

떠나기 전, 레리아나는 부러 만나지 않았다. 그저 샤말 후작을 통해 편지 한 장을 전해 받았을 뿐.

'운명이라…….'

저스틴이 레리아나의 편지를 떠올리는데 갑자기 풀숲 너머에서 회색의 반질반질한 머리가 솟아올랐다. 저도 모르게 일어선 저스틴이 그 머리를 보며 입을 벌렸다.

"길을 잃은 거야?"

저스틴은 거대한 코끼리를 질린 얼굴로 올려다보았다. 코끼리를 타고 있던 노인이 입을 우물거리다 그의 표정을 보며 말했다.

"여기 사람이 아닌가 보네. 이놈을 보고 놀라는 걸 보면."

그가 코끼리의 머리를 턱턱 두드렸다.

"예, 코끼리보다는 지고 있는 것에 더 놀랐지만……."

코끼리는 뒤에 엄청난 양의 책을 진 채였다.

"내 집이자, 가게지."

노인은 희귀한 서적들이 많다며 둘러보고 싶으면 얼마든지 보라고 고갯짓을 했다.

"그래서 어디에서 왔는데? 체이머스 왕국인가?"

"티가 납니까?"

"얼굴이 허여멀겋잖아. 올라와. 마을까지 데려다주지."

노인이 '손이라도 내밀어 줘?'라고 묻자, 저스틴이 웃으며 단숨에 코끼리 위로 뛰어올랐다.

"기사군. 무슨 검술 수련이라도 하러 가는 거야?"

"굳이 표현하자면 마음 수련이겠죠."

저스틴이 어깨를 으쓱였고 노인이 혀를 차며 말을 툭 내뱉었다.

"실연이군."

"잘 아십니다."

잔망스레 웃은 저스틴이 노인 옆에 자리를 잡고 앉았다. 노인은 그가 편히 앉도록 자리를 더 비켜 주고는 물었다.

"그래, 어떤 여자였는데?"

저스틴이 팔짱을 끼고 고개를 기울이며 고민하다 말했다.

"일단 예쁩니다."

"음, 그렇군."

마치 그걸로 대답이 된 것처럼 노인이 진중하게 고개를 끄덕였다. 이에 저스틴이 웃으며 말을 덧붙였다.

"웃는 게 귀엽고, 활발하고……."

"됐네, 됐어."

저스틴의 입에서 온갖 수식어들이 이어지자 노인이 입술을 꿈틀거리며 손을 내저었다.

"다른 남자가 있었나?"

"다른 남자가 있었다뿐인가요, 제 동생은 다른 여자에게 이용당해 그녀를 죽이려고 하다 되레 죽어 버렸죠."

듣고 있던 노인이 눈썹을 뒤틀었다.

"무슨 막장이야, 그건."

"그러게나 말입니다."

저스틴이 짧게 웃었다. 그 모습을 본 노인이 품에서 열매 두어 개를 건네주었고, 저스틴이 감사하다며 받아 입에 털어 넣었다.

"잘 먹고 다녀. 곧 다른 인연이 오겠지. 청년은 잘생겼잖아."

인연이라. 그의 말을 곱씹은 저스틴이 고개를 기울였다.

"운명이란 거, 믿으십니까?"

"무신론자인가?"

"예."

"천벌을 받겠어."

저스틴이 웃었다. 그때 코끼리가 기우뚱기우뚱하며 움직이기 시작했다. 노인은 코끼리가 제대로 방향을 잡도록 머리를 매만졌고, 그를 응시하던 저스틴은 품에 넣은 편지를 만지작거렸다.

그녀에게서 받은 편지를 처음 읽었을 때. 그녀는 비비안도 그렇고, 저스틴도 자신과 관련된 일에 휘말렸으니 이 이야기를 들어 줬으면 한다며, 다소 황당하게 여겨질 법한 이야기가 허심탄회하게 적혀 있었다.

"흠."

저스틴은 '당신이 믿을 수 있을지는 모르겠어요.'라고 시작한 담담한 편지글을 재차 떠올리며 작게 신음성을 냈다. 그는 아직 이에 대한 답장을 적어만 두고 보내지 않은 채였다. 몇 번 고민했지만 결국 그녀에게 할 말은 이것 정도였다.

[내 답장을 받을 때 즈음에는 아마 결혼식 직전이겠군요. 부득이하게 참석하지 못해 미안한 마음뿐이에요. 비비안에 대해서는 걱정해 줘서 고마워요. 아버지도 마음을 많이 추스르고 계세요.

당신이 해 준 말들에 대해, 여신이나, 여신이 쓴 운명이라든가. 그 때문에 모든 것이 일어났다는 건, 그리고 그런 일에 휘말려 비비안이 죽었다는 건. 솔직히 말해 난 아직 명확하게 이해하긴 힘들어요. 어쩔 수 없는 무신론자라서 그런지…….]

그때.

"내 딸은 어때?"

코끼리가 방향을 잘 잡았는지 안정된 상태로 걸어가기 시작하자, 노인이 문득 저스틴에게 말을 걸었다.

"걔도 퍽 예쁘지."

"하하, 따님이 싫어하십니다. 제가 어떤 사람인지도 모르시잖습니까."

"어떤 사람이긴. 젊고 미남인데 부인은 없는 사람이지."

저스틴이 난처하게 웃었다. 그러나 노인에게는 그것만으로 충분한 듯했다.

"내 딸이 말이야, 참 괜찮아. 자네랑은 나이 차가 좀 있지만."

"그렇습니까?"

대수롭지 않게 답한 저스틴이 눈을 마주치자 노인이 나직이 말했다.

"올해 59살."

"아-"

저도 모르게 탄성을 내지른 저스틴이 고개를 끄덕였다. 퍽 예쁘다는, 이름 모를 그녀와 자신은 근 40살 차이였다.

“남편이 먼저 죽었어. 애도 참 귀엽지. 아, 그리고 걔 손녀딸이 곧 결혼을 해.”

그녀에게는 결혼을 앞둔 장성한 손녀도 있는 모양이었다.

“곧 경사가 있겠군요. 축하드립니다.”

“그렇게 손녀도 독립하면 집에는 걔 혼자라고.”

“그렇군요…….”

“참해.”

노인이 덧붙인 말에 저스틴이 웃으며 고개를 끄덕였다. 그 자신으로서는 사랑만 있다면야 나이 차나 자식 유무는 관계없다고 생각하지만. 노인의 딸과 함께 영지로 가는 순간, 이젠 기력도 쇠한 그의 아버지가 목덜미를 잡고 기절할 것이 분명했다. 그는 노인의 제안을 잘 돌려 거절했다. 장례를 두 번 치를 수는 없지 않겠는가.

사위가 어둑해지자 풀벌레 소리가 점점 귀를 타고 올랐다. 저스틴은 방심하는 순간 발목을 타고 오르는 비비안의 생각을 애써 지우며 뒷머리를 쓸었다.

“잘 생각해 봐. 또 음식 솜씨가 그냥 아주 죽여주거든.”

“따님이 재주가 많아 참 좋으시겠습니다.”

“그렇지.”

노인에게 귀가 따갑도록 딸 자랑을 듣던 저스틴이 곧 정면으로 시선을 고정했다. 멀찍이서 작은 마을의 목조 건물들이 지붕 끄트머리를 보이고 있었다.

“태워 주셔서 정말 감사합니다. 따님은 나중에 기회가 되면 한번 뵙도록 하겠습니다.”

벌떡 일어선 저스틴이 품을 뒤지자 노인이 손을 내저었다.

"아고고, 뭘 주려고 하는지는 몰라도 됐어."

"여기까지 태워 주셨으니 사례는 해야죠."

노인은 '내 딸이나 만날 것이지.'라며 입을 우물거리다가 엄지로 뒤를 가리켰다.

"정 그럼 책이나 한 권 사든가."

"그럴까요?"

저스틴이 산더미처럼 쌓인 책들로 시선을 돌렸다. 책 제목을 빠르게 훑으며 둘러보던 그는 곧 익숙한 제목의 책 한 권을 집어 들었다.

"이걸로 하겠습니다."

* * *

레리아나는 펜을 내려 두었다. 데굴데굴 굴러가던 만년필이 곧 책상 중앙에서 속도를 줄였다. 몇 군데 미뤄 두었던 편지의 답장을 마친 레리아나는 문득 고개를 돌렸다. 그녀는 편지들 사이에서 타국의 인장이 찍힌 봉투를 집어 들었다.

[당신이 해 준 말들에 대해, 여신이나, 여신이 쓴 운명이라든가. 그 때문에 모든 것이 일어났다는 건, 그리고 그런 일에 휘말려 비비안이 죽었다는 건. 솔직히 말해 난 아직 명확하게 이해하긴 힘들어요. 어쩔 수 없는 무신론자라서 그런지…….]

레리아나는 그를 이해했다. 스스로도 그의 입장이었다면 이해할 수 없었을 테니까. 노아와 히이카가 특별한 이들이었을 뿐이다. 자신은 그런 사람들을 만나 행운이었고.

레리아나가 조금 착잡한 얼굴로 고개를 끄덕이는데, 왜인지 그 밑으로는 다른 잉크로 쓴 글이 덧붙여져 있었다.

[……그런데 이제는 레리아나 양의 말을 어렴풋이 이해할 것 같아요. 우연히 책을 하나 얻었거든요.]

"책?"

레리아나가 눈을 깜빡였다. 그 밑으로는 책에 대한 짤막한 줄거리가 쓰여 있었다. 레리아나는 편지를 모두 읽고 숨을 크게 내뱉었다. 그러고는 펜을 들고 답장을 적기 시작했다.

[친애하는 저스틴. 터무니없다고 여길 수 있었던 이야기를 이해해 주다니 놀랍고 고마워요.]

레리아나는 잠시 망설이다가 다시 펜을 움직였다.

[그런데 물어볼 것이 하나 있어요. 그 책의 제목이 혹 '베아트리스'였나요?]

물음표의 점을 찍은 레리아나가 분주히 움직이던 손을 불현듯 멈췄다.

"으음-"

레리아나가 등으로 의자를 삐걱거리면서 인상을 찌푸렸다. 그 책이 이 세계에도 떠돌고 있는 건가. 그렇다면 한 번 더 볼 수 있을까.

"넘어지려고?"

마침 방으로 들어선 노아가 의자의 등받이를 잡았다.

"아, 노아."

레리아나가 고개를 뒤로 젖혀서 그를 바라보자 노아가 웃으며 의자를 바로 세웠다.

"안 자? 일찍 자야 내일 피곤하지 않을 텐데."

"잠이 안 와서요, 그냥. 당신 일은 다 끝났어요?"

"응."

짧게 답한 노아가 책상 위에서 편지를 흘긋 스치듯 보았다.

"저스틴?"

"아, 네."

"굳이 안 보내도 된다니까."

노아는 어차피 그에게 말해도 믿지 못할 거라며 처음부터 이야기하기를 반대했었다. 저스틴에게 쓰는 편지가 못마땅한지 그가 눈썹을 모으자, 레리아나가 짓궂게 웃으면서 검지로 미간을 꾹 눌렀다.

"또 질투한대요."

미간을 찔린 노아가 눈을 가늘게 뜨고 레리아나를 지그시 응시했다. 그러자 레리아나가 잠도 안 오는데 당신도 없어서 편지나 끄적거려 본 거라며 노아의 미간을 몇 번 더 꾹꾹 눌렀다.

그 말을 가만히 듣던 노아는 갑자기 생긋 웃으면서 레리아나의 손가락을 잡고는 깍지를 꼈다.

"아, 내가 없어서."

"음?"

왜 저렇게 또. 음흉하게 웃고. 불안함을 감지한 레리아나가 상체를 뒤로 물리는데, 그가 깍지 낀 손을 뒤로 쭉 빼면서 레리아나의 몸이 가까이 다가오도록 했다. 노아가 얼굴을 가까이 대자 레리아나가 눈을 깜빡였다. 그가 눈꺼풀부터 입을 맞춰 내려갔다.

"내가 없는 그 짧은 시간을 못 참을 줄이야."

"아니, 내 말뜻은 그런 게 아니라-"

레리아나가 그의 얼굴을 밀어내니, 그게 귀찮았는지 노아가 레리아나를 번쩍 안아서는 어깨에 둘러업었다.

"노아!"

"내가 왔으니까 이제 그만해야지. 잘 시간이야."

침대로 직진하려는 노아의 행동에 레리아나가 발버둥을 쳤다.

"아! 진짜 잠깐, 잠깐만요. 이것만 마무리하고요."

노아의 목에 매달려서 농성을 하다가 겨우 다시 책상 앞에 앉은 그녀는 필기구들 사이에서 수정액을 찾았다. 그리고 마지막 줄을 깨끗이 지웠다. '베아트리스'든 아니든 간에 이제는 어떤 의미도 없는 책이니까.

하얗게 지운 공간에 레리아나는 다른 글을 덧붙였다.

[결혼식은 내일이에요. 결혼을 축하해 줘서 고마워요. 언제나 건강하길 바랍니다. 당신의 친구, 레리아나.]

Happy Ever After

결혼식장으로 꾸며진 공작저의 정원에서 깃을 빳빳하게 세워 입은 고용인이 하얀 테이블 위에 화병을 올려 두었다.

나오미는 화병에 꽂힌 다홍빛 꽃을 가만히 응시했다. 고위 귀족의 결혼인 걸 고려해 보면 다소 조촐한 결혼식장이었으나, 세심한 손질이 간결하고 아름다웠다. 그녀가 이런 소규모 결혼식도 참 괜찮다 여기는데 누군가 뒤에서 말을 걸어왔다.

“여기 있었군.”

“전하.”

시아트리히였다. 나오미가 그에게 인사하며 일어서자 주위 모든 이들이 그에게 허리를 숙였다. 시아트리히는 나오미에게 앉으라고 말하고는 그녀의 옆자리에 앉아 지팡이를 세웠다. 그 뒤로 그를 호위하는 근위 기사들이 원형 테이블 옆에 일렬로 나란히 섰다.

시아트리히가 그들에게 옆 테이블에 앉으라고 지시한 후, 나오미에게 물었다.

"레리아나 양은 어떤가? 괜찮아 보여?"

"많이 긴장하셨던데요."

나오미가 레리아나를 떠올렸다. 레리아나는 웨딩드레스를 입는 동안 줄곧 두리번거렸고, 그녀에게 드레스를 입히던 마리 웨인이 가만히 좀 있으라고 잔소리를 했다. 그 이야기를 전해 들은 시아트리히가 유쾌한 듯 웃었다.

"레리아나 양은 이상한 데서 약해진다니까."

"레리아나 양에게는 한 번뿐인 결혼식이니 그러시겠죠."

나오미가 어딘가 뼈 있는 말을 건넸고, 낄낄대던 시아트리히가 얌전히 입을 다물었다.

"그런데, 공작님은 지금 어떠십니까?"

"잘생겼더군."

나오미가 짧게 침묵했다가 다시 입을 열었다.

"전하께 제 질문이 제대로 들리지 않으셨던 것 같습니다만, 역시 노인성 난청 검사를 해 보시는 것이-"

"신부 대기실에 못 가는 게 불만인 것 같았지. 계속 불쾌한 얼굴이던데."

노아는 묘하게 웃는 모습으로 다리를 꼬고 앉아서 부인 될 사람 얼굴을 못 보는 무식한 관습에 대해 어떻게 생각하느냐며, 키이스에게 계속 질문 아닌 질문을 던져 댔다. 그에 조금만 참으라고 만류하던 키이스는 거의 폭발하기 직전처럼 보였고, 준비를 돕던 고용인들은 모두 모른 척하고 입을 다물었다.

이미 그 모습이 익숙한 듯, 별생각이 없어 보이는 아담을 빤히 바라보던 시아트리히는 혼자 몰래 밖으로 빠져나왔다.

"공작님도 많이 변하셨죠……."

나오미가 말을 흐리자 시아트리히가 별스럽지 않다는 듯 덧붙였다.

"뭐, 구질구질하게 구는 대신 바람피울 걱정은 없을 테니 좋지 않은가."

그러면 구질구질해도 괜찮은 건가. 나오미는 잠깐 고뇌했지만 이내 제 인생 걱정만으로 벅차다는 사실을 곱씹으며 신경을 끄기로 했다. 어쨌거나 둘은 행복해 보였으니까.

시간이 흐를수록 식장의 테이블은 초대받은 사람들이 거의 자리를 잡아 갔다. 공작가의 결혼식에, 온갖 거물들이 모였음에도 불구하고 식장에 모인 사람들은 그리 많지 않았다. 레리아나가 많은 사람들을 초대할 필요는 없다고 말했기 때문이었다.

그때 분수대 근처에서 누군가 빽- 하며 소리를 질렀다. 시아트리히가 큰 소리가 나는 곳으로 고개를 돌렸다. 주례를 위해서 온 히이카가 분수대 앞에서 웨이드에게 고래고래 소리를 지르고 있었다.

히이카의 주례 선언으로 신성국 내에서 큰 소동이 일었지만, 그가 무소불위의 권력을 휘두르는 홈그라운드에서는 막무가내식 밀어붙이기가 언제나 먹히기 마련이었다. 시아트리히는 대신관 성하의 그런 면모를 본받아 볼까, 하고 운을 뗐다가 나오미에게 일침을 듣고 눈물을 흘렸다.

시아트리히가 히이카와 웨이드에게서 시선을 떼자, 어느새 준비를 마친 연주가들이 지휘자의 움직임에 맞춰 악기를 연주하기 시작했다. 그리고 노아의 준비가 끝났는지 아담이 대기실에서 밖으로 나오고 있었다.

"이제 슬슬 시작하려나 보군."

제가 앉을 테이블을 찾아가던 아담이 문득 하늘을 올려다보았다. 그를 바라보던 시아트리히도 그를 따라 얼굴을 들었다.

푸른 하늘에 하얀 구름 몇 조각이 느긋하게 흘러갔다.

"오늘은 날이 좋아."

* * *

"날이 좋아서 다행이에요, 그렇죠?"

신부 대기실의 문을 연 닉이 밝은 어조로 말했다. 그의 목소리에 문과 등지고 서 있던 레리아나가 몸을 돌렸다. 그녀의 움직임에 따라 새하얀 드레스가 사락거리는 소리를 냈다.

"그러게 말이에요. 조금 걱정했는데."

닉과 마주친 레리아나가 말하자, 그가 눈을 크게 뜬 채 호들갑을 떨며 그녀에게로 다가갔다.

"어머머, 어머머, 어머머–"

닉이 웨딩드레스를 입은 레리아나 주위를 뱅글뱅글 돌았다.

가슴께에서 시작해 허리까지 이어진 매끄러운 천이 여성적인 선을 드러냈다. 허리 밑으로는 아래로 갈수록 넓게 퍼지는 치맛자락이 마치 단아한 꽃처럼 보였다.

"어쩜, 자기. 오늘 왜 이렇게 예뻐."

황홀하게 말한 닉이 쇄골 위로 다이아가 화려하게 이어진 목걸이를 매만져 주었다. 닉은 지금까지 봐 왔던 신부들 중에 단연이라며 온갖 기분 좋은 칭찬을 늘어놓았고, 레리아나가 부끄러운 기색으로 웃었다. 이에 넓게 퍼진 새하얀 치맛자락이 잘게 떨었다.

"떨려요?"

닉이 그녀를 화장대 앞으로 데려가며 물었다. 레리아나가 그에게 이끌려 자리에 앉아서는 오만상을 찌푸렸다.

"……심장이 입으로 튀어나올 것 같아요."

이렇게. 여기서 이 위로요, 라면서 레리아나가 제 입 앞으로 두 손을 갖다 대자 닉이 웃었다.

"원래 그래요."

레리아나는 닉이 그녀의 드레스가 구겨지지 않도록 정리하는 모습을 보며 고개를 기울였다.

"닉, 저희 어머니랑 같은 말씀을 하시네요."

방금까지 대기실에 있던 케이티도 원래 그런 거라며 소리 내어 웃었었다.

"믿어요. 어머니 말씀은 대개 옳은 법이잖아."

"으음- 그렇죠……."

레리아나가 말을 흐렸다. 화장을 마무리하던 닉은 작게 웃으며 조곤조곤 말했다.

"그래도 얼굴이 확 폈네. 약혼식 때와는 달리 행복해 보여서 다행이에요. 맘 놓았어."

"약혼식 때요?"

"그때-"

닉이 한 손으로 볼을 감싸고는 이상하다는 듯 말했다.

"-나는 무슨, 자기가 도살장에라도 끌려가는 줄 알았잖아."

"아아- 제가 그랬나요……."

말을 흐린 레리아나가 어색하게 웃었다. 그때는 뭐, 그랬을 수도 있나. 계약으로 시작했고 이래저래 불안정한 상황만이 도사리고 있을 때였으니까.

'그때는 이렇게 되리라고는 상상도 못 했는데.'

레리아나가 감상에 빠져 있는데.

"그 공작님이랑 약혼식인데 말이야."

닉이 잠시 뜸을 들였다가 나직이 덧붙였다.

"그래서 난, 사실 그 공작님한테 뭔가 하자라도 있나 했지."

"아뇨, 아뇨. 그렇지는–"

"그렇죠?"

닉이 맞장구치며 되묻자 레리아나가 문득 고개를 기울였다. 아니, 생각해 보면 조금 있는 것 같기도 하고. 성격 면에서 하자가 조금…….

그때 잠자리 날개처럼 흰 천이 무릎 위로 사르르 떨어져 내렸다. 레리아나가 고개를 들었다. 어느새 그녀의 머리 위로 면사포를 올린 닉이 두 손으로 위치를 가다듬으며 만지작거리고 있었다.

"어때요, 마음에 들어요?"

"무슈 닉은 언제나 기대 이상이죠."

닉이 기분 좋게 웃었다. 마주 웃어 준 레리아나는 이내 장갑 낀 두 손을 맞잡았다.

"이제 가야죠."

고용인들의 신호를 받은 닉이 말했다. 그는 레리아나를 조심스레 일으켜 세우고는 대기실과 식장이 이어지는 문으로 에스코트했다. 가는 길 동안 왠지 기우뚱거리며 기우는 레리아나에게 닉이 '심호흡, 심호흡.'을 염불처럼 외며 진정시켰다.

"그럼, 가 볼게요."

레리아나가 문 앞에서 다짐하듯 말하자 닉이 등을 가볍게 두드렸다. 그에 맞추어 고용인들이 양쪽에서 문고리를 잡고 식장의 문을 열었다.

문 앞에서 웨딩아치까지 길게 이어진 카펫 위로 햇살이 비처럼 쏟아져 내렸다. 저 멀리서 노아가 자신을 바라보는 것을 느끼며 레리아나가 천천히 걸음을 옮겼고, 그 앞에서 존데인이 손을 내밀었다.

조용히 레리아나를 기다리고 있던 존데인의 눈은 금방이라도 눈물을 흘릴 것처럼 촉촉해져 있었다. 레리아나가 웃음을 참으며 그의 손을 맞잡았다.

'좋은 날이네.'

내리쬐는 하얀빛은 눈을 시큰거리게 할 정도였다. 빛을 받으며 긴 버진로드를 밟은 레리아나가 가까이 다가가니, 노아가 손을 내밀었다. 존데인이 레리아나를 노아에게 넘겨주었고 그녀가 노아의 손 위에 제 손을 올려놓았다.

긴장으로 차가워진 손가락이 닿자 노아가 웃으며 엄지로 레리아나의 손가락을 슥슥, 문질렀다. 그 손길에 뻣뻣하게 긴장했던 몸이 거짓말처럼 부드러워진다. 이에 레리아나가 환히 웃으니 노아가 한결 풀어진 그녀의 모습을 기특한 듯 바라보았다.

"흠흠."

그때 히아카가 목을 가다듬었다. 그가 주례사를 시작하기 전, 한 손을 머리 위로 들었다. 딱, 검지를 마주치는 소리에 맞추어 하늘에서 히아카의 축복이 꽃잎처럼 내려앉았다. 푸른 정원에 앉은 모두가 하늘을 향해 고개를 들었다. 부드러운 온기가 몸을 감싸 안으며 식의 시작을 알리고 있었다.

* * *

“레리아나?”

저녁이 되자 성안에도 점차 빛이 사그라지고 있었다. 목욕을 한다며 사라졌던 레리아나를 찾아 노아가 윈나이트 성의 이곳저곳으로 걸음을 옮겼다.

욕실과 방 몇 군데를 거쳐 지나간 노아의 눈이 차게 가라앉았다. 같은 이름을 나누고, 모두의 앞에서 제 사람임을 공표해도, 언제나 그녀가 곁에 없는 동안의 허전함과 불쾌함은 사라지지 않고 더해만 갔다. 어쩌면 영원히 사라지지 않을지도 모를 일이었다.

그때 주변을 분주히 살피던 황금색 눈동자가 한곳에서 움직임을 멈췄다. 이제는 자신의 부인이 된 레리아나가 고모님과 함께 성 근처를 걷고 있는 곳에서.

“레리아나.”

그녀가 자신을 부르는 쪽으로 고개를 들자 순간 노아의 눈매가 부드러워졌다. 그는 창을 넘어 레리아나에게 다가갔다.

“고모님.”

노아가 레리아나의 어깨를 끌어안고서는 뒤늦게 눈짓으로 인사를 했다.

“날이 어두워져서 곧 추워질 테니 고모님도 어서 들어가시지요.”

노아가 그저 인사치레로 말하니 레리아나가 어색하게 웃으며 그녀에게 인사했다. 과보호라며 제 고모님이 고개를 젓는데도 아랑곳없이 그는 레리아나를 데리고 성안으로 향했다.

결혼식은 별 탈 없이 성황리에 마칠 수 있었다.

히이카의 축복이 보란 듯이 노아를 제외한 모두에게 내렸기 때문에, 마치 눈치 게임이라도 하는 것처럼 묘한 침묵이 감돌기는 했지만. 초대객들은 '대신관 성하께서 다른 이들은 알지 못하는 영명한 뜻으로 그러셨겠지.'라며 좋게 생각하는 가운데, 시아트리히 홀로 푸흡거리며 웃음을 터트렸다.

레리아나는 설마 또 시작하는 건 아니겠지, 라고 생각하며 흐릿한 눈으로 그들을 바라보았고, 노아는 아무리 그래도 결혼은 이미 되돌릴 수 없다는 것처럼 미소를 지어서 히이카의 속을 뒤집어 놓았다.

그리고 결혼식을 마친 후, 둘은 시아트리히가 배려해 준 덕분에 게이트를 타고 윈나이트가의 영지로 향했다. 노아는 영지가 신혼여행으로 가기에는 어울리지 않는 곳이라 여겼으나 레리아나의 뜻은 굳건했다.

사실 노아는 결혼식이 끝나면 남쪽에 있는 섬으로 여행을 가자며 먼저 제안했었다. 그러나 레리아나는 일말의 여지없이 단칼에 거절했다. 들어갔다가 쉽게 빠져나오지 못할 것 같다는 이유에서였다. '그럴 리 없잖아.'라고 말하면서 노아는 속으로 혀를 찼다.

노아에게 이끌려 방으로 돌아온 레리아나는 얇은 원피스로 갈아입고 침대에 누웠다. 노아가 그 옆에 자리를 잡았다. 그러자 레리아나가 옆으로 몸을 굴리더니 장난스럽게 그의 이름을 불렀다.

"노아."

"응."

"어릴 때 그렇게 고집이 셌다면서요."

레리아나의 머리카락을 쓸던 노아가 멈칫했다.

"……누구한테 들었어?"

레리아나가 생글생글 웃으며 답했다.

"시고모님."

"흐응— 고모님께서……."

노아가 길게 목을 울리며 갈색 머리카락을 매만졌다. 오자마자 제 남편은 버려두고 둘이서 허구한 날 같이 다닐 때부터 말렸어야 했는데. 둘은 결혼식 때 처음 만나 본 사이답지 않게 잘 어울려 다녔는데, 노아는 그것조차 불만이었다.

노아가 눈을 내리깔고 고개를 기울였다. 지금 그냥 돌아가자고 하면 싫어하겠지. 따지자면 시어머니 같은 존재인데 불편하지도 않나? 제 고모님도 그렇게 아무나 곁에 들이는 성격은 아니건만, 레리아나와는 왜 그렇게 마냥 좋다는 듯 어울리는지 그로서는 이해할 수가 없었다.

레리아나는 고모님에게서 들었다며 이런저런 이야기들을 더 꺼내 놓았고, 노아는 고개를 끄덕이면서 다른 생각에 빠져들었다. 수도에서 연락이 왔다고 할까, 그러다 중간에 빠져서 다른 길로. 그게 아니면……. 노아가 몇 가지 둘러댈 방안을 떠올렸다. 무슨 이유를 꺼내든 간에 레리아나가 별 의심 없이 돌아갈 생각이 들도록 하는 게 좋으리라.

"우리 아이는 누구 닮았으면 좋겠어요?"

그가 이런저런 생각에 잠겨 있는데, 문득 레리아나가 입을 열었다. 갑작스러운 환기에 노아가 눈을 한 번 깜빡였다.

"……글쎄?"

"생각 안 해 봤어요?"

"응."

그는 아이에 대해 깊게 생각해 본 적이 없었다. 지금껏 그에게 아이는 후계자고, 작위를 물려주기 위해 필요한 의무일 뿐이었으니까.

아이.

어색하게 단어를 되뇐 노아는 생소한 질문에 뜸을 들이며 좀처럼 입을 떼지 못했다. 어쩐지 레리아나는 눈을 맞추고는 가만히 그의 대답을 기다리고 있었다. 그 모습에 노아가 웃으며 그녀의 손을 들어 손등에 입을 맞췄다.

저를 바라보는 갈색 눈썹이 나비처럼 팔랑이는 것을 보니, 아이가 그녀를 닮으면 사랑스러울지도 모르겠다. 커다란 연녹색 눈동자를 가져도 좋을 테고.

그때 불현듯 노아가 고개를 기울였다.

"……그런데 왜 갑자기?"

설마? 아이를 떠올릴 만한 기미가 있었다든가?

그가 무슨 생각을 하는지 눈치챈 레리아나가 손을 저으며 웃었다.

"아니. 그런 건 아니고요. 그냥 당신 어릴 때 얘기를 들으니까 궁금해서."

노아가 작게 숨을 내뱉었다.

"날 닮지 않은 아이였으면 좋겠는데."

"왜요? 귀엽던데."

레리아나는 고모님이 비밀이라며 보여 주었던 어린 노아의 사진을 떠올리며 웃었다. 그녀가 몸을 일으켜 앉아서 노아의 얼굴을 쓰다듬었다.

"난 우리 아이가 당신을 닮았으면 좋겠어."

노아를 닮는다면 여자아이든, 남자아이든 아주 예쁠 테니까.

그가 레리아나의 손길을 느끼며 눈을 둥글게 휘었다.

……그렇지만 성격은 빼고. 레리아나는 뒷말은 꾹 삼키기로 했다.

다음 날, 어떻게든 영지에서 벗어나려 했던 노아의 계책은 잘 먹혀들었고, 둘은 수도로 올라가다 사고인 척 다른 길로 빠져서 둘만의 여행을 하고 돌아왔다. 그리고 레리아나가 임신했다는 걸 안 것은 공작저로 돌아온 지 한 달이 지난 후였다.

* * *

교단의 총본산인 발레이토르테 신전의 중앙 정원 안에서, 레리아나는 조금씩 빛을 반사하는 돔을 올려다보았다. 그녀는 두 손으로 부드럽게 배를 쓸면서 숨을 들이마셨다. 깨끗한 공기가 폐부 깊숙이 스며들었다.

"살 것 같다."

이런 자유를 얼마나 꿈꿨던가. 레리아나는 기쁨에 몸서리치며 두 어깨를 감쌌다. 그녀는 발레이토르테 신전으로 오길 잘했다며 자신을 칭찬했다. 돔의 영향인지 공기가 맑고, 빛이 흐르는 하얀 신전은 아름답고, 조용하고…….

기쁨에 겨워하던 레리아나가 눈을 한 번 깜빡였다.

'조용해.'

레리아나는 고개를 돌려 주위를 살폈다. 사위가 무척이나 고요하다. 발레이토르테 신전은 신관들과 순례자들로 북적이는 다른 신전들과는 다르게 인기척이 전혀 없는 곳이었다.

레리아나는 자신을 향해 곧장 다가오는 히이카를 바라보았다. 이곳은 이상할 정도로 적막해서, 마치 이 신전의 주인처럼 시간이 느리게 흐르는 것만 같다. 이런 곳에서 혼자 계시는 건가. 레리아나가 물끄러미 그를 올려다보는데 가까이 다가온 히이카가 머리를 손바닥으로 톡톡 두드렸다.

"방을 준비하라고 지시해 두었다. 얼마든지 여기서 지내도 돼."

그의 고마운 말에 레리아나가 감사를 표하며 활짝 웃었다. 언제까지 있을지는 몰라도 오늘은 신전에서 묵을 생각이었다. 손쉽게 묵을 곳이 있어 다행이었다. 어쨌거나 자신은 지금 '가출' 중이었으니까.

* * *

가출한 이유를 대자면 셀 수 없이 많은 일화들을 꼽을 수 있었으나, 마지막으로 레리아나가 가출을 결심한 날의 사정은 이러했다.

그날, 레리아나는 사기그릇에 담긴 묘한 액체를 가만히 들여다보았다. 무엇인지 모를 투명한 액체는 이틀째 침대에 갇혀 있는 가련한 제 모습을 비추고 있었다. 그녀가 도대체 정체가 무엇일지 가늠하며 눈을 깜빡이는데, 노아가 그녀의 이름을 나직이 불렀다.

"레리아나."

침대 머리맡에 앉은 노아가 레리아나의 머리를 귀 뒤로 쓸어 넘겼다. 그 손길이 유리 세공품이라도 다루는 듯 조심스러웠다.

레리아나는 눈을 들어 노아의 검은 머리카락이 사르르 떨어져 내리는 쪽으로 시선을 고정시켰다. 그는 곧 애수가 뚝뚝 떨어지는 목소리로 말했다.

"나는 당신이 아프면 어떻게 해야 할지 모르겠어."

조용히, 레리아나가 그와 눈을 마주쳤다.

"노아."

노아가 고개를 끄덕이자 그녀가 어이가 없다는 투로 말했다.

"난 입덧한 거예요. 그것도 딱 한 번."

노아는 그러거나 말거나 수저를 들어 액체를 떴다.

"입덧에 좋다고 해서 구해 온 거야."

뒤에서 아담이 고개를 끄덕였다.

레리아나가 인상을 찌푸렸다.

'그거 구하러 간다고 이틀간 잠적했었나.'

이틀 전, 레리아나가 처음 입덧을 한 이후로 노아는 그녀를 방에 격리시켰다. 그리고 그동안 노아와 아담 둘이서 모습을 드러내지 않는다 생각했더니, 이 정체도 모를 것을 구한다고 잠적했던 모양이다.

"어디 다녀온 거예요?"

"예클람 숲."

"거기. 출입 금지잖아요. 위험해서."

식물마저 움직이고 목숨을 위협하는 곳이 그곳이라 들었다. 그런 곳에 뭘 구하러 갔단 말인가.

"응. 자–"

레리아나가 온갖 의심과 혼란으로 뒤섞인 눈빛을 한 채 바라보았지만, 그러거나 말거나 노아가 수저를 다시 내밀었다.

"싫어요."

그녀의 단호한 거부 의사에도 불구하고 수저가 자꾸 입 앞에서 맴돌았다. 수액처럼 투명한 액체는 쏟아지지도 않고 몽글몽글 모여서 노아의 손놀림에 따라 이리저리 움직였다.

'이게 도대체 뭔데…….'

입을 벌리는 순간 수저가 들어올 것 같아서 차마 묻지도 못하고 고개를 돌렸다. 그러는 사이 눈이 마주친 아담이 괜찮다며, 어서 먹으라는 듯 눈빛으로 응원했다. 그 부담스러운 눈빛을 애써 피하며 레리아나가 입을 꾹 다물었다.

'이 남자들…… 너무 성가셔.'

임신 소식을 알린 이후로, 레리아나는 주변 모두의 걱정과 보살핌을 받아야 했다. 제 몸과 아이를 위함이라 레리아나도 이를 이해했고 고맙게 받아들였으나. 이 남자들은 도가 지나치게, 너무나 성가셨다.

특히 노아. 레리아나는 노아를 보며 미간을 찌푸렸다. 그는 통제벽이 더 강해져서 24시간 내내 그녀의 일거수일투족을 알아야 안심이 되는 것처럼 굴기 시작했다. 이에 응한 것은 아담이었다. 내내 그녀의 주변을 배회하면서 노아에게 '레리아나 생태 일기'라도 보고하는 듯했다. 둘 다 그저 자신을 걱정해 주는 거라고 좋게 여겨 넘기기에는 너무나 성가시고 귀찮다.

노아가 다시 상냥하게 말했다.

"자—"

"싫어요."

"왜."

"이거 이상하잖아. 딱 봐도. 도대체 뭐예요, 이거?"

"괜찮아. 몸에 좋은 거야. 자."

노아가 수저를 입 근처로 밀었으나, 레리아나가 얼굴을 옆으로 기울여 이를 피했다.

"안 괜찮아요. 정체도 모르는 건 못 먹어."

"……."

"……."

노아와 레리아나의 시선이 팽팽하게 맞부딪쳤다.

그냥 말해 주면 될 것을, 좀처럼 말하려 들지 않는 것으로 보아 정체를 알고 나면 절대로 먹지 않고 버틸 것이란 걸 알고 있는 모양새였다.

한 치의 양보도 없이 둘이 가만히 서로를 노려보고 있던 중, 노아가 아담에게 눈짓을 했다. 그러자 아담이 고개를 한 번 끄덕이더니 방을 떠났다.

"……?"

아담이 밖으로 나서자 노아가 수저를 접시 위로 내려놓았다. 그러고는 웃으며 그녀의 볼을 쓸었다.

"레리."

"……?"

보통 때에는 부르지 않는 애칭까지 입에 올리자 레리아나가 몸을 굳혔다.

"싫어요. 먹이기만 해 봐."

낌새를 감지한 레리아나가 주춤주춤 물러섰다. 그녀가 바짝 긴장해 움직였으나 결국 침대 헤드에 막혀 더 이상 도망가지 못했고, 노아가 손으로 헤드를 짚어 그녀를 팔 안에 가두었다.

"나도 이렇게까지 하고 싶진 않았는데."

"하고 싶지 않으면 안 하면 되잖아요."

레리아나가 그를 쏘아보며 으르렁거렸다. 그러나 곧 빙긋 웃은 노아가 수저를 들어 입에 머금자 레리아나의 눈동자가 빠르게 흔들렸다.

"싫어!"

그녀가 노아의 팔을 벗어나 도망치려 했으나 그가 레리아나의 턱을 잡고 고개를 기울여 입을 맞췄다. 순간, 혀가 아릴 정도로 쓴 점액질이 입안으로 흘러 들어왔다.

"으읍-!! 읍!!"

그렇게 알 수 없는 무언가를 강제로 섭취한 그날, 레리아나는 가출을 결심했다.

* * *

그날 이후, 하루 동안 성가신 이들의 동태를 살핀 레리아나는 아담의 감시를 피하기 위해 시아트리히와 독대를 청했다. 그러고는 그의 도움으로 신성국으로 가는 게이트를 넘었다. 히이카가 돌아가기 전, 협약이네 뭐네 하며 신성국과의 직통 게이트를 뚫어 놓았던 것이 천운으로 작용했다.

히이카는 레리아나를 기쁘게 받아들였고, 그녀는 그렇게 장장 4시간 동안 가출 중이었다.

"이상은 없어 보이는구나. 아이나 너나, 둘 다 건강해."

레리아나의 몸을 살핀 히이카의 말에 그녀가 다행이라며 미소를 지었다. 그는 레리아나를 데리고 벤치에 앉으며 앞으로도 별 탈이 없게끔 축복을 불어 넣었다.

"이곳은 정말 조용하네요."

히이카가 고개를 끄덕였다. 이제는 지나치게 적막해진 신전이다. 언제인지 기억도 안 날 정도로 아주 오래전, 히이카가 발레이토르테 신전에 처음 들어섰을 때는 이렇게까지 조용한 곳은 아니었다. 거대한 신전 안에는 신관들과 성기사들이 북적였고, 어디서나 사람들의 목소리가 들려왔다.

그러나 어린 나이에 대신관 자리에 올라 신경질적이고 사람들을 싫어했던 히이카 때문에, 신관들은 발레이토르테 신전에 기거하는 사람들을 점점 줄여 나갔다. 그리고 그 후, 신전은 아주 조용해졌다.

얼마 전까지는. 히이카는 그것이 만족스러웠다.

"데이비스 신관님은요?"

"그놈도 수석 신관이고, 맡은 신전이 있으니, 나만 따라다닐 수는 없지."

"아아-"

레리아나가 고개를 끄덕였다. 그래서 더 조용하다고 느껴진 걸까. 히이카의 축복이 끝나자 레리아나는 다리를 모아 쭉 뻗고 두 손을 무릎 위에 올렸다.

"시중을 드는 분들이 적은가 봐요. 좀처럼 사람이 보이질 않네요."

"이곳으로는 내가 부르지 않으면 들어오지 않으니까. 뭔가 필요한 게 있다면 내게 말하면 된다."

"그럼 줄곧 여기서 혼자 계시는 건가요?"

"그렇지."

레리아나가 고개를 끄덕였다. 무릎을 문지르자 원피스가 주름졌다 펴졌다를 반복했다. 잠시 침묵하던 레리아나가 눈동자를 돌려 그와 눈을 마주친 채 물었다.

“외롭지 않으세요?”

갑작스러운 질문에 히이카가 입을 다물었다. 150년 동안 생각해 보지도 않았던 질문이고, 받아 본 적도 없던 질문이었다. 그는 곧 매끄럽게 대답했다.

“외로울 일이 뭐가 있느냐. 나는 혼자가 편해.”

레리아나가 그러신가요, 라고 나직이 답했다.

“고위 신관분들께서는 입양을 많이들 하신다면서요.”

“그놈들, 애들을 모아서 저들 컬렉션을 만들더구나.”

히이카가 혀를 찼다.

“왜 지금까지 아무도 들이지 않으셨어요?”

“그럴 필요가 없으니까.”

“왜 절 손녀로 삼으셨어요?”

다시 치고 들어온 질문에 히이카가 입을 다물었다. 레리아나는 그것이 줄곧 의아했었다. 히이카는 오랜 시간을 살아온 대신관이었고, 레리아나 자신보다 좀 더 뛰어나고 마음에 차는 사람들을 많이 만나 봤을 테니까.

“성서를 번역할 수 있어서?”

그것뿐인가요? 레리아나가 덧붙여 묻는데 히이카는 무어라 대답해야 할지 계속 고민을 거듭하고 있었다. 레리아나는 그의 망설임을 읽고 웃었다. 그녀는 히이카의 머리가 터지기 전에 화제를 전환했다.

"자주 놀러 올게요."

"그래."

"아이도 같이."

레리아나가 배를 만지며 웃었다. 히이카가 고개를 끄덕였다.

"신전이 시끄러워지겠구나."

"혹 아이는 시끄러워서 싫으세요?"

"그렇게 싫은 건 아니다."

떨떠름하게 대답한 히이카가 곧 매끄럽게 입매를 올려 웃었다. 조금 더 시간이 지나면, 작은 아이가 신전을 뛰어다니고 말간 웃음소리가 귓가를 가득 메울 것이다.

"뭐, 조금은 시끄러워도 괜찮겠어."

히이카가 선심 쓰듯 말했다. '다행이네요.'라고 대답한 레리아나가 가만히 하늘을 올려다보았다.

"다음에 와쿠와쿠 사 올까요-"

히이카는 그 불량 식품 같은 묘하고 자극적인 꼬치구이를 떠올렸다. 신성국으로 돌아온 이후에 종종 생각나곤 했었다.

"……네가 사 온다면 먹을 수는 있지."

절대 자신이 꼭 바라는 것은 아니란 대답에 레리아나가 웃었다.

"그놈은 잘해 주고?"

그놈이라고 할 만한 사람은 딱 하나뿐이었다. 레리아나는 예, 라고 말한 후에 덧붙였다.

"지나치게요."

아주 지나치게. 라고 레리아나는 다시 한 번 강조했다. 히이카가 피식 웃음을 터트렸다.

"그놈이 그리 귀찮게 굴 줄 알았지."

으음, 눈을 가늘게 뜬 레리아나가 앓는 소리를 냈다.

"또 와도 된다. 그놈이 귀찮게 굴 때든. 그놈이 보기 싫어질 때든. 그놈이 못되게 굴 때든. 오고 싶을 때는 언제나."

레리아나가 노아를 엄청나게 저격하고 있는 그 말에 어색하게 미소를 지었다. 둘이 잘 지냈으면 하지만. 노아가 노아고, 히이카가 히이카인 이상 친해지길 바라는 것은 무리일지도 모른다.

그녀는 웃음기 어린 투로 말했다.

"다음에는 할아버지가 보고 싶을 때 올게요."

"……."

히이카가 고개를 숙이며 웃었다.

그때 성기사들이 굳은 얼굴로 히이카에게 다가가 귓속말을 전했다. 히이카가 레리아나에게 양해를 구하고 잠시 자리를 피해 그들에게 보고를 받았다.

"레리아나."

보고를 받은 히이카가 짐짓 진지한 얼굴로 그녀를 불렀다. 짚이는 곳이 있었던 레리아나가 눈을 가늘게 떴다.

"일단 여기 있거라."

히이카는 성기사들 몇을 레리아나에게 붙여 두고 나머지와 함께 정원을 벗어났다.

정원에 선 레리아나는 깊은 한숨을 쉬며 하늘로 시선을 올렸다. 아까와 같은 풍경이 분명하건만, 방금까지 자유로워 보였던 하늘의 돔이 불현듯 갑갑해 보인다. 돔에 갇힌 신전과 제 처지를 비교

하던 레리아나가 제 옆을 지키고 선 성기사를 향해 불쑥 물었다.

"괴한인가요?"

"예?"

"검은 머리에 회색 머리, 둘?"

"아, 그게……."

성기사가 정곡을 찔린 기색으로 말을 흐렸다. 레리아나는 그의 몸짓을 읽고 얼굴을 두 손에 묻었다. 이렇게 빨리 찾아왔다고? 우선 맥밀런가에 갔다가, 다른 곳들을 찾아다니면 하루쯤은 걸릴 줄 알았는데.

설마. 레리아나가 얼굴을 들었다.

'전하께서 배신하셨나.'

이번 주말에는 내내 같이 바둑을 두기로 약속한 후에, 절대 발설하지 않겠다는 대답을 받아 냈는데. 레리아나는 역시 시아트리히를 믿는 게 아니었다고 생각하면서 상황을 살폈다.

고요한 신전 안에 점점 성기사들이 모이기 시작하면서 지시하는 소리와 외침이 들려왔다. 이에 긴장하며 이리저리 살피던 레리아나는 신전 안으로 걸음을 옮겼다.

"윈나이트 부인, 여기 계시는 게……."

"괜찮아요."

여기 있다는 걸 안다면, 성기사들을 믿는 것보단 신전 밖으로 도망치는 것이 낫다. 레리아나가 만류하는 성기사를 지나쳐 빠르게 정원을 벗어났다. 난처해하던 성기사가 그녀의 뒤를 따랐다.

레리아나는 주위를 두리번거리면서 기둥 뒤에서 몸을 가리며 움직였다. 보이는 거라곤 빈 신전의 복도뿐. 일단 도주로를 확보한 레리아나가 뒤에서 따라오는 성기사에게 말했다.

"따라오지 않으셔도 돼요."

"그건 안 돼."

"무슨?"

익숙한 목소리에 몸을 돌리는데, 팔이 잡히고 몸이 뒤로 이끌렸다.

"……!"

졸지에 뒤로 넘어지듯 끌려간 레리아나는 쿵쿵 뛰는 심장 소리를 들으며 한숨을 내쉬었다. 제 몸을 끌어안은 남자는 그 상태가 만족스러운 듯 생글생글 웃는 얼굴이었다. 어떻게든 벗어나 볼까 고민하던 레리아나는 곧 자포자기한 투로 말했다.

"여기 있는지 어떻게 알았어요. 전하께서 말씀해 주신 거예요?"

"그냥 알아."

"매번 그러더라."

레리아나가 한숨을 쉬니 노아가 정수리에 입을 맞췄다.

"관광은 잘했어?"

"가출한 건데요. 편지 썼잖아요. 귀찮으니 찾지 말라고."

"못 봤어."

"무시한 거겠지."

"그럴 리가."

레리아나가 밀어내려고 하자 노아가 팔에 슬쩍 힘을 넣었다. 그렇게 레리아나가 빠져나가지 못하게 붙잡은 노아는 고개를 숙여 그녀의 귓가에 나직이 말했다.

"걱정돼서 그랬어. 지금까지 입덧 같은 건 안 했으니까."

그가 빙긋 웃으며 말하자 레리아나가 으르렁거렸다.

"임신하면 할 수도 있지."

노아가 알았다며 고개를 끄덕였고, 레리아나가 어깨 위에 둔 노아의 머리에 제 관자놀이를 기댔다.

"이제 내가 싫다고 하면 강제로 먹이지 마세요."

"응."

4시간의 가출 덕인지, 싫다는 것을 이해한 것인지. 어쨌든 간에 노아가 얌전히 대답하자, 레리아나가 조금 누그러진 기색으로 몸에 힘을 풀었다.

"그럼 이제 집으로 돌아올 건가?"

그의 물음에 레리아나가 입을 삐죽였다.

"오늘은 그냥 여기서 잘 거예요. 당신들 너무 성가셔."

"음, 그러지 않는 게 좋을 것 같은데."

"왜요?"

"당신이 이대로 안 가면 신전이 점점 위험해지잖아."

"……?"

그게 무슨 소름 끼치는 소리인가. 레리아나가 노아의 빙긋 웃는 얼굴을 보며 오만상을 찌푸렸다. 멀리서 성기사들이 어디론가 뛰어가는 소리가 들려왔다. 레리아나가 조심스레 물었다.

"……테일러 경이에요?"

"응."

결국은 또 이렇게. 레리아나는 한숨을 내쉬었다.

* * *

성기사들에게 괴한이 아니니 내버려 두라는 지시를 한 후에, 정원으로 돌아오던 히이카가 한곳을 바라보며 멈춰 섰다. 그곳에서는 레리아나와 노아가 아옹다옹하며 무언가 얘기를 나누는 중이었다.

악마 같은 녀석은 황금색 눈을 둥글게 휘면서 제 손녀의 귓가에 무어라 속삭였고, 레리아나가 흠칫하다가 설교하듯 입을 부산히 놀려 댔다. 레리아나가 아무리 퍼덕거려도 노아는 놔줄 생각이 없는지, 미동도 없이 그녀를 안고 있었다.

혀를 찬 히이카는 신력으로 그를 떼어 내 줄까 하다가 곧 레리아나가 노아를 향해 부드럽게 미소를 짓자 올렸던 팔을 다시 내렸다.

"코가 꿰였어, 코가."

불만인 듯 읊조린 히이카는 그들에게 다가갔다. 노아가 그를 발견하고 인사하니 히이카가 눈을 흡떴다.

"감히 내 신전에 멋대로 무단 침입을 해?"

"죄송합니다. 제가 마음이 좀 급해지는 바람에 성하께 무례를 범했습니다."

히이카가 못마땅한 얼굴로 팔짱을 끼자 레리아나가 울상을 지으며 허리를 숙였다.

"죄송해요, 할아버지. 괜히 저 때문에 소동이 일어서."

기세가 한풀 꺾인 히이카가 손을 내저었다.

"무단 침입한 저놈 잘못이지. 괜찮으니 또 오거라."

히이카가 레리아나에게 한 말에 노아가 빙긋 웃으며 답했다.

"그럼 다음번에는 레리아나와 같이 정식으로 찾아뵙겠습니다."

이제는 그러려니 하며 레리아나가 고개를 모로 기울였고, 히이카가 제 손녀를 바라보며 안타깝게 고개를 저었다.

가출한 지 4시간 만에 덜미를 잡혀 돌아가는 레리아나를 바라보던 히이카는 부쩍 조용해진 신전 안으로 들어섰다. 빈 신전 안에서 그의 발소리가 한층 더 크게 울렸다.

그는 다시 몸을 돌려 레리아나와 노아가 있던 곳을 응시했다. 둘이 남긴 행복한 기운이 잔상처럼 남아 있었다.

그때 그의 눈에 잠깐 미래가 스쳐 지나갔다. 좀 더 성숙해진 얼굴의 레리아나가 그를 향해 뛰어오고 있었다.

"할아버지, 저 좀 숨겨 주세요. 아무래도 둘째가 생긴 것 같아요."

신전이 점점 더 시끄러워지겠다고 생각한 히이카가 웃으며 몸을 돌렸다.

MAY BE

“아리아?”

레리아나가 딸의 이름을 부르며 방문을 열었다. 그러나 빈 방에서 침대 시트를 갈던 에코가 아리아 대신 서서 눈을 깜빡였다.

“아리아는?”

“아가씨라면 로이드 집사님 따라서 저쪽으로 가시던데요.”

에코가 손가락을 들어 가리킨 곳으로 레리아나가 고개를 돌렸다가 되물었다.

“끝 방 쪽?”

“네.”

“잘 걷지도 못하면서 이리저리 잘도 돌아다니네.”

이제 곧잘 걷기 시작한 아리아는 로이드를 왜 그렇게 좋아하는지, 자꾸만 그를 따라다니는 바람에 골치였다.

“잘 시간에는 좀 붙잡아 놔.”

레리아나가 투덜거리자 에코가 다음에는 붙들어 놓겠다며 웃었다. 일단 알았다고 대답한 레리아나는 다시 끝 방으로 걸음을 옮겼다.

"아리아!"

그녀가 끝 방의 문을 열고 들어서자 거울을 만지작거리고 있던 아리아가 엉덩이를 든 채 우뚝 멈췄다. 그 옆에 서 있던 로이드가 레리아나에게 인사했다. 레리아나가 로이드의 인사를 받고는 커다란 녹색 눈동자를 껌뻑거리는 아리아에게로 다가갔다.

"엄마?"

"아리아."

레리아나가 깨진 조각들을 얼기설기 붙여 놓은 거울을 멀찍이서 보고 인상을 찌푸렸다. 저 귀신 들린 건 일찌감치 버리라고 할 것을.

"그런 거 만지면 안 돼. 다쳐요."

레리아나가 아리아를 안고 돌아서자 순간 거울에서 금발이 찰랑거렸다. 이를 물끄러미 보고 있던 아리아가 레리아나의 머리카락을 만지작거렸다. 레리아나가 그 작은 손을 아프지 않게 깨물었다.

"아리아, 엄마가 방에 가만히 있으라고 했어요, 안 했어요?"

"해써요."

아리아가 커다란 녹색 눈을 접으며 까르르 웃었다. 그러자 방으로 향하던 레리아나가 한숨을 내쉬었다. 알면서 뭐가 그렇게 당당한 거야. 아이가 어쩐지 점점 노아를 닮아 가는 것 같은, 그런 좋지 않은 예감이 든다.

"유모를 부를까요?"

그때 레리아나의 뒤를 따라 나온 로이드가 물었다. 레리아나가 괜찮다며 사양하는데 마침 들려온 목소리가 그녀를 막았다.

"이리 줘. 내가 재울게."

레리아나가 위를 향해 고개를 들어 올리자, 노아가 그녀의 이마에 입을 맞추고는 아리아를 받아 들었다.

"그럼 재우고 서재로 올래요? 재단 일로 상의할 게 있는데."

"응, 가 있어."

레리아나가 서재로 가는 것을 가만히 바라보던 노아가 아리아를 안고 방으로 들어갔다.

그가 아리아를 요람에 넣자 아이가 요람에 서서 손을 내밀었다. 아리아의 작은 손을 붙잡은 노아는 근처에 자리를 잡고 앉았다.

"아리아, 이제 자야지?"

레리아나를 많이 닮은 동그란 눈매를 매만지자 아이가 노아에게 매달리며 칭얼거렸다.

"아빠! 아빠!"

"응, 안 잘 거야?"

"책."

아이가 테이블 위에 올려 둔 책을 가리켰다. 노아는 이제 손때가 많이 탄 책의 표지를 넘기고 어디까지 읽어 주었는지 찾기 시작했다. 이를 본 아리아가 요람에 누운 채 눈을 말갛게 뜨고 귀를 기울였다.

아리아는 자기 전, 노아가 나직한 목소리로 책을 읽어 주는 이 시간을 가장 좋아했다. 웃으며 아리아의 머리를 쓰다듬어 준 노아가 책장을 넘기며 글을 읽기 시작했다.

"……어깨를 치고 간 남자를 향해 그녀가 고개를 돌렸다. 눈이 마주치자 그가 입을 열었다. 실례했습니다."

* * *

꽃샘추위가 가시지 않은 이른 봄이었다.

횡단보도 앞에 선 박은하는 코트 주머니에 손을 넣었다. 추위로 빨개진 손가락 끝에 부르르 떨며 제 존재를 과시하는 핸드폰이 잡혔다. 그녀는 핸드폰을 집어 들고 액정 위에 '돼지'라는 글자가 커다랗게 떠 있는 것을 확인했다.

또냐, 또. 박은하가 심드렁하게 전화를 받았다.

"어, 왜."

[어, 왜는 계집애야. 언제 오냐?]

"지금 가고 있어."

[얼마나 걸리는데.]

"음, 한 30분?"

박은하는 횡단보도의 신호등으로 고개를 돌렸다. 빨간색인 것을 확인한 박은하가 차게 식은 다리를 모았다. 신호는 곧 바뀔 것처럼 깜빡였다. 횡단보도 근처에는 신호를 기다리며 어딘가를 힐끔거리는 학생들로 가득했다. 옆에서 저 사람 좀 보라느니, 모델이니 배우니 하며 수군거리는 목소리들이 들려왔다.

[주변이 왜 이렇게 시끄러워?]

"몰라. 근처에 연예인이라도 왔나."

[누구? 여자?]

"모른다니까. 아, 오빠, 나 데리러 올래? 나 여기 학교 앞 사거린데."

[오빠가 말이다. 그러고는 싶은데, 지금 강남이야.]

"강남이 제집이지, 아주. 그럴 거면 왜 전화했냐."

[네가 재수생 벗어났다고 살판난 듯 늦게까지 돌아다니니까 그런 거 아니냐. 요즘 세상이 어떤 세상인데, 위험하게시리.]

그때 신호가 바뀌며 사람들이 우르르 걸음을 옮기기 시작했다. 박은하도 이를 따라 걸으며 답했다.

"오늘은 바로 들어갈 거야."

[알았어. 엄마 걱정하시니까 엄마한테도 연락하고.]

"응, 오빠는 언제-"

그 순간, 한눈을 팔며 걷는 그녀가 무언가에 부딪쳐 밀려났다.

"아, 죄송합니다."

박은하는 꾸벅 인사를 하고 무심히 지나치려 했다. 그러나 그녀 옆에서 멈춰 선 남자의 손이 그녀의 손목을 잡아챘고, 박은하가 핸드폰을 귀에서 떨어트리며 고개를 들었다.

"……?"

의아하다는 기색으로 박은하가 남자를 바라보곤 눈을 느릿하게 한 번 깜빡였다. 그에 따라 키가 큰 남자의 잔상이 맺혔다 사라졌다. 눈을 마주친 남자가 고개를 숙이자 새카만 머리카락이 느릿하게 떨어졌다.

사람들이 그들 옆을 빠른 걸음으로 지나쳤다. 신호등이 삐리릭거리며 재촉하는 소리가 둔하게 들려왔다. 주변 이들의 시선에도 아랑곳하지 않고 그는 가만히 그녀의 손목을 잡고 서 있었다.

마치 이 순간을 위해 오랜 시간을 기다려 왔던 것처럼, 온갖 감정이 뒤섞인 얼굴을 한 채로, 마침내 그가 입을 열었다.

"찾았다."

〈그녀가 공작저로 가야 했던 사정 완결〉